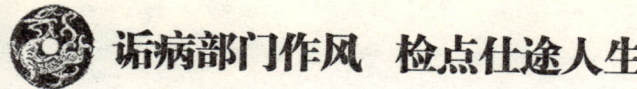
诟病部门作风　检点仕途人生

恭请牢记

杨晓升　主编

中国检察出版社

图书在版编目（CIP）数据

恭请牢记/杨晓升主编. —北京：中国检察出版社，2009.12
ISBN 978 – 7 – 5102 – 0198 – 1

Ⅰ. ①恭… Ⅱ. ①杨… Ⅲ. ①小说 – 作品集 – 中国 – 当代
Ⅳ. ①I247

中国版本图书馆 CIP 数据核字（2009）第 205251 号

恭请牢记

杨晓升　主编

出版发行：	中国检察出版社
社　　址：	北京市石景山区鲁谷西路 5 号（100040）
网　　址：	中国检察出版社（www.zgjccbs.com）
电子邮箱：	zgjccbs@vip.sina.com
电　　话：	（010）68639243（编辑）　68650015（发行）　68636518（门市）
经　　销：	新华书店
印　　刷：	北京市德美印刷厂
开　　本：	710mm×1020mm　16 开
印　　张：	19.25 印张
字　　数：	354 千字
版　　次：	2010 年 1 月第一版　2010 年 1 月第一次印刷
书　　号：	ISBN 978 – 7 – 5102 – 0198 – 1
定　　价：	30.00 元

检察版图书，版权所有，侵权必究
如遇图书印装质量问题本社负责调换

读精彩小说　观世象人生

杨晓升

这是一本浓缩政界风云、聚焦世象人生的精彩小说读本。

"学而优则仕"是中国传统文化中根深蒂固的一种价值取向。古往今来，做官自然也成为许多中国人光宗耀祖的一种人生追求。

中国数千年历史积淀而成的官场文化，早已经成为众所周知的一道独特景观。置身此景观中的人，大都知道有明规则和潜规则，从政为官，你想立足，你既要遵守明规则，也得心照不宣地遵守潜规则，否则你可能就四处碰壁、一事无成。当然，这也是一个独特的人生舞台，不同出身、不同阅历、不同性格、不同追求的各色人等，在这个独特的人生舞台中或浑浑沌沌唯唯诺诺，或战战兢兢如履薄冰，或潇潇洒洒呼风唤雨，或无所作为或尽显本色。成与败，得与失，苦与乐，相互交织，变幻莫测，纷纭复杂。最终是否能真有所作为，有所收获，不仅仅取决于你自己的本事和能力，还有除此之外的许许多多复杂因素。

许多人感慨，身在官场者不能充分彰显个性，活得自由活得真实，只能谨小慎微唯命是从唯唯诺诺，更难有所作为。这或许是这道独特景观中的一种现实，但也不尽然。同样是为官从政，纵横驰骋大显身手者也大有人在。官场中人心态放松与否，心灵自由与否，关键取决于你从政为官的基本态度和人生选择。

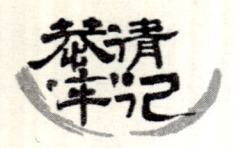

　　最根本的问题是：当官为什么？从政又为什么？问问自己，或许就不难分出无为与有为的界限。如果当官只是为光宗耀祖，为谋一己之私利，为摆阔气图享受，当然不但难有真正作为，还可能成为人格的侏儒、心灵的荒漠；相反，如果你以天下为己任，思百姓之所思想百姓之所想，为广大人民群众谋利益图幸福，就可能大显身手，对应自如，最终成就功业并取信于民。所谓"心底无私天地宽"，说的大概就是这个道理。有如此使命的人，即使为此也会经历挫折、遭受委屈甚至失败，也一定会为民称道、流芳百世。

　　这本精彩的小说集，荟萃了近年中国文坛描写官场人生世象的小说中的精品。作者阵容强大，既有杨少衡这位名声显赫的官场小说高手，但更多的是近年活跃于文坛的小说新锐，他们是邓宏顺、老滕、钟正林、王秀云、刘涛、孙建邦、冯伟。而像王石、翟永刚这两位近年小说不多的作家，本次入选的作品不仅题材独特，故事也都惊心动魄。综观本书入选的所有小说，虽然故事不同，人物命运各异，但都精彩好读，引人入胜，耐人寻味。

　　《饭事》从日常生活中司空见惯的一个饭局入手，写了官场中亲疏远近的禁忌，以及由此引发的既出人意料又顺理成章的悲剧，让人不得不感叹官场中暗藏的风险。《会殇》和《关上你的裤门儿》，均从日常生活中的细节入手，前者写欢送会上因麦克风意外不响引发的当事人心病，后者写新上任的市委书记上厕所忘记关自己的裤门儿，走出厕所虽然明显不雅，众人见了却都不敢提示，细节之妙，故事之令人回味，都足以说明官场文化的深不可测。《恭请牢记》和《书记和大鸟》也是抓住官场细节，人物、故事与《会殇》和《关上你的裤门儿》一样，有异曲同工之妙。《祝愿你幸福平安》对腐败的深刻揭示，《钻石时代》对官场中女性命运的细腻关注，《县委书记失踪了》描写的意外事件，还有《斗地主》、《壮阳草》等作品或生动或紧张的情节，不但读起来让人饶有兴趣，读后又让人无不欷歔感慨、掩卷长思。

　　好的小说，常常让人在如痴如醉的阅读中享受艺术，思考社会，品味生活，感悟人生。从这个意义上讲，现在奉献给读者的这本小说精品，应该不会让你失望。

目 录

饭事 / 1 ……………………………… 邓宏顺

国土局局长兼书记陈一归当了先进人物，请了一桌客，客人包括市委书记和其他领导，唯独没有市长，原来，他和市长一起在区里工作时有矛盾。就在陈一归请客后不久，市委书记调到省里了，市长当了书记。市长当了书记后，立刻拿掉了陈一归国土局局长的职务。后来陈一归服毒身亡。曲折的故事，复杂的官场，残酷的人生，读来令人惊心动魄！

会殇 / 37 ……………………………… 老　滕

只要是当领导干部，就总会有麦克不响的时候，不论是退了的黄书记，还是新上任的于书记，还是大活办的主任老贾。在欢迎书记上任的会上，黄书记的麦克不响了。这事成了老贾的心病。他一直在寻找机会，向黄书记解释，可是，他怎么解释得清楚呢？最后，他只能自言自语：我们这是何苦呢！

窑衣 / 67 ……………………………… 翟永刚

工会主席何自知深谙当官诀窍。有眼力，有心计，对领导听话，顺从，所以他从矿工一路当上了工会主席。了解他的人知道，这和他以前的秉性相去甚远。矿山面临改制，工人们对改制的真实意义并不知晓，可真相却令何自知心惊肉跳，他该何去何从呢？

关上你的裤门儿 / 119 ……………………………… 冯　伟

贺长天是岳洋市新上任的书记，到任那天正是大年三十。他在上厕所的时候接了一个电话，就忘了关裤门儿。这一天，他见了很多人，参加了很多活动，从市长到电视台的女记者，人人都看见他的裤门儿没有关，却没有一个人提醒他，为什么呢？

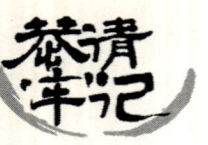

恭请牢记 / 131 ……………………… 杨少衡

如何"关心领导",如何让领导尤其是上级领导记住自己,这都是需要智慧和勇气的。在省长到市里视察的关键时刻,副市长关之强没有留下来汇报工作——"关心领导",而是选择了"落荒而逃",为什么呢?

斗地主 / 145 ……………………… 钟正林

原文化馆副馆长喻腐败,一直代着馆长的职,一心想转正。他爱喝酒,又爱玩斗地主,常与雷火神、文兴等人斗。斗来斗去,他赢了钱,却输掉了到手的馆长,为什么呢?

祝愿你幸福平安 / 161 ……………………… 杨少衡

官员康镇坤政绩斐然,同时为政清廉,其太太许丽姗单纯正派。一日,康镇坤因受贿被突然带走,许丽姗无法相信眼前的一切,她相信康镇坤,她要讨回清白,也要康镇坤给她一个真正的解释。康镇坤的身上到底发生了什么?他能给妻子怎样的解释呢?

壮阳草 / 199 ……………………… 王　石

没有人知道,他为什么在自己快不行了的时候,要向世人公开一段被遮蔽的个人历史,他竟然不惜因此失去宝贵的声誉和物质待遇。可是从四面八方来到他身边的人们,怀着各自不可告人的私欲,不仅阻挠公开,还要诱逼他为已不存在的壮阳草作证,他只有赤裸身子以死相拼。这一场博弈究竟谁胜谁负呢?

钻石时代 / 235 ……………………… 王秀云

当了六年正科的林小麦为了得到提升,没夜没日地工作,比很多男人都出色,但是,汗水终成泡影。原来对她关爱的市长邢文通调到了昆山市,她也想跟去。在得与失之间,她不停地倒换心里的天平。几年后,她总算当上了瀛州市主管文教卫生的副市长,她还是原来的林小麦吗?

书记和大鸟 / 271 ……………………… 刘　涛

原市委书记魏山一夜之间被"双规"了。新市委书记郭峰岩是从K省调来的。市报的头版上登了新书记的照片，下面登了一只鸟的照片，新闻标题是《不知名的大鸟落入农家，谁认识它？》。结果报社主任遭到批评，为什么呢？

县委书记失踪了 / 285 ········· 孙建邦

县委书记失踪三天了，不知道是被"双规"了，还是被绑架或者带着小蜜逃跑了，人们议论纷纷。正当县长把四大班子的同志召集到一起开会商量办法时，传来了县委书记的消息。县委书记到底怎么啦？

饭事 邓宏顺

　　国土局局长兼书记陈一归当了先进人物，请了一桌客，客人包括市委书记和其他领导，唯独没有市长，原来，他和市长一起在区里工作时有矛盾。就在陈一归请客后不久，市委书记调到省里了，市长当了书记。市长当了书记后，立刻拿掉了陈一归国土局局长的职务。后来陈一归服毒身亡。曲折的故事，复杂的官场，残酷的人生，读来令人惊心动魄！

饭事

邓宏顺

一

忽然，人群里有谁说，来了来了！

此时，乐队和老年秧鼓乐队马上沸腾起来，把大家立刻煮在一种欢快激昂的热闹里。果然，戴着大红花的好几辆车子鱼贯而至，在预留好的车道上停下。所有的车门几乎是同时推开，下来十位胸戴红花肩披绶带的先进人物站成一排，绶带的字写得非常醒目，但是，上半截看不清，被大红花遮住了，只有下半截露在外面，于是，让人看到的就是……先进人物。不过，这没有关系，会议内容标语上都有。陈一归是这十位先进人物中的一位，他站在最前面。刚开年上班，稀稀拉拉的鞭炮伴在雨雪里就在他眼前炸响，好像此时他才从激动中平静下来，才知道自己站在影剧院门口的广场上。他看见广场上停着各种颜色各种型号的高档小车，广场四周挂了好些大横幅标语，还从高楼大厦的顶上悬挂下来好些条幅，内容都是有关这个隆重会议的。周围聚集了很多人，他们都把自己的脖子拉长了许多，想缩短一点儿自己与目标的距离。他们是要认真看看今天要从这儿走过的披红戴花的十位先进人物到底是谁，长什么样的鼻子眼，好像这年头看什么都没有看这十个披红戴花的人物稀奇了。

这是一个小市，下辖一些大大小小的区和镇，不足百万人口。但经济并不落后，在全省同级的队列里，这个市的经济指标常常跃居前五位。钱是社会的血液，这里不穷，所以什么时候到这个市里来，街市上都是人车涌动，巨大的广告牌遮天蔽日悬挂在显得矮小不胜重压的楼顶上，那些震耳欲聋的开业锣鼓声总是此起彼伏，总是和狂风一道卷起落叶同地上的尼龙袋，永远也落不下地；还有堵车也是这儿繁华景象最显著的标志。今天，影剧院门口聚集了这么多人，就更显热闹。陈一归还沉浸在这种热闹中想这些事情时，领队就指挥他们朝会堂里走了。

十个人都西装革履，都戴了大红花，都披了绶带，都用一种步伐朝前走，隔远一些就认不出谁是谁来了，不过近处还是有人轻轻地叫了声陈局长。陈一归并不认识他，但陈一归知道自己最近在这个市里很有点名气，电视和报纸都在宣传他的先进事迹。系列报道上说他身为局长，长期穿得十分简朴，还自己种着一块菜地，双休日没事儿就常在菜地里锄菜浇粪，下班后找他的人都能在菜地里找到他。人们在电视里看到他在菜地里做事时，简直就不像个局长，像个地道的农民。平时他还不大陪客，总是叫他的副手去，对找他办事的老百姓也特别热情，还贴钱为别人办事。因此，他的名声慢慢大起来了，认识他的人也就多。新闻媒体说他的这些事都是真的，对于其他的九个人，陈一归就不很

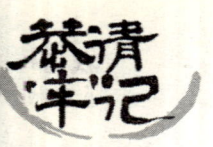

了解了,他们都是来自各条战线不同的单位,应该说,他们也有类似自己的事迹。

陈一归不是那种得意忘形的人,他今天心情有些特别,非常想看清围观的人群对他们是一种什么样的真实神态,他似乎知道召开这样的会议,群众会想些什么。走过广场,走过会堂入口,走过会场过道时,他看见人们的脸上都是那种看杂技魔术的复杂表情。陈一归内心里有些激动,有些谨慎,不过他表面上还是像大海一样的平静。到了这个年纪,到了这个级别,做到这个样子对他来说还是不难的,已经练了多年的喜怒不形于色了!

到了会台上,陈一归也是坐最显要的位置。后来就是先进人物演讲,书记作报告。整整一个上午,陈局长就像泅渡一条大河,内心的一种复杂情感把他弄得很累。他知道,这年头,当廉政这一类先进人物将意味着什么。这意味着别人在他身上的挑剔,也意味着自己要更加谨慎,更意味着主要领导对他的重视,对他的栽培,意味着他的仕途已经铺开了长长的大红地毯。于是,他不能不想办法答谢。

散会后,陈局长就开始考虑请一桌像样的酒席。现在,答谢的方式当然不只是请酒一种,但请酒有请酒独特的好处,那就是一次可以感谢一批人。也就是说,请酒他可以把自己对好几位领导的谢意都一次表达出来,别的方式他想过,还达不到这种功效,而且这也算是最廉政的做法。陈局长得到的准确内情是,主管部门提名让他当这个先进人物,是书记事先有意识安排的,其他的副书记和常委们都是跟着同意的,只是市长表态有些含糊。市长一定是内心里不同意,不过碍于书记的面子。这也符合他和市长之间已有关系的逻辑。在答谢之前,他也不能不研究这些内情,不重视这些情况,酒席上就难免尴尬。酒席要放在最高档的宾馆,办最高档的席面;酒饭过后还要玩一玩,还不能让外人看见影响了形象。这些当然都不是难事,现在让他为难的是请不请市长。

照说是应该请市长的,但是,他和市长曾经在一个区里共事时为一些事情摆过擂台,不过,后来两人都调出了那个区进了市里。当时他是区长,市长是区委书记。这些年来,市长连升了几下,而他还在国土局这把椅子上挪不动。自然有人说市长的背景是省里有一位高人,而陈局长一直没有背景,现在的背景也只是在本市。这都是民间传说,现在这样的民间传说很多,领导本人也不辟谣,似乎说说对他还有些什么好处。不过,现任市委书记的确是陈局长在党校的同班同学。有人说,陈局长现在枯木逢春了。枯木逢春就是要发芽长高,但现在陈局长能不能拔起来进市里班子,也还说不准,从目前情况来看,春风已绿江南岸,温暖也已经吹到他头上,起码提一级待遇还是有希望的,不然,哪会让他当这样的先进人物呢?现在干部管理越来越程序化了,陈局长明白,

饭事
邓宏顺

将来要解决自己的问题也不能只靠书记一人，其他领导也要摆平，要尽量为老同学的思路铺平道面。书记个别跟他说过这个意思，书记说的是，人是一切社会关系的总和，要认真地处理好各方面的关系，不然，他也就孤掌难鸣。这虽然是于情理于原则都能过得去的话，但内涵，陈局长心里是十分清楚的。做到这一级领导，很多话都只能说外壳，内核就凭自己去钻研了。请其他几位主要领导赴宴，他没有任何顾虑，但是，要请市长来，他一直不敢。说他不敢就是包含着要请市长的意思，但请了市长，就意味着他的内心和势力的暴露。市长现在知不知道他和书记是党校的同学呢？就是知道，他也不能自己显示出来。他真不想暴露自己的这种势力。势力一暴露，必然要导致对立面增强，还有什么比过早地在对手面前暴露自己的势力更危险呢？世事的经验是，暴露的事都难做成，做成的事都是事先没有暴露的。当然，市长可能不像他猜测的那样想，但市长毕竟在他当先进典型的事情上含糊过。有关仕途的事还是不能冒险！相比之下，当然还是不请为好。不请市长赴宴，只要不让市长知道他请过这么一次客，那就什么事儿都没有；退一万步说，即使知道了，也就是一餐酒饭而已，市长还能计较到哪儿去呢？他当市长的好意思过于计较吗？市长这一级干部了，什么宴席没有吃过？哪还在乎这个！就是要说也不敢说出来，说出来他不自己掉价？再退一万步说，就是因此市长对他有些看法，那也比自己彻底暴露势力要强。大约花了一个星期，他终于把这个问题想定了，请几位副书记加组织部长，不请市长。这样才保险！

把要请的人员定下来之后，往下就是怎样才能把这些客人请齐。这可是个难事！这些领导都很忙，各自分管一线的工作，现在正处社会转型期，经济发展速度又快，哪一个部门，哪一个单位都充满了矛盾，构建和谐社会的要求让领导们有做不完的工作；而且这一级领导也忌讳在同一席面上聚餐，聚在一起行言不自然，相互之间太尊重了不好，不尊重也不好，太随意不好，不随意也不好。他想，要把这些领导请齐，有两个关键，一是要书记支持，也就是允许他打书记的牌子，二是要选择一个很好的时机。书记那儿现在没有问题，那么，什么时机最好呢？首先必须是常委们都在家。都在家的时候有几种可能，比如开什么重要会议大家都要出席，比如重大活动大家都要到场。但这样的机会，一般是请不动的，因为往往那也是最忙的时候，而且进餐也都有安排。请这一级客人的事，必须要拿准了才能发话，绝不能跟这个领导说好了，那个领导不来，回头又去回绝人家，这个"请"字说出去了就没有退路。所以，一定要慎之又慎。

但陈局长想不准哪个时候最好，虽然他曾在区里、现在在局里也当过这么些年的领导，大的问题不知处理过多少，然而，这个问题实在让他有些棘手，

主动权不掌握在自己手里。为了把这件事办得完美无缺,他开始做前期的准备工作。首先是铺垫。他找到市委办刘秘书,先不跟他谈这件事,而是找他说,国土局想在他们的内部刊物《时代论坛》上作一个形象宣传。他清楚,虽然这是个内部刊物,出版法规不允许做广告,但每一个秘书每年都为分到自己头上的广告任务叫苦。刘秘书咬文嚼字不错,但拉广告赚钱不行,他嘴巴糖度不够,正愁完不成这个任务。陈局长一说这想法,刘秘书就喜出望外,停了手里正在写着的材料,给他倒茶,陪他说话。说到非常融洽时,陈局长才跟刘秘书说起他请客的问题。刘秘书说,这个好办。陈局长就马上讨教。刘秘书说,过几天中心组要学习,学习的前一天晚上,大家都要赶回来,是个请客的好机会。陈局长一想,对了,这的确是个好机会。这个时候,常委们都得到齐,还没有公务安排,大家都有时间。于是,就这么定了下来。

　　陈局长先是给书记打了电话,详细汇报了请客细节,包括时间、地点、人员,哪些特色菜,喝什么档次的酒,大概说些什么话,整个席面定个什么基调,等等。书记见陈局长想得这么细,就高兴地同意了。陈局长说要打书记的牌子,书记估计没有什么负面效果,也就同意了。

　　电话是陈局长一个一个亲自打给领导们的。大家一听陈局长说书记也去,还是书记请他们去,就没有一个人说不去。地点就定在湖天宾馆芙蓉厅。

　　领导们的时间观念都非常强,说是六点半钟到,大家就都在六点半钟左右到了。不过不是统一来的,是单个来的,这是大家都懂的规矩。为吃饭的事,大家走成一个长队伍在湖天宾馆里进出,还是不大好看,外面的人倒无所谓,宾馆里面的人谁不知道他们到宾馆里来是吃喝玩乐啊!

　　陆陆续续地到来,整整齐齐地坐了,领导们还在议论上次中心组学习的话题。上次学习的是如何构建和谐社会的问题。给中心组上课的是市委讲师团的团长。团长讲了当前构建和谐社会就是要构建富裕群体和贫困群体的和谐;强势群体和弱势群体的和谐;劳与资双方的和谐;城与乡之间的和谐;发达地区与落后地区的和谐;权力与权力之间的和谐……还说和谐社会一定要重视道德建设,只有有道德的人,才能够或多或少地牺牲个人利益,来维护和保障他人的正当利益……大家都说,团长的课讲得很好。菜还没有上来,大家是一边玩着扑克牌一边这么谈论这个重大课题的。扑克玩得心不在焉,有几次牌一抓完,大家一看势力太悬殊,不出一张牌就哗啦地丢在桌上重洗了。都是领导,谁也不好给谁输钱,没有想头的事,做起来就这样很随意。

　　开始上菜的时候,书记就问陈局长,老陈,怎么市长还不来?陈局长在电话里跟书记汇报所请的领导名单原本没有市长,是书记要加上去的。陈局长当时想解释一下不想请市长的原因,但一想,不行,会越解释越复杂,只有在具体操作中把这个事摆平。陈局长没有请市长，现在他还是想瞒天过海，当着大家的面他更不好说没有请市长，他只得说，是啊，他怎么还不来呢？我再打电话催一下。陈局长根本就没有请过市长，现在也还是不想请，就走出门外来，沿着走廊踱了一会儿步。他当然不能再打电话请市长，尽管是书记这么说的。他是通过反复考虑才决定不请的，现在也不能改变主意。再说，这么临时请他，反而会更不好。陈局长挨过了大约打一个电话的时间才回到芙蓉厅里来。大家还在心不在焉地玩牌，书记问陈局长，他来吗？陈局长说，联系不上，他和他秘书的手机也总是关机。书记没有想到陈局长有那么复杂的想法，他只是说，你不是给他打过电话请过了吗？陈局长说，是啊，可市长是个工作起来就不要命的人，他现在一定是还在什么偏远贫穷的乡村搞调查，哪还记得吃饭这小事。书记听得高兴了，说，噢，那一定是有什么要紧的事去了。晚上应该赶回来吧，明天学习不会缺席吧！

虽然这么应对过去，但此时的陈局长就没有书记那种洒脱轻松的心情了。虽是想了多日的决定，但见书记这么追问，他心里不能不有些虚空。他看了看壁上那幅《蒙娜丽莎》油画，蒙娜丽莎在对着他嘲笑。这个女人的笑真是十分的神秘，你高兴时看她，她跟你喜笑，你忧愁时看她，她跟你苦笑，你做了不踏实的事，她就跟你嘲笑……这个厅的装饰是有些讲究的，除了那幅油画，还有博古架，架上放有竹雕笔筒、仿古云龙端砚和宣纸，看来，经常有领导来这儿题词。陈局长的心里似乎有些忐忑不安，他将竹雕笔筒拿下来看了看，笔筒上雕的是人间仙境图，顾珏制款。刀法是高浮雕，还有镂空，人在小桥流水的松下和竹林里醉酒，图案雕得活灵活现。

不多久，菜酒就都就绪了。于是，陈局长举杯道谢，说感谢各位领导栽培，备薄酒一杯，请大家喝好玩好。大家碰杯，一饮而尽。陈局长又给每人敬了一杯，说了各不相同的谢词。话说得非常得体，又风趣又不失敬意，不能不让各位领导承认陈局长的口才。从他此时的嘴力，不难想象他当年在区里做区长时呼风唤雨的能力。这样的人才只在国土局当一个局长，的确是有些委屈，平心而论，在座的领导里，有几个能像他这么能说会道，又做得那么得体？往下就是领导们给陈局长劝酒了。先是书记举杯跟陈局长说，老陈啊，当今社会最大的两件事是什么？一是老百姓就业，二是反腐败。你当这个先进典型，比当什么先进典型都光荣啊！今天要敬你一杯！陈局长虽和书记是同学，但此时万不可以显出没有差距的同学身份，他必须摆正自己的下级位置。谢谢栽培，再接再厉，当涌泉相报，先干为敬……一路谦虚下来，将酒喝了。其他领导跟着来敬，陈局长不好拒绝，一连喝下。于是，他就看见墙上蒙娜丽莎对着他蔑笑了，博古架上的竹雕笔筒的人物、流水也都动了起来。他知道自己今天有点

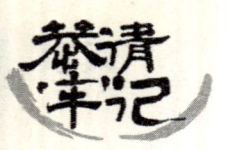

过量，但是，他不能拒绝任何一位领导的敬酒。好在自己虽不嗜酒，但有酒量，还能支撑得住。领导们见陈局长拿酒杯有些不稳了，就不再整他的酒，只得互相开玩笑找理由喝了。书记跟一位女领导开玩笑说，听说你当年结婚时都三十岁了？女领导说，是啊，那时提倡晚婚。书记笑了一下又说，听说你结婚那晚上听到老公的裤带响，都吓得直打颤啊？女领导笑着说，是的，真是吓得直打颤啊！哪像现在的姑娘，十五六岁就什么都知道了。书记又问，那后来呢？一位副书记也就追问一句，你跟我们说说，后来你是怎么过这一关的？一位领导就替她说，后来也还是打颤，不过不是吓得打颤，是快乐得打颤。大家听到这儿就都大笑起来。女领导这才明白大家在拿她开玩笑。但她并不慌张，她说，后来的事，你们愿意听我也可以说给你们听。大家说，那你说出来大家听听。女领导就说，结婚那时候我还在公社做妇女主任。公社武装部长也是个有味道的人，他也像你们一样要问我结婚那夜的事情。第二天，他早早起来在我门上贴个纸条，写道：昨夜事如何？我想了一个让他想不到的办法回答他。我写了个条子贴在厨房的一个深深的水缸底上，让他必须要把头钻进去才看得清楚。我告诉他，我的答案用纸写在那个水缸底上，你自己去看。武装部长就到厨房里把头伸进水缸里看我写的字。我在水缸底上写的一句什么话，你们猜猜。大家你一句我一句，还是猜不着。女领导笑了一下说，你们猜不着吧？我写的是：恰恰似你样。大家把那位武装部长将头伸进水缸里看东西的样子设身处地一想，笑得连饭菜都喷了出来。再一想，这个女人真是不露声色地就把在座的男人都给踩了一脚。真是不好惹！难怪她能从乡里爬到这个位置上来，到底是非同一般！

　　这顿饭吃得很快乐，完全达到了陈局长想要达到的目的。十点多钟，书记就要大家喝团圆杯了，又念了一句，今天要是市长也来了，那我们就真的团圆了。

　　大家玩到十点才从宾馆出来，住在外面的就分手各自走了，书记是住在机关里面的，陈局长就要去送他，也是想还跟书记说些在席面上不好说的话。书记不让，一来怕人家看出亲疏了不好，自古以来，做大事的人都要疏者亲之，亲者疏之；再说，陈局长今天的酒喝过量了点，必定话多，不好应付，就不让陈局长送了，说，你今天的酒喝到研究生水平了，就回去休息吧。陈局长见书记的话说得恳切，也就没有坚持下来，他也有些怕自己醉后失言，弄巧成拙，就在情意浓浓中说了再见。

　　书记刚进市委机关大门就看见市长的司机拖着儿子在樟树林里散步。书记叫停了车，下来问市长司机，市长下午去哪儿了？市长司机说，没有去哪儿。书记说，没有去哪儿？那为什么打不通他的电话？今天国土局陈局长请客，就

008

他缺席。书记似是酒喝多了点,话一出口又后悔说得太急、太具体了一点,笑了笑,一挥手说,就当我没说,没说啊!走了。市长司机第二天跟市长下乡时说了这事,市长说他没有接到过这样的电话。市长一个电话打到一位副书记那里,说了些别的事之后,才用很随意的口气问昨晚上到哪儿轻松啊?副书记说,一归请我们几个吃饭,就你没去。书记还叫陈一归打你的电话,老打不通。市长笑了一下,明白了什么,说,他陈一归当然打不通我的电话。他根本就没有打怎么会通呢?昨天下午我算是最闲的一个下午。副书记说,那不会的,他怎么能不打呢?书记亲自叫他打的呀!你可千万别怪错了人啊!市长见副书记越说越认真,就把话有意往轻处说了,我还有闲工夫怪这个?请客嘛,愿意请谁就请谁。副书记说,他哪会是不愿请市长呢!肯定是电话有误。市长听出了副书记是想给陈局长打圆场。市长其实知道了书记和陈局长是党校的同学,给陈局长打圆场就是给市委书记打圆场,市长也就马上转了话说,他很可能是把我的电话号码记错了。副书记担心把陈局长和市长的关系弄僵惹出什么麻烦来,才这么解释;而市长想的是,书记就要走了,他现在已经没有必要把自己的一些真实想法都在别人面前说出来,尤其是在与书记有牵扯的事情上,他说话得更加注意。陈局长是书记的同学,在任何人面前他都应该不流露出他对陈局长办这件事情有什么不满意。书记要走,是市长最近得到的绝密消息,他必须做得像完全不知道这样的消息,因为任何一个表露过早的行为都会对以后的事情产生不良的影响。现在,不论什么不顺心的事情落到头上,他都要平心静气地应对过去。

二

平心静气地应对,不等于内心里没有想法,相反,他越是强迫自己不显山露水,自己内心就越是敏感,想法就越是强烈,越是强烈他也就更是强自镇静。于无声处听惊雷是一种境界啊!市长为了散散心,这晚上,他从办公室走出来在老樟树林里散散步。在灯光映照的碎石路上与那些离退休的老同志见见面,握握手,问候一下他们最近的身体和生活情况,听听他们关于晨练不如晚练的延年益寿新理论,他感到自己似乎是开始进入了另一个角色,也就是市委书记的角色。在司机跟他说起陈局长请客的事儿之前,他的心情的确是像平静的大海,像绿茵的草原;而之后,他尽管还是作出若无其事的样子,心里却怎么也平静不下来。看起来,这只是饭事,是小事,而往深处想想,这却是一种势力范围,是一种态度,是排斥他。市长原打算散散步就回家去看电视,电视剧频道正在播《三国演义》,作为这一级干部,处在他这样的位置上,他总觉

得看《三国演义》获益匪浅。那里面有大忠大奸，大智大勇，对于自己的行政是很有补益的。但是，市长现在没有回家去看电视，他又往办公室里去了，他想把陈局长请客的事想得更清楚一些。陈一归的这一举动对他即将升迁的事到底有没有影响，会有多大的影响，他还没有完全想透彻，而他不能不想透彻，不能不早有些准备，他正处在一个最最关键的时刻。

他走进办公室，然后把门关上，没有开灯。窗外的高杆路灯的光已经把他的办公室里照得很亮，一些枝叶的影子就在他脚边晃动。他没有坐在案前，而是很随意地在沙发上斜靠下来。这是一种难得的享受！没有哪一天不是在开会作报告，开会作报告是有要求的，必须是精神饱满端端正正地坐在台上讲话，长期用这种姿势，身体总好像有一种诉求，是不是能够放松一下，随意一下。人体姿势是不是也像是人的饮食，需要丰富一些呢？市长还把脚搭在沙发的扶手上，觉得这样非常的舒服。但他刚刚摆好这个姿势又觉得这样不好，太随意，不合自己的身份。他又站起来，开了灯，然后端端正正地坐在办公桌前。他没有看什么，也没有写什么，他到办公室来就是要把陈局长请客的事想个明白，想个透透彻彻。这虽是一件不足挂齿的小事，但毕竟是自己的对手对自己不恭啊！他越想越觉得这不是一般的饭事，这是一种信息，重要的信息，甚至，这是关系到书记走后，他能不能顺利当上书记的重要信息。这不是危言耸听，第一，书记和几个主要头儿有意避开市长聚在一起喝酒，难道不是要说些不好让他知道的事情吗？第二，其他主要领导都请了，没有请他，谁都会想得到这是把他当什么人看了；第三，他和陈局长在区里工作时摆过擂台，陈局长请客不请他，肯定是那一场擂台的延续。过去陈局长没有马书记作背景，他可以不在乎，现在有马书记站在他背后，他就不能再大意。这三个理由的任何一个都可能与他这次升迁有关，何况还三个理由同在呢？这是何等关键时刻啊！市长想了一会儿，叹道，陈一归哪，我都想把旧账忘了，你为什么还要翻呢！

平心而论，市长这些年的确是不再计较和陈一归的旧怨了。他已经当了市长，走在陈局长的上面了，他为什么要跟自己的下级计较呢？处于弱势地位时主要是抗争，而处强势地位主要就是统战。这个道理谁都清楚，市长更是非常清楚。这几年，凡在陈局长头上的事，市长没有哪一回不是网开一面，这是有证据的。上一届班子在安排市里易动的领导干部任职时，就有人提出要陈局长只搞局党组书记，让出一个局长的位置来安排另一个领导干部，市长没有同意。市长说陈局长工作干得不错，而且对自己的要求也十分严格。上上下下对他的反映都很好，就不要动他了。陈局长并不知道他的局长位子是市长保下来的，市长也不是那种施恩图报的小人，从没有跟谁暗示过这些事情。再说，这次推他作廉政典型，市长知道书记是有把陈局长往上拔一下的意思，他也没有说什么，只是含糊了一下。他认为自己含糊一下是非常得体的，如果过于主动，会有投书记所好之嫌，那会是一个人品的问题。陈局长这么些年从来没有找他直接汇报过工作，但他还是像对待其他的局长一样地对待陈局长。市长现在觉得自己是以君子之心度小人之腹了。谁知道他们在一起都说些什么，撒些什么种子？看来，陈局长这几年不声不响是在等待时机，现在他一定是认为书记是他的同学，所以就可以不在乎市长了，就可以把旧账翻起来了，就可以把旧怨进行下去了。陈到底会施些什么让他不知道的手脚呢？

在区里共事时闹的那一场矛盾，是一场说不清楚的矛盾。当时，决定城东那一片荒山要开发成大市场时，的确是找不到一位开发商，引不来资金，后来也的确是陈区长通过同学的关系从浙江温州引来一位开发商，把那一大片荒山开发出来了。那个时候，在当地，对于开发土地的利润还认识不足，后来，土地大幅升值，大家见开发商获了厚利，当地官方和富人就纷纷找到开发区书记反映情况，要求区委、区政府出面进行干预，对开发商进行几方面限制。开发商当时和区政府有协议，时任区长陈一归一定要信守诺言。于是，在大家的议论中，陈区长就成了一位为开发商说话的官员。按照当代逻辑推论，那也就应该是掉进这个"贪"字里面了。检察院已经组织人要介入其中，区委书记当然不希望自己的区长头上戴一顶"贪"帽，他必须把陈区长平平安安保下来。区委书记处理这个问题是非常讲究策略的，他通过组织把区长送进党校学习（现在的市委书记就是那一次学习时的同学）。区长走后，区委书记绞尽脑汁，通过执法和政策部门进行软硬兼施，最后才把这个开发商的土地由政府比较合法地限价收购了。这个开发商当然不服，他找到了陈区长，陈区长非常气愤，请了假为这个开发商四处奔走，还说他一走，家里就"政变"了。话说得实在难听，区委书记最后才跟他摊牌说，陈区长，我可是为你好啊！上上下下议论很多，对你很不利。

区长说，议论我不怕！真金还怕丢进火里烧吗？你们派人调查一下，看我姓陈的有没有受过贿！

区委书记笑了一下说，我刚才没有说谁发现你受过贿，我也没有派谁调查过你。我觉得面对目前这种情况，我这种处理办法可能是最稳妥的。

区长说，可是，这种处理是拿我的背信弃义来作为代价的，是拿我的人格来作为代价的。

书记说，你言重了！这件事情不论你怎么说，已经处理下来了，不能再变！

区长在桌子上拍了一掌，说，我不服，我永远都不服！

后来两人真的就分道扬镳了。

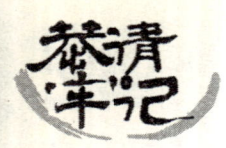

　　闹到这个样子,两人常常互不买账,当然就不宜在一起工作了。组织上考虑过把区长调走,但找区长一谈,区长坚决不走!组织上又找书记谈,想把书记变动一下,书记也说坚决不走。两人赌着气,让组织上也实在为难。其实两人工作都不错,都是组织上培养的对象。如果为这样的事情闹得两败俱伤,组织上是不忍心的。于是,只好把两人都调走,区长调国土局当局长,虽没有提拔,但是个肥缺,也算安排得不错。书记只好上浮一级,正好有一位副市长突发心脏病去世,他就补了这个缺。这样的结局出乎他俩的意料,别人闹矛盾都是渔人得利,而他俩相持却还是鹬蚌得利。这样,副市长也就一下子宽怀了许多。别人什么矛盾都不闹还得不到这个位置呢!于是,他就把全部的精力都投入了工作中。这样他又在原市长升迁到省里后,由他补缺当了市长。许多工作要做啊,在区里工作时的那些矛盾,他早就想忘了。他没有想到陈局长还要这么挑衅他。他现在是市长,总不能让自己的下级这样蔑视。如果主要领导里面多一个人不请,他也想得开,唯独他一个人不请,这也就是说,陈局长不在乎他这个当市长的!看来,这个陈一归是三国里那个孟获,不用心治一下是不行的。他得把他擒起来,放了他,再擒起来,再放了他。不然,他是不会服帖的。这个日子应该不会很长,只要现任书记一走,他就可以想办法进行。现在再廉政的人也还是人,也还是生活在这个现实社会当中的人!宗教办、科协这些单位的领导都弄出经济问题来了,他就不相信一个国土局局长什么问题也弄不出来!当廉政先进人物就能说明你没有问题了?这要看你从什么角度看!从现在弄出的案子看,一美遮百丑的事多着呢!当然,陈局长没有大的问题这有可能,但只要他有受贿上万元的问题,就足可以把他擒起来。市长根本不想置陈局长于死地,他是个软心人,他只是想拿住他的脉根,让他服服帖帖,以后别再这么蔑视他就行。自己的下级有对抗自己的人,尤其是像陈一归这样能力很强的人,那可不能掉以轻心。

　　陈局长根本不知道事情在这样悄悄地发生着变化,根本不知道自己的面前已经开始形成难以逾越的陷阱。

　　陈局长现在的心情很好,这一段时间,报刊电台还在继续宣传他的廉政事迹,自己顺顺利利地当了先进人物,又顺顺利利地把市里主要领导请了客,答了谢,除了他不想请的市长以外,其余没有一个不到。这是多大的面子啊!在市直机关的局长里,谁有这么大的面子?谁能做到这一点?看来,老同学来市里做书记,对他的仕途来说,的确是来了春风春雨,铺了大红地毯。他既然进入了为官的快车道,那么,他最大的愿望就是能够顺利地到达他自己预设的站台,这个站台就是往上提一级。自己的同事、对手已经是市长了,他爬不到这个级别,就感到自己像个窝囊废。

饭事
邓宏顺

陈局长常常读曾国藩家书，懂得读书人首先要修身齐家，然后才能治国平天下。于是，他在做人方面从不懈怠，虽然现在高尚的荣誉落到了他头上，但他一点儿也不骄傲自满，他想的是继续把自己的优点发扬光大，出出进进还是穿得那么简朴，能不去吃的宴请他都不去吃，更不像追时髦的领导那样洗桑拿、唱卡拉OK，他努力把自己的生活放在20世纪90年代初的样子。他觉得这样做很好，思想和工作要超前，生活上要落后一点。于是，他有很多时间可以自己安排。晚上，他坐家里看书，什么"文官不要钱，武官不怕死，天下太平矣"，什么"万物得一以生，侯王得一以为天下正"，什么"人生识字忧患始"，什么"生气发怒是拿别人的错误惩罚自己"，等等，什么书他都找来读。下班了，他就在自己菜地里细细地耕作。菜地不大，但总是有种不完的希望，做不完的事。他把土壤用筛子筛过，完全弄成了那种庄稼最喜欢的团粒结构状。地边也弄得整整齐齐，就像是用切割机切过。菜地的利用率很高，被他搞成了立体农业。有的地方种了高秆植物，有的地种了藤蔓植物，藤蔓植物上面搭了棚架。春种夏长，秋收冬藏，走进菜地就看见一层一层的花朵，一层一层的瓜果。这不仅有瓜果带给他的喜悦，还有土地教给他一分耕耘一分收获的哲理。于是，他像等待着自己种出的庄稼结出瓜果一样等待着自己仕途的喜讯。

这天傍晚，他从菜地回家，一个电话把他平静的日子搅没了。电话是现任市委书记打来的，跟他说，老同学啊，我要调到省里去了。今天组织上已经找我谈了。

陈局长当时痴了一会儿。他没有想到事情会这么出乎意料，会来得这么没有预兆。书记才下到这个市里两年不到啊，以前从没听谁说过他要动。陈局长还刚把自己的戏台搭好，往下这戏怎么唱呢？陈局长问道，老同学往哪里动了？

书记说，省计委。

陈局长有一种说不出来的复杂情感，但他知道自己此刻应该说什么。他说，祝贺你，老同学！

书记把愉快的笑声送过来，说，祝贺什么呀，平调。不过组织上说，是暂时这么安排，班子换届要到明年下半年。

陈局长听得出来，老同学充满了希望。他只得再往下祝贺。他说，那我预祝你明年再上台阶。

书记说，这是天上的月亮——远得很啊！

陈局长说，我什么时候给你送行？

书记说，调令到了再说吧。

可能是书记太忙，陈局长本想还问点什么，但书记说了这么几句就再见

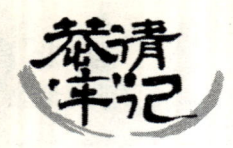

了。陈局长有点不知所措地也放了电话。现在，他想的事情是，新市委书记会是谁呢？自己的仕途还能不能在原来的轨道上运行，早知如此，上次宴请时就一定要请市长，这个关键时候，冒点风险要什么紧呢？既然上次没有请，这次给老同学送行，那就一定要请市长。上次没有低头，这次一定要委曲求全！在送行的宴席上，看书记能不能当面跟市长作个什么交代。当然，交代的话不一定能兑现，但总比不交代好一些。

这一级干部的调动，常常有很多传说，但传说是不算数的，只有组织上谈了话才可信。只要组织上谈了话就总是走得很快，因为，拖久了，权力常会造成些后遗症。刚过三天，书记又打电话给陈局长，说他过几天就去省里报到了。

陈局长就着手为书记安排送行宴。那天下午，陈局长专门到书记的办公室，书记的电话来得很多，陈局长说，你要走了，是很多人抓紧要你办事吗？书记说，也不尽然，大部分人都是要为我举办送行宴，我都拒绝了，你刚听着的。

陈局长说，那我为你办的送行宴你不会拒绝吧？

书记说，那当然，你的送行宴都拒绝了，那我就得上街吃盒饭了！

两人笑了一阵，陈局长就把宴席的具体事提了出来。书记是认真听取意见后，才亲口把地点、时间、到席人员定了下来。

书记定的还是原来的湖天宾馆芙蓉厅，请的还是原班人马。书记特别强调说，老同学啊，这次一定要把市长请来。

陈局长顿时有很多想法，但他不能说出来，他只得说，就怕我面子小了点，请不动他。老同学，你能不能打个电话给他呢？

书记说，这不好吧。你请客，你自己不请，我来给你做主，这在别人看来就有些出轨了。你自己先请了，我再打个电话是可以的。

陈局长说，不知市长能否赏这个脸。

书记突然记起上次的事儿来了，说，上次你说给市长打了电话，市长不在家，但我后来才问清楚市长那个下午哪儿都没有去，一直在家里。

陈局长全身热辣了一阵，至今，他还不知道书记问过那饭事。书记帮他的倒忙了！那也就是说，市长知道他上次请客没有请他。但陈局长明白，自己现在无论如何也不能承认自己是有意不请市长，即便在老同学面前也不能承认。有些事的确是只能让自己一个人明白，赖账也要赖到底！

陈局长说，哎呀，那市长会不会怪罪我啊？

书记说，你也太小看市长了。他还给你打圆场说，你一定是把他的电话号码记错了。

陈局长的一身热汗这一下又冰冷起来，说，难得市长这么宽怀，不然，就得罪人了。

书记说，人家宽怀，你就更要尊重人家。这次你必须亲自去请。一是作为上次的弥补；二是，我走后，书记由他接任，你以后有事也好找他。

陈局长毫不犹豫地答应了。

但真要去市长办公室请市长赴宴，他还是心里有些不顺，有些畏怯。都是血气方刚的男儿，谁愿意在谁面前真心低下半个头来！见了面，不谈国事省事市事局事，却说饭事，陈局长也感到自己俗气了一些。过去两人相争，那不是丑事；男儿争天下，争大是大非，不丑！现在要他为饭事儿在自己对手面前求和，他总在内心里不顺。如果市长不答应呢？如果市长故意批评他这样做不对呢？即使不这样，只要市长轻轻地蔑笑一下，他也会无地自容。好在前人在这方面有很多的教诲，比如"一人之下，万人之上"，比如"小不忍则乱大谋"，比如"大丈夫能屈能伸"，比如"忍得别人不能忍的气，才能做成别人不能做的事"，等等等等。陈局长还是下定决心去请，老同学的话的确是对他好，既然人家接任了书记，那以后就肯定有很多事情要落在他手里，迟求和不如早求和，不管市长怎么对待他，他都只有去请。

三

市长每天都有读一会儿书的习惯，工作很忙，无法定时读书，但时间可以变动，读书的习惯却从不改变，或者上班前半小时赶到办公室，或者下班后顺延半小时，他都要坐下来读几页书。书都是自己精选来的，或者有档次的文化人赠送给他的，一般的书他是不看的。现在人写的书很多，但真正值得一读的还真不多。有的书洋洋几十万上百万言，需要记的东西几乎没有！要做市委书记了，他更应该提高自己的知识修养。现在，市长是提前半小时赶到办公室来读书的，他正在读一本《中国古代管理文选》。今天他读了"预测篇"。文章说，按照五行之说，金年，谷物就丰收；水年，谷物荒歉；木年，会发生饥馑；火年，会发生干旱……他一边读一边思考着，这种古代的预测学在今天还有没有价值。正读得入神时，陈局长敲门进来了。这完全出乎市长的意料。

陈局长是通过刘秘书提供的情况找来的。他已经把广告款付给刘秘书了，所以刘秘书现在对他很好。他不敢把腰挺得太直，但也没有弯得太多，笑着走进去跟市长握手，说，老领导，不好意思，打搅你来了。

市长也是笑面相对，没说太客气的话，一定是一时想不出得体的话来说，毕竟是有过隔阂，怕说不好有伤和气，先站起来和陈局长握了手。陈局长把市长的手握得很紧，但是，市长感受得到，那不是感情浓烈的那种握紧，而是故意做出来的，劲使得很生硬。手握多了，市长就有了这种悟性。市长把陈局长

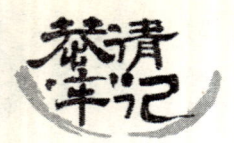

的手握得不紧不松，握得太松，怕陈局长一下子把他看白，看轻了；握得太紧，他没有这个必要，本来就不想握紧。他就将是书记，他有什么必要在自己的下级面前作这个假呢？

市长招呼陈局长坐在沙发上后，自己也把靠椅转过来朝着陈局长，说，分开这么多年，你也不来走走啊！

陈局长说，你当市长，很忙，我想尽量少给你添麻烦。

市长说，那就太感谢你体谅我了。

陈局长说，我为你这些年政通人和，步步荣升感到高兴啊！

市长说，这都是大家对我工作的支持，也有你的一份功劳。我一个人有好大的本事？

陈局长说，我要预祝你当市委书记啊！

市长说，老陈啊，万万不可以这样说啊！谁说我当市委书记了？没见红头文件，你可千万别这样！

陈局长明白市长的内心，他是怕传得太快，弄出不测。最近，常常发生一些意外的事情，头天还说谁谁要当什么官了，结果一天之后马上变了。原因是，现在纪检部门很毒，向社会公布了检举电话，别人一听说某某人要当官了，就马上举报有受贿行为，纪委的工作是外松内紧，有人举报就逮住不放。所以，没见红头文件之前谨慎一些是完全应该的。陈局长觉得自己可以说正事了，就说了他在湖天宾馆芙蓉厅请客，请市长一定赴宴，还一再说明是特地为他的老同学饯行，没有别的什么意思。

市长想起陈局长上次请客没有请他，又见今天陈局长坐在他面前的样子，就笑了一下。他想自己几擒"孟获"的时机应该到了，从现在起，就可以进行。

市长说，什么日子请？

陈局说，后天。

市长说，不能改变了？

陈局长说，这是老同学定的，其他日子都被别人定了。

市长盘算着，如果不把时间问死，往下他就不好推脱，现在可以了。市长屈指一数说，哎呀，不行，正好这一天有事，已经和一个区领导约好，是招商引资的大事，而且是台资，不好在台商面前失礼。

陈局长立刻意识到此前自己担心并不是多余的。现在他真是找不到自己往下走的台阶在哪儿。但他不能生气，在未来的书记面前生气就是把自己前途砸碎！但他也不能这么灰溜溜地走人。他说，要不，我跟老同学商量一下，把其他人的时间调整一下？

饭事
邓宏顺

市长说，完全没有那个必要！地点、时间、人员都应该按既定的进行。

陈局长说，你不到席，等于这个席就没有圆满。

市长说，你言重了。没有我到席，照样很圆满！

陈局长听出市长这话一语双关，显然是包括了上次请客的事情。陈局长说，老同学一再交代要请你到席啊！

市长说，这个没有关系，我跟老书记说明就是。他这几年都很支持我的工作，他会理解我的。我们在一起吃饭喝酒的机会多呢！市里也还要专门送他的。

陈局长觉得自己此时应该把话语的分量加重一些，不然，就会这么被拒绝。他说，我这么些年都没有麻烦你，这次我还是想让你给我点面子。

市长笑了，说，陈局长，你怎么这么说话呢？我不去吃饭你就没面子了？我又有好大的面子？

陈局长说，无论如何，你还是要来一下。

市长见陈局长说得实在恳切，只好来个缓兵之计，说，那就到时候再说吧，如果能脱身我就来。

陈局长觉得自己可以沿着这个台阶下了，就说，到时候，老同学还要打电话给你。

市长说，那好，就这么定了，他打电话来了再说。

陈局长回来后很不愉快，上班也少了笑颜，下班回家就往菜地里蹲，想在瓜菜里找一份愉悦，但也没有找到，向来笑着的瓜菜，现在似乎也都扁着脸孔对他了。

宴席如期进行，市长还是没有来。书记给市长打了电话，市长还是说他在区里为招商引资的事忙得离不开。书记很理解市长，就在陈局长面前解释说，市长很忙，来不了。我要走了，什么工作都落在市长一人头上啊！

对于书记来说，市长来不来没有多大的关系，平时在一起的时间很多，而且市里已经定了，最后还要宴请书记一次，给他送行。但对于陈局长就不一样了，市长不到，就是他预设的仕途轨道上有了看不明白的东西，也许就是一个难以跨越的障碍；请不来市长，不管什么理由，起码在别人看来，他和市长没有那种很好的关系。作为行政官员来说，关系是一种无可替代的宝贵资源。没有这种资源，你要经营好自己的仕途，那就近似于无米之炊。大家都给书记劝酒，喝得很热闹，但是陈局长的情绪一直上不来。墙上的蒙娜丽莎在对着他嘲笑，博古架上的竹雕笔筒上的那些文人雅士也似乎都在蔑视他，嘲笑他。

书记看出了陈局长的情绪，说，老同学，你呢，也喝高兴一些嘛！你将来的事儿嘛，这么多领导在关心你，你也该表示感谢啊！

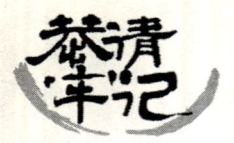

　　陈局长知道此时自己是切不可以现出真实内心的，说，老同学，我今天高兴得很哪！这么多领导在百忙中都来赴宴，我哪能不高兴呢！来，喝！

　　这天晚上，领导们比上次喝得还尽兴。除了陈局长没有醉，其他领导的脚步都有些草书的意味了。从湖天宾馆走出后，书记和陈局长坐一辆车，书记才悄悄地跟陈局长说，老同学，我知道你今天为什么不大高兴。你的事，我到省里还可以给新书记打招呼，你要沉得住气，把各方面的关系都疏理好，遇事不要依自己的一时之气。

　　陈局长叹了声，说，唉，我的脾气都改完了。要照我过去的脾气，我是不会去请市长的。

　　书记说，你这样请他才是对的。市长对你的印象还是很不错的。你要和他多来往。

　　陈局长沉默了，他不想把长长的往事扯出来弄得心烦。

　　老同学很热闹地往省里走了。陈局长的心情越来越沉重。他自己也不知道为什么要那样越来越沉重，除了没有请到市长赴宴以外，什么不顺心的事情也还没有遇到过。简直有点莫名其妙。

　　那天，市直机关召开城市建设动员大会，新市委书记作主题报告。当主持会议的人说，下面请市委书记马书记作报告大家欢迎时，陈局长本不想使劲鼓掌，但因为坐得太靠前，他只得也和别人一样拍得手板发麻。拍过手板，他还在心里反反复复地告诫自己：以后碰到这个人一定要叫他马书记！一定要叫他书记！

　　有些事并不是凑巧，而是本来就该在这个时候发生。在沿河路扩建中，有一个问题涉及了国土部门。那是一个区里有一国土干部违规给其亲戚批了一块宅基地。这户人家依仗自己的亲戚在国土部门工作，又认为自己是合法建房，就在搬迁中和政府较劲，先是不肯搬，后来肯搬，又把嘴张在天上，漫天高要搬迁费，给政府在沿河路的扩建工作造成了很大的障碍，带来了很大的麻烦。工程队决定用推土机强行拆毁时，户主和施工人员打了起来，伤了几个人。问题终于反映到了马书记那里，马书记首先想到的就是陈局长。这也没错，区国土局也是陈局长下属。那么，马书记现在就可以一擒"孟获"了。市政建设局是来向全体常委汇报的，市政府分管市政建设的副市长也与了会。汇报的领导说，市里应该开一个城市建设动员大会。马书记马上表态说，这个建议很好，是应该开一个有威慑力的大会，不然，这样下去，时间不等人啊！新市长还没有产生，马书记就成了党政一肩挑。分管市政建设的副市长马上表态，他去抓落实。马书记特地交代，他要自己来作这个主题报告。报告中一定要把国土部门违规批地给这次沿河路扩建造成的不良影响讲深讲透。一个星期后，城市建设动员大会就在市政府大礼堂里召开。

饭事
邓宏顺

让陈局长没有想到的是，马书记的报告会把他裹在里面。马书记在报告中讲到国土部门违规批地给这次沿河路扩建造成的损失时，反反复复地讲。陈局长就坐在下面，真是有些不好意思了。其实，他已经责成区国土局把违规批地的干部作了严肃的处理。在这样的大会上提出来批评一下也还是可以的，但用得着这么大动干戈吗？这分明是有点儿别的意思了。陈局长自然要想起两次请客的事，当然，祸还是自己惹起的，他当时为什么就没有想到自己的老同学会走，为什么就没有想到市长会升为书记呢？为什么就不能委屈一下自己，把市长也请来呢？这年头连股长都不在乎一餐酒饭，但请谁不请谁，那是请客人认不认同谁的问题，酒饭不是本质问题，本质是在酒饭之外。陈局长回忆当时的情景，也的确是这样，他就是因为对市长有猜疑，怕他发现自己的势力才没有请他。现在，他不得不承认自己这一着棋走失误了，惹麻烦了，而且恐怕以后想弥补都不好弥补。要是工作上的事办错了，说说明白就行，可这饭事你不好启齿跟人家作检讨，你去检讨，人家还不好承认，也不会承认……

陈局长正这么往下想时，马书记点了他的名说，国土局的陈局长来了吗？

陈局长脸上立刻紫若猪肝，站起来回答说，来了。

马书记说，老陈啊，不仅是你自己当先进就行，你还要好好教育你下面的干部，在城市建设中要帮忙不添乱，要唯法不唯情，要唯公不要唯私。你要号召你下面的干部都向你学习。你一个人当先进，你身边的人尽给我们工作添乱，给你脸上抹黑，那说明你还不是个好局长！

马书记没叫陈局长坐下，陈局长站起来就不好坐下，只好站在那里给马书记点头。

马书记还继续往下说这个问题，陈局长想，自己不能老这么站着亮相出丑啊！于是，不管马书记叫不叫他坐下，自己也就坐下了。

坐下来，陈局长才知道自己的背心都汗湿了。他可是从来都没有这样快就能出汗的，可见自己的身心这下真是受了大的震撼。

有一段时间，他简直听不清马书记的报告在说些什么，好一会儿他才对声音有感觉，才知道马书记已经说别的问题了。他把马书记刚才说的那些话回忆起来，没有一句话是批评他的，甚至是表扬他，但和批评有什么区别呢？应该说就是当众批评，或者说是杀他陈局长的威风！你想想，国土部门那么多干部在会场，书记点他的名，他站起来让大家看，这难道还是有脸面的好事吗？

今天这个会让陈局长实在开得不好受。散会回来的路上，他就一直在想自己当时该不该站起来。男子汉做事应该敢做敢当，既然书记点了他的名，他站起来既是一种礼貌也是一种气概嘛！但仔细一想，如果不站起来他就不会让那么多人看自己的难堪，自己当时还是少了点什么思考，难怪，马书记能当书

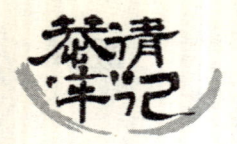

记,他不能!他又想起周瑜赚蒋干,刘邦溜鸿门宴的事,其实,他现在的身份用不着那么老实。今天肯定是马书记故意所为,他上当了。马书记在给他小鞋穿了,下次他得好好注意。

马书记散会后也在回忆自己点陈局长名时的那种情景。这么些年来,毕竟他今天是第一次这么居高临下地摸了一把陈一归这只老虎的屁股。陈局长是个气汉子,这个,马书记再清楚不过了,今天在会场上的表现也证明了这一点。但他陈一归应该在叫他坐下的时候再坐;可他没有,他是自己坐下的,那就是说,他内心里还没有驯服,还可能要进行二擒。什么时候再擒,那就要看时机了,不过,在市委书记手里,这样的机会是不愁的。

陈局长回到家里,想起自己和马书记的事情,想起老同学一走,自己孤立无援,就没心思再去菜地种菜了,菜地一天天荒芜起来。瓜菜在蒿草里挣扎,越挣越艰难,到后来已经生存维艰了。它们不再开花结果,叶子一片一片地黄了,落了,死了。又因为想那些不顺心的事情,没有哪一天能睡个好觉,天天夜里做些怪梦,陈局长的身体也和那瓜菜一样,一天不如一天,瘦了,黑了,瘟了。于是,在单位的工作也不再有从前的朝气。抓什么工作都瞻前顾后,总是怕得罪这个,怕得罪那个,怕别人找到马书记那里去告状,怕马书记再找他麻烦。这样一来,局里的纪律也开始涣散,一些规章制度也开始执行不力。干部们开始议论陈局长了,说陈局长变了,变得有些阿弥陀佛了。

局里这种状况通过组织部反映到了马书记那里。马书记觉得二擒"孟获"的时机又来了。组织部部长给马书记说了陈局长的工作状况后,马书记说,这个人以前工作不错啊,怎么一下子变化这么大呢?是在闹什么情绪吧?

部长说,据局里干部说,近来他身体出了些问题。

马书记说,噢,那就是另外一回事了。如果不是因为身体问题,就一定要把原因弄清楚,为什么一下子工作就垮下来了?我们对干部一定要负责任。该批评时要批评,该爱护时一定要爱护。何况他还是这么一位先进典型呢?即使身体问题,你们也要派人去了解清楚,看看他是什么病,要他尽快到医院里检查治疗。你们把情况弄清后再向我汇报一次。

部长说,好。

四

三天后,部长来向马书记汇报,说陈局长到医院里检查,没有查出什么病来,就是提不起精神。

马书记一听说没有什么病,就是提不起精神,就知道这个陈局长是思想问题；是思想问题，那就是说，他还在较劲，那好办。马书记说，即使这样，你先在陈局长面前放点风声，就说他现在身体不好，是不是让他专干党组书记算了，局长另外派一个人来。

部长说，我们部里先找他谈谈这个意思，看看他有什么想法。

马书记说，一定要注意，只是试试他的想法。如果他愿意重振精神，把工作干好，那一定不要动他。你们知道，他是我的老同事。国土局是块肥肉，想去的人很多，我给你们交个底，我是不会同意你们随便动他的。

部长做了多年人的工作，自然领会了马书记的真实意思只是放放风，不是真想把陈局长怎么样。

部长回部里后就给陈局长打了电话，叫他到部里来一趟。陈局长按时到了部里，因为是马书记亲自交代的事，部长就亲自找了陈局长谈话。

部长一看就知道，陈局长显然是有备而来，他刚刚整了发型，衣服、领带和皮鞋也都像是特意穿上的，一尘不染。这自然就显得精神多了。部长简直看不出陈局长是个有病的人，只是比以前瘦了些。于是，部长就从这个"瘦"字开始谈话。部长说，哎呀，陈局长，你最近怎么瘦了许多啊？

陈局长笑着说，有钱难买老来瘦嘛！随着年龄增大，瘦一点好。

部长一听就明白了陈局长不服输的内心。部长说，这倒也是，不过，瘦也好，胖也好，只要健康就行。你没有什么毛病吗？

陈局长说，没有，刚到医院里查过。

部长说，长期瘦倒没有什么，如果是突然瘦下来就要注意，那肯定总是有点什么问题。

陈局长说，别的没有什么感觉，就是天天晚上不像以前那样睡得好。睡着了也不是睡得很深，梦多。

部长说，噢，这就是原因。

两人谈得很亲切，部长觉得此时应该可以谈实质性的事情了。部长说，你是不是工作负担太重了？

陈局长说，我也不是一年两年搞这个书记局长了。重什么，不重。应该说，越来越熟悉这个工作，越来越顺手，越来越轻松。

部长笑笑说，身体是大事啊！如果你感到工作负担太重，就把你的工作调整一下。

陈局长心里有些莫名的激动，往哪儿调？是不是老同学给马书记打了招呼？是不是要把他往市领导的岗位调？是不是他的仕途开始通达了？他想了想说，部长，我能问问组织上想把我的工作怎么调吗？

部长当然明白陈局长想的是什么，说，能不能把你的工作减轻一部分呢？

这个回答让陈局长感到意外，感到大失所望。陈局长声调一下降低了，说，组织上是想把我减掉哪一部分工作呢？

部长说，你在党风廉政建设方面很有成绩，是不是就搞专职党组书记呢？

陈局长半天没有回答。他内心里翻江倒海了。这对他来说，简直就是一个沉重的打击。他知道，这个话不是部长一人能这么说的，这不是个开玩笑的话题。他说，部长，这只是部里的意思或是别的主要领导有这个意思？

部长说，这个你就用不着问了。我是征求你的意见，你只告诉我，让你搞专职书记你干不干？

陈局长开始明明白白地激愤了，说，不干！部长，我知道这是谁的主意。你用不着明说，我也不用挑明。我请你转告这个出主意的人，他整不倒我！陈局长有些气愤地走了。

两人并没有意见，但谈话可以说是不欢而散。部长在部里工作好多年了，从一般干事到副部长、部长，因此对陈局长很熟悉，知道他是这个性子，并不计较。部长也觉察到马书记和陈局长之间有些不对劲，其间的具体原因他当然也知道些，但他从不往深处说，现在人事关系很复杂，有些事情弄清楚了倒不好，装聋作哑是一种聪明。

部长到马书记的办公室跟马书记如实汇报谈话的情况。马书记非常轻松地看着部长说，和陈局长谈得怎么样？

部长说，想法倒是弄明白了。

马书记说，他什么想法？

部长说，要他搞专职书记他不干。

马书记说，他不仅不干，还老不高兴是不是？

部长说，马书记，看来你是比我更了解他的。

马书记说，他还发了脾气是不是？

部长包庇了一句，也没有发什么脾气。

马书记说，跟他谈这样的问题，他不发脾气不可能，部长你没有跟我说实话。上次开城建大会，我点了他一下名，我看他那样子就不服。部长你跟我说实话，他还说了些什么？

部长明白自己不如马书记了解陈局长。他不想把陈局长的原话说出来，怕影响他们之间的关系，但是书记既然这样说了，在书记面前他不说些实话也不好。他说，有些事陈局长可能误会了，他以为有人在整他，他在谈完话时说，别人整不倒他。其实，谁要整他了？我们都是爱护他。

马书记说，这才是实话。部长啊，你说，谁要整他呢？他这个人就是这么个牛脾气！

部长汇报完走了。马书记坐在办公室里默默地想了一会儿,那个发如铁丝,脸如国字,腰板挺得十分刚直的陈区长又在他脑子里活起来。他说话是那么刚直不阿,做事是那么果敢不二。说实话,他喜欢这样的人做自己的帮手,但是,因为歪歪斜斜地把关系弄成了这个样子,现在只得下工夫制服他,只要陈局长在他面前服帖了,他仍是喜欢这条铁汉子!

已经使过两擒了,陈局长还没有服,那么三擒就得力度大一些。

过了些日子,马书记给部里建议一个区委书记到国土局去当局长。这个区委书记是马书记的党校同学,调到市里来一直还没有理想的地方安置,一年多来都在打杂,这里搞临时办公室要他负责,那里搞什么突击指挥部要他负责,实在让他有些委屈。他曾找过马书记多次,马书记简直有些不好交差了。但马书记那时候当市长,在人事权上还不怎么主动,现在好多了。安排这个区委书记到国土局当局长,于情于理都是说得过去的,别人不会说他讲情面不讲原则,有哪一个区委书记像王晨这么久待在市里没有安排呢,没有。

部里按照马书记的意思,把这个建议提到常委会上研究,并获得了通过。这个建议获得通过后,马书记不能没有想法,他认为,这是三擒"孟获"了,如果陈局长还不服,就不知往后还有什么办法可用;作为一个行政官员,将他从局长的位置拿下来,就真的算是伤筋动骨了。正因为如此,马书记内心里也有些愧疚,也反反复复地问自己:这是打击报复吗?这是整人吗?虽然部长转告马书记说,陈局长听到这个人事安排意思后有些激愤,说整不倒他,但那也都是气头上的话,现在真把陈一归的局长拿掉了,他会感到伤痛那是肯定的。好在马书记内心很踏实,毕竟不是想整倒他,而只是想整服他。只要陈局长内心里服帖了,他什么时候跟组织部说一声,把王晨局长挪一挪,让陈继续做局长就是,不过就是在常委会上多说几句话。现在就看陈局长是什么反映了。

这个人事安排意见传到陈局长那儿之后,人们看到陈局长沉默了,但对待下属多了几分亲切,见人总是笑笑的。他在努力作出无所谓的样子。但是,细心的人还是在他的菜地里看出了真相。陈局长不再到菜地里去,菜地的野油麻树长得高过人头了,白麻叶树铺天盖地茂盛起来,庄稼没有了影子。一些生命很强的藤蔓庄稼,艰难地抗争着,沿着麻秆爬上去,开一朵小花,或者结一个小果子,但也因为战不过生长茂盛的野植物,终于使小果子黄了,死了,掉下了。

新局长到局里上任的第一天,必须是领导护送。这已是惯例,同时也有人情味和政治意义。马书记不便亲自送王晨局长上任,就要部里派一位领导去,部长考虑陈局长会有些想法,怕在欢迎会上弄出些事儿来,就亲自送王局长到局里上任。这个意义很明白,就是支持工作,往深处说,如果原局长和新局长

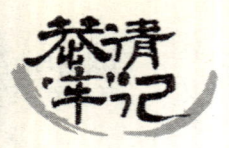

摆擂台，组织上就是支持新局长的。

这个意思谁都懂，但是，送新局长上任，还必须开一个非常严肃的会议讲这个意思。领导们讲的那些话非常好听，可想起来非常矛盾。比如肯定上一任局长的工作取得了巨大成绩，比如组织上又是如何信任新一任局长。

国土局的会议室布置得有些特别，地板砖和墙脚砖都是黄土颜色，而窗帘是树叶的绿色里镶嵌着一些细碎的花朵。部长走进会议室就真像走进了自然界，看到了黄土地上长着花草和树木。由这个会议室也想象得出，陈局长的确不是一般水平的局长，会议室就能折射出他的工作不仅做得很细，而且有很高的审美情趣。但部长没有说，这个时候他不能再表扬陈局长。组织部长的话是最不能乱说的，每一句话往往都像是给人定论。

大家都早已在会议室里坐好，等着部长送新局长来和大家见面。大家都明白，今天的会议有哪几项程序，有哪几位领导要讲话，讲的都是些什么话。但这不影响大家对这个会议的好奇心。在局里，再也没有比换局长更让大家注意了。

领导们在主席台上坐好后，会议也就开始了，当然也就是讲话开始。大家想听到的是部长会怎样评价原局长，怎样支持新局长，还有就是新局长的施政演说和原局长的表态。最后，大家都没有听出什么新鲜味道来，部长的话像是小学生背课文，新局长的话没有陈局长到任时讲得那么有自己的见解，倒是原局长陈局长的表态讲得大家都听得要掉泪了。陈局长把自己这些年来的工作成绩只是轻描淡写地提几句，说，这些年来，在上级领导的支持下，在同志们共同努力下，做了些微不足道的工作。往下，他就主要谈自己工作上的不足，谈还有哪些工作需要新班子做好。谈得非常中肯，听起来入情入理，想起来令人感到亦忠亦勤。陈局长说的都是内心话，这个大家也听得出来。陈局长觉得自己没有必要和王晨局长过不去，往前想想，以前没有共过事，没有任何摩擦，而且王是做过区委书记没有得到很好安排的人，做局长的资格也足够；往后想想，书记和局长还要长期共事；往上想想，那是马书记让他来；往下想想，两人不和必给局里的同志们带来麻烦。从哪方面讲，他都没有必要和王局长过不去。作为同事，合作得好是一种愉快，合作不好是一种痛苦，而且会是多年的痛苦。他已经有了和马书记共事的教训，所以他宁愿自己多谦让一些，也要和新来的王局长搞好关系。人们原认为陈局长会在欢迎会上说些不服气的意思，没有想到陈局长会这么宽怀，宽怀得让大家都有些同情陈局长了。

陈局长把自己那间最大的办公室让出来给王局长办公，自己搬到王局长隔壁的一间小办公室里。王局长当然不让陈书记这么做，但陈书记不能让自己的办公室比局长的办公室还大，既然王局长来当局长了，陈局长就打算好好当书记，好好支持王局长的工作。支持工作就要从小事，从实事做起，从自己做

024

起。这是他陈一归的作风和习惯。

可是一些实际情况确实让陈书记有些难受。比如，以前听人叫陈局长听惯了，现在别人一下叫他陈书记，应还是要应，声调就没有以前那么自信了。那些曾经要他签发票的干部，现在都从他门口走过，到王局长那里签了，碰到他也好像怕王局长有看法，连话也不敢说得太亲切，只是非常谨慎地点点头；对他有看法的人干脆连点点头也省了。说他心里没有失落感，那是假话。但这是没有办法的事情，规矩如此，他想不通也得想通。好在过些天，陈局长也还是慢慢习惯了。

王局长见陈书记那样尊重他，他也非常尊重老局长。他虽是马书记点将去国土局当局长，但他不想做那种仗势欺人的小人。他把陈书记请到他的办公室里，要和他沟通一下情况，衔接一下工作。可陈一归书记说他要说的工作在那次迎接新局长到任的会上都当众说过了，私下里没有什么要说的。陈书记就怕组织上说他先入为主，干扰新局长工作，尤其王局长是马书记点名来的，所以他是先小人后君子，把想说的工作都在那次迎新局长的会上当着组织部领导讲了。后来又有几次研究工作，王局长为了尊重老局长又请陈书记定个调子，陈书记不干，他怕别人说他把王局长架空了，让马书记对他有看法。当然，他也想到王局长这样过于尊重他，是不是在欲擒故纵。他可以对天发誓，是真心要尊重王局长，支持王局长工作的。但王局长似乎感到陈书记是在跟他不配合，是趁他不熟悉局里情况给他出题目。王局长其实也是一个特别看得开的人，一个做过区委书记的人还有什么世事看不懂呢？工作做多做少、做好做差并不重要，关键是要搞好各方面的关系，闹矛盾和搞团结的结果他是再清楚不过的了！尽管陈书记这样沉默对他，他也还是忍了。他只得一天到晚找别人谈情况，尽快进入角色。好像那些过去对陈局长有些看法的人总是在王局长那儿谈得最多。这个，陈书记也能谅解，这些曾经对他有看法的人肯定想要说些有关他的坏话，新来的局长喜欢听听，这也不奇怪。后来，陈书记通过别人转达过意见，说王局长不要听那些工作上吊儿郎当的人说鬼话，要用工作来统一全局干部的思想。王局长听后也没有说什么，只是在会上不点名地说，我到局里来工作，广开言路是应该的。有的同志呢，我要他说话他不说，那就不该怪我了。局里人都明白，王局长这话是针对陈书记来的。因为不点名，陈书记也就装傻了。让人一着，天宽地阔！再说，王局长是马书记派来的，他用不着和王局长过不去，因为和王局长过不去，就意味着是和马书记过不去，这是行政上通行的逻辑。现在是自己的下午，别人的上午，他还是低调一点好，能忍也就忍了。党、政一把手相持没有好处，鹬蚌得利的少，渔人得利的多。他是聪明人，不是不懂得这个教训。

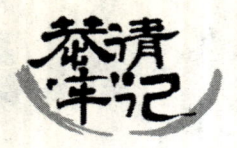

后来,王局长就慢慢地变得完全按自己的想法开展工作了。陈当局长时,对接待标准有严格的规定,现在王局长放开了,下面的科室也放开了,大家都变得有些毫无节制。下面科室的人吃了喝了也罢,还说以前的陈局长不好,思想太古板,不适应改革开放,不适应市场经济。这话也传到了陈书记耳里。他当局长时对局里进人把关很严,用不上的人,不管是谁的条子和电话,他都拒绝。说实话,也就因为这些事儿得罪了一些人,这些人如今看到他连头也不点了。现在接连地进人,行政机关进不来就往差额拨款和自收自支的单位进。有的单位发不出工资保证不了待遇,就违规违法在下面乱收费,弄得下面的老百姓经常到局里来吵闹,骂些非常难听的话。陈书记有些切肤之痛了。陈书记终于好心好意地跟王局长说了这事,但王局长说,老陈,这都是有领导条子的,我顶不住。如果你认为我有什么问题,你去找马书记反映就是!马书记要是批评了我,我就有理由顶住这股歪风了。

这话什么意思?真是说自己的难处还是在仗势呢?陈书记现在深有感受,一个局要培养一种良好的风气,那是很难的,而不良的风气却能很快地盛行,尤其是在一个有权力的局里。时间还不到半年,局里已经远非从前的样子。经费入不敷出,干部出现了两大派,一些既得利益的人说王局长好,目的自然要否定陈局长当局长的工作;还有些人看不惯这些事情,就说陈书记好,找到陈书记反映情况,想拥戴陈书记作头和王局长唱对台戏。陈书记不干,他知道王局长的靠山是谁,他也知道自己的"克星"是谁。他已经领略过了这一道风景。如果老同学还在这个市里当书记,即使他碰上这么个局长他也不怕,他很快就可能把这个局长掀翻。但现在老同学走了,恰碰上自己的冤家当了书记,他不能硬碰硬地对着干。他得克制自己,得学会周旋。于是,他让自己沉住气,暗示那些找他反映情况的人向上级有关部门进行举报。但是,不仅这些举报材料都泥牛入海,向上面反映情况的人也被一个一个地搬弄到一边去坐了冷板凳。如果陈书记过了55岁,他想他自己很可能准备忍让下去算了,但他还才51岁,别说退休,离退二线都还有好几年,无论如何他是忍不了这么长时间。他不知道自己对王局长的一片好心怎么就弄成这样了!他感到自己和很多人在大海里游泳,一个浪一个浪地打过来,别人都在迎着浪头往前冲,而他却呛了水往后退了,被浪头冲到了边沿。他哪儿不如人呢?王局长甚至马书记,他们有哪些方面比自己强呢?他想不出来。他们为什么能在这个海里畅游,而自己就不能呢?很多个日日夜夜像一个让他走不到头的洞子,他在这个长长的洞子里往前走,一边走一边想着自己这些年的得失。最后,他像是把这个无限长的洞子走到头了,他仿佛抬头看见一线亮天了。他终于明白吃亏在自己这个拗不弯的个性上。如果他能早在马书记那儿低低头,当初请饭时不把马书记拒之门外，他也许就不是今天这个样子。难怪古往今来的男人都喜欢说，大丈夫能屈能伸啊！难怪韩信能忍胯下之辱啊！他决定还是到马书记那儿去取个和，争取把这种危势扭转过来，不然，于公于私，他这种日子都实在是太难过了。那么，用什么方式求和，马书记才能相信他是真心呢？才能接受他的讲和呢？

五

马书记从来没有去过国土局，陈局长当政时，他没有去，那是他怕陈和他见面时有什么不恭敬让他难堪。他是了解陈一归的，陈一身的傲骨，其聪明和才智使他年少得志，但上天没有教会他糊涂，所以他中年以后反被聪明误了。马书记在内心里承认，至今自己还很欣赏陈的才能。无论当市长还是现在当书记，每到遇了难以克服的困难，而自己又找不到得力的帮手时，他总要在内心里想起陈一归，想起他有勇有谋，处事又果断又准确。他常把自己想成唐僧，把陈一归想成孙悟空，他时常都想把陈请回到自己身边来降妖压魔。但是，他也知道陈是一把双刃剑，如果不把陈从内心里整服，反而会伤害自己。因此，他必须要这样"三擒孟获"。这些日子，马书记一直等着陈来到他面前"投诚"。只要他真服了，马书记打算把王晨安排到市委这边来任职，局长还是让陈来继任，或者说王不动，把陈调到自己身边来工作。但就一直没见陈来找他谈谈心。不仅如此，局里还有那么多人反映王的问题，这能和陈没有关系吗？据王亲自来汇报说，王是想尊重陈的，而陈不服尊重，先是徐元直入汉不献一计，后来又暗示一些人反映局里的问题。从各方面得来的情况分析，虽然已经擒他三次了，但陈还是没有服他的迹象。对于陈这样的人，马书记也感到有点解数已尽。看来，这种人还真像是孙悟空，没有紧箍咒戴在头上，那是谁也制不了他的。但马书记现在到哪里去找这么个紧箍咒呢？

马书记等着陈去求和，陈书记也正要去降服于马书记，现在两人的心理距离已经拉近，只是还隔着一层帷幕，只要双方一见面，问题就应该得到很好的解决。

但陈书记一直在为自己用什么姿态跟马书记见面才显得有诚心而为难。要他当面说服输的假话，他在心里试了试，说不出来，不知从哪儿说起，说出来了也会不像，还会弄巧成拙；要他像有些人那样，去跟马书记当面说好听的话恭维马书记，他在心里试了试，也说不出来，说出来了，马书记也会认为那是在做假象，马书记不会相信他说那些话是他的内心。那么，他还有别的什么办法呢？他想到了老同学调走时说过的话，老同学说过可以给马书记打个招呼。于是，陈书记给老同学打了个电话，要老同学在马书记面前作些疏导，想通过

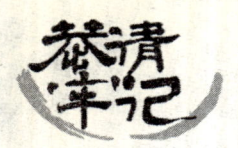

这种弯道改善他和马书记的关系。老同学后来回他电话说，马书记一直对他印象不错，是他自己不肯接近马书记，还说马要他多看看《西游记》，尤其是要多研究一下孙悟空。陈书记明白了这个意思。于是，他决定带一份礼物去见马书记，去争取马书记的信任。孙悟空不是也常给唐僧化斋饭送桃子吃吗！他作出这个举动，并不是冲动或者是盲目，而是反复思考过。既然好听的话说不出来，他还有什么好办法取得马书记对他的好感、对他的信任？而且现在的行情也已经是流行用礼物说话；再说，礼物一到，他也就能一下子明白马书记对他的态度：如果马书记接了，那么他就面临着新的转机；如果马书记退了，那么一切都不用再努力。想想，还有什么比这更能很快地弄明白幕后的事情？

送现金是绝对不行的，送一个什么数儿都不合适，而且像他们这种关系，相互间打交道都是非常谨慎的，万一弄出什么麻烦来，对马书记和自己都不好。

陈书记不知道自己是怎么准备好那份厚礼的。所有的具体的事情都是他自己做的，但因为当时做这事情时思想实在太复杂，他的身心几乎处于分离，他像一台机器，有人已经按动了按钮，停不下来，就那么工作着。他拿了存折，去银行提款，然后到古董市场上转了好几圈。他不敢买那些象牙、玉器，他看到一幅极其精美的竹雕插屏，标价180000元。他老觉得自己这次行动和这块竹雕插屏有缘。一则是这个价格他能够承受，二则"琴棋书画"这个内容符合马书记爱读书的高雅习惯，三则艺术品有价值以外的意义，四则这竹制东西别人也不知道价值几何。这对送礼人和受礼人都有好处。但他又不大相信这幅竹雕插屏会值那么多钱。古董商就给他解释说，一般竹雕当然就值不了这么多钱，但这上面题有"芷岩刻"的款。周芷岩可是清代嘉定派的大竹刻家啊！他题款的一个竹笔筒最近拍卖价是一百多万元。陈书记一看，插屏上那流水，那小桥，那垂柳，那桃花，那松竹，那人物的神态，简直就活了。他记不清当时花了多长时间办完了这件事情，好像是很长，也好像很短。现在他在车上记起这些事情，好像是自己做过的，又好像不是自己做过的。他今天已经和马书记在电话里约好了，他就去马书记的办公室里见面。想起在区里工作时，开始那几年，他们两人几乎是天天见面，每隔三两天又同坐在一个主席台上讲话或者在一个酒席上同饮。那时的工作真是顺手，年年先进啊！自从闹了矛盾分开后，算下来，已经有十多年没有真正地好好说过话了，上次请他赴宴也只是相互客气了几句。真快啊！这十多年，马书记走得很顺，而他却还在原地踏步。同事的时候，他们说话没有上下之分，现在不行了，他得把马书记看做自己的领导，他得像别人一样跟马书记点头哈腰地说话。不然，他的一切努力都将是白费。他绝不能再像以前那样坚持自己的性子，退一万步说，以后东山再

饭事
邓宏顺

起了，要坚持自己的性子也还不迟。

进了大门就到市委办大楼了。办公楼是新修的十三层大楼。原来办公楼前放着一对大狮子，马书记当书记时将其搬掉了，他说这对大狮子一摆，就和过去的衙门一样，他不喜欢！为这事，报纸电视台还好好地报道过一番。陈书记约好了刘秘书在门口等着。他看见三楼马书记的办公室果然还亮着灯。他跟着刘秘书走进办公大楼，对着楼梯拐弯处的衣帽镜整理了一下自己的衣领。他现在体质远不如前了，但认真整理一下，精神还是能够提起来的。

刘秘书在过道处才往自己的办公室进了。陈书记走到马书记的办公室门口停了下来，他觉得应该让自己定定神，才好见马书记。他既不能让自己脸上有一丝傲气，也不能让自己太不像回事。他准备敲开门后，第一句话还是说，马书记您好！往下就看马书记怎么说，他才怎么顺着说。

陈书记敲了三下时，门开了，马书记十分热情地伸出手来和陈书记握了。陈书记说，马书记您好！马书记说，老陈，多年没有这么亲切握手了。

陈书记说，你现在要见的都是大领导，自然是没有时间和我们握手了。

马书记说，哪里哪里，你也不常来看看我。别忘了我们可是老同事啊！

陈书记说，那我就高攀了。你的工作太多，不好打搅你。

马书记说，你来了，和你叙叙旧，也是重要工作嘛！

两人笑着分宾主坐下了。陈书记没有想到马书记今天会这么意外地谦和，他原想最多能以礼相待就不错了。

陈书记说，马书记，你官越当越大，人却越来越谦和。

马书记说，按毛主席的话说，无论职务高低，都是人民的勤务员；按现在时髦的话说，都是人民的公仆嘛！

陈书记这才认真看了看马书记，说，你比以前富态多了。

马书记拍拍多余的肚子，说，老同事啊，你什么时候也学得这么会说话了？胖了就胖了，你还说富态了。

陈书记说，胖只是说一个人有多余的肉，而富态是整体的印象，这是不一样的。

马书记心里明白，这分明是陈勉强的解释，就哈哈大笑起来，他在笑陈这回是真正来跟他洽降来了，是真的服他了；不然，他是不会这么跟他说好听话的。陈什么时候跟他说过好听的？马书记一副胜利的姿态笑过以后就说，老陈，在局里过得还不错吧？

陈书记把自己放松了一下，想说说自己的内心话。他说，唉，怎么说呢。老王来局里，其实，我是想真心扶持他工作的，不知怎么回事，两人就坐不到一条凳上。

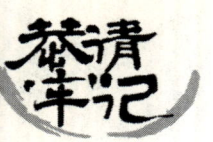

马书记说,他对你不够尊重吗?

陈书记马上意识到王晨是马书记提议派去当局长的,这些事马书记心里应该清楚,他不应该说白。他说,王局长对我很尊重。可话又说回来,他当局长也应该有他自己的主见,后来两人之间发生些不愉快的事,我也不应该怪他。我的感受不好很可能是我当局长养成的习惯一下子改不过来,这可能是党政领导的通病。

马书记有几分得意地笑笑说,你也说得有道理。不当局长了,有些心烦也不奇怪。但老王要是不够尊重你的话,我要好好批评他。

陈书记也就顺着马书记说,这也用不着,他在那里干得很顺手。陈书记本来心里想说,老王已经把局里很多好风气都败坏了,但他没有说。陈书记顿了顿才忍不住触及了正题。他说,马书记,我看组织上还是让我动一动为好,免得我在局里妨碍王局长工作。

马书记说,怎么,你有想法了?

陈书记说,是啊,有想法。到退休还有这么长时间,一个窝里怕是蹲不了这么久。我还是想动一动。

马书记说,在国土局不好吗?

陈书记说,国土局当然好,但我可能是患了权力病,喜欢用老眼光看新问题,见局里总是事与愿违,心里就有一种说不出来的痛苦。所以我想动一动。陈书记现在把尿盆子都往自己头上扣。

马书记说,还动什么?不要动了,就在国土局干。你年纪还不算大,老王比你还大两岁嘛!领导是经常变动的,老王还能在国土局搞多久?难道还有别人比你在国土局工作更合适?

陈书记暗喜了一阵,马书记虽没有明确表态叫他再当局长,但这些话已经说得够明白了。陈书记开始激动。他说,只要马书记信任我,搞一个局的工作我当然还是轻车熟路,游刃有余。

马书记说,这我知道,搞一个局,你是牛刀杀鸡。

事情说到这儿,陈书记就觉得自己这一趟没有白来,应该表示了。人啊,该软时还是软下来好啊!于是,就把带去的礼物放进马书记的书桌上,然后走了。马书记说,老陈你这是干什么?

陈书记说,一块竹板。老同事多年没有见面了,一点儿心意,作个纪念吧。

马书记把纸袋撕开一角,一看还真是一块竹板。马书记虽还不明白送此礼物是何意,但他还是不让陈书记留下,要他拿走,可陈书记走得太快,也就没有当场退成。马书记觉得留下来也好,看看到底是个什么东西,也好由此分析一下陈今天来到底是一种什么心态，什么用意。东西看明白了再处理也不迟。

送走陈书记后，马书记回头就来看这份礼物，他把纸盒拆开一看，是一副竹雕插屏。看清了这件东西，他觉得陈几乎是在戏弄他，你空手来不是好好的吗？拿这么一块老竹板来是个什么意思？他把竹雕插屏放在灯光下仔细一看，松树下那对弈的人物连胜败都在脸颊上体现出来了，竹林里那抚琴听琴的几乎是呼之欲出，垂柳下那读书的好像琅琅有声，桃树下那赏画评画人的声音仿佛就在耳边响起……这么认真一看，他朦胧感到这不是一般的东西，这应该是一件很好的艺术品。陈一归出手到底不一般哪！但这样一副竹雕插屏到底能值多少钱呢？马书记不清楚，心里一点底都没有，以前从没有接触过这种艺术品。然而，他不能没有这个底。他得弄清这份礼物的分量和深层意思。乱世藏金，盛世藏宝，如果是三两千块钱，那是可以笑纳的，如果是价值太大，那他就要慎重考虑。要弄清这件艺术品的真正价值，马书记想到了两个人，一个是自己市里文物处的刘处长，另一个就是他在北京的一位同学，这个同学业余搞收藏。请刘处长来看这件东西，他觉得不太适合，万一是个珍贵的东西，别人会想从何而来？还是问问北京的同学吧。他一个电话打到北京的同学那儿，把这副竹雕插屏的画面内容和他的艺术感受详细说了一通。那同学问有没有题款，马书记说有，是"芷岩刻"。这个同学半天没有出声，只听得电话里有粗重的呼吸。马书记说，你怎么不说话了呢？那同学说，你知道这值多少钱吗？这可是珍宝哪！马书记吃了一惊，但又强自镇静开了一句玩笑，试试这个同学的话是真是假。他说，那我把这个东西以10万元卖给你，你要不要？那同学说，要啊！要是真的像你说的这个货，我可以马上就给你打10万元过去。马书记笑了，说，算了，这是别人的宝啊！我不过是饱饱眼福。

放下电话，马书记又把那副竹雕插屏看了好一会儿，越看越好看。喜欢当然是喜欢，但是，他还是把东西小心放回了原袋里。用各种方式来送礼，对于马书记来说，并不新鲜，但来于陈一归之手，就有些出乎意料了，他不能不有所警惕。因为在马书记的印象里，陈这个人从来都是宁死不屈，如果没有别的原因，他是根本不可能这样出手办事的。那么，这就不是一般的礼品了！这么多日子，陈一直都在跟他叫板，连请客都不请他到席，现在他内心里能这么转过弯来？不可能！他三擒"孟获"，弄得陈身心俱伤，他能不知道这是他姓马的作怪？他能不恨之入骨？他能不想把他的对手绊倒吗？他肯定是想破釜沉舟，肯定是想"舍得一身剐，敢把皇帝拉下马"。这么重的礼，肯定是糖衣炮弹！只要收下这一大礼，陈必定要告他受贿，当然陈也会承认行贿，但陈用一个局党组书记和他一个市委书记"同归于尽"，这不是以卒换车，大获其利吗？老陈啊老陈，你太聪明了！你以为用一块不起眼的竹板让我放松警惕就扳

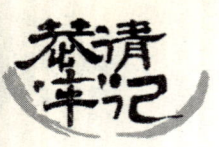

倒我是吗？我姓马的再蠢也还不至于蠢到不弄清你送这件艺术品的价值，我再爱财爱宝也还没爱到连你的这么大的东西都敢收，也还知道糖衣毒丸儿不能吞！何况我还不是爱财爱宝的人！你跟我硬顶了这么多年不行，现在就想来软的吗？那好吧，你既然这么使招，那你就看看我怎么跟你应招了。马书记怕陈书记会先出手，就当即给检察院打了电话，检察院来人把这块竹雕插屏带走了。马书记交代检察院的人说，领导干部行贿，该怎么办你们清楚。你们先把他的问题弄清楚再跟我汇报，这是关系到领导干部的事，要慎重，不要乱来。我要特别提醒你们啊，老陈是我的同事，我不是要你们整倒他，只要他认识问题深刻，能内销的事都要内销。你们注意，一定要从别处入手，千万不要提他给我送的这块竹雕插屏，不要让他以为是我把他卖了。要查他别的问题，然后把这送插屏的事带出来。在我们这个多种经济成分并存的体制下，要在领导身上找点经济问题应该不难吧！检察院的人笑了一下，觉得马书记这个人说话总是又实在又幽默。

检察院的人一走，马书记就如一位将军出兵前线了，等着带回好消息。马书记心里有一条三八线，那就是外紧内松，他要让检察院把陈弄出问题来，然后把他弄到检察院交代问题，让他彻底服输，然后，马书记再出面求情保他，让他感恩不尽。这也是他四擒"孟获"。马书记不信在市委书记这个位置上就整不服一个局党组书记。如果他不上门来送这件东西，那还愁没法整服他，现在他是自投罗网，往下的一切就都好办了。

陈书记已经很多日子没有睡过安稳觉了，他现在深深感到和自己的上级较劲是多么的艰难，是多么的辛苦，是多么的无奈！他曾经那么刚直不阿，那么自信，那么脊梁如铁，到头来他还是终于屙软蛋求和了；说真实点，也就是投降了；而且他是用现在流行的这种俗不可耐的方式投降，也就是变节了。在没有给马书记送礼之前，他的确感到十分委屈，十分不情愿，但现在，他终于过了这一关，就像难产的产妇终于把孩子生下来了一样，他从马书记那儿回来，感到一身轻松。马书记说了，老王不会在局里搞得太久，没有人像他那样适合在国土局工作了。这话对他来说，无疑是一针兴奋剂。

这几个晚上他终于睡得很好了。平时的那些噩梦也都没有了。睡得好就起得早，起得早，他就又去菜地里看了看，见杂草高过人头，掩盖了庄稼，忍不住又回家取了刀来，将杂草割掉，还用锄头将地翻了一遍。地没有多宽，但力气活儿干起来就出汗，于是，又洗了个澡，然后穿得非常精神地去上班。

陈书记远远看见办公大楼前的玉兰树下停放着一辆乳白色警车，走近些一看，原来是检察院的车子。他是从车后往车前走的，他不知为什么自己心里紧了一下，当然是想起他和马书记的事。到底是第一次做这样的事，还是心有余悸！但马上又自己否定了，车子不会是为自己的那件事来的。他刚走到车头上，两位检察官下来拦住了他，叫他上车去检察院。检察官说，委屈你了，陈书记。陈书记一时不知如何应对，他没有说话。

在车上，陈书记的思想才像决堤的洪水哗啦开了，他想得很多。他想，这肯定是马书记把他卖了，又想，自己不应该变节，他想自己这一下完蛋了，他想完蛋了还没有个好名声……但他毕竟是在领导岗位磨炼了这么多年的人，想透彻了，也就是花了一两千块钱给马书记送了一块竹雕插屏，说到底又有好大的事呢？他还是显得非常镇静。他问检察官说，是什么事要我去检察院？

检察官说，到了院里自然要让你知道。

陈书记被检察院安排在一个小房子里。

检察官来跟他谈过话，虽然他们都是在谈别的问题时把竹雕插屏顺便带出来，但他还是明白，果然是马书记把他卖了。这个马书记到底是马书记，到底是高他一筹，如果不想收他的礼物，退了不就行了吗？为什么要这样置人于死地？陈书记再往下想，就想出理由来了，一定是马书记怕退了礼物，他姓陈的会和他继续较劲，受了礼物，他姓陈的又要告发。马书记这回是要让他没有还手之力了！这个时候，他的心像被什么东西穿刺了，有一种巨痛，但他故意冷笑了一下，自我叹道，我现在才明白什么叫人心啊！

检察官说，你现在不要想别的问题，好好交代你自己的事情。

陈书记说，这有什么好交代的？不就是给马书记送了一块竹雕插屏吗？

检察官说，这你就想得太简单了。告诉你吧，这当然是一个问题，但绝不是因为这个问题把你弄到这里来，而是因为别的问题才牵出你送竹雕插屏的事。据我们初步了解，你还收受过红包。你自己要好好回忆，你做区长、做局长所收的红包都要交代出来。政策你是知道的。

陈书记想了下说，我收受的红包都交给纪委了，到纪委去有据可查。

谈话的人笑了一下说，我们已经查过了，你的确上交了几十万元的红包礼金，所以才让你当了廉政先进。但是，你还有没上交的红包，而且数目也不小。

陈书记一下子瘫软了。他想不到检察院这么快就掌握了他的这些情况。他说，好吧，我仔细想想，只要我想得起来的，我都交代出来，事到如今，我也没有什么顾虑。反正落在别人手心了。不过，你们清楚，像我们这级干部，在这些部门工作完全没有问题是不可能的。

检察官说，这个问题我们用不着回答你。

陈书记说，是的，我也不要求你们回答。你们也回答不了，也不敢回答。

检察官说，说你自己的事，把你自己的问题交代清楚。

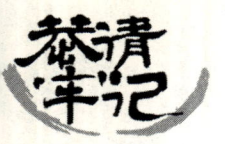

陈书记说，我会的。你们放心。

陈书记被安排在一个非常僻静的小房间里，只有一张床一张桌子一张凳子一本双格纸一支一次性自来水笔。到这个时候，陈书记才明白，原来人是可以这样简单生活的！陈书记望望窗外，春夏天那些低矮的浓云现在变得又高又淡了。大雁成群地往南飞。他才离家没几天，但他非常非常地想家，想自由。他把自己的一切都置之度外了，还有什么比自由自在地过日子更好呢！他坐下来，按照时间顺序回忆起来，从当区长到当局长，一幕一幕的往事都在自己的脑里浮现。他在当区长时，的确是一分钱也没有拿过别人的，因此他才敢那么硬地和书记较劲。但他当国土局长后，收受不明不白的现金真是不少，大数目他的确是已经上交到纪委了，只是那些他认为确实可以不交的，他才留下来。现在他一笔一笔交代出来，一合计，也达到十多万元。他也想不清这个数字交代出去会是个什么结局，在老百姓看来，这是个不小的数字，而同道人看了，他当了这么多年的领导，自然会觉得不算什么，能把他怎么样呢？如果这样一个数额都要让他怎么样的话，那么……他相信领导们会平衡考虑的。他老老实实地把交代材料交了上去。

马书记一直惦记着办案的进度，但办案人已经好几天不来跟他汇报了。他有些担心办案人员把陈的事情弄大了不好收场。他的本意上次已跟办案人说过了。他不是要把陈关几年，判几年，把他置于死地，而是只要让他服帖就行。可办案人员这么几天都没来说说进度了，于是，他打电话把办案人员叫来了。办案人员说，他们打算把全部情况弄清楚后再来向书记汇报。马书记说，那么，现在情况弄得怎么样了？

办案人员说，问题不小，他自己交代的就有十多万金额。

马书记没有丝毫的惊讶，他沉默了一会儿说，你们的意思是，他还有问题没有交代？

办案人员说，从目前来看，他交代得还算彻底，我们已经通过多种手段进行调查，没有发现他尚未交代的问题。

马书记说，他当区长时开发过一大片土地，这段时间他没有受贿吗？

办案人员说，我们重点调查了这个，他实在是没有受过一分钱的贿。

马书记说，老陈这个人除了个性不好以外，总的来看，他还是一个很不错的人，尤其有才能！办这件事情的基调，一开始我就交代过你们了。你们没有忘记吧？

办案人员说，书记，你说过的事哪能忘呢？不过，现在我们也有难处了。

马书记一下转过脸来，瞪着眼说，有什么难处？

办案人员说，现在恐怕只有依法办事了。

饭事

邓宏顺

马书记说，你们想关他？想判他？

办案人员说，上面知道这个案子了，催得很紧。按有关法律……

马书记说，你们不把这个案子汇报上去不行吗？问题弄清楚了，钱退了，就放出来，不行吗？

办案人员说，不行！

马书记一脸愧色说，你们这样做，让我太对不住老陈了。

办事员案人员说，马书记，你也不要太重情义了。

马书记说，不讲情义还算是人吗？我关起门来跟你们说句不该说的话，如果把这些有权有钱的局里一把手随便扳倒一个，盘根错节都挖出来，查一查，算一算，你说谁能比老陈的问题小？

办案人员笑了，说，马书记，你真是个实在人。你这些话也都是摸着良心说的。不过，没有挖出是一回事，挖出来又是另外一回事。

马书记说，你们要知道，他是因为和我打交道出的问题。

办案人员说，我们一直没有说是跟你打交道才出的问题。再说，这个也不怪你。陈一归要怪也只能怪自己没有把握好。

马书记说，你们不说是因为给我送礼物送出了问题，这个我相信；但他陈一归是什么人？他要你们说出来才会明白吗？他哪儿没有把握好啊？是我没有把握好。我倒是怪我自己当时考虑得太多。早知你们要这样对他，我倒不如把东西退给他，不跟你们说这些事！

办案人员说，那当然又是另外一回事情了。

在办案人员面前，马书记也不好再多说蛮话，他是领导，他有权力，但他不能违法！他说，既然弄不出老陈很大的问题，他又交代得很彻底，态度这么好，你们就不能对他太苛刻，他是当了多年领导的人，你们对他要有点人情味，吃饭，睡觉，你们都要把他照顾好。我想去看看他，什么时候合适，你们安排。

院领导说，请马书记放心，这些事我们会安排好。

过不几天，陈一归要被移送到别处去了，检察院安排了一个很好的时机让马书记看了陈书记。那是下班以后，楼道上残阳如血的傍晚，马书记来了。检察院开门让马书记走进房间时，陈书记正在房间里转圈儿踱步。两人的握手非常特别，马书记非常热情和真诚，而陈书记却只是应付。

马书记按了按陈书记睡了这么多天的单人床，说，老陈，让你受苦了。

陈书记说，自作自受。我毫无怨言！也不怪任何人！

马书记说，你怪我也是应该的。你是聪明人，我知道，什么事都瞒不过你。现在事情的结果已经和我当初的原意大相径庭了。我也不想说什么。只望你能想宽点。

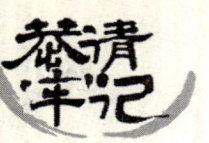

陈书记说，人为刀俎，我为鱼肉啊！

马书记说，老陈哪，你别这么说！至今我才真正弄明白，你在区里搞那么一大片土地开发真没有受过一分钱的贿。我当时也和很多人一样，误解了你。

陈书记说，俱往矣！

马书记说，你向来智勇过人，我想不到你就这么阴差阳错地也有了今天。

陈书记说，马书记，我犯了两次错误，一是小不忍则乱大谋，那次请客不请你是我彻底错了。

马书记说，陈局长，你都往哪儿想了？你把我当什么人看了？我能计较你一餐酒饭吗？

陈书记说，二是我忘了宁为玉碎，不为瓦全的古训！

马书记说，我真的是想不到会在你身上弄出这么些问题，我只是想吓你一跳，杀杀你的倔脾气。想不到把事情弄得现在这个样子，我想要扭转这个局势都不可能了。男子汉要对簿公堂，相拼战场，我绝不是想让你在我面前求和时这样暗害你。

陈书记说，马书记，你是对的。一个和你较量这么多年的人，突然送给你那样的礼物，这能是好心吗？你如果往好处想，你是有风险的，万一我告你受贿罪，要与你同归于尽呢？那你就亏了，而你往坏处想才是保险的。一个胜者在败者面前忏悔几句，道歉几句，这有何难？这反而显得大度，宽怀。男子汉本就应该这样！

马书记无言以对。在这个人面前，真是什么都瞒不过去。

陈书记也没有再说话，他在马书记脸上看到的是一丝真情，他相信，马书记现在没有说假话。没有说假话就意味着往下他的结局更糟。于是，他想起自己年初披红戴花走进廉政表彰大会会场的情景……

马书记没有在陈书记的房间里待多久就走了。

这个晚上，陈书记要求回家一趟。检察院想起马书记说过要照顾好陈书记的话，就同意了。但是，第二天一早传到检察院的消息是，陈书记晚上回家突然服毒，经抢救无效死亡。于是，上上下下有说他是畏罪，有说他是被检察院逼供，有说他是无脸见人……其实不然，他在吞服老鼠药之前想得很简单：无论如何自己也不能让人以行贿、受贿罪送进监狱去，因为他始终认定自己不愧为当代廉政的典型！

后来贴在大街上的讣告还是顺了陈书记的意愿，讣告上说，陈一归同志因突患心肌梗塞……当然，这样说也是马书记最后冒险拍板的，马书记这样拍板也不仅是工作的需要，还有同事间的情感。照说，有了这样一个盖棺定论，陈书记的在天之灵也该得到安息了。

会殇 老 滕

只要是当领导干部，就总会有麦克不响的时候，不论是退了的黄书记，还是新上任的于书记，还是大活办的主任老贾。在欢迎于书记上任的会上，黄书记的麦克不响了。这事成了老贾的心病。他一直在寻找机会，向黄书记解释，可是，他怎么解释得清楚呢？最后，他只能自言自语：我们这是何苦呢！

一

老贾抓了几十年大型会议的筹备，从未出过岔子，没想到捅了个娄子。

上周，市委老书记黄忠因年龄到站，正式退休，接任市委书记的是省委政研室的主任于小叶。市委决定本周二召开市直处以上干部大会，让新来的于书记同干部见面，也让老书记同大家正式话别。

会议的筹备自然是老贾的事。老贾是市委、市政府大型活动办公室的主任，还挂着个市政协副主席的头衔，他主要的工作职责就是筹备会、主持会。

上周五临下班时，在电梯旁老贾碰到了老书记黄忠。黄书记为人和善，笑眯眯地对他说：下礼拜的会可要好好搞，我退了无所谓了，你要给新来的书记留个好印象。老贾心里很感动，说：放心吧黄书记，没有我什么议程，就是一点简单的会务工作，我们做好就是了。

老贾这话是发自内心的，黄书记对他确实有着知遇之恩。二十六年前的一个夏日，老贾还是小贾的时候，他在市化工厂办公室当主任，主管经济工作的市委副书记黄忠到厂里视察工作，两个人开始相识。那一次，少年老成的小贾像一粒紫藤的种子一下子就埋在了黄书记的心田，然后，这粒种子生根发芽，在黄书记心血的浇灌下茁壮成长。黄书记是个很有性格的干部，在他的身上，急与慢这对矛盾得到了高度的统一：一方面，他好突发奇想，在看起来应该按部就班的工作上往往独出心裁；另一方面，他热衷于陈氏太极拳的推手，有时候，在办公室里也不忘比比画画推上一番。黄书记有个好搞突然袭击的习惯，下基层从来不先打招呼，只是离目的地30分钟时，才让秘书挂个电话。他说这样做能看到真东西，省得被人当驴牵。这本来是一种务实之举，但很多部属不理解，说黄书记疑心重，对自己没有亲眼看到的东西总是心里不托底，世界大着呢，凭一双眼睛去看能看得过来吗？黄书记来化工厂的那天，厂里的厂长、副厂长都不在家，在家主持工作的党委宋书记因犯痔疮也趴在厂卫生所的病床上动弹不得，老贾一路小跑来到厂卫生所请示宋书记该怎么办。宋书记痔疮疼得正猛，说话比放屁还困难，好不容易憋气提肛地说出一句话：老虎不在家，你猴子称大王。这样，接待黄书记的重任自然就落在了厂办主任老贾的头上。

老贾以他的干练和细致，在半个小时之内做好了接待准备。身宽体胖的黄书记进到会议室里，很惊奇地发现自己的座位前摆了一把檀香扇，一杯绿茶和一杯冰镇矿泉水，此外，一个白瓷盘里还有一条卷起来的湿毛巾。当时，空调还是稀罕物，黄书记到基层调研最头痛的就是热，往往一个会议下来，胸前背

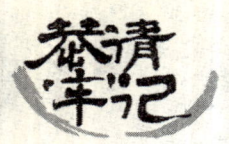

后都是汗,屁股底下像走了尿一样黏唧唧难受。可是,随从们个个榆木脑袋不开窍,不管天怎么热,都是一杯滚烫的热茶伺候,结果是越喝越热,越热越得喝,因为急速透支的汗水如果得不到补充,人很容易中暑。

汇报工作时,老贾想起了宋书记猴子称大王的嘱咐,一下子就把自己拔高成了厂长,他坐在黄书记的对面,眉飞色舞,侃侃而谈,抑扬顿挫掌握得恰到好处,面前虽然摊开了一个工作日记本,可是他却不低头看一下,他的目光始终聚焦在黄书记的耳朵上。这是他从电视台一个女记者那里得来的经验,讲话时不要老盯着对方的瞳孔,那样被盯的人会很不自在。他今天把女记者的经验实践了一把,效果很不错,在黄书记的眼里,这个汇报的小伙子很认真,很专注。厂里的情况烂熟于心,各种数字都记到小数点后面两位数。可是,黄书记怎么也不会明白老贾嘴里的数字都是临时发挥的,挨着老贾座位的工会主席对厂里的情况了解不少,老贾汇报中如数家珍的很多事他都不知道,他很惊诧老贾的应变能力,便好奇地看了一眼老贾面前那摊开的笔记本,却发现本子上竟然一个字也没写。

这次检查工作,黄书记因发现了一匹千里马而高兴异常,回市委的路上他给市委组织部长挂了个电话,说化工厂有个难得的人才,你们考核一下,可以调到政府来工作。接着,他又给市政府的秘书长挂了个电话,也说了同样的话。黄书记当时虽然是副书记,但因为资格老,他的话没有哪个部门敢怠慢。一周后,老贾便调到了市政府大型活动办公室。

大型活动办公室,人们简称大活办,说是大活,其实一年到头连小事也没得做。大活办四个人三女一男,除了叶主任是个年近五十的大姐外,其他三人都是三十上下的年轻人,年轻人一包子劲儿无处使,就整天关起门来斗地主,谁输了谁请客。为了不让叶大姐面子上不好看,三个人合伙为叶大姐办了张美容卡,让她天天去伊莎美尔美容院做美容。叶大姐也是个明白人,她很清楚靠化妆品来挽留去意已决的青春的想法是幼稚的,但她还是很愿意去美容院,因为每次美容后,她对自己的脸都会增添一点信心,因此,她很快就上瘾了,连平时说话都言必称美容。尽管如此,她还不忘自己当主任的责任,在离开办公室去美容院的时候总是不忘嘱咐一句:工作时不要大声喧哗。至于其他事情她就一概不过问了。这种好日子在老贾调来后一下子改变了,倒不是老贾不合群,关键是老贾一到大活办,大活就跟着他来了。

一次,黄书记下乡,让大活办也去一个人陪同。通知下来,叶大姐因为心里惦记着美容,便不想去,问其他三人,三人竟异口同声推荐老贾,说老贾是黄书记发现的人才,黄书记下乡,自然应该老贾去。就这样,老贾跟着黄书记下乡检查工作。黄书记下乡很有点微服私访的味道,他带了几个人漫无目的随意走随意看，这一天他竟转到了城内的小吃一条街上。他发现这里的小吃店都在卖一种小龙虾，小龙虾煮炒蒸炸，做法不少，吃客甚多。在问了饭店的老板后，黄书记才知道，本地的沟沟汊汊都盛产这种小东西，从水里捞上来时这东西不太雅观，又黑又青，但经厨师一加工，就变成餐桌上红鲜诱人的美味。黄书记马不停蹄，带人又去了以盛产小龙虾著称的石龙河。河边，在黄书记停车处不远，恰好有个半大孩子在捉小龙虾。小孩子捉法很专业，他用一团团裹着不知是死猫烂狗还是其他什么东西的乱麻，往水中石缝中一塞，之后就在水湾里垂竿钓鱼。待钓了个三五条小鱼后，就提着鱼篓去起麻，每起出一团麻，麻上面都挂满了些张牙舞爪的小龙虾。黄书记兴趣大增，也不顾脚上那双名仕皮鞋，踩着泥水径直来到小孩子身旁。他很好奇地也来起了几团麻，提上了不少小龙虾。就问小孩子一天能捉多少？小孩子说我是放学来的，捉满一篓就回去，哪能捉一天？

在回来的车上，黄书记给随从们出了个题目：怎么看这小龙虾？随从有的说这东西不卫生，说不准有血吸虫。有的说这东西上不了大雅之堂，因为在大宾馆酒店从来没见过。还有的说这名字也不对，不该叫龙虾，龙虾是高档菜，这东西的准确名字该叫蝲蛄虾。黄书记没有评论大家的意见，看了一眼老贾，道：小贾你说说。老贾没想到黄书记会问自己，他正在看一份随身带的大活办工作职责，因为他刚刚调来，对什么是大活办还丈二和尚摸不着头脑，所以想熟悉一下业务。黄书记一问，他愣了一下，但快速的反应令他马上接了一句：我看，小龙虾可以做点大型活动的文章。

他不知道自己这没头没脑的话能不能引起黄书记的重视，心里在想下边的话该怎么说。

黄书记显然被他的话吸引了，不仅黄书记，就连车上其他人也都被他的话把目光拽了过去，大家想知道这脏兮兮的小龙虾能做出什么大文章。

其实，老贾在说这话的时候，也没有想这文章该怎么做，他是因为正在看大活办工作职责，所以就随口说了这么一句。黄书记再问的时候，他想起了好像伊斯兰教有个宰牲节，便随之说：我们可以办个龙虾节，把我们临海的小吃推出去，像什么锦州小菜、沟帮子烧鸡那样，包装出个临海小龙虾的品牌来。

黄书记一拍大腿：好主意！我看就这么定了。

黄书记一拍板，大活办的斗地主就不能再玩了，叶主任的美容也就不得不间断了，因为大活办需要拿出一个系统的关于龙虾节的活动方案交市政府研究。叶主任在接受任务的时候，心里已经有了主意，她把这个光荣而艰巨的任务交给了老贾。叶主任说谁的孩子谁抱走，既然你老贾出了这个龙虾节的点

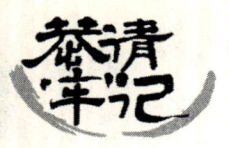

子，你就得把这点子变成蓝图。但叶主任也不是一点不支持，她知道老贾不会打字，就让会使用四通打字机的女秘书小吴配合他工作。小吴是个很懂事的姑娘，瓷一样明亮的脸庞配上一双善解人意的明眸，给人一种兰质慧心的印象。老贾第一次看到小吴，心里很惊奇，在见到小吴之前，他不知道一排珠连玉润的牙齿对一个女人竟如此神奇，这羊脂一样的色彩让人圣洁、高贵。小吴喜欢微笑，那笑容浅浅的，能入心入脾，老贾因为工作焦虑烦恼的时候，只要望一下这笑容，就会倦意顿消，气定神闲。他隐隐地觉得和小吴很熟悉，可他怎么也想不起来在哪里见过她。后来，在一次看电视时，他发现原来小吴和电视里一个做牙膏广告的模特特别像。小吴与同龄人不同的是，她不崇拜明星，对那些令少男少女如醉如痴的歌星演员她不屑一顾，她羡慕的是政坛精英，也正因为如此，快三十岁的她还名花无主。

老贾不能埋怨叶主任，他觉得要是自己是叶主任也会这么安排。他很清楚是自己这个点子破了大活办原来的秩序，所以每天上班，他给同事们总是送上一抹微笑，而且努力使这微笑保持一份谦虚和诚恳。他发现自己的微笑很少有收获，叶主任那张因长期美容变得板结的脸难得有一回灿烂，另外两个同事杨桦、小白也不冷不热。刚结婚的杨桦整天捧着电话煲电话粥，也不知她哪里有那么多说不完的话。管外联的小白整天埋在各种军事杂志里，小白当过三年兵，是个武器迷，平时斗地主时所说的话都和武器有关，把"连串"说成飞毛腿，把"炸"说成核武器，把"对儿"说成贫铀弹。让老贾略感欣慰的是秘书小吴还算配合，该加班的时候陪他加班，该吃饭时还不忘招呼他一声。一次，看到在那里冥思苦想琢磨文字材料的老贾没烟了，竟不声不语跑到外边给他买了一盒牡丹牌香烟，让老贾感动不已。老贾暗暗地想，自己发达的那一天，决不会忘记小吴。为此，他一直保留着这个红色的烟盒。

老贾的努力没有白费，他做的龙虾节活动方案很顺利地通过了。在这一年的七月，临海市中央广场举办了隆重的龙虾节，省市有关领导光临了开幕式，黄书记在开幕式上作了热情洋溢的致辞。龙虾节的一大亮点是万人同食龙虾的场面，开幕的当夜，偌大的中央广场灯火如昼，临时搭就的十条大排档长案绵延百米，早就烹好的小龙虾摆满了长案。除了龙虾外，长案上还摆上了当地啤酒厂赞助的临海牌啤酒，当黄书记在主席台上祝酒时，台下一片杯林酒海，场面甚是壮观。

在主席台上忙碌的老贾听到了参加活动的一位老领导跟黄书记的一段对话。老者说：这阵势要破费许多吧？黄书记道：舍不得孩子套不住狼，为了把小龙虾炒热，破费一点也值。老者又说：我在临海四十年，没吃过这小龙虾。黄书记道：再过些年，你该吃不起了，这小龙虾肯定会变成金龙虾。听到这段对话，老贾的心里顿感暖洋洋的，他真想上去给黄书记鞠一躬，有这样的伯乐，他感到台下大排档上所有的龙虾顿时都活了，整个广场都在张牙舞爪地蠕动。若干年后，当这种小龙虾在北京都占据了一条街巷的时候，黄书记曾对老贾说过这样一句话：很可惜，创意和思想不能申请专利。

　　龙虾节的热闹过后，黄书记由市委副书记荣任市长。一上任，他就提拔老贾为大活办主任，原来的叶主任调到老干部局任局长。交接工作时叶主任很动情，对老贾说，我真的很感谢你老贾，你要是不来，我就得在这个大活办干到退休。说实话，女人家不适合干大活，给老干部服务倒挺合适。老贾觉得叶主任这是真心话，便在刚刚开业的香格里拉为叶主任送行，叶主任说我干了这么多年大活办主任，在这五星级酒店吃饭还是首次。席上，叶主任再次说了些感谢的话，老贾发现叶主任在说这些话的时候，她的脸第一次生动起来。过去，老贾一直认为那些靠美容而营造的美是亮而不丽，一张好端端的脸经过美容师一番蹂躏，往往失去了灵性，变得虚假而僵化。小吴、小白、杨桦也感谢贾主任让大活办有了地位，三个人似乎从叶主任的荣转上看到了前途。老贾知道叶主任的调离主要是给他倒位子，心里便有些感动，他特意点了一盘小龙虾，他说，要感谢，我们大活办的人都该感谢这小龙虾。

　　龙虾节的成功起到了联带效应，临海市所属的三河县也动起了脑筋。三河县是个山区县，盛产山货，尤其在养殖野鸡上远近闻名，养殖数量也比较可观，县领导受龙虾节的启发，就想出了办个野鸡节的点子。为了争取市领导的支持，他们特意邀请黄书记来三河给活动方案把把关。黄书记去三河时带上了老贾，大活办的人都知道老贾已经成了黄书记不可或缺的智囊。

　　在三河县，长着一副招风耳朵的马县长带着一批局长汇报了他们举办野鸡节的具体计划。黄书记一行在听过马县长的汇报后，都觉得三河县野鸡节的方案很周密，该想到的地方都想到了，甚至比市里的龙虾节都要具体。节日的亮点是开幕式当夜的百鸡宴，煎炒烹炸溜炖烧煸，八道主菜全是以野鸡为原料，很有创意。马县长注意到黄书记一直在点头，便心里喜滋滋的。黄书记让随同的人都要讲一讲，因为挑不出什么瑕疵，大家都说了些肯定的话。老贾是新提拔的干部，应该表现出一种谦虚的态度，不能抢着说话，就故意往后拖，他知道黄书记一定会点他的将。果然，黄书记在讲话前，突然道：小贾你们大活办是大型活动专家，你看看三河的野鸡节还有什么地方需要完善一下。

　　老贾来三河之前已经让小吴要了一份野鸡节的活动方案，头天晚上已经作了些准备，他说，我同意以上各位领导的意见，三河县委县政府关于野鸡节的思路很超前，方案总体可行，我没有更多的意见，只有两点不成熟的建议供组委会参考。他这一说，会议室一下子静了下来，人们都屏住了气，看他有什么

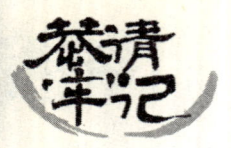

新主意。老贾道：第一，这野鸡节的名字不妥，容易使人联想到不健康的东西，应该改成山鸡节，一个山字，就把三河的特色突出了，比野字更好；第二，百鸡宴是座山雕发明的，带有匪气，当改成锦鸡宴，一个锦字，取锦绣之意，象征三河县的发展前程锦绣。

老贾的两点建议得到了黄书记的肯定，从此，三河县就有了一年一度的山鸡节。多年以后，当社会上开始流行把一些三陪小姐称为野鸡时，当年的三河马县长在一次会议的空隙，拉着老贾的手赞扬他是一字师，如果一个野字不改，三河县就会被人骂作窑子县。

黄书记政绩卓著，干满了一届市长后，又荣任市委书记，成了临海市名副其实的一把手。他上任后不久，就做了两件在班子里颇有争议的事情，一是把四大班子各种大型会议的会务工作交给了大活办；二是超指数提拔老贾为市政协不驻会的副主席。在研究他的提拔时，有位副书记说，现在反对搞文山会海，我们设个抓会议的副主席是不是合适？黄书记的态度简直是铁板一块，他说我们设这么个领导，就是要把四大班子其他领导从会议中解放出来，从这个意义上说，老贾就是个堵枪眼的主席。

按照规定，干部提拔后需要有一次组织谈话。黄书记把老贾叫到办公室，对老贾谈了两点：第一，会议无小事。只要是开会，必须聚精会神，严丝合缝，不出纰漏；第二，作为一个领导干部，会下，要学会唱低调，会上，要学会唱高调。黄书记的这次谈话，老贾一直视作人生箴言，他经常揣摩这两句话，从中品出许多滋味。

四大班子有着开不完的会，大活办工作量陡然增加，大活办的四个人像鞭抽的陀螺一样开始转个没完，老贾这兼职副主席也每天忙个不停。但老贾悟性好，在琢磨会议方面无师自通，枪眼堵得很到位，不管什么行业的会议都能主持得滴水不漏，不论什么内容的讲话都能掷地有声头头是道。用小吴的话说，贾主席是天生的政治家，是会议大师。一次，市政府开个信访会，主管的领导没到场，而到场的其他领导又说什么也不讲话，头顶冒汗的信访办主任对老贾说，救场如救火，信访工作好歹也是大活，你老贾既然是大活办主任你就给圆了这个场吧。老贾二话没说就同意了。在会议最后讲话时，谁也没有想到他讲了六个大问题，每个大问题里又有三个小问题，领导该讲的话都讲到了，把个信访办主任给镇得牛眼圆睁，连说人才人才人才啊，难怪黄书记慧眼识珠，一项平时不搭边的工作能讲得这样四脚落地，真是奇迹！

大活办一年到头围着会议转，把本来精力充沛的小白、杨桦弄得精疲力竭，实在顶不住了，两人就申请调到了别的单位，原来的人只有小吴还在坚守。小吴曾对老贾开玩笑说，人家从一个黄花闺女跟你干到半老徐娘，你可要心里有数呀。小吴说这话是有原因的，随着大活办工作量的增加，黄书记给大活办增加了好几个编制，大活办新进了不少年轻的女孩子。现在的女孩子都特现实，什么都不管不顾，这让小吴压力不小，她担心老贾承受不住这习习香风的吹拂，毁了灿烂的前程，所以话里话外有些提醒的用意。老贾说哪能呢，对你，我是认人又认工作，对别人，我是认工作不认人。老贾一直保存着那个牡丹牌烟盒，他把这烟盒摊平后夹在工作日记里，经常翻出来看看。后来这个牌子的烟已经不多见了，他每次翻开来看，仿佛还能嗅到一丝淡淡的烟香。老贾有一次问小吴为什么不调走，跟着他在这大活办多受累。小吴很大方地说，我崇拜你，所以不想走。小吴后来嫁给了一个军人，在南方一个城市，两人牛郎织女一样。她自己贷款在槐花街六号那个富人小区买了套房子，日子挺紧，但柔中有刚的小吴从来没有因为家庭的困难影响工作，她的微笑总能给大家带来好心情。

老贾虽然提升很快，但关于他的评价也很有争论。老贾没有想到的是官升一级，矛盾一堆。原来觊觎这个职位的一些同僚开始琢磨他，关于他的种种议论也就像溃了堤的水一样四处蔓延。他本来想找黄书记把小吴提起来，但考虑到这样会招来另一方面的议论，也就只好作罢，这使他心里总觉得很对不住小吴，正是干事业的好年龄，怎么好在会务科长的位子上坐八年？好在小吴对职务问题很看得开，除了那次开玩笑，再没有提过此事。

二

老贾捅的这个娄子很不是时候。

黄书记退休，新书记于小叶上任，按不成文的惯例，要召开一个中层干部大会，会上，老书记发表个退幕演说，新书记来个施政致辞。这样的会议下边都很重视，都竖着耳朵想听听老书记怎么谢幕，新书记有何政见。

老贾筹备这样一个简单的会议简直易如反掌，会议通知、签到都由组织部接了，大会主持词也由市委办写好了，大活办的工作就是布置好会场，安排好主席台。开会前一天，老贾到会场看了一圈，每个环节都检查了一遍，他还对着每一个麦克风试了试声音，又嘱咐工作人员对在会议第一排就座的离退休老领导要准备茶水，不能放一瓶矿泉水了事，因为老领导一般不喝凉东西。感到确实没有任何问题了，才离开会场。

周二开会的时候，问题出现在他检查过的麦克风上。

主席台上坐的人不多，有省委组织部的部长，黄书记、新来的于书记，还有政府、人大、政协的三个一把手，正好六个人。会议由市长刘闯主持。会议

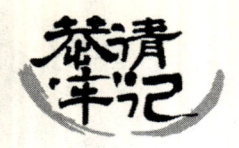

先是由省委组织部部长宣布省委决定,并作简要说明,然后是黄书记讲话,再是新书记讲话。

在组织部长讲话之后,市长刘闯宣布:下面,请大家以热烈的掌声欢迎老书记黄忠同志讲话。一阵掌声过后,黄书记微微欠了欠身,很习惯地往前移了移麦克风,这是他多年养成的一个下意识动作,这么一移麦克,不仅比对着麦克清一下嗓子要文雅得多,而且能达到集中与会人员注意力的效果,因为麦克风的移动会发出一种很特殊的音响,在会场里会起到警示作用。

但这次麦克风的移动没有任何声音,别人没有注意,黄书记自己却感觉到了,他愣了一下,知道是麦克风出了问题。黄书记不愧久经会场,他没有对着麦克就来一句同志们,因为那样做如果声音扩不出去的话会很尴尬,他不动声色地伸出弯曲的右手食指,在麦克风上轻轻扣了两下,果然,麦克毫无反应。

坐在会场第二排的老贾头上的汗当时就下来了,这怎么可能呢?昨天他是挨个试的音,怎么偏偏就黄书记的麦克风不响了呢?

会场上出现了嗡嗡的议论声。坐在黄书记身边的于书记急忙把自己面前的麦克移了过去,黄书记才得以开始讲话。黄书记很幽默,他在讲话前先调侃了几句,说这麦克风真是势利,看我退了无职无权了,它就不响了,但我相信在座的大家不会这样,因为大家不是麦克风,麦克风是机器,没有感情;大家都是人,人是有感情的。他的话把大家说笑了,打破了刚才的尴尬。但老贾没有笑,他感到自己的脸火辣辣的。

散会后,老贾一脸怒气找到负责音响的桑师傅。桑师傅是剧院下岗的音响师,通过关系进到会议中心来,人很老实,业务也不错,就是喜欢喝几杯小烧。不喝酒时,工作细致严谨,喝了几杯小烧后,容易颠三倒四。有一次大会,他喝了点酒,错把国歌放成了国际歌,好在大多数人并没有在意,但老贾听出来了,他对桑师傅说,再出一次这样的差错,你就哪来哪去吧。这次,老贾认为桑师傅肯定喝酒了,这不是给他上眼药吗?什么时候呀,偏偏把黄书记的麦克风弄哑了,这在过去就是政治事件了。桑师傅也吓坏了,喝的几口小烧都吓成了一泡冷尿,差点尿了裤裆。老贾说,你被开除了,下午就别来上班了。桑师傅脸色煞白,好一会儿才说,我知道自己该死,可是你得让我死个明白,明明调试好的麦克风怎么会不响呢?我要走也得查清楚怎么个故障再走。老贾道,你最好查清楚,我也好给黄书记一个交代。

桑师傅去捯着电线查事故原因,老贾则瘫坐在椅子上发呆。小吴过来想安慰他,看他上火的样子,又不知说什么好,便拿一条湿巾递过来。会议室有空调,室外春寒料峭,室内暖意融融,老贾的头上满是汗水。他接过湿巾,还没有擦汗,桑师傅在台上大声喊道:贾主席,这麦克是刘市长弄掉的,我冤枉啊。说完，四十几岁的汉子竟蹲在台上抽泣起来。

原来，主席台的几个麦克的连线插头都在刘市长的脚下，刘市长是学体育的，喜欢运动，坐着时有个摇动双腿的习惯。今天，他不仅摇了腿，两只脚也不安分，不知怎么，他的皮鞋就碰到了电线插头，单单把黄书记面前麦克风的插头踢落了。

小吴看老桑哭得伤心，就对老贾说，这事不能全怪桑师傅，就别开除他了。

老贾目光暗淡，嘴里喃喃地说：不开除他，我怎么向黄书记交代？

桑师傅被开除了，临走时，老贾把他叫到办公室，给他写了一张条子，说你去找这个人吧，他能给你安排个活干，挣得不会比这里少。

桑师傅接了条子，条子是写给天外天娱乐城彭大山总经理的。天外天是临海市最有名的娱乐城，总经理彭大山是市政协的常委，也是老贾的朋友，桑师傅的音响技术在那里会用得上。

开除桑师傅的事情，在机关里传开了，人们有些议论，有人说老贾有点过，不就是麦克风出了点故障吗？还用处理得这么狠？小吴把这些议论告诉老贾，老贾心想，自己要的就是这个效果，大家的议论黄书记不能不知道，一旦黄书记知道了，依黄书记的性格，肯定会给他打电话，到时候他再好好向黄书记解释道歉。他本来想早些去给黄书记赔不是，但他担心黄书记正在气头上，弄不好会碰一鼻子灰，所以想来个欲擒故纵，等黄书记找上来。

可是，老贾错估了黄书记，黄书记自从离开市委大楼，天天在家练陈氏太极拳，不但不给别人打电话，而且别人打去的电话也很少接，只是由老伴应付几句，他则在书房里练推手。老贾试着打了一个电话，黄书记老伴的应付不咸不淡，说小贾啊挺好的吧有时间来家坐坐吧，找老黄吧他正练拳呢，吩咐不让别人打扰，好吧谢了再见。说完就挂了。老贾手拿着电话，半天没放下来，电话里嘟嘟的忙音似乎格外刺耳。

这歉，我必须当面道。

老贾心里暗暗地想。这个疙瘩不解开，我老贾真比窦娥还冤。

清明刚过，新上市的龙井茶价格不菲，老贾特意去天堂茶庄买了两斤明前龙井，去黄书记家负荆请罪。黄书记喜欢龙井，尤其喜欢明前小嫩芽炒出的龙井，这在地处北方的临海市也是一种难得的品位。因为老贾对茶叶有些研究，所以，自他到大活办工作开始，黄书记冬季喝的乌龙、夏季喝的龙井都是他负责供应。

小吴知道老贾要去黄书记家，在办公室门口悄悄地提醒他：黄弓记知道你把老桑给开除了，都没有给你打个电话，你要是上门去讨没趣，可要想好了怎

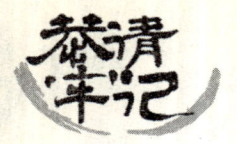

么下台阶呀。

老贾说,我是黄书记提的人,他怎么挑我我认了。

小吴看看手表说,你在晚饭前去,晚上有个朋友要请你帮个小忙,我们在天外天等你一起吃饭。

老贾说,谁呀,干吗还要吃饭?我是饭前到黄书记家,黄书记留我吃饭怎么办?

小吴说,不要紧,我们等你好了,彭总已经订好了房间,在518。

老贾知道天外天的518是个贵宾间,那是彭大山专门接待贵客用的,进楼是走员工通道,有专用的电梯,与别的宾客不交叉,这样的设计还是他给彭大山策划的。彭大山是政协常委,和老贾是好朋友,但老贾却很少到天外天去消费,自己毕竟是政协副主席的身份,到这样的娱乐场所来吃吃喝喝思想上多少有些顾虑。天外天在装修时,彭大山来找他,说你贾主席天天给领导打场子,你说怎么才能让领导经常光顾天外天?他想了想,对彭大山交代了四个字:独辟蹊径。彭大山没有多少文化,对这四个字丈二和尚摸不着个头脑,说贾主席你就明说吧,你怎么说我怎么干。老贾说其实很简单,你在装修时把领导和大众分开来,领导要单独的房间单独的通道单独的门,至于档次,你自己根据财力定。彭大山一双金鱼眼转了转,一拍大腿:高招!

下班前,老贾提着茶叶去了黄书记家。他没有带司机,是自己开车。在去领导家中拜访这个问题上,老贾从来不带司机,哪怕是给领导送节日福利这样的事,他也是自己开车,往往为了搬些啤酒、海鲜之类的东西,累得他满脸流汗。为此,很多市级领导的夫人对他印象都不错,她们想:人家老贾也是市级干部,又是五十多岁的人了,这么不辞辛苦搞服务确实让人过意不去。

黄书记的家是个独楼,有高高的爬满了绿藤的青砖围墙,围墙内种满了花花草草。老贾是这个小楼的常客,对这里的一切都很熟悉。开门的小保姆见到他,一张杏花般的笑脸很让他心热。

黄书记好吗?老贾小声问保姆,保姆点点头,抿嘴笑了笑。领导家的保姆有个特点,都是很少说话。老贾也点了点头,不用小保姆引导,径直进了一层的客厅。

黄书记的老伴站在客厅里,不冷不热地道:来了,老贾。

老贾把茶叶放在沙发边的茶几上,说,早就该来看看黄书记,这两天忙,这不,明前龙井上市了,我弄了点给黄书记喝。老贾见黄书记没有下楼,就抬头望着楼梯问:黄书记还在练拳?

黄书记的老伴依旧不冷不热地说:你看真不巧,老黄被几个老同事叫去吃饭了,没在家。

老贾一下子愣住了，站在那里手足无措。多亏小保姆端来一杯茶，尴尬的局面才被打破。他说，我也没有什么事，就是看看老书记有没有什么事情需要我做。老书记不在家，我先回去了，哪天再来。

黄书记的老伴也没有多让，对小保姆道：去送送贾主席。

小保姆杏花般的微笑被一层迷雾所罩住，她疑惑地看看老贾的脸色，老贾也不能再逗留了，转身来到了院子里，小保姆抢过去开了院门，像做错了什么事情一样，低着头把老贾送出门。

老贾上了车，一时不知道这车该往哪里开，好一会儿，身上的电话响了，是小吴打过来的，这才想起天外天有人在等。

来到天外天的518房间，房间里只有小吴和彭大山两个人，几个凉菜已经上了桌。彭大山粗声大嗓地说：贾主席，今晚我和小吴请你，我们喝个痛快。

不是有人找我办事吗？怎么就你俩？老贾看着小吴问。

我早就料到黄书记不会留你吃饭，你回家嫂子又不会做饭，所以我和彭总才有了一次请你的机会。小吴诡秘地眨眨眼，说，一个善意的谎言，贾主席不会怪罪吧？说完，她把老贾请到主位上坐下来。小吴知道老贾的家庭生活不是很和谐，他在市立医院当副院长的夫人是个典型的女强人，对老贾的生活不怎么放在心上，这是大活办公开的秘密。大活办是个女人扎堆的单位，女人在一起经常会议论领导的服饰。久而久之，大伙发现，贾主任经常穿没有熨过的衬衣上班，西裤也是很少有裤线，西服袖口的装饰纽扣总有几颗摇摇欲坠。都说男人的衣着女人的脸，从老贾这生活细节上，大活办的女人们得出了老贾夫人对老贾疏于关照的结论。

三个人的晚餐很有些单调，彭大山虽然个子大，但酒量并不大，也就两瓶啤酒的水平。小吴平时应酬也就是点到为止，一杯红酒能喝到散席。老贾心境不佳，主动点了瓶五粮液，他反客为主，给每个人倒了一大杯，一瓶白酒正好倒满三杯。

完了，我惹火烧身了。彭大山吐了吐舌头。

小吴刚要说什么，老贾伸出一根指头，弹了弹桌子说，是你俩要请我的，你俩能看我一个人喝闷酒？好吧，你们说话吧，我老贾今天要喝透。

彭大山看看小吴，小吴看看桌前满满的一杯白酒，咬了咬下唇，很有些大义凛然地端起了酒杯：贾主席，我们知道您最近有点烦恼，其实，有的事还是别往心里去，因为那不是您的错，如果说我们市委市政府机关里还有敬业者的话，这个人就是您。您做得已经够好了，我和彭总永远服您。说完，小吴喝了一大口，很夸张地咽了下去。

彭大山的两只金鱼眼立时瞪圆了，小吴的话让他不好再推脱，他端起杯，

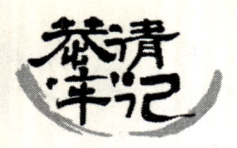

有些结巴地道：你贾主席是什么人别人不清楚，我……我彭大山还不清楚？别的不说，其他领导三天两头来我这里，可你……你贾主席来过吗？一个犯了错误被开除的人，你还不忘给他一条生路，你知道你介绍来的那个桑师傅在这里挣多少吗？一个月四千！比你俩挣得多，你开除了他，他现在把你当菩萨供。就为你这为人，我喝一大口。他不敢说干杯，他知道要是干了这杯酒，肯定会现场直播。518房间的地毯是真丝的，要是真吐在地毯上，损失可就大了。

见两个人都在擎着喝了一口的酒杯，老贾把杯端起来，他眼角湿润，目光迷离，但手中的酒杯却非常稳。在两个人热切的目光里，他猛地一扬脖，一杯白酒咕咚咚一饮而尽。

彭大山心想，完了，今晚非多不可。

在打开第二瓶五粮液之前，老贾把车钥匙交给了小吴，他说，要是我喝多了，你就把它藏起来，别让我碰车。彭大山说喝多了千万别动车，隔壁就是客房，可以醒酒后再回去。

老贾的情绪上来了，他又斟满了一杯白酒，然后对两个人说，你们少喝，就尽我一个人糟蹋吧。我就像歌里唱的那样，投入地醉一次忘了自己，看看是个什么滋味。

彭大山被老贾的话感染了，他对小吴说，咱俩今天干什么来了？不是陪领导释放郁闷吗？领导喝多少咱就喝多少，这叫舍命陪君子。说完，他端起了酒杯。

豁出去了！小吴端起杯，和彭大山很响亮地碰了一下：干杯！

三

老贾从来没有感到自己的妻子还这么会温存。

他一会儿觉得自己是在鸣沙山下细软的沙地上，每个脚趾缝里都有那种灼人的流沙充盈的感觉；一会儿，他又好像浸身在三亚海水浴场那清澈的海水里，身体的每一个部位都被泡胀，都在放大。他把妻子揽在怀里，妻子的头发今天格外香，像是兰花绽放的香味，没有往日那种令人反胃的来苏水的味道。妻子平时总是硬邦邦的身子，今天也变得柔软，猫一样地贴着他。他心里有些愧疚，自己和妻子已经多年分床而眠了，他认为妻子不关心自己，早晨从来不给他做早餐，他不能改变妻子，就暗暗下了决心：你不给我做饭，我就不和你做爱。这样，两个人的关系就变得很僵化。好在两个人都是领导，每天都有忙不完的工作，妻子从检验科主任荣任副院长后，分管医院的业务，经常夜里到医院查夜，她把心中的郁闷都发泄在那些脱岗的医生、护士们身上，许多医生护士见了她腿都哆嗦。老贾曾听人背后议论过，说他的老婆在医院有院长嬷嬷之称。他很委婉地把这话说给了妻子，妻子竟冷笑道：能把医院办成修道院那就好了。话不投机，老贾就不再说什么，他常常这么想，连许多伟人都管不了自己的老婆，我老贾又算什么？

也许是长期没有和妻子亲近的关系，老贾今夜亢奋起来，他像亚马逊巨蟒一样把怀里的女人缠起来，越来越紧。突然，怀里的女人说话了：

要勒死我了。

这一声，把老贾惊醒了，他睁开眼一看：老天爷！怀里的女人怎么竟是小吴！

他呼地坐起来，兔子一样蹦下床，下意识地看了一眼自己的下身，好在裤子还穿在身上，但衬衣已经蹂躏得很狼狈了，纽扣敞开着，胸部的一颗红痣很肆意地袒露着。

这……这……这是怎么回事？他意识到自己闯祸了。

小吴也坐起来，脸色潮红，米色的羊绒内衣勾勒出她丰满可人的线条。她笑了笑，说：别怕，不是我们俩，还有人呢。

老贾这才回过头，见另一张床上，彭大山正死猪一样在酣睡。床下，一只痰盂里散发着酒味，看样子彭大山是喝吐了。

三个人，三瓶五粮液，你劝酒够狠的。小吴站起身整理了一下衣服，看看表说，快半夜一点了，我回家了，你俩在这里睡吧。

老贾不能挽留小吴，他对发生的事情一点记忆也没有。送小吴出门时，他小声问：我昨晚没做傻事吧？

小吴嫣然一笑：我不知道。

老贾头皮一阵发紧，一泡尿突然要冲破闸门般在小腹里肆虐起来，差点就尿了裤子。

清早，他驱车回到家里，妻子早早地上班了。他把衬衣、裤子搭到浴盆里，顾不上吃早饭，换了套干净衣服就往单位赶。今天，会议中心有个很重要的会议：第十五届龙虾节筹委会，昨天市委办已经通知，新来的于书记要来参加会议。

赶到会议中心，见小吴正带着办公室的小杨在安排会场，领导名牌、入场签到、会标都依照惯例安排妥当。在市委于书记的名牌前还摆了一个鲜花花篮，花篮里是清一色的亚洲百合。老贾知道这肯定是小杨的主意，小杨参加工作才三年，还保留了些大学时的情调，给大活办带来了许多时尚的东西。在办公室，她经常给大家读一些不知从哪里发来的滑稽短信，给忙碌的大活办带来不少笑声。老贾也正是根据她这个开朗的性格，才把她分配在会务科工作，会

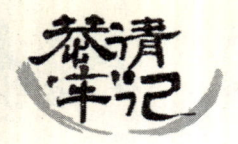

务科的科长就是小吴。

老贾站在门口等候于书记，他的头有些疼，不时用手指揉一揉太阳穴。他看到小吴却谈笑风生地在和到会的领导们打招呼，引导人们入座，心想：她的酒量怎么会这么大？共事十几年，这次才发现庐山真面目。

于书记是最后一个到会的。他身着考究的灰色西装，清癯的学者型的脸庞上，带着一副亮晶晶的眼镜，这种气质较之原来的黄书记，有着一中一洋的区别。

会议由老贾主持，他先是对于书记百忙之中能来参加今天的会议表示感谢，这说明于书记对十五届龙虾节筹备工作的高度重视。接着，他在阐述了一番办好龙虾节的重大意义之后，就今年的方案作了个条理清晰的说明。之后，由各责任单位的领导开始就活动方案发表意见。

也许是因为书记在场，与会人员谁也不发言，看到有些冷场，老贾很着急，他点了商贸办的包主任，说老包你看看，这方案还有哪些地方需要再完善？

包主任是个老资格，在商贸办干了八年主任，当了八届的龙虾节筹委会副主任，对这项工作心里很有数，所以老贾让他来开这个头。

包主任清了清嗓子，停顿了一会，道：方案嘛，已经很完善了，说不出什么修改意见。依以往的经验，这项活动需要抓一个早字，就是活动经费早到位，领导贵宾早邀请，文艺演出早排练，宣传舆论早营造。这是一个名副其实的大型活动，不能现上轿现扎耳朵眼儿。

包主任说完，在老贾的点将下，卫生局长也发表了意见，就是强调龙虾宴的卫生问题不能忽视。去年，就有个省政协的领导吃坏了肚子，检疫的同志认为是有的龙虾变质所致，所以，今年一定要把好卫生关，隔夜的死龙虾绝对不能上席。

大家就活动方案没有提出不同意见，老贾心里多少有些沾沾自喜。尽管他主持制定的这个方案几乎称得上千锤百炼，但他还是担心与会人员挑三拣四。要知道，于书记可是省委出来的大秀才，能不能看上自己这个方案他心里没底。他看大家实在没有话要说了，就请于书记最后发表重要讲话。

于书记很谦虚，他说自己刚来临海，对龙虾节的事情还不了解，主要是想听听大家的意见。既然大家不愿意多讲，我就两个自己也没有想好的问题请教一下各位：第一个问题，我们办了十四届龙虾节，市财政累计投入了多少？综合收益多少？第二个问题，作为地方特色的小龙虾，是不是由自然野生转化为人工养殖？养殖的数量有多少？年产多少？

这一问，会场的空气一下子凝重起来。老贾对这两个问题也不能回答得很清楚，虽然能说个一二，但他不能先讲，他隐约感到了某种不祥的味道。他在会场睃了一圈，把目光锁定在财政局长和水利局长身上。

财政局长年龄不大，但头顶却早早地脱了发。看到贾主席看自己，知道第一个问题只能由他来回答了。说实在话，十四届龙虾节累计花了多少钱，他也没有数，他只好边计算边回答：

财政投入嘛，去年是五百多万，那么十四次就是七千多万吧。综合收益嘛，没有专门统计，龙虾节主要还是社会效益。

水利局长也发了蒙，小龙虾一直都是沟沟汊汊里自然野生，水利局从来没有考虑到人工养殖的问题，水利局所属的大小水库都养了些鲤鱼鲢鱼，谁去养殖这小东西。可是，打了十四年的一张名牌，水利部门却没有做养殖的文章，这使他有一种渎职般的紧张。

我们工作有失误。于书记，我们马上就组织人员研究小龙虾的人工养殖问题。水利局长眼细嘴小，蒜头鼻子湿漉漉的，一副可怜兮兮的样子，他几乎是在作检讨了。

于书记摆了摆手，很和蔼地说：我没有批评大家的意思。不过，我要提醒同志们，现在是市场经济，市场经济是讲价值规律的，是讲投入产出的，如果我们不从市场经济的立场去考虑问题，我们就会犯一些低级的错误。

大家都屏紧了呼吸，听于书记讲下去。

七千多万的财政资金，到底带来了多少效益？我们是个经济欠发达地区，我们的财政还要靠省里转移支付，这样的投入是不是合适？说到这里，于书记把目光转向老贾：

老贾，我不反对搞龙虾节，关键看怎么去搞。我给你们提个建议，从本届开始，龙虾节搞市场化运作，政府不仅不出钱，而且还要赚钱。

会议结束了，老贾送走了于书记，又回到他的座位上呆呆地坐着，两眼盯着台面上的那篮亚洲百合。会前，这百合还是芳香四溢，会后，怎么竟索然无味了呢？

小吴和小杨在收拾会场，他盯着眼前的百合问：你们说，这市场化运作是什么意思？

没等小吴回答，小杨抢先说：市场化运作嘛，说白了就是谁出钱的问题，由政府出钱就是官办，由老板出钱就是市场运作。

小吴接着说，有点道理，看来，咱们大活办的任务就是去寻找投资人了。

小杨道：对，咱们要尽快去抓个冤大头来好交差。

老贾起身去了办公室，小杨悄悄地对小吴道：老贾肯定上火了。小吴望着老贾的背影，若有所思地点了点头。

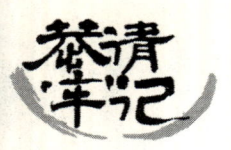

老贾觉得小杨对市场化的理解是对的，他回到办公室马上就在电话本上找本地的大款，经过一番筛选，他列出一个十几人的名单，上这个名单的都是本市有头有脸的民营企业家，其中就有彭大山。下午，他召开了一个大活办全体干部会议，把这个名单落实到了人头，每个工作人员包两个企业家，做工作让他们赞助龙虾节的举办。他对拉赞助还是有些信心的，因为以往的龙虾节，这些人参与的热情都很高。

大家好好表现吧，这是于书记交代给我们的任务。他这样对大家说。

在分配任务时，老贾徇了私情，为了让小吴省些力气，他把彭大山分给了小吴，他想，彭大山如果不给小吴面子，他还可以出面做工作。

晚上，他拖着疲惫不堪的两腿回到了家里，一进门，发现妻子竟破天荒地先他而回。

他瘫坐在沙发里，昏头胀脑地想着白天开会的事，凭他多年对领导干部的揣摩，他觉得于书记对龙虾节不感冒，只是话没有明说。但他摸不透于书记的心思，龙虾节已经是名声在外的一大活动，连北京的高官都来参加过开幕式，对此，于书记不能不有所耳闻。他想起三年前，作为省委政研室主任的于书记还被邀请参加过临海市的龙虾节。

妻子的脸色很难看，像冻了的青萝卜，青里泛黑。老贾心里很迷惑：为什么生气？是因为昨晚一夜未归吗？自己这位院长妻子心里一向只有医院，什么时候关心过自己？自己有一次去云南出差，走了七天，妻子连个电话都没有。

妻子从卫生间里出来，手里拎着他的白衬衣，往沙发上一扔：你能解释一下这衣服上的痕迹吗？

老贾吃了一惊，扭头一看：糟糕！什么时候衣服的前胸处有了个可疑的红印，这印痕只能使人联想到口红、唇膏之类的东西。难怪妻子脸色这么困难。

是洒的红酒吧？他搪塞道。说完，他又后悔了，妻子是检验科主任出身，这红酒和口红还分不清吗？

果然，妻子冷笑了一声，一双猞猁般的眼睛盯着他。

老贾不想说假话，他装作不在乎似的道：哦，昨晚在天外天喝酒了，男男女女很多人，都喝高了，又唱又跳的，说不准是谁故意给我栽赃。

妻子收了冷冷的目光，叹了口气，道：看来，大活办的人真是干"大活"了。

老贾本来心里就发堵，妻子这么一说，他的火腾地蹿上了脑门。但他憋住了胸中的怒气，站起身，动作粗重地撞出家门，来到路灯暗淡的大街上。他想找个可以依靠的人偎一会儿，身与心的双重疲惫让他感到一种从来没有过的惆怅。

在大街上不知走了多长时间，身旁一辆疾驰而过的摩托车把他从乱糟糟的思绪中牵了出来。他四处一看，这里不是槐花街六号吗？这是小吴住的小区呀！

真是该死！他下意识地骂了自己一句，赶紧离开了槐花街六号。

四

黄书记亲自给老贾打了个电话，说他的龙井品质好，闻起来就知道是特级。可是，自退休后他就戒茶了，开始喝离子水，以后就别麻烦再送茶叶了。

老贾觉得老书记心里的疙瘩还没有解开，他便在电话里请求找机会和老书记坐一坐。黄书记说好呀，我现在是无官一身轻，别的东西没有，时间还是蛮多的，你安排吧。

老贾很激动，说那就今晚吧，我请你去天外天。

放下电话，他就把小吴叫过来，让她预订一下天外天的518。小吴一听天外天518，脸一下子就红了，眼睛盯着鞋尖不知看些什么。

老贾也马上想到了几天前的事情，他忙解释道：我是想和黄书记坐坐，上次大会麦克不响的事我一直没有机会解释。

小吴恢复了常态，点点头刚要走，老贾叫住了她。他眼睛看着手中的文件，似乎漫不经心地问：那天晚上，我真的没做什么过格的事吧？

小吴直直地看着他，反问道：什么样的事算是过格呢？

就是……就是……我是说，我记不得自己都做了些什么。老贾有些语塞。

小吴笑了，道：贾主席，你是堂堂君子，我崇拜你，即使那天你做了什么事责任也不在你，你放心吧。

临出门时，小吴告诉老贾，说老公让她随军，去南方的一个城市，她还没有决定，想听听老贾的意见。

老贾一听立马就说，不行不行不行，那个鬼城市我去过，三天两头下雨，洗双袜子两天晒不干，人要在那里生活百分之百得风湿病。再说吃的菜不是淡就是辣，大米全是两茬稻，嚼在嘴里像吃豆腐渣。我看你还是别去了，在这里不是很好吗？

老贾只顾自己说，门口小吴的眼圈却红了，轻轻推门走了。

老贾这才意识到自己失态了，自己为什么要强烈反对人家随军呢？那个城市真像自己说的那样吗？自己这是怎么了？小吴可是军婚啊。

小吴刚走，几个下去拉赞助的人就陆续来到了他的办公室，十几个人都是无功而返，大家都没有了领任务时的兴奋，都耷拉着脑袋满腹牢骚。

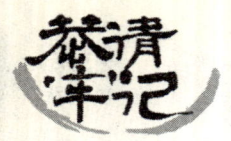

这些暴发户个顶个的铁公鸡。有人这样说。

不赞助就算了,还阴阳怪气的,太气人了。

我们又不是乞丐,我们这是政府行为,他们狗眼看人低。一个年龄大一些的科长干脆动骂了。

小杨依然无所谓的样子,她负责做一个外资服装老板的工作,资金没有拉来,却拉来了两千件T恤,老板的条件就是在T恤上印上企业的名字。小杨能拉到这点赞助,归功于她新交的男朋友,她的男朋友在市委当秘书,多少可以做一点拉大旗作虎皮的事情。

拉赞助出现这种局面是老贾没有想到的,网撒得这么大,却一条鱼没有兜着,这网再怎么撒?他让大家回去再动动脑子,自己也在琢磨这戏该怎么唱。

他拿着自己拟订的那份名单反复端详,突然,他发现自己这份名单怎么都是清一色的个体老板?市场化运作也不是光靠民营企业呀,国有企业还是有文章可做的。有门!他感到一阵心动,马上抄起电话找国资委的徐主任。徐主任当过总工会的主席,工会会多,老贾没少帮他的忙,虽说徐主任是个有名的老油条,但老贾对他还是有信心的,因为不管因公因私,老贾从来没有找过徐主任。

因为下午安排了两个大会,老贾就约徐主任下午五点到办公室谈谈。

徐主任没有推辞,说你贾主席什么时候招呼我什么时候听令。

老贾心里有了底,就放心准备下午的会议。下午一点是市文明委的一个大会,要部署在全市开展"讲文明,树新风"红五月活动。主持这样的大会老贾可谓轻车熟路,开头讲目的意义,结尾讲贯彻意见,中间是走程序,说什么样的话怎么说,老贾是胸有成竹。下午三点还有一个会,是残联组织的一个助残活动总结大会,参加者很多都是残疾人。老贾本来不想主持这个会议,残联胡主席找到他的时候眼泪快下来了,说市领导都忙,谁也不参加,说白了不就是残联没地位没实惠吗?这项活动好歹也是以市政府名义开展的,一个市领导不来算怎么回事?你老贾是菩萨心肠,你千万要给捧捧场,我代表全市的瞎子瘸子聋子哑巴们谢谢你啦。话说到这个份儿上,老贾的心便软了,他说,老胡你别弄得这么邪乎,你这大会我参加,我给你们讲话。胡主席千恩万谢地走了,可是留下的那篇讲话稿却有不少残疾,以至于没法读下去。老贾简单看了一遍,心想,又是一次练习即席讲话的机会。

下午的会议很顺利。文明委的大会氛围很不错,老贾主持得字正腔圆,没有一点瑕疵。文明委的会议刚散,三点钟残联的大会接着就开。在这个有许多残疾人参加的大会上,老贾简直是超常发挥,台下的人都看到他没有拿稿,是脱稿讲的话。他十指交叉在胸前的台面上,目光炯炯地巡视着台下的人们,用充满感情抑扬顿挫的语调,讲了整整50分钟。他从四个方面评价了这次助残活动的重大意义,总结了活动的三个特点,对今后做好助残工作提出了八条要求。老贾讲话的时候,台下鸦雀无声,大家都被他这种领袖般的演讲惊呆了。残联的胡主席在他总结了活动的三个特点之后,竟掏出手帕擦了擦湿润的眼睛,显然,老贾的讲话深深打动了他,让他生出诸多感慨。

老贾在讲话快要结束的时候,忽然发现小吴坐在会场的一角正认真地听会,他顿时感到后颈处有一根灯芯被点燃,好像有一股热气流在吸引着他向上,再向上。在这种无形的力量作用下,他的声音更加高亢激昂,语言组织更加严谨连贯,整个会场成了一个以他为核心的磁场。他的时间控制也非常精确,不用看表,在五点准时,他极具感染力的结束语如冲刺骤停,溅起一片暴风雨般的掌声。

散会后,残联胡主席握着他的手足足有三分钟,却一句话也说不出来。

老贾也沉浸在自己刚才精彩演说的激动之中。小吴从人群中挤过来,告诉他国资委徐主任还在等他,他才想起约了老徐,便急忙赶回办公室。

老徐知道他刚刚散会,看他一脸汗珠的样子,说:贾主席,该注意点身体了,老是干大活,就是铁打的人也吃不消呀。

别扯淡老徐,我请你来,是有件大事需要你帮忙。老贾开门见山。

老徐是个滑头,一听老贾这话,心里就猜出了个大概。嘴上却说,什么大事还能难住你贾主席,我这个穷光蛋要钱没钱,要人没人,能帮你什么忙?

老贾意识到这个滑头想缩脖子,心想,我一把掐住你的脖颈,看你怎么缩?便不紧不慢地说,老徐,我知道你国资委机关是没钱没人,可是你有权啊,只要你徐主任想办的事,还不是想调人就有人,想抽钱就有钱,咱们市国有资产这点家底不都在你的手里攥着吗?

老徐知道唬住老贾不容易,老贾毕竟是市级干部,他眼珠一转,立马在态度上让了三分:

有什么吩咐你说吧,我尽力而为好了。

老贾说,我哪里敢吩咐你,咱们好好商量一下。是这样的,今年的龙虾节财政不出钱了,于书记让市场化运作,市场化运作就是市场出钱,咱们临海市能出钱的主儿都在你的麾下,所以这事你要帮忙。

老徐半信半疑地看着老贾,问:这是于书记的意思?

老贾笑了,道:我还能蒙你,那天开会有几十个部门的头头在场,于书记讲的话大伙都听到了。

老徐眯着眼想了想,摇摇头说,这事不好办不好办,弄不好要惹麻烦。

我想老徐呀,你下属有三十几家企业,一家出个十万八万的,这台戏就能

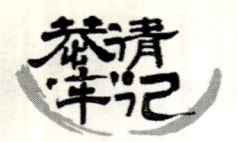

唱了。老贾事先已经帮老徐作了个预算。

这三十家企业可不是肩膀头一般齐，有的效益不好，连两保都欠费。老徐还是心里有数，他的企业状况好的不多，很多企业都在等着改制。

老贾看到老徐还在犹豫，就压低了声音说，这事我就赖上你了，我老贾从来没有麻烦过你，这可是头一遭张嘴，再不济我也是龙虾节筹委会的主任，大活办的人都知道我张嘴求你了，你总不能让我闪了舌头吧？

老贾话里有话，狡猾的老徐不能不听出个滋味。

好吧。老徐叹了口气说，我不为龙虾节，就为你贾主席背一次黑锅吧。他的话一说，老贾心里的一块石头总算落了地。

老徐想了个解决问题的办法，就是以国资委和大活办两家的名义对全市各大规模企业发一个文件，把它们都列为龙虾节筹委会的成员单位，目的是大家的节日大家办。具体赞助的标准文件上不写，内部掌握底线是五万，出资十万以上的由筹委会在会场设立一个广告牌，算作鼓励。

老徐告辞时，一脸的苦笑，他对老贾说，也就是你呀老贾，要是换了别的领导，就是摘我的乌纱帽我也不会干。

老贾嘴上一个劲地感谢，心里却想，这老徐说话真要分析着听，难道就我说话好使？要是于书记说话，你不一溜小跑才怪呢。

送走老徐，老贾在走廊碰到了小吴，小吴诉苦说，这个彭大山真抠，说赞助龙虾节他不干，要是我们私人有事，出个十万八万他眼睛都不会眨。

老贾一摆手，笑着说，不需要他了，个体户咱们不和他们打交道。话说了一半，突然，他想起了今早的约会，啊呀，晚上不是请黄书记吃饭吗？这么大的事怎么给忘了！他皮包都没有拿，对小吴说，你给我锁办公室门吧，我马上走。

他一边往楼下跑，一边看表，天那，都快七点了！

小吴来到老贾的办公室，关好窗，看到桌子上很乱，就整理了一下。在整理时，她发现一个黑色的笔记本很精致，好奇心使她拿起了这个本子，翻开封皮，一张平展的牡丹牌香烟盒纸夹在本子里。小吴的心一阵狂跳，这是多么熟悉的烟盒纸啊，自己平生唯一一次买烟就是这个牡丹牌。她记得当时在烟摊前选择了好一番，烟摊上有握手牌、恒大牌、红梅牌、红塔山牌等等很多，但她还是选择了牡丹牌，因为她喜欢那首蒋大为唱的《牡丹之歌》。今天看来，自己的一番心意老贾早就心领神会了，只是他从来不说。十几年了，能一直保留着这烟盒纸，说明老贾是一个多么重情重义的领导啊。

五

春意盎然的五月，老贾的心绪却晚秋一样暗淡。

先是那天请黄书记吃饭他忘了时间，让黄书记在那里等了他近一个半钟头，老人家生气了，一甩袖子走了。任老贾怎么解释，黄书记就是不听，黄书记在电话里质问老贾：如果我没有退，你能忘了时间？我老头子不是吃不起饭，是你要请我的，请我去了，又让我坐冷板凳，你扪心自问，这么做有没有道理？老贾说都怪自己粗心大意，请老书记千万别往心里去。黄书记的回答一点也不客气，他说，你要是说别人粗心大意我也许能接受，说你老贾我不信，我太了解你了，正因为你是个办事滴水不漏的人，我当年才力排众议提拔了你。黄书记这样一说，老贾更是无地自容，真想打自己几个耳光。

黄书记的事情没有化解，一个坏消息又传到了老贾的耳朵里。国资委的徐主任告诉他，他们下发的文件被一个国企老总告到市委于书记那里，说国资委搞摊派。于书记对此很生气，给他打电话，把他狠狠地撸了一通，明确告诉他这个滥摊派的文件马上收回，宁可不搞龙虾节，也不能给企业增加负担。老徐在电话里几乎要哭了，说于书记刚来，我就给他添了个乱子，我以后的工作怎么干？你贾主席可要好汉做事好汉当，我当初是不同意干这事的，是你贾主席动员我做的。现在，堂堂国资委的文件给废了，这个黑锅我背不动啊。

老贾没有想到会出现这么个结果，他脊梁上渗出一层凉汗，徐主任的每一句话都像一股寒流，让他接电话的手战栗不止。他知道这事是他连累了人家，这个责任只能自己来负，他安慰徐主任道：老徐你别上火，这事是我定的，和你没有关系，我会向于书记说明情况。

自从徐主任打来电话后，老贾就等着于书记找自己。可是等了好几天，于书记好像没有事情一样，什么也没有说。老贾摸不透于书记的心思，又不好主动提起这事，所以一天天在焦虑中等待。老贾想，那个被于书记废止的文件是国资委和大活办联合下发的，于书记能给徐主任打电话，就一定会给自己打电话，自己毕竟是个市级领导。但老贾猜错了，于书记到底没有打电话来。让老贾更想不到的是，小杨在市委当秘书的对象给小杨透露，大活办这个机构要撤销，让小杨早些选择新单位，他好做工作。小杨嘴快，把这个消息告诉了小吴，小吴赶紧向老贾作了汇报。老贾知道，市委秘书的消息肯定源自市委领导，看来，上次让企业赞助龙虾节的事后果相当严重。

单位的事情不顺，老贾家里又出现了麻烦。

本来，老贾以为上次衬衣口红事件已经过去了，谁料想他的夫人竟搬到医

院宿舍去住了,这样一来,他俩感情不和的风声就从医院传出来了。老贾从来没有和夫人发过火,这次却控制不住了,他来到夫人的宿舍。这是一个没有任何女性特征的房间,一张医院里常用的床,白色的床单、被子、枕头,一把也是刷着白漆的椅子,只有写字台是褐色的,但台面上还是铺了一块白色的台布,窗帘是半截的白纱,没有任何图案。两个人谁也没有坐,就那么站在屋中央,他问她这么做用意何在,是想让社会上都知道两个人闹矛盾吗?

夫人镜片后的一双近视眼透出两股蛮气,反问他:我们这么住和在一个房子里住从本质上还有区别吗?老贾知道夫人指的是什么,他们事实上已经是分居的夫妻,只是为了舆论,为了亲友,为了在大学里上学的儿子,他们还维持在一个房子里。现在,衬衣上的那个口红印,就像离婚证上的公章,一下子让两个人的分离合法化了。

老贾说,我不想解释什么,但我真的没有做出格的事情,我这个人狼心兔子胆你不是不知道。老贾这话是有原因的,当年,他们谈恋爱在林中月下独处时,他严格控制自己的小动作,有时候夫人故意怂恿他,他也胆战心惊不敢有所作为。为此,夫人给他的评价是狼心兔子胆。现在,他想用这话来纠正夫人对自己的错误认识。

夫人木然地说,我没有对任何人说过我们感情上的事,我在这里的目的有两个,一个是工作方便,我晚上要检查夜里值班情况,在家里半夜往医院跑不方便;另一个是想让自己静静心,更年期的女人看什么都烦,只有眼不看才能心不烦。

老贾知道夫人的决心是下定了,结婚二十多年,他太了解这个女人了,要强,执拗,缺少柔韧。他搞不清楚她究竟是和谁在竞争,她的虚荣导致她牺牲的是女人的天性。他也常常检讨自己,是不是自己这种工作状态影响了她,因为夫妻之间的相互影响是潜移默化的,别说是夫妻,就是人与自己的宠物相处一久,也会相像起来。他楼下的一个中年女人,家里养了一只法国斗牛犬,那斗牛犬体态浑圆,凸目塌鼻,相貌狰狞,没有一点可爱之处。这个女人每天早晨都出门遛狗。今年春天开始,老贾突然发现这个女邻居怎么体态和这只斗牛犬越来越像了,再看这个女人的脸,不知怎么也开始凸目塌鼻起来。老贾由此想到了妻子这种怪异性格的形成,不排除和自己整天全身心泡在会里有关系。

老贾有时候也很委屈,组织会议并非易事,一次会议就好比一场戏,不精心准备怎么行?演戏的有台上一分钟台下十年功之说,其实会议何尝不是这样,这就是有的会议为什么要筹备几个月甚至大半年的原因。自己几乎天天主持会,几乎天天在会议上讲话,这种表演的背后,是常人难以承受的辛苦啊。可是妻子不理解这些,不但没有给他以爱抚,而且和他赛起了敬业。终于,在他荣任政协副主席的当年，她也由检验科的主任提拔为医院的副院长。

老贾改变不了妻子，只好听之任之，但在妻子住宿舍的问题上，他不想妥协，因为这样一来，家庭的问题就社会化了。另外，他也不希望出现有关自己和小吴的传言，小吴可是军婚。

老贾提出，妻子可以回家住，如果需要搬出去，他可以住办公室，他办公室是套间，有床，他住办公室是忙工作，大家不会有议论。他说，一个家总要有个女人，你出来住，这个家就不成为家了。

妻子却铁了心。她的理由很简单，医院已经是她生活的全部，她要以院为家。

走投无路的老贾也住到了办公室。他找了个装饰公司，开始重新装修住房。这样，终于找到了一个夫妻都出来住的理由。当装饰公司的头头抱着一摞图纸来问老贾，这装修该设计个什么样子，什么风格时，老贾说你们看着办吧。

更让老贾不适应的是，在月初，市委下发了一个文件，要求五月是无会月，各大班子、各部门都不许开会，提倡机关下基层，搞调研抓落实。

老贾感到这个无会月是有所指的，是撤销大活办的前奏，所以他十分郁闷，他不知道问题到底出现在哪里。说会议多，看看中央电视台的新闻联播，哪一天没有会议的报道？如果不开会，上级的指示怎么贯彻？如果不开会，又怎么来凝聚人心？我们党历史上几次重大的转折，不都是靠会议吗？老贾想来想去，觉得这里面有问题，而根子就是已经搞了十四年的龙虾节！

很少对下属发脾气的老贾，有一天把小杨训哭了鼻子。

事情的起因是一则手机短信。因为无会月，大活办在这个五月就一下子闲起来了。闲来无事，大家就找小吴商量能不能允许大伙玩玩扑克，让大家斗地主。小吴说贾主席不会同意玩，咱们还是别没事找事了。小杨不信邪，说反正也闲着没事干，斗斗地主就算工会活动了。她便自告奋勇去找老贾提建议。

老贾正在办公室看报，小杨敲门进来。她说，贾主席，大伙想由工会组织个娱乐活动，请你给予支持。

老贾愣了一下，心想，这小杨也不是工会主席，怎么来请示工会工作？但嘴上还是说，好呀，什么活动？

我们想组织个斗地主比赛。小杨说完，一双调皮的眼睛望着他。

老贾一听，没好气地说，去去去，回去看书学习吧，上班时间怎么能打扑克？

小杨讨了个没趣，回到办公室，小吴忍不住笑，说，不碰南墙你不回头，真是个犟丫头。小杨说贾主席也真是，就不能有点别的爱好，满脑子都是会

议,那么迷恋开会干嘛?不开会多自在,再说有几个人愿意老开会?我敢说开会的人无论台上台下,十有八九都是在做样子。她拿出手机说,不信的话你们看我这里有个短信,是我男朋友发来的,我念给你们听听:开会就像嫖娼,上面的人以为下面的人很认真,所以就格外卖力;下面的人装作很认真,其实心里在想,还是快点结束吧。大家听完后,表情都很不自在,片刻,大家都忍不住笑了。有人说深刻,现在的短信不仅幽默,而且还一针见血。大家议论了一会,有人说这么幽默的短信应该让贾主席看看,便怂恿小杨给贾主席发过去。小吴说,你别发了,老虎屁股你也敢摸?小杨说,怕什么?不就是一条短信吗?又不是我发明的。我现在就给主席发过去,奇文共欣赏嘛。她鼓捣了一阵手机后,说发过去了,看主席有什么反应。

过了不到三分钟,小吴桌上的内线电话响了,是老贾打来的,让小吴通知小杨到他办公室去一趟。

大家都有些害怕,目送着小杨到主席办公室。刚才还是天不怕地不怕的小杨,腿有些发软,一步一回头,可怜兮兮地去了主席办公室。大家谁也不说话,不知道会发生什么事情。

大概一刻钟的时间,小杨出来了,眼睛红红的,低着头。

小吴迎上去,叹了口气道:你呀,开玩笑也不看看时候。

当天下午,市委组织部的考察组来到了大活办,来考察大活办的后备干部。

老贾事先一点消息也不知道,只是上午要下班的时候,组织部来了个电话,说是下午要来人进行例行考核。老贾知道,他这一级的干部市委组织部是无权考核的,因此,考核的对象肯定不是自己。但在风传大活办要撤销的时候,来这里考核,说明事情已经进行到了实质性阶段。

考察组的组长是个军转干部,看起来很原则。另一个是刚刚参加工作的小伙子,也是很规矩的样子。他们先和老贾谈,主要是让老贾在大活办现有正科级干部中推荐一下,看谁比较成熟、有能力。组长说大活办多年来没有配副职,这次,市委领导的想法是把班子配齐,以便开展工作。

老贾几乎没有多想,就一口推荐了小吴。

六

老贾没有想到人闲还能闲出毛病来。

一直身体很好的他,在这个无会的五月里闲高了血压,头老是发晕。

他记得有个领导说过,社会是需要相对稳定的,不能老是今天改革明天改革,就像人不能轻易打破自己原来的生活规律一样,打破规律的时候,往往是疾病发生的时候。他对这句话的前半句印象不深,但后半句长了根一样嵌在了他的记忆里。有一次小吴劝他戒烟,他理由很充分地说,抽了几十年了,身体已经适应了,何必再打破这种肌体的平衡。

　　老贾认为自己血压突然改变,原因就是工作节奏突然变缓的因素所致。他想保持原有的工作节奏,可是又无事可做,他像一只被圈在笼子里的鹰,纵有振翅拨云的本领,可是现在却一筹莫展。

　　头晕越来越厉害,他只好到医院看医生。

　　他没有告诉当副院长的妻子,自己直接来到了干部病房。病房主任是个资深老中医,是市领导的保健问题专家。老中医在给他作了相应的检查后,很肯定地说,是气血不畅,说人的血液就像围着山峦流淌的江河,水流湍急则水土流失,毁伤河床;水流缓慢则泥沙沉淀,淤塞河道。最好的办法就是顺畅自然,急缓适度,这样,水质才不会出问题。所以,你这病因的根本是缺少运动。现在这样的情况,虽说没有大问题,但发展下去就积重难返了,还是调整调整,打几天滴流,降降血黏度、血脂吧。老贾想反正单位也没有事情,自己就在这里泡泡病号吧。他要求病房主任对自己在这里住院的事要保密,不要告诉任何人,包括你们的副院长。

　　住院后,他给小吴打了个电话,说他到外地出差,有什么事电话联系。小吴说你到外地出差怎么不带上我,反正单位现在也没有事。他说要办的不是公事,你去不方便,你还是给我看好家吧。

　　干部病房其实是临海市的高干病房,在住院部的顶楼,有宽敞的凉台。一般情况下住院的患者很少,有些离退休的老领导生病后都是上午来打打针,晚上就回家了。老贾各房间走了走,见病床都空着,心中感觉不错,一向喜欢场面的他,这个时候倒希望不被打扰。

　　第二天上午,打了两个吊瓶后,他觉着腰有些发板,就推门到凉台上抻抻腰腿。走到凉台上,他一下子愣住了,穿着病号服的黄书记正在阳台上一个人练推手。

　　黄书记也看到了他,没有停止手上的动作,眯着眼问:怎么?得了什么毛病?

　　老贾说真是巧啊老书记,我这两天正要找您负荆请罪,没想到血压上升,跑到这里住院来了。您的身体不是一直很好吗?这是怎么了?

　　你年轻轻的怎么和我一个样?黄书记继续着他的独自推手运动,道:我是该高的不高,不该高的却高了。

　　老贾心想这可是个向老书记解释连续几次误会的机会,但又不能唐突,便

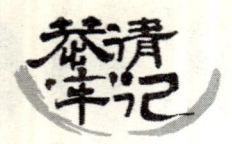

找了个话题，道：您老的太极拳不说炉火纯青，也称得上深谙要领。可是，看您练得最多的还是推手，我听说推手要两个人对练，可您老却自己练，这里面一定有道理吧？

黄书记难得地笑了笑，说，最深奥的道理往往在最浅白的话语里，最高超的技艺往往就在最简单的动作里，这是太极的哲学。我面前无敌人，可心中有对手，所以表面上一个人在练，其实，我是在与对方过招啊。

老贾听不懂黄书记一番玄学高论，他提出这个问题的原因是想营造一个和谐的谈话气氛，所以，他努力把话题引到想要解释的事情上。

黄书记说得太对了，工作上就是这样，越是熟悉的环节越容易出错。就说上次开会吧，桑师傅本来检查了几遍麦克，都没有问题，可是偏偏就出了问题……

黄书记打断了他的话，道：过去的事不要再提了，孔夫子不是有句话吗，叫成事不说，遂事不谏，既往不咎。

可是，您老千万别拿我当白眼狼啊，我对您感恩还来不及，那些事确实都是误会。

黄书记停下了运动着的两臂，长长地呼出一口气，道：我最近听到一些传言，等这些传言都变成现实那一天，我会和你说一句话，现在我不说，因为我老头子从来不做无的放矢的事。

这次凉台上的交谈很简短，因为护士来给黄书记打针了。

第三天早晨，刚刚扎上吊瓶，小吴来电话了。电话里小吴的声音有些颤抖，她告诉老贾三件事：一是市委常委会已经正式决定，龙虾节由一年一次，改为五年一届，也就是说办了十四年的龙虾节今年不办了。二是大型活动办公室改名为市政府对外招商办公室，是个副处级单位，她被任命为招商办主任。三是老贾回政协工作，具体分工由政协党组决定。

老贾嘴上说知道了，心里却很茫然，竟忘了祝贺小吴。

电话那边传来隐隐的抽泣声，他突然意识到自己走了神，他干咽了一口口水说，别伤心小吴，这是好事呀，你的提拔是组织上对大活办工作的充分肯定，这比什么都好，我心里的一块石头也落地了。

小吴说，小道消息怎么总能变成现实呢？单位里现在是人心惶惶，你出差什么时候回来呀？我还有件事情想告诉你。

什么事情你说吧。单位里的事情从宣布任命开始，你就是法人了，我回不回去无所谓了。老贾想，单位里的日常工作本来就是小吴负责，包括财务也是小吴管，所以，他和小吴之间，也没有什么工作需要交接。

令他没有想到的是，小吴在电话里告诉他，她已经决定随军了，她爱人联系的单位明天就发商调函。听到这个消息，老贾支支吾吾了半天，不知道自己说了些什么。

刚刚撂下小吴的电话，市委组织部长的电话就打进来了，向他通报市委常委会议决定的事项。老贾没等对方说完，就说情况我都知道了，我这里有事不方便说话，等我给你打过去吧。但一直打完针，他也没有再摸电话，任身旁的电话锲而不舍地响个没完。

他躺在床上，脑海里好像在上演一出皮影戏，他看不清影偶的动作，只是看见有数不清的线在牵着这些影偶，变化出些总是雷同的表演。

黄书记无声地进来了，他坐起来，给老书记让座。黄书记说，我昨天说了，要对你说一句话，现在，我可以说了，你想听吗？

老贾点点头。

黄书记说：你要明白一个道理，只要是当领导干部，就总会有麦克不响的时候，不论是你，是我，还是新来的于小叶。

说完，黄书记转身走了。老贾发现黄书记的肩头抖动的幅度很大。他感到手背有些疼，低头一看，发现滴管里的药液不知什么时候滴完了，血管里的血开始回流，那红色的血液好像体内缓缓爬出的一条蜈蚣。他吓出一阵冷汗，一边大声喊护士，一边用左手死死地捏住了这条扭动着身子挣扎欲出的蜈蚣。

当天夜里，在例行的周四夜班查岗中，老贾的夫人发现了病房里的丈夫。病房里没有熄灯，老贾和衣仰卧，望着日光灯出神。

两人四目相对，许久，夫人喃喃地说：

我们这是何苦呢？

是啊，老贾又把目光转移到日光灯上，自言自语：

我们这是何苦呢。

窑衣 翟永刚

  工会主席何自知深谙当官诀窍。有眼力，有心计，对领导听话，顺从，所以他从矿工一路当上了工会主席。了解他的人知道，这和他以前的秉性相去甚远。矿山面临改制，工人们对改制的真实意义并不知晓，可真相却令何自知心惊肉跳，他该何去何从呢？

一

清晨,石井煤矿工会主席何自知,一边用舌尖剔着牙缝,一边大声清着嗓音,急冲冲向矿上走。数九寒天,鼻子嘴巴喷出热气,头发后边滚动着热气。走不多远便把棉衣纽扣解开了,身体热耳朵冷,双手捂着耳朵仍是大步流星。

他早上翻遍冰箱馍筐也没有找到吃的,连挂面也没有。昨晚喝酒喝多了,荤腥不想见,便下起了面鱼儿。面鱼儿好做他也爱吃。先做好白菜汤,然后把搅成糊状的面一条条拨到翻滚的汤锅里,吃起来筋道,就着自家腌制的咸菜,拌些辣椒丝和香油,真是一种美的享受。吃得他兴致勃发,鼻尖出汗。这时上夜班的妻子鹿云凤呼地推门进来了。妻子在矿井口服务公司干些缝补洗窑衣的工作。她跑得脸红扑扑的,四十七八岁的人,倒显出几分妩媚。他问道:"这么早就下班了?"她急急道:"陈矿长找你,我早来半小时给你说一声。"何自知道:"急吗,我给他打个电话。"鹿玉凤道:"你跑一趟嘛。"何自知把碗一推:"剩下的你吃吧。"走在路上直犯嘀咕,矿长找我有什么事呢,他习惯性地检查自己的工作,并无差错呀。工会的工作无非是送温暖,民意调查,做好思想政治工作,严格说也不归矿长管呀。他忽然想到,是不是星光大酒店的事?前几天矿上下来企业改制文件,要求各单位把国有资产见底,包括有账无物或有物无账的都分别登记造册。星光大酒店虽说是以工会"三产"名义办的,但是资产却不知落在哪儿,被神秘人物经营着。他如果问这个,应该如何回答呢?何自知这样想着,路过工会小院也未进,径直朝办公楼走去。

石井煤矿坐落在石井镇上。石井镇四面环山,万绿丛中的山窝里竖起高大的井架,井架上一面红旗迎风招展,甚是醒目;一座突兀的矸石与之相伴。石井煤矿是座核定年产34万吨原煤、1600余人的中型煤矿,开采已有30多年历史,在全局七个煤矿中属于中等,但是储量却很大,有两亿吨呢,局里正在做着改造提升能力的打算。

其实,何自知在工会只是正科级副主席,工会主席让纪委书记兼着,纪委书记基本不过问工会的事。令何自知气愤但却说不出口的是,工会主席和纪委书记都是副矿级,拿着十几万元的年薪,而何自知却不享受这个待遇,工作都是自己干,矿上这么不看重自己?何自知知道自己50岁了,再不往上挪挪,怕是过这个村就没这个店了。这样他工作起来更不敢大意,唯恐有了闪失连这一点希望也失去了。妻子也知道他的苦衷,不断提醒他注意与领导搞好关系,她也打听到陈矿长在他任用上不置可否的态度以及在这件事上的分量。尽管矿长年轻,才38岁,有权哪。

矿办秘书小姚上下打量他一眼，注意到他身上冒着热气，但未作声，已经习惯他常常上班第一件事就是到办公楼来请示汇报了。何自知堆上笑脸问陈矿长呢？小姚摇摇头。他又问陈矿长昨晚回家了吗，小姚说没有，昨天陈矿长在办公室看文件看到夜里一点，我一直陪着他的。

何自知知道陈矿长家在市内，有几次他开过调度会才去吃早饭的。找到食堂，膳食科副科长陶萍无言地向他微笑，美丽的大眼睛含情脉脉。他看看四下无人，手掌卡了一下她的脖子，陶萍直叫凉。他不愿这样找下去了，便打陈矿长手机。他一般不打领导手机，都是亲自去。陈矿长手机竟关着。他关机的情况很少见，难道真遇到什么大事？他忽然想起一个地方，于是直奔矿招待所而去。

矿招待所是独门独院。青草和塔松依然葱绿，喷水池内结了冰。院内停着两辆奥迪车。僻静处的会议室内灯火通明，透过洁白的窗帘看见荷花吊灯和壁灯发出炫目的光亮。何自知敲敲门，里边戛然无声了，他又推推门，门闩上的。他轻声叫着办公室主任，他估计办公室主任会在里面。门无声地开了，开门的却是改制办熊主任，他把头伸出来，长发遮住半个脸，手里拿着钢笔，一脸的迷茫。他用身体堵住门，没有放他进去的意思。何自知把门缝挤得大一些，果然看见了陈矿长：

"陈矿长，你找我？"

陈正东三十七八岁，名牌矿业大学毕业。戴一副近视眼镜，镜片后面的目光十分犀利，他会定定地看着你，把你的目光逼退。他说话干脆利落，透着当家做主的气势。他抬起正看笔记本的眼睛，皱眉道："谁找你了？"朝外一撩手："也亏你能找到这儿来！"

何自知心里堵得慌，年轻矿长对他从来都是这个态度，要知道我比你大十多岁呢。妻子怎么会捉弄我呢？不会开这个玩笑吧？尽管遭到奚落，他还是很有礼貌地向会议室里点点头，这才看见会议室里坐着七八个人，有三个人不认识。这仨人都很年轻，白白净净的。一位女士漂亮的大眼睛向他射来探究的目光。他折回身刚走几步，熊主任叫住他道：

"陈矿长叫你站住。"

何自知站住了，原处转回身来。陈正东从会议室里走出来道："职校王校长的父亲昨夜去世了，你代我办一下吧。"他诺诺应着。这时他明白了。妻子的心意他领了，她常常一边洗衣补衣一边谛听人来人往的谈话，为他争取每一次替领导办事的机会，为了啥？还不是为了他！

二

何自知回到工会，进了院子面孔自然就板紧了。办公室已经打扫过，刷过的茶杯摆在办公桌右上角。工会工作人员有九人，会计兼内勤小刘三十岁，去年刚休过产假。人很勤快，善解人意。他先到小刘办公室，小刘桌上摆着几本文件夹和账簿，忙着东扒扒西写写，正在做资产登记的工作。虽然陈正东没有问，但是星光大酒店始终是他的一块心病。

在市内翠华山下，有一座建筑面积四百多平米的小楼，名为星光大酒店，因地理位置、环境俱佳，生意一直很好。何自知任工会副主席十几年了，也不知它的确切手续情况。现已退休的刘矿长大约在十年前向他透露过，这饭店是工会入股由别人经营的。可是他们工会既未得利，也无权过问。也不知谁经营的。果然，小刘见到他就问道：

"何主席，星光大酒店还登记不登记？"

"先忙急的，你叫上老曹去王校长家烧纸。"

工会内部掌握办事的尺度，矿级干部直系亲属死亡的，矿上送花圈，工会代领导付烧纸钱；中层干部直系亲属死亡的，工会送花圈，代领导付烧纸钱。其他的视情况由工会或退管会送花圈，不烧纸。之所以定规矩，是因为闹过不愉快的事。说是规矩，其实靠人掌握，送与不送，烧纸不烧纸，都有理由。上次一位中层干部的母亲死了，何自知讨厌那人，没送花圈，那人找上门来，何自知道："你那是什么母亲？养母，不在其列。""养母不是母？"那人问。何自知理直气壮道："上次你母亲老了我们送没送，你说送没送？"那人气愤地说："政策在你手里，你想怎么执行就怎么执行吧。"何自知扬起胳膊画了一大圈："全中国还不都是这样。"

何自知打纪委书记兼工会主席冯希泉的手机，冯希泉正在外地，能听见公路上的汽车喇叭声。他正往回赶，要赶回来参加春节劳模座谈会。当说到王校长家的丧事时，冯希泉说按惯例办吧。何自知又给几位副职领导打过招呼，几方诸侯都得罪不起，都说你代办吧。放下电话自嘲道："我成了何代办了。"

天很冷，空气潮湿，路边水沟冒着热气，流淌着抽上来的地下水，沟沿包着白色的冰坨。何自知带着小刘和老曹去奔丧。先在街上买花圈，老曹没戴手套，只好倒换着手拿着。王校长家已经搭起了灵棚。小镇有几家"丧事大全"经营者，一个电话打过去，马上来人从灵棚、白布、孝鞋甚至扑墓鸡等全套准备齐了，比前几年求人借雨布搭棚等方便多了。灵棚前已经有几个人正忙活着，老曹扭头一笑道："又是那几个人。"

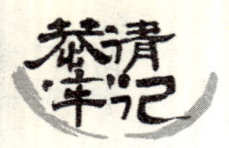

吕四、大疤等人是近邻纺织厂下岗工人，几年后成了镇上的小混混，著名的闲人。热衷于掺和红白喜事，没有红白喜事就帮助管管菜市场，顺带干些街东买街西卖的事，赚个差价。找到白事，20元烧纸钱上账，跟着忙几天，吃几天饭喝几天酒。找到喜事，帮着放炮招呼人就餐，陪着新娘新郎敬酒，趁人不注意装几盒烟，完事挨桌折半瓶酒，提着雪碧瓶扬长而去。穷急了还要什么脸面嘛。

早有人通报给正在屋里的王校长，王校长迎出老远，一身孝衣迎面跪倒磕孝子头。他们送的是第一个花圈，王校长很感激。何自知事务性地打听死者情况，王校长说父亲身体一直很好，昨晚吃过饭还去矿外麦地转了几圈，谁知半夜死在床上。其父睡觉时打呼噜很响，王校长起夜没有听到父亲的鼾声，以为父亲没睡呢，一看父亲平静地躺着，一摸身子已经凉了。半夜叫来救护车，拉到医院也没抢救便送殡仪馆了。何自知叹口气，安慰道："也好，没受罪，这是老人心疼你们呢。"王校长连连点头说只能这样理解了。

那边小刘代付烧纸钱，看见吕四几人已经上过账了，都是20元。这就是几天的饭票。她为书记矿长每人付100元，几位副职和何自知每人50元，又从衣兜里单抽出50元，那是自己的。老曹看她记完了，也只好从衣兜里抽出50元递过去。他也清楚小刘那是蒙她的，单抽出的钱就是自己的？何自知站着和王校长说话，问告别仪式定在哪一天，王校长说单日死双日埋，大后天吧。何自知说如果能抽出时间我去参加，又补充一句，不过年底够忙的。王校长便知道他是不准备去了，便说你看情况吧。刚要告辞，纺织厂工会主席老刘和几个人来了。王校长的爱人在纺织厂，老刘自然奔她来的。两家单位近邻，何自知和老刘搞过两家单位联谊舞会等类活动，不便马上离开，只好陪着老刘听了一遍王校长关于父亲死亡经过的叙述。孝子的重复讲述会贯穿丧事期间和以后一段时间。这时听见远处传来妇女的哭声，估计亲戚来了。王校长连忙出去接待她们。何自知和老刘闲谈，无非是年底工作忙，工会干的就是这类事的感慨。王校长安顿好来人又过来了，有送客的意思。他们刚要告辞，吕四过来对王校长道："饭店说好了，就在'庆丰'，60元的标准，他还要80，我说给我20的面子。老板是'不外的弟们'。"他把弟兄们简说成弟们，以示关系非同一般。王校长便接话茬邀两单位工会同志在这儿便餐。何自知十分不情愿吃这顿饭。一是昨晚喝得高些，今天还不舒服。二是自己家不远，吃过饭能歇一会儿。再说烧一次纸吃人家一顿饭也太那个，忙说有事有事。不料老刘说既然王校长有意，又到中午了，吃个便饭说说话吧。他不好推脱了。他哪里知道吃这一顿饭，对他的生命埋下了祸根，这是后话。

小镇庆丰饭店是沿街民居改造的，旧门破窗，四壁透风，白茬方桌油迹斑斑。何自知抄手耸肩坐着，其余人焐着茶杯暖手。先上来四个凉菜，猪耳、牛肉、花生米、藕片。冰凉酒对冰凉菜，喝得牙齿碰上酒杯嘚嘚响。吃上热菜再喝上几杯酒后，身子才暖和一些了。话题先是漫无边际，先说了去年发生的"9·11"事件，惊叹拉登的"大手笔"。又说起前几年某地发生的几起经济案件，传播了百姓口头流传的"吃也公、喝也公、上吊也公"的民谣，说的是某市一位干部上吊自杀，市里发的讣告为因公死亡。接着便开始了几年来百姓离不开的话题：探问对方单位效益和个人收入情况。

老刘说："我的收入和以前差不多，好也好不到哪里去。"何自知问道："你厂不是改制了吗，改制后效益会提高呢。"这话引起了老刘的怨气："我们工会人减少了，工作量增加了，还增加了年销售多少万元一项，奖励项目兑现不了，扣减项目项项硬的。七扣八扣，扣到比原来还低的水平。工人更毁了，以前是主人，现在是员工，无任何发言权，说是签三年合同，找个茬就辞了。已经辞了一百多人了。你没看我们厂，一色的从农村招来的十七八岁的孩子，三四百元工钱，把老工人辞了用她们。干部自己倒拿得多，年薪50万也挡不住。唉，我无所谓，工人惨了，没地位了。不是有段子吗，说是'下岗女工别流泪，敞开你的胸，露出你的背，勇敢地走进夜总会，陪吃陪喝又陪睡，谁说妇女没地位？呸！那是万恶的旧社会。'嗨，真有去的，不止一个两个。35岁就退了，再大就没人要了。"

何自知好容易才插上嘴，问道："工人也自认倒霉？方案当初不是征求工人意见了吗？"

"说起来是个笑话，职代会开了，方案读了，主持人问：'这个方案违背不违背上级政策？'有人抢着大声喊：'不违背。'安排好的嘛。主持人说：'认为不违背的举手。'许多人都举手了。他们认为还要举手通过方案呢，其实这就算通过了，骗人嘛。1亿多资产，评估为6000万，厂领导买了5000万，持大股，工人不兴持股了，说是人人持股等于都没持股，调动不了积极性。有人找到工会，问还管不管，老何，你说咱工会怎么管，管得了吗？有人到市里反映，官官相护啊。再说改制是大势所趋。效益是比原来高了，该怎么说就怎么说。我们厂还好些，市里有几家，说是引进战略投资者，也是那一套。不说了不说了，越说越气。你矿呢？"

何自知道："正要改呢，咋治？""咋治"是他的口头禅，有无奈无助之意。

三

下午,何自知提包里装着烧纸的凭证——白手帕,分别给领导送去,也有表功之意。从纪委书记办公室出来,无意中向走廊尽头望去,冯希泉办公室竟亮着灯。心里想他这么快就回来了?莫不是打扫卫生的或送水的开的灯?但也过去敲敲门,屋里响起冯希泉浑厚的嗓音。何自知进门就堆起笑脸,故作轻松地说:"书记真是好榜样,出差一下车就来上班。"说着把白手帕递过去。冯希泉没有接,他只好放在一边的报纸上。手帕挺起一个尖,像宝塔一样半立着。

冯希泉50岁,中等身材,膀大腰圆,说话嗡嗡响,一脸疙瘩,外形孔武有力,内心却纤细如丝。他是本矿从基层一级级提拔上来的,自参加工作,除了中间一次调到外矿一年零三个月外,都在本矿干。有人说他是坐地虎。他是本镇冯家林子人,他笑着说小时候多次爬墙头进矿偷炭。早年征地入矿,从一名掘进头的扒装工干到头发斑白的纪委书记,当然也培植了许多亲信。亲家于强是保卫科长,于科长与小镇知名人士都有千丝万缕的联系,妹夫是财务科副科长,弟弟的连襟是纪检员,这些岗位在一个单位至关重要。他曾经在矿上如鱼得水,连小镇的事也能当半个家。可是自从陈正东当矿长,他才感到行动不顺,说话办事需要三思而后行了。

矿山被乡村包围着,最难处理的就是矿乡矛盾。一年不被农民堵几次矿门,那就反而感觉不正常了。堵矿门的多是妇女儿童和六七十岁的老人。征地、青苗、水沟淹地等都能成为堵矿门的理由。有几次并没有这些外部原因,细心人一想,冯希泉被从重要岗位调到次要岗位、几年没有升为正职仍是以副代正,怕是这些原因吧。于是局里把他调到另一个矿仍当副书记,结果当年堵矿门的次数出奇地多,几乎月月发生,结果又把他调了回来。这就是他履历表中在外矿的一年零三个月。组织部门找他谈话,他表示不愿意回石井矿,说乡里乡亲有些问题不好处理。组织部门暗示他不久就转正,他才像是不情愿似的回来了。不久和陈正东一起转正。

陈正东和他同属相,同属小龙,不过比他小一轮。陈正东大学毕业分配到矿,仕途出奇地顺。十几年来,技术员、副区长、区长、副老总、副矿长、矿长,一两年称呼变一次。他精明能干,没有知识分子的傲气,对哪位领导都言听计从,民意测验往往满票,不显山不露水赢得群众拥护。可是一转正,冯希泉就知道他城府之深了。

他先把生产和安全机构进行了调整,成立了安全生产委员会,级别是副矿级，自任主任，定下几项严格的规章制度。不久，便借故处理了几个功名赫赫的顶梁柱区长。一下子全矿人的眼睛都觑觑的了。他在处理违章事故会上说："工人的命比天还重，再说了，一起死亡事故要花多少钱呀。"说得工人直点头。他每天都下井到现场，井下的情况瞒不了他。他精力充沛，你刚在办公楼见到他，再到调度室又见到他正坐在牌板前，真以为见到鬼了。更让冯希泉惧怕的是，一个夏天冯家林子的农民因矿排水沟淹了农田而堵住了矿门，冯希泉得知后连忙下井去了，等着有人请他出面做工作，直到晚饭后上井也没有人找他说这事。一打听，县公安局直接插手抓了几个砸大门的半老头子，村民见动真的了，吓得四散奔逃。一个人还硬气，大叫道："你们不能抓我，我是党员。"警察说道："你以为党员能'挡'一下吗？"冯希泉事后得知，陈正东以警民共建为由，送给县公安局3万元和20吨原煤。此后县公安局买平价煤等事基本都能满足。冯希泉不得不十分当心了。他暗中命令亲家和妹夫，煤炭和建筑材料出门要问清去向，资金划出要有理由，一有情况就报告。陈正东毕竟年轻，许多事情想当然，例如要在井下搞标准化工作面，开大会职工要整队出席等，都是虎头蛇尾，传为笑谈。冯希泉知道自己在其中功不可没。

何自知见冯希泉久未作声，要退回去也觉尴尬，便像每次见到领导那样，只要一冷场便汇报工作。他说，劳模座谈会和棋牌、美术、书法比赛的通知已下发，正着手准备走访慰问工作。冯希泉仍未作声。何自知见他手托双腮似乎在打瞌睡，心想他出差太累了，便悄悄往后退，想退出去再掩门走掉。刚退到门口，冷不丁听到冯希泉"嗯"了一声，便站住了。

"那些工作固然重要，职代会可是你职权范围内的事，你要做好周密的准备。"冯希泉说道。

何自知听到"职权"二字，心有灵犀，知道他话里有话，便走回来关上门。

冯希泉又道："要通过几个重要文件，会完了你也完了，怕是最后一次职代会喽。"说罢往后背一靠。

何自知知道改制企业"新三会"代替"老三会"的事，自嘲道："我这一生可算丰富，没白过，学习时碰上'文革'，工作时碰上插队，结婚时碰上只生一个，不是下井不让要二胎；提干时碰上要文凭，退休时碰上要结算回家。"

冯希泉道："我不也一样吗，你是插队，我是回乡。我这个纪委书记怕也干到头了，陈正东能用我？他董事长一当，弟弟来当总经理，他恨不得把我们都赶回家，一个月花几百元雇一个小工干，到时候咱俩一块开饭店去吧。"

何自知笑道："多悲观不是，饭店是那么好开的？你见过哪个饭店能开长久，都是年把二年就关门了，再说房租、税也不少。"

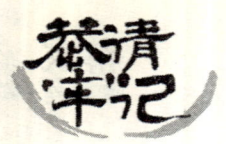

"你工会不是有'星光'吗?"

"说是工会的,我真不知道是谁的。"

"就是你的。不能让陈正东都搜去了,他恨不得一星一点都要去,这点要记住。还有,去年秋天义务劳动累得贼死放出来的105工作面,几百万吨储量,今年采今年挣大钱,全矿每个人一年多发几千元,他不干,什么意思,你想去吧。"

何自知想,他说饭店是我的究竟是什么意思,真是无主的?真有个饭店在那风景区是个福气。不说经营,光出租也够吃的了。要想办法去土地、房产部门查查,说不定真是无主房呢。但是这念头一闪就过去了。没有人这么傻,这几年都正常经营,冯希泉定是知情人。他说的不能让陈正东搜去是什么意思?明显是不让工会登记。想着这些,一时间竟连冯希泉说的什么上百万吨储量煤的事也没往心里去。

回到工会,何自知开始登记上午烧纸的账。他有一个黑皮硬壳本,记载着送花圈烧纸的流水账。在过去的一年,共给26人烧纸,7个矿领导加自己8人共208人次,送花圈32个。医院探视病人82人次,每次购买礼品50元至150元不等。2002年已有4次烧纸,送花圈5个,探视病人6人次。他一边登记一边摇头,工会就光干这些事吧。这本账和小刘的账还有出入,他也只好睁只眼闭只眼了。关键是这些钱还挂着账。去年行政补了6000元,又以救济名义冲掉几千元,还挂着几千元呢。

这时电话响了,何自知抄起来,即刻换上笑脸:"陈矿长,好,我这就去。"

陈正东办公室在二楼楼梯西边。东西两个尽头的朝阳三间屋连成一体,大间做会议室,小间做办公室,这是二楼东头冯希泉的办公格局。而陈正东却把小间做卧室,大间做办公室,在办公室的角落里布置了能容纳七八个人的小会议空间,并把走廊北面档案室挪到三楼,那儿做了会议室,走廊中间垒道墙,成了一大块独立办公空间。在走廊垒墙的时候,冯希泉就端着茶杯站在旁边看,心里骂这个婊孙子真不讲究。也想把自己这边堵上,又觉得有点东施效颦,怕成为谈资而作罢。

陈正东正在电脑上查找资料,翻眼看见何自知后仍继续打键盘。何自知走到会议桌前看着陈正东,陈正东旁若无人地看电脑,何自知却不坐,站着翻报纸,也就只看见几条大标题。好一会儿,陈正东才对着电脑说道:"何主席你坐。"何自知就搬过一把折椅坐到他对面来。

陈正东一推键盘道:"你真是越来越……你怎么就知道我早上找你?"何自知谦恭地笑了:"领导有什么吩咐当兵的能不知道?"陈正东呵呵笑道:"你

076

还当过我的领导呢。"

陈正东在掘进工区当技术员时当过基层工会主席，每月到矿工会开一次例会，报报救济领领奖品。那时候何自知对他不冷不热的，他总觉得这小伙子味道不正，但起先也说不清味道不正表现在哪儿。一次陈正东给他送来几条鱼，何自知不收，他说是自己钓的，何自知只好收下。妻子鹿云凤买菜回来说见到陈正东买鱼，说他一个单身汉不定上谁家吃饭去。何自知心里就很不舒服。有一次陈正东领奖品回去，何自知与他结伴而行，陈正东忽然说他还有事便退回工会，何自知看见当时的一把手刘矿长正迎面走来。陈正东是在避嫌哩。而今他竟然当上了大权在握的一把手矿长，这个矿山没有他要躲避的人了。据说，他到市里局里依然十分谨慎；市里局里来人，连个小科员他都去作陪，逢年过节送上一份小礼物。他们评价他"太讲究"。

"找你来问件事。你说说星光大酒店产权归属和历史沿革，我想了解一下。"

他果然关注的是这个，何自知只好实话实说。

"你就没想到要查清楚？"

"查过，都说不知道。反正有个神秘人物经营着。"

"不知道就充公了，充到矿上。"

"充，省得我们背黑锅，别人还不知道说我们得多少利呢。"

其实对星光大酒店的情况，何自知多少还是有些觉察，并且间或得到些好处。有时老婆孩子去市里就在那里落脚，一年两个节饭店也送来几张免费餐券。他估计经营者一年能赚几十万，几张餐券才值几个钱？并且打着工会三产的名义，所以他心里一直不舒服。他觉察到冯希泉的四弟是它的后台老板，但没有真凭实据，不敢乱说。就他而言，宁愿不要那几张餐券，也不愿别人贪得太多。陈正东又是朝他撩撩手，他知趣地走了。

回到工会，小刘又问星光大酒店登记不登记的事，何自知道："你要登记就把房证、土地证、营业执照找齐，你有吗？"

"那就不登了？"

何自知没有作声。他陷入了深思。

四

何自知躺在沙发上，把身体放成个"大"字。从早上被妻子催赶出家门就一直没闲着，工作太费劲，夹着尾巴做人太憋气。上次同学聚会，有人说"何自知你脾气变化大了"，何自知掩饰道："那时咋样这时还是咋样。"同学

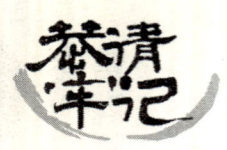

笑道"你那时犟得一根筋,咬屎橛子跟人家硬挣,非到人家不作声才算完。""现在呢?"何自知故意问。"现在咬屎橛子叫你咽你也咽下去了。"何自知听罢哈哈大笑。心里有句话没有说出口:"不当孙子咋配当爷?"

何自知当官的诀窍只有两个字:顺从。或曰官从顺从来。要想当官就要把个人尊严收起来。妻子鹿云凤有一次点着他额头嗔怪道:"你说你这官是谁给的?"何自知道:"群众。""再说。"妻子又点了他额头一下。何自知又说:"领导。""再说。"何自知便嘟哝道:"领导任命的嘛。"妻子点着自己鼻子:"我给的。"何自知笑道:"你是领导嘛。"何自知想想这话也有一定道理。所以每次和陶萍调情时便觉得对不起妻子,觉得做了对不起领导的事。

鹿云凤培养他首先从祛火气入手。何自知刚入矿在采煤面挖煤,鹿云凤干家属工,在井口把煤车里的矸石拣出来。新媳妇鹿云凤面容姣好,身材俊俏,大眼睛,两只酒窝,工作帽一戴,工作服的两只手脖扎起来,有股英姿飒爽的味儿。何自知高高大大,虽然脸黑一些,吹拉弹唱都行。就是脾气太犟,说话粗声粗气,事事要跟人家论个曲曲直直。其实许多事情是没有反正的,非要弄出个反正来,人家就会说你犟。鹿云凤家乡有句话,叫做人犟损才牛犟损力。他见过犟牛,牛车翻沟里,犟牛硬往上拉,气得原地打转转。何自知插队那庄有个犟人,做饭时被灶火熏得流泪,那人竟然头趴在灶口道:"我叫你熏,我叫你熏个够。"婚后,何自知脾气改了一些。鹿云凤道:"你火气太盛,要祛火气。"有一次做完爱,何自知自我解嘲道:"这火气也祛了一半。"鹿云凤咯咯笑了。她有时也拿这个开玩笑,搂着他进被窝祛火气。这火气祛得并不长远,隔几天就要祛一次,有时天天要祛。何自知笑道:"莫非要骟了蛋才行?"其实骟了蛋只能去掉雄性,而去不了火气的。鹿云凤道:"当干部就得是蔫巴人。你别不信。"

改性格的过程是艰难的。开始时是强忍,他掐虎口,掐大腿,甚至掐过卵子。有一次明明是他对,而领导却不留情面地批评他,还叫他当众检查。他检查完回家气得直哭,骂这不是人过的日子。有一次工会组织奇石盆景比赛,一位工人端来一盆松树盆景,苍劲有力的枝干竟弯成曲折盘旋上下翻飞的形状。他好奇地问这是怎么做的。那人说,用钢筋做成骨架,把还是柔嫩的枝条一点点固定住,它慢慢长成这样了。他要来骨架,放在办公室,遇事时便看看它。久而久之,他变了,对领导更是百依百顺,有人说他变成蔫巴人了。

好脾气只是前提条件,蔫巴人多了,当干部哪能轮到你?为领导办事是关键。只要真心学,也不难。

儿子也犟,何自知就用事实教育他。先用当干部的好处引导他,要想当干部就得先委屈自己。当孙子当爷有个先后,先当孙子的后来都当了爷,坐小车

窑衣
翟永刚

住别墅；先当爷的一直是孙子，干重活低工资下岗离婚的都是他们。有一次他醉酒后回家，听儿子说他和主任吵架了，哭着劝道："我当副职时给正职端过饭，端过尿盆子。你现在当爷威武，就一辈子当个下岗的爷吧。"

鹿云凤是个有心计的女人，她把触觉伸到矿山的各个角落，把每个信息都和丈夫的升迁荣辱联系起来。婚后不久的一个夏天，傍晚，她拉起何自知又去抱起孩子说："咱去图书馆。"她从门后布兜里取出一把笛子，何自知问道："拿那干什么？"鹿云凤问道："笛子膜呢？"何自知道："别贴了，我早就不吹了。"何自知二胡笛子都来得，并且水平可以，参加过县知青汇演。鹿云凤贴上笛子膜道："有这本事就要让人知道。"何自知边走边悠闲地吹。走到图书馆，当时的工会主席老管走出门来，探着头左右寻找："咦，这是你吹的？你是哪单位的？"鹿云凤忙道："管主席，小何跟你拎包你要不要？"没多久何自知就借调到工会，参加了局里汇演。后来正式调入工会。原来，鹿云凤那天洗澡时听见工会女工委员说局里要汇演，矿山正在物色人选。此后她不断地把诸如谁与谁关系好与坏、谁要升迁要调动等信息带到家里来，帮助他采取相应的行动，避免可能出现的危机。鹿云凤心地善良，不是过河拆桥那种人。冯希泉调走时她说过，他虽然调走了，咱不能疏远他，铁打的衙门流水的官，说不定啥时又调回来呢。冯希泉没搬家，何自知在他回来时常去看他，带一些工会仓库里存放的肥皂、雨披等小礼品。没想到冯希泉真的回来了。这调出的一年他可分出谁是真心对他好了。他回矿的第一件事就是把何自知的副科级转正，把纪委书记兼工会主席把着的财权让给了何自知。何自知有了财权感觉不一样了，遗憾的是享受副矿级和年薪的事还未办妥。鹿云凤每年都在家里腌制咸菜。腊菜疙瘩腌好，老汤，用文火烀，甚是好吃。她主动给冯希泉、陈正东等人送。那些吃惯了大鱼大肉的人，十分爱吃这口。大家喝酒时有句笑谈，叫做"出门老婆有交代，少喝酒多吃菜，够不着站起来"，"听老婆话跟党走"。别人当做笑谈而已，何自知却是发自内心的。矿上每年选贤内助，他说道："你们这些人呀一般化，我那口子，啧，啧……"

真是个好女人。

还有一个女人在温暖着他，她就是陶萍。

陶萍三十七八岁，高鼻梁深眼窝薄嘴唇，有几分穆斯林相貌。婀娜多姿的中上等身材，胸脯饱满，说话有摄人心魄的磁性嗓音。何自知很爱听她讲话，更爱和她跳舞唱歌。跳舞时她胸脯贴在他胸膛上，含情脉脉地看着他，让他心猿意马。陶萍丈夫在井下牺牲五年了，带着女儿寡居。她在膳食科当副科长兼工会主席。膳食科有几个单房间供对外接待和区队业务往来用，她分管外招餐厅。由于善于管理，工作出色，三年前她被评为市劳模，评语说她"有较强

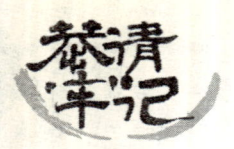

的管理能力，一年为矿山节约招待费4万元，深受……"所谓节约4万元是按来宾未到外部就餐的差价计算出来的。

何自知和陶萍之间碰撞出的火花纯属水到渠成。陶萍原来在矿广播室当广播员，广播室属工会管。男上司和女下级产生暗恋带有普遍性。陶萍娇好的相貌，性感的身材，何自知曾经这样断言：不对这样的女人产生想法，你肯定不行了。男人就怕被说不行，何自知那时候很行。何自知在工作上袒护她，她在生活上关心他，这种不一般的关系别人私下有了议论。何自知理直气壮：被漂亮女人看中你说是好还是孬？却不明白其中有很大的权力因素在起作用。年龄大了不适合干广播员了，陶萍面临人生选择。她本想回到工会当干事，这似乎顺理成章，回到工会有何自知照顾着。而何自知却不同意她回工会。他私下对她说，你先下基层当工会主席，以后当科长。陶萍认为这是托词，心想男人说变心就变心了，在他面前抹起眼泪。而何自知却想得远些，两人天天粘在一起要出事的，难看不说，工会主席也干不成了，犯不上。他找到冯希泉把这事办成了。陶萍到膳食科先当工会主席，第二年几经奔走把她选为市劳模，第三年就聘为副科长了。在工会欢送她的酒会上，就是在外招餐厅，一曲《敖包相会》让俩人眼含热泪，似乎生离死别再不能相见。她评上市劳模时他打电话抢先告诉她，她十分激动，动情地说："何，何，何……谢谢，你让我干什么就直接说吧。"何自知哈哈一笑："你进步就是我最大的心愿。"后几个字是唱着说的。她任副科长，党委会一结束何自知就悄悄给她说了，陶萍美丽的大眼睛盯着他，眼里有一种异样光彩，柔声道："你让我怎么谢你呢？自知……哥，哥。"何自知也十分动情，她寡居几年了，对于她来说何等漫长，也知道久旷的女人需要什么，就用手捏捏她滚烫的腮，喃喃道："还谢什么，还谢什么。"陶萍分明看见他身体的变化，但是他强忍住了。她很失望。他知道一旦越过界限将不可收拾，总有一天会暴露，辛辛苦苦低三下四打下的天下会让低下的欲望毁掉，看透了，那有什么！"两情若是久长时，又岂在朝朝暮暮。"那年冬天，陶萍知道何自知胃不好，送给他一件鹿皮肚兜，何自知戴着它似乎感觉到她肌肤的温暖。鹿云风问谁送的，何自知说托人在西北买的。这件肚兜一直温暖着他。

五

冯希泉打电话告诉何自知："劳模座谈会的开法定了，就按你说的意见办，去市区观光。但是考虑天太冷，有的退休劳模年纪大身体欠佳，推到春节后春暖花开吧。你给劳模们解释一下。"

窑衣
翟永刚

劳模座谈会是工会节前最重要的一项工作。节前的活动最省事的是书法绘画赛，定下日期交稿，最次有个纪念品；最操心的是篮球赛，小伙子都血气方刚，弄不好会打起架来，但这几年职工年龄结构老化，已组织不起来篮球赛了；而最担心的是劳模座谈会。

当年的功臣们现在虎威不倒怨气冲天，闹职称闹职级闹待遇，就差没说卸磨杀驴了。有个劳模平时走路好好的，开座谈会却拄着双拐来了，说是在井下砸伤的脚伤又复发了。都知道一年一度的会议对于他们十分重要，准备了一年的话题要倾诉，因为平时说根本没有人听。劳模座谈会一般要求书记矿长都参加，直接给他们反映，看他们怎么说。怎么说？一是拖，二是装糊涂。给你解决几件屁大的事，然后一年就混过来了。后来出了劳模集体罢会的事，劳模说你不就是走形式吗，让你连个形式也走不成。罢会就罢会，反正天轮正常转，工会连找也不找。劳模们白别了一回马腿，工会总结也没少写上"召开了劳模、退伍军人……座谈会"字样。劳模们认为这样做也不行，第二年又都齐齐地来了，摆问题提要求质问领导，完全不顾冯希泉开场白给他们戴的高帽："你们是矿山的功臣，希望你们继续保持和发扬……"他们说，我们捡白菜帮子吃还能保持什么，你们在市里住别墅我们还能发扬什么？他们用拐杖敲得地板咚咚响，说话嘴唇哆嗦着，真怕出现意外。会后照例聚餐，二两酒下肚，有的老泪纵横，有的伤残者悔恨交加，有的大骂贪官，指桑骂槐。简直无法收拾。陈正东接着手机走了，冯希泉去趟厕所再未回来。

今年的座谈会开不开？何自知请示冯希泉，冯希泉说不开能行吗？何自知说那就租辆车带他们去市里观光游览，中午吃顿饭。冯希泉说道："也行，要吃就去星光大酒店，控制住别借酒蒙脸骂人砸东西。我再跟陈矿长商量一下吧。"何自知道："有些事吧能给他们解决就解决几项，省得老被动。"冯希泉说道："职称怎么解决，职务怎么解决，这些劳模多是干出来的，签自己的名都歪歪扭扭，只能干不能管，怎么当干部？"带劳模出去游览的主意是陶萍出的。她是劳模中不提意见不发牢骚帮助领导做劝解工作的少数几个人之一。

"这两天把走访的事提前吧，反正早晚得干。一些重点户你亲自去，听说困难户今年情绪比较大。"冯希泉这样交代说。

走访慰问本是送温暖做好事，近二年却也成了心理的负担。感激的话越来越少，热嘲冷讽指桑骂槐的话越来越露骨了。有的接过钱说一年要有十二个年才好，有的说这才几个钱，你们都开多少？人这是怎么了？官不打送礼的，狗不咬拉屎的，送给他东西再招骂，世界真是翻了个过儿。何自知吩咐今年走访要换装，把皮衣羽绒服脱下来，缩小与困难户的差距。

走访第一户就碰上尴尬事。工会的老曹和老罗合抬一袋10公斤的面粉，

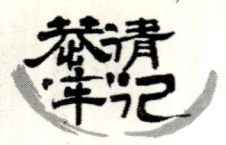

何自知跟在后面。只听一阵急促的脚步声由远而近,有人大喊:"截住截住。"何自知正待回头,一个矮小的身影游鱼一般从身边滑过去了。那是个十一二岁的孩子。眨眼间孩子"咚"地一声撞开门,又"咣"地从里面插上了。保卫科巡逻队员和工会送温暖人员一同被挡在门外。巡逻队员累得双手撑着膝盖大口喘气。门敲不开,双方人员只好离开。

何自知问道:"那孩子犯什么事了?"

"偷炭,从小就损公肥私。"

何自知知道,这是采煤工小王家。他父母年老多病,他爹的胃病说动手术就能好,因没钱就这么硬撑着。数九寒天家里生不起火,液化气不能开着取暖。肯定是孙子看爷爷冻得胃疼,拿着蛇皮袋到矿里煤堆装了煤,正碰上巡逻队。孩子小,不知往哪里跑,认为家里最安全,家里人能保护他。

何自知听到损公肥私时,心脏一紧,像被咬了一口。心想国家财产进到个人腰包,这稀罕吗?他就亲自经手给刚装修好房子的陈正东送了灵璧石,连石头加木座花去公款3000多元。装修队是为矿上装修会议室的那拨人,到底用了矿上多少水泥、黄沙、工钱,只有天知道了。说也巧,那天送灵璧石开车回来,看见门岗围着一群人,一个工人在自行车后座夹着六根钢筋,用报纸包着,家里做窗棂防盗用的,被门岗查获。后来他了解到,那小伙子大会检查,三个月只发生活费,共扣罚了3000多元,正是那块石头钱!

来到另一家,何自知不知该不该送上慰问金了。屋里除了家人外,还有两个民间借贷公司的催款人。他们知道今天来送温暖,等来收这两三百元的善款!让何自知气愤的是,一上午在三家碰上他们。

来到另外一家又碰上伤心事。这家门前停着一辆客货车,车上装着洗衣机、电冰箱等,两个小伙子正抬着电视机出门来。走近才看见车门上写着繁体的"当"字。小镇去年底开了一家当铺,生意一度很红火。一个四五岁的女孩拉着小伙子的裤子,哭着说:"我要看动画片。"奶奶大声斥责道:"这就去换大的!"他已经不敢问这家到底碰上什么难事了。

这时,手机响了,矿办通知改革改制领导小组成员下午开会。原定两天的走访必须加快进度,出了门他就说去东工房。

东工房的秦师傅家他必须去。他对带他下井采煤的秦师傅始终抱有敬重的感情,每年都亲自登门,另送两瓶好酒。原计划明天去的,所以酒没拿来,便在路上买了两瓶郎酒。早年秦师傅好酒,何自知就是跟他学会喝酒的。秦师傅说下窑的不会喝酒哪行,要去寒气祛湿气,喝晕了蒙头一睡到上班。他多次和工友光临这座寒舍,昏黄灯光下,拍个黄瓜,炝碗白菜,炒盘花生米,有滋有味地喝起来,酒香人情重,好温馨啊。何自知眼睛有些发热。

窑衣
翟永刚

这儿那儿响起几声零碎的鞭炮声和"砰砰"的剁饺子馅声,渐渐有了过年的味道。到秦师傅家不像到其他人家那样,老曹、老罗走在前敲门,他随后;这次他走在前,手里提着两瓶酒。工房已经相当破旧了。青砖破烂不堪,成片成角地缺损,砖缝老深,墙根有老高青苔的痕迹。外边由于逐年垫炉渣,窗户台已是抬脚可上了。年年报危房大修,年年不修。二十多年过去了,人老了,房屋也破烂了。

只要是下过煤窑的,谁没有面临死亡的经历?工友之间谁没有救过谁或是被谁救过的经历?几秒钟之差,有的丧失生命,有的躲避了死亡。这和战场差不多,而仗不能天天打,井却要天天下,天天面对凶险,天天面对死亡。漆黑的井下,四面石头夹块肉,唯有手挽手互相照应着躲避死亡,逃避凶险。遇有凶险,老师傅母鸡护仔一样护着年轻矿工,或者说,你不懂,我去;或者说,你是童男子,还没见过荤腥哩,后边去。何自知刚下井那年,他和秦师傅被堵在煤洞里,好在那天中午带着饭,秦师傅几乎没有吃,说你年轻,这些饭你能等到活着被救出去,我就值了。四天三夜两人才获救。我的情深义重的师傅啊。何自知眼睛湿润了。

何自知敲着门轻声唤道:"秦师傅,秦师傅。"叫了几声,听到屋里有应声,他迟疑一下轻轻推开门,屋里漆黑,地面像坑一样深,没想到身后涌来一股狂风,像是井下打开了风门,门对面的窗户咣当一声大开,房屋成了通风道。屋里滴水成冰,盆架上的毛巾硬橛橛的。老罗、老曹连忙关门关窗。窗棂已经腐朽,原来用塑料绳系着两只把手,塑料绳被挣断了。被窝顶得老高,在蠕动,头先探出来,花白头发,有些败顶。何自知连忙走上前道:

"秦师傅,你……"

秦师傅翻过身来,他刚才是跪伏在床上的,何自知帮他靠着床背半坐着,伸手拉亮电灯,秦师傅道:"病还是那病,喘不上气,别踩着那炉灰。"何自知看见床前有一堆炉灰,炉灰上有痰迹。何自知把酒放在桌上。秦师傅道:"我哪还能喝酒,要死的人了。"说话时上气不接下气,别人都替他费劲。

"大嫂呢?"何自知问道。

秦师傅叹口气道:"出去了。"

"买菜去了?"

秦师傅没作声。

当年秦师傅剽悍异常,百多斤重的水泥柱子别人两人抬一根,他两只胳膊夹两根,竟健步如飞。打起钻来,他的大手一搭上去,电钻声就呜咽了,甚至停钻。跟他下井心就踏实,就有勇气。他干活太不惜力了,太图爽快了,一进采煤面就赤膊上阵,落下哮喘病和老寒腿,强壮汉子彻底被疾病打倒了。

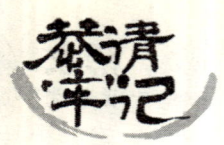

"还忙?"秦师傅拉起被角捂住嘴问道。

"闲不着。"何自知摘下床头挂着的口罩给他戴上道。

"还下井吗?"

"不大下,义务劳动或偶尔陪人下去看看。光跑那路累得第二天还腰酸腿疼呢。"

"几年没去矿了,夏天想去看看,顺带洗个澡,门岗不让进。我说我干了几十年不让进?还是不让进。"

"下次你就说找我的,要不打个电话我去门岗接你。"何自知道。

秦师傅叹口气道:"我入矿时哪有屋,都是席棚子,一干就是几个班。一块下窑的死得没剩几个了。矿山不认咱了,可是我还认它。"

何自知听得心里酸酸的。心里想有必要订个制度,接老矿工进矿看看,洗个澡。忽然心里一沉,改制后还不知自己的去向,于是这个想法就没敢说。这时秦师傅忽然眼睛一亮,话音也郑重起来。

"自知,我问你,矿是不是要卖给私人了?"

"卖给谁?没听说。"

"你在矿上当主席能不知道?你怕犯纪律,外面说得有鼻子有眼,说是陈矿长要买走。"

"你说的是改制吧。"

"不知是什么名义,反正要归个人了。这是老子们打下的江山,几个钱就买了,成了私人的了?"

何自知的确没有听说矿山要卖给私人,只是听说矿长持大股,绝对控股,但方案还未定。便安慰道:"改制是大势所趋,是深化企业改革,提高生产效率……"

"别说那些。"秦师傅一声断喝,"矿山从小到大死了多少人,那就成了冤死的鬼了,要知是这个结局谁愿去死?我没死也只剩半条命。"老人说到这里双眼射出道道寒光,何自知不敢对视,低下了头。秦师傅叹息道:"我还不如早死了,眼不见心不烦。"

何自知道:"咱矿不会这样吧。"

"不会?那纺织厂不这样了吗。你是工会主席,工会是工人的家,能看着这样?"

何自知笑道:"咋治,工会能当什么家?"

秦师傅连连咳嗽,何自知连忙给他捶背,轻轻地,柔柔地。屋里一阵沉默。为打破僵局,何自知问道:"大嫂还没回来?"秦师傅道:"你就别等她了。"何自知道:"真想在这儿喝几杯,吃她的醋烩白菜。"他再次四下打量破旧的房屋，深叹一口气。秦师傅道："我也真想喝，可是不能喝了，一喝更喘不上气，炒两个菜看你喝？"何自知转过脸去，用手指抹去眼窝的泪水，只好告辞了。走到门口又被叫住了。何自知刚才问过有什么事要他办，秦师傅说没有，这时想他果真有事，便示意罗、曹二人先出门去，走回到他床头。

"自知，你给我找套窑衣，我穿。"

"行。等等我给你送来。"

"别黏糊。"

"不黏糊。"

"新的。"

"行。"

"没人穿过的。"

"当然了。"

秦师傅从未向他要求过什么，仅仅一套工作服，这事不难办。回到矿上打电话给工资科负责批发劳保材料的老郑，不一会儿，仓库保管员小李打来电话，问要几号的，何自知回答要大号的，小李问都是大号的？何自知没听明白。不一刻，小李送来了两套工作服。原来会办事的老郑认为给领导办事要讲究，要一套不能只送一套。何自知让老罗晚上下班给秦师傅捎去一套。第二天老罗对他说，秦师傅的老伴拣废纸去了，无怪乎没见到她。何自知打算抽时间去看望。而老罗不知道的是，他走后，秦师傅轻抚着带有霉味的窑衣，老泪纵横，喃喃自语："看来我死是天意啊。"

六

改制会议十分简短。先由改制办熊主任汇报了前一阶段工作进展情况和今后工作计划：一是进行了资产评估，主要资产基本见底；二是人员状况正在见底，工资科正在加紧做这项工作；三是职工的改制意识有所提高，普遍认识到国有企业改制是大势所趋，提高了承受能力。下一步工作，一是主要抓好改制费用的测算；二是编制改制方案和人员安置分流方案；三是在适当时机召开职代会。汇报是大而化之的，资产、人员等无基本数字，似乎一切都在朦胧和保密状态。与会人员心不在焉地听，有人只记下一步重点工作。接着冯希泉讲了要教育职工提高对改制的认识，仅泛泛而谈。最后陈正东作小结，他提出要配合好评估机构的工作，单位提供的资产数据要真实可靠，不能隐瞒不报；要求具体单位如工资、财务等负责人一律不得外出，外出的由派出人立即召回；并说争取三月中旬召开职代会。

　　翌日,何自知在临近中午时分接到陈正东的电话,让他和陶萍马上到县城富豪大酒店,说是走访县委领导。何自知觉得蹊跷,陈正东外出从来不让何自知陪。一是何自知年龄大;二是何自知高高大大,而他自己相对矮小,像个随从。曾经闹过这样的笑话,人家抢着和何自知握手,把他晾在一边。再说陈正东从来不认为何自知和自己贴心,还怕他走漏消息呢。他倒经常带陶萍出去,一是年龄相仿,陶萍还显得年轻几岁,她又会察言观色,说话得体;二是陶萍突出的特点是酒量好,真是半斤八两漱漱口。说是她漏酒,喝酒时脚底和腋下都出汗。不知底细的往往被她"咱来个大的",看着她端起茶杯,足有三两酒而吓住了。自恃好酒量的,说来就来,她说"一同喝"。对方边慢喝边拿眼瞥她,只要她一停顿自己就搁杯。却见她徐徐喝下去了,也只好喝下去。她会问"再来一个"?对方不敢应战了。

　　何自知正组织棋牌比赛,自己也参加了。书法绘画作品已有人交来,还是往常那些人,水平也无长进,图个喜庆吧。棋牌赛是统一组织分散实施,抽完签各自约好时间找个地方打,家里宿舍马路边都行。淘汰制,赢家交棋或牌,抽签进入下一轮比赛。原来是集中比赛,会议室布下几十张方桌,一声开始便都起牌,场面甚是壮观,拍照片登报也很好看。陈正东当矿长后就改了,看不出气氛和组织者的成绩了。冯希泉当着陈正东面笑道:"陈矿长要当奥委会主席怕把比赛都给改了。"何自知参加扑克比赛,手气太差,一直摇头说"咋治",眼看要输掉,接到陈正东的电话,连忙要车约好陶萍往县城赶。

　　何自知在公开场合和陶萍不苟言笑,公事公办的样子,他唤她小陶,她称他何主席,不似有的人,没抓住狐狸反惹一身臊。而在背地里他叫她萍萍,她叫他自知哥,听了让人头皮发麻。他让她坐副驾座,自己坐后排,只是上车时捏了她胳膊一下,陶萍狐媚地瞅了他一眼。两人一路无话。

　　富豪大酒店是县城唯一的星级酒店,三星级,集餐饮、住宿、洗浴、娱乐于一体,在这个刚刚脱贫的县已显得十分豪华气派。门厅高大宽敞亮丽,巨大枝形吊灯从高大的屋顶垂下,真似火树银花,喷泉假山瀑布,俨然人间瑶池仙境。

　　因堵车晚到半小时,主客竟都未入席。在座的有县长、县委副书记、县政法委书记、公安局长,这些人不止一次到过矿上,都算熟人,只有两三人面生。客人都很年轻,白白净净的算得上几分英俊,不知相貌是否已纳入干部选拔范围;都西服革履,与往日的县、乡干部不可同日而语了。看到他们朝气蓬勃十分精干的神态,何自知简直是老态龙钟了。他身材臃肿,花白头发染黑,发根儿一层白茬;天天在野地里吹,皮肤粗糙,除了个子比人家高,那气质差远了。

　　所谓走访就是沟通感情,送上礼物,感谢过去一年的支持和帮助,主要为

窑衣
翟永刚

了今后有事再找他们方便。不然他们会想,过年都不来看我,遇事儿来了,会不高兴的。原来这类走访,矿长、书记带着办公室主任或负责矿乡关系的副矿长来,今天陈正东独自来了,行动诡秘。例行拜会,送上红包,稍坐片刻,给个别人说说悄悄话。他来到县房地产管理局拜访,想了解星光大酒店的事。第一次来这儿,对方很不热情,他便想用县领导压对方。临时决定在富豪大酒店设午宴款待县领导等一干人。公安局长老靳笑道:"你那个接待科长小陶来了吗?她不来我不去。"陈正东这才让陶萍来,又想到星光大酒店的事,便让何自知一同来。

从房间、餐具就可看出这一桌酒水的分量。房间是大套间,大小间有雕花木栏隔开,并设有洗手间,顺墙摆着真皮沙发,大屏幕彩电。餐具金光闪闪银光闪闪,细瓷口杯,烟灰缸也是雕花细瓷,滑腻如玉。十道凉菜已摆好,据说是从广州空运来的海参、蛇肉等名贵菜,何自知见所未见。酒是五粮液,先上来四瓶,何自知知道这酒的市场价,酒店价更高。两位勤快的酒店小姐,貌若天仙,高挑身材,着天蓝色丝绒旗袍,微笑着侍立两旁,软声细语地斟酒。酒过三巡后分别介绍宾主,何自知才知道陪座末席的是房地产管理局的刘局长,便使劲向他点点头,心想今后真要向他咨询星光大酒店的来龙去脉。

此地酒风剽悍,在互相碰过杯后,"治一杯"便开始上演了。"治一杯"就是治酒人先自治,即用玻璃茶杯斟满酒,足有三两多酒,双手举杯齐眉,转着身子让众人看看,然后一口气干了。再给对方阵营的每人斟相同的酒或稍少些,让其干了。酒量小的哀告连连,敬酒人站你身边举着酒杯不为所动。这是酒席上最为激动人心的时刻。伴随被治人哀告声和其艰难饮酒全过程的是叫好声和掌声。要是有人再这么治一杯,那真是骂阵也无人敢应了。一般担任"治一杯"的是营垒中的小角色。

果然,刘局长主动将玻璃杯斟满酒,站起身来道:"新年佳节到,警民齐欢笑。为了表达我们房产局的心意,我敬治一杯。"有人笑他昨天去公安局走访还没醒过酒来。他在众目睽睽之下把满上的酒喝下去,斟满酒恭恭敬敬走向陈正东。刚才县长打电话让他来,他一看阵势就紧张了。

"陈矿长,刚才忙得有些怠慢了,这是小弟赔礼酒,祝老兄兴旺发达,全家幸福。"

陈正东站起来:"刘局长,我们市属小煤矿借贵方一块宝地谋生,还望多照应。这酒我是喝不下,徐县长、李书记知道的,我就喝一半吧。"有人起哄,说不能破了规矩,陈正东又道,"规矩我不敢破,内部消化吧"。他那半杯酒没给陶萍,而是给了何自知。又有人起哄,何自知一咬牙喝下去了,起哄声平息了。

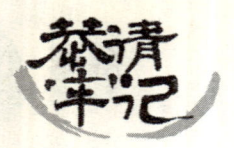

接着治到何自知。刘局长认为能为领导代酒的都是好酒量,斟得比陈正东满,何自知不去接,示意折去一些。他知道这儿的酒规,早有防备,刚才喝过酒就用手帕擦擦嘴,把酒吐到手帕里。此刻心想只要折去一些,还有能力喝下去。谁知刘局长不通融,把对陈正东的不满用到他身上,丝毫不让。何自知烦了,一狠心"咕咕"喝下去了。紧接着就是陶萍,有人在抿着嘴笑。

刘局长见是位女士,便动了恻隐之心,只斟了大半杯。陶萍像所有女士一样声称自己不善用酒,但是口气不是很坚定。而知情者并不披露真相。刘局长则半信半疑。陶萍道:"你治我一圈儿我可要治你两圈儿。"刘局长以为她是推脱喝酒,便朗声道:"你喝下去我让你治。"陶萍说道:"你说话算数。"公安局靳局长道:"小刘向来硬得跟橛子样。"先替他把事情定死了。

陶萍徐徐喝下去了,喝得从从容容,像是在尽情享受酒的甘甜。刘局长很吃惊,心想,今天可碰上酒家了,信心有些动摇。她斟满酒道:"我代表陈矿长、何主席,祝贵县各位领导新的一年大吉大利,心想事成。"说罢她喝下去了。接着按职务大小一一敬到,当然她并未斟满,而是有的半杯,有的浅浅一点。走到刘局长跟前,微笑着斟了满满一杯,刘局长脸色变了,哭丧着脸,嘴角耷拉着,双手在桌下直搓。又有人起哄道:"小陶你刚才只喝大半杯,你把那半杯补上刘局长就喝了。"陶萍道:"刚才是刚才,刘局长喝下去我再喝个满的,让他喝个半杯。"有人劝刘局长道:"这你没啥说的了吧。"有人责怪刘局长:"你站起来,咋没礼貌呢。"众人齐声叫好。刘局长愣愣站起来,靳局长一撇嘴:"一个大男子汉,还没碰就软了,硬起来。"刘局长这时想明白了,从那个年轻矿长不让这个女的代酒,阴谋就开始了。心一横,咕嘟嘟像喝凉水般喝下去了。喝完还机械地把酒杯口朝下,果真滴酒不剩。众人齐声叫好。陈正东笑道:"是条汉子呀。"

有人仍不罢休,撺掇陶萍喝掉一杯刘局长再喝半杯。陶萍笑着看刘局长,刘局长傻笑着已是没有反应,看热闹的陈正东心想坏了,原来打算酒后问星光大酒店的事,看来要有人送他回家。果然,不一会儿刘局长便趴下了。

热菜一直在上,已呈叠床架屋之势。龙虾一尺多长,鲟鱼有二斤,海螺有拳大,通红的大海蟹,而此刻已无人吃菜。最后上的是蟹黄汤包,众人只是咬一口便放下了。走到大厅,陈正东碰上吕四等镇上的几位闲人正吃饭,那几人冲着陈正东站起来,陈正东笑道:"账我给结了。"何自知去结账,共4100多元。差不多是自己半年的工资了。

七

　　矿门头挂上了红灯笼，路两边插上了彩旗，春节在无声地延续着。

　　春节已经类似于星期日，没有太火爆的场面了。温情和喜庆却固定在何自知儿时的记忆中。勤俭持家的母亲会给儿女做上一件新衣。新衣往往做得大一些，裤脚要挽一道，那是他们身材的提前量。实在挤不出钱来，只好买双新袜子，心意啊。年三十晚上家人边听广播边包大年初一吃的素馅饺子，祈祷家人今生今世素素净净，平平安安。父母已作古多年，每念及此，何自知便会生出千般柔情万般感慨。由此他想到也得有个节，不然岂不太平淡了？尤其春节和中秋节，是儿女表达孝心的时候，没有节卡着，有的儿女哪里还想着父母哟。每年春节，千里万里外的儿女往家赶的洪流甚是壮观，没有什么困难能够阻挡回家的脚步。奔的是家庭的温馨亲人的团圆。这样看来，春节就非同一般的星期日了。于是几天前让妻子给乡下的岳父寄去300元过节钱。

　　何自知给岳父送节礼，也没忘给干部们送购物卡。近年来，春节、中秋节对于干部们有了不一般的意义。他听有人戏剧性地说某干部，一年两个节中间死了爹，他不富谁富？他又想到送礼实际上是最便宜的事。干部会给你多大的实惠呀，要是提拔一级，得到的比你送的礼要多得多。有人还想不开哩，爱面子图虚荣不送礼才是活受罪。其实干部对给他送礼的看法是，不在于你送多少，而在于你心里有他。送礼的多了，他记不住了，却记得谁没送，这真是一件太可怕的事情。何自知对送礼向来看得透，从20年前进工会时就送。那时送的东西今天看来十分可笑，二斤饼干二斤桃酥。干部家也穷，早有孩子舔着手指盼桃酥了。要是现在，不说你送不出去，送去了他会认为你捉弄他，腌臜他。后来有了权便可以拿公家东西送了。搞活动发的礼品、外出办班发的纪念品存起来，到时往外送。当然别人也能看出来，那也比不送强。再后来就有人给他送了。有价值的就转送出去。等有了财权后就更方便了。买活动用品时夹带些礼品，再往后就是做假账提出钱来，现在是大大方方送购物卡了。真是与时俱进。但这可就难为死了不善此道硬要学此道还没有钱的一根筋了。

　　春节历来显得过得快。这感觉他从小就有，不知不觉过了初五。初五称为小年，小年一过节日气氛就淡了。他突然听到一个令他大吃一惊的消息：秦师傅自杀了！

　　秦师傅早就有死的打算了。十几年哮喘病折磨得他骨瘦如柴，一过立秋就喘不上气，成夜跪伏着，要靠安眠药才能入眠。到了冬天简直进了鬼门关。一年比一年重，看不到丝毫好转的曙光。每年要住一次医院，今年已经住了一个

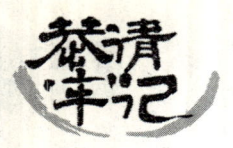

月了,欠费了只好出院。大儿子玉柱在采煤工区当班长,职代会代表还是何自知利用职权搞上的;二儿子下岗后再就业了。两个儿媳都在镇办企业,工作正常但工资不正常。老伴给人家当过保姆,只干几天人家嫌她耳聋,辞退了。别的干不了,只好背个蛇皮袋去捡废纸。老太婆爱面子,只到几里外捡,直接卖了才回家。儿子儿媳对他常年患病住院早已失去耐心,大年三十每家送来50元钱就走了,老两口过了一个冷冷淡淡的年。初四他突然发烧,医生让他立即住院。上次欠的医疗费还未还完,再说这病也治不好,日子已经没有盼头了。他艰难地度过小年便服了安眠药,静静地走向了另一个世界。老伴下黑时才回家,竟闻到满屋呛人的酒气,心想老头七八年不沾酒了,咋又喝上了?只见空酒瓶敞着口放在桌上,旁边饭碗里还剩半碗酒,老头手握安眠药瓶仰面而卧,分明是他就着酒吞下了安眠药。这算他过足了酒瘾,不枉在世上潇洒走了一回。

　　何自知听到这消息是在初六晚上。他连忙放下刚端起的饭碗往外走。狂风呼啸,他一个寒噤,又回屋戴上棉帽穿上棉大衣。鹿云凤道:"你先去我随后到。"她知道这师徒俩的关系。他见到一条棉被平展地铺在床上,棉被白里子朝外。秦师傅老伴坐在地上痛哭,两个儿子无言地站在床前流泪。他走过去掀开棉被一角,只觉得头皮一麻,只见秦师傅整整齐齐地穿着他年前送来的窑衣。吃药喝的酒也是他年前送来的。他暗骂自己,我这办的什么事呀。

　　老伴双肩几乎伏地,边哭边诉:"他是心疼钱呀,前天一听住院就回家来了,上次住院的钱还没还清呀。你走了倒省心了,我怎么过呀?不如跟你一块走吧。"何自知安慰完她又问秦师傅两个儿子打算怎么办。秦师傅两个儿子说还能咋办,火化呗。何自知道:"那就快送殡仪馆,我联系。"两个儿子一商量,对他说:"何叔,这天放家里也行,屋里比冰柜差不哪去。"何自知知道存在殡仪馆要花钱,便问道:"你娘看着不伤心?"玉柱看看已坐到板凳上正用衣襟抹泪的娘说:"没事,一说送走要花钱,她就理解了。"

　　屋里太冷,何自知搓搓手道:"商量一下怎么办。要穿寿衣吧?"两个儿子齐声道:"这不也好吗,他咋还存着这身新衣服?买顶呢子帽就行。"何自知道:"这些你们当家,亲朋好友由退管办通知,告别仪式我去。有些事要和你娘商量好再办。我同意从简。"看他两人连连点头,又道:"但也要对得起你爹,他一辈子不易呀。"他哽咽了。两个儿子也啜泣不止。

　　好大一会儿,何自知张口要说什么,却又犹豫了。玉柱道:"何叔你有什么话就说嘛。"何自知道:"咋连看病的钱都没有?还欠着上次的钱。他有退休工资,你弟俩也有工作,你们的媳妇也都上班,咋就凑不上住院的钱?"

　　玉柱道:"何叔我说你算算。"他说了兄弟二人的收入和支出,何自知听出没有大的水分，玉柱又道："要是以前一家人都有工作，生活肯定没说的，现在，嘿，都工作就有钱？一个干部顶十几个几十个工人的工资，就是没有理说了。"旁边有人直点头，还有人骂出声来。

吕四几位专业人士陆续赶来了。何自知道："你们消息真快。"吕四道："就是吃这碗饭的。有什么要求我来安排。"何自知把他拉到一边，说了丧事的大体日程和死者家的经济情况。吕四沉吟片刻："那就不安排饭店了？"何自知道："我找个人来做饭。你说该干什么吧。"吕四掰着指头问请不请喇叭，搞不搞路祭，破不破孝等；何自知都否定了，说撕几个孝帽子儿子儿媳孙子戴就行了，其余人都没有。说着从身上掏出1000元钱递给玉柱道："按咱商量的办，这钱差不多够了。"见两个儿媳妇在旁边，便问道："孩子没带来？"玉柱媳妇说孩子在家做作业，二儿媳说孩子小别吓着。何自知郑重道："火化时一定要去，让他们见爷爷最后一面。"儿子儿媳四人一起点头答应了。

鹿云凤赶到了，她与老嫂子抱头一阵痛哭。几个人把被单挂墙上，找来纸、笔、墨，何自知写个大大的"奠"字贴上。把身体已经僵硬的秦师傅安顿在小床上，灵堂就算做成了。二儿子敲开小商店的门，买来几刀火纸烧了，一时间屋里烟尘滚滚，哭声此起彼伏。何自知对鹿云凤说你请几天假，不好请我去打个招呼，来这儿陪陪嫂子，剪剪纸，做饭管烟酒。又交代吕四道："你们该怎么忙就怎么忙，但是别乱忙，我记着了，事后我找你们。"吕四连连点头道："按你何主席说的办。要是在别地儿，也不能光听事主的，都是听我们安排，这次破例了。我们跟事主都是混穷的，理解万岁。"

秦师傅遗体告别仪式何自知没有去成。他本来打算即使遇到天大的事也要去见秦师傅最后一面的。可是这天上午要听评估机构的评估报告，会议要出"纪要"，陈正东要求每个成员准时出席，并说评估知识你可以不懂，但你不能不表态。何自知知道自己财务资产方面的知识甚少，但工会资产中有无星光大酒店是需要了解的，如果不出席，会后是无从打听的。便一大早提着两瓶酒赶到秦师傅家，先帮助把花圈装上客货车。花圈不多，算上何自知送一个、工会送一个只有七八个，显得有些寒酸。何自知想，如果他子女中有干部，情况就会好得多。又去抬遗体。他不由得掀开棉被看看秦师傅，蓝呢子帽遮住花白头发，像睡着一样十分安详。喃喃道："秦师傅，一路走好吧，咱只有在阴间见面了，你可别不认得我。"说着流下了热泪。他出面借的大客车开来了。听说买了一块最便宜的墓地。他把两瓶酒交给玉柱道："把这摆到墓穴里，你爹一生好酒，有了酒他就不孤单了。"

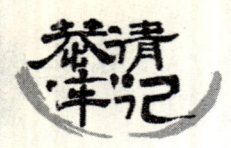

八

何自知踩着钟点进了会议室。改制领导小组成员已经到齐。还有三位陌生人，二男一女，都很年轻，应该是评估机构的人了。他这才想起半个多月前找陈正东，在招待所小会议室见过他们。陈正东先介绍评估机构人员、姓名、职务、职称，都是高级会计师、审计师，有一位副所长。接着一位头发稀疏的中年人介绍评估情况。他先代表评估机构感谢石井矿的信任，又介绍评估原则和方法，何自知听得云山雾罩不明就里。看看表，估算秦师傅告别仪式进展到哪一步了。只见工资、财务人员在低头交谈，并且露出惊异神色。财务科长老是"哟，哟，哟"地说出声来。陈正东瞪他一眼，他连忙低下头去。副所长介绍完评估结果，才谈起最近评估业务新的精神，说是参考当地价格，把有账无物的、损坏的、不在用的、折旧的一概不计。最后结果是矿总资产8500万元。众人面面相觑，如果减去安置费用5000万，这就是说有人出资3000多万便可以购买了，太便宜了。他估计低评了，但低评到什么程度却心中无数。还想听他介绍明细，副所长竟合上了摊在面前的本子。会场内一片沉寂，陈正东看要冷场，便介绍说评估机构连春节也没有休息，半个多月井上井下跑遍了，对账查实物十分辛苦，这个结果是客观真实的，看来大家也是满意的。

财务科长怯声问道："不知评估得全吗？"

副所长言辞干脆："从原始记录到实物一件一件全部到位，不然提前五天就干完了。"

膳食科薛科长朗声道："应该有明细吧。"几个人同时帮衬，"是的，应该有明细。"

陈正东板着脸说："有的，都在我那儿，可以去查嘛。"

一是无具体实物比较，二是都明白在这种场合质疑凶多吉少，便都安静下来。接着冯希泉讲话，他冷着脸，看不出喜怒哀乐。他只是礼貌性地称赞评估机构发扬连续作战的精神，在如此短的十几天搞出了结果，突然转脸问副所长："这只是草稿吧？"

副所长看看陈正东，见陈正东目视前方，眼神中空空的，只好说："基本上算是定下来了。"

"再细致些吧。"冯希泉要求道。

副所长无言地笑笑，轻轻点头。

何自知心脏开始发紧。明明是1亿多的资产评估为8000多万，这预示着几千万国有资产将会合法地流入个人腰包，明目张胆，道貌岸然啊。他明白

窑衣

瞿永刚

了，报纸上多次报道的国有资产流失，就是这样流失的呀。不知为何，走访中见到的贫困户生活惨状浮现在眼前，他掐了一下虎口，又狠狠地扭了一下大腿，左右看看，大家都平静下来了，心想，修炼的功夫真是很深了。

陈正东作会议小结，他一句也没有听清。愤懑间又想到秦师傅遗体进火化炉了吧，就要化作一缕青烟了；一个人就这样从世界上消失了，偶尔还会有几个人想起他或谈起他。他忽然看见陈正东站起身道："就这样吧。"冯希泉合上笔记本对办公室主任道："《会议纪要》按原来规定办。"

原来规定，《会议纪要》须党政领导合签才能下发的。

何自知看到冯希泉绷紧的脸，知道他和陈正东在改制上的矛盾已经公开化了。他上次谈起职代会的事，何自知听出他是在撺掇他利用职代会来制约改制，因为人员分流安置方案是要在职代会上讨论通过的。这个方案不通过，改制就不合法。何自知决定找他谈谈。

何自知仍像往常那样随人群一起下楼，到某个办公室谈点事，然后悄悄上楼来。他不愿意让矿长知道他去找冯书记了，也不愿意让冯书记知道他去找矿长了。有时在走廊里有人向他打招呼，只要不是上级，他就无言地点头微笑。他也知道这样太窝囊，却也是没有办法的事。走廊里没有人注意到他。他敲敲冯希泉的门，无人应声，推一推，推不动。估计冯希泉出去了，便回到办公室。再给冯希泉办公室打电话，冯希泉接电话了，何自知说有工作要汇报，冯希泉问要紧吗，何自知说反正很重要。冯希泉说你半小时后来吧。半小时后何自知打过去电话，冯希泉说你下午来吧。下午一上班何自知就赶紧去了，他担心的是《会议纪要》别签发了。敲开冯希泉办公室，却见财务科老会计石会计正按着计算器计算什么，石会计见他进来就要走，冯希泉对他说："把那几项核实一下，千万千万不能有差错。"

何自知坐下，两人面对面，互相看看，竟都笑了。冯希泉道："你汇报工作就是汇报笑？"何自知道："我这笑是苦笑。你呢？"冯希泉道："我是急笑。有事直说吧。"何自知把他的忧虑说了。冯希泉说到底少评多少要由专业人员讲话，咱们都是瞎猜。要在自己的岗位上发挥作用，以实际行动促进改制工作健康发展，现在发展还可以，关键是健康二字。要在大是大非面前敢于讲话，不然到时候遭众人唾骂呀。何自知佩服他早已胸有成竹，一时竟无话可说。问起会议纪要，冯希泉一撩手道："成历史了。"何自知便知道他不会签发了。

有人敲门，冯希泉道："推。"敲门人一探头，关上门走了。何自知估计来人也是来反映情况的，便告辞了。冯希泉又说："要及时了解职工思想状况，要维护职工权益，做不好你工会要挨板子的。"何自知准备采取问卷调查的方式，了解职工思想状况，回工会的路上想好了几个题目，如：你认为我矿

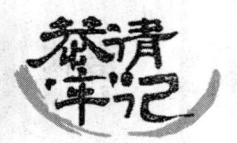

改制后效益提高？下降？差不多；改制后职工收入提高？下降？差不多；改制形式国有控股？矿领导控股？全民入股？好；等等。他已经了解到，政工人员对改制不积极，技术人员对改制十分赞成，工人则看结算工龄而定。他估计要有一番动荡了。

九

　　天上飘下大朵大朵的雪花，几天来阴冷潮湿，民间所谓的温雪天气。果然从上午开始下雪了。几片雪花粘在一起降下，甚是肥厚，晶莹。静静装扮着褐色的矿山。

　　机电科工会主席赵金锋冒着大雪跑进工会小院，用肩膀撞开何自知办公室，边拍打头发和肩膀上的雪花边说："还是这里暖和。"

　　何自知正陷入沉思。几天来，资产评估的结果像一块砖头堵在心口窝，一边是那么多职工生活在贫困线以下，一边是大量国有资产流入个人腰包。他想到以前生产队的瞒产私分，把瞒下来的粮食私分了。评估结果甚至还不如那个，私分，本队人人有利，而少评的资产流入的是极少数人的腰包。从财务人员惊异的神色估计，至少少评三四千万元，这太刺人了。无动于衷就真是鳖巴人了。自己的去向也是问题呢。改制后再来一个人员重组，签三年合同，谁都知道这类合同是靠不住的。自己这工会主席怕也当到头了。再说还有个分流安置，定下年龄段一刀切，自己凶多吉少呢。冯希泉已把这事挑明了，当然他有他的用意和企图，但改制后自己的去向问题是真实存在的。何自知在提醒自己慎重的同时，琢磨稳妥的进攻方法，最好像冯希泉那样，找个人替他做他要做的事。正这样想着，赵金锋闯进门来。

　　赵金锋高大魁梧，大碗喝酒大块吃肉，拔河比赛有他把绳头，机电科准赢。春节前他还质问为什么今年取消拔河项目了，何自知说你参加棋牌比赛吧，赵金锋说脑子笨，记不住牌。这人出名的直性子、炮筒子，敢于为工人说话。因为文化所限，抓住一件事，谁也跟他说不清，缠得科长直甩手。他为朋友两肋插刀，工人中威信甚高。领导本不让他当工会主席，差额选举连候选人也不是，竟高票当选。他更认为为工人说话这条路走对了。其实何自知也不喜欢他，甚至有几分怕他。他认准了理不拐弯，非要按他说的办才行，嗓门又高，说是锻工出身，嗓门是工作中练出来的。

　　"何，何，何主席，我，我咨询个事儿。"赵金锋有点口吃。何自知瞅瞅他，道："问个事不完了，还'咨询'呢。"赵金锋不在乎他的抢白，"你说咱矿资产评高了好还是评低了好？"何自知一时竟未反应过来："你说是什么事吧。"赵金锋说："改制不是要资产评估吗，小汪说评高了好，我说评低了好，他不服哩，叫我拎脖领子摔多远，不是他跑得快我没撵上，我就拉他来让你教育教育他。"

何自知诧异他问的竟是这个，一下子来了兴趣："你认为评低了好，为什么呢？"

"明摆着少交税嘛。"

何自知心想真是踏破铁鞋无觅处，这不送到眼前了？便拉他坐下，问道："支持你的人多还是支持他的人多？"

"一半半，差不多。"

"这个和纳税扯不上，两码事。改制企业要进行资产评估，有多少资产就设多少股份。一个矿家底1个多亿，通过什么手段评成了8000多万，领导或是什么人就能用很便宜的价钱买下这1个多亿的资产。跟乡里瞒产私分差不多。"

赵金锋一拍大腿："那我说错了。"

"那小汪也没说对。评少了就是咱矿贱卖了。就是这个意思吧，说细了你也弄不清。你回去跟工人作作解释。"

"工人一听还不气炸了？"

"解释政策是你工会主席的职责范围。"

"几千万呢，比拿棍子劫路还狠。我得带人找冯希泉和陈正东说理去。"

"有问题应该反映。保卫国家财产嘛。那年你爹为了保卫国家财产牺牲了，让人敬重哪。"

20年前，赵金锋的父亲下夜班回家，路过财务科，发现窃贼正撬保险柜，于是敲门恫吓窃贼出来。他老人家也是不善用脑之人，你悄悄报警不就行了？窃贼冲出门捅他一刀，窃贼溜了，他被抬到医院不治身亡。

何自知道："你怕学不来你爹那颗红心。"

"谁说的，我这就带人去。"

"我就不管你什么时候去了。你来咨询理论问题，我只好这样解释。你办事要用脑子，别误解了我的意思。"

"那还是人嘛。"

这几日群众的反应越来越激烈了。他是从自己被误认为鲸吞国家财产的人挨骂看出来的。一次他下班去洗澡，天黑蒙蒙的，一人迎面走来，骂了一声："这些黑心狼，钱越多越不得好死。"另一人说起段子："站在办公楼往外看，个个都是穷光蛋；站在办公楼往里看，个个都是贪污犯。"何自知心里说，你骂吧，我才不心惊哩，我顶多占了几个烧纸钱，吃几顿不要钱的饭。澡堂里雾

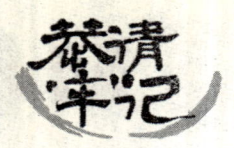

气腾腾，看不清面貌，一个细嗓音："这富得真快，眨眼间就成百万富翁。"一个粗嗓音："白手拿鱼算什么本事。"一个外地口音："这才是本事，国家政策允许的。"细嗓音："政策一开始从未考虑周全过，都是出了问题再补漏洞，等补上漏洞人家早卷款外逃了。"粗嗓音发出干咳声，就都不作声了。

井下宽宽巷道的墙壁上，采煤面掘进头铁梁木柱上，向来是民间发泄情绪的场所。这几日出现歪歪扭扭的粉笔字：资本家黑心狼；侵吞国家资产断子绝孙……还有用淫亵的语言谩骂陈正东、冯希泉的。

这一天，何自知正要给标牌店打电话订做职代会代表的胸牌，陈正东来电话，气冲冲质问他为什么不借给保卫科照相机。何自知无意中又卷入了一场纠纷。

原来，陈正东在井下看到污辱他的标语口号，用手套去擦，字迹虽然模糊了，但仍能看出字样。他从井下打电话给保卫科于科长，让他们立即下井拍照追查。于科长答应了。他上井后问拍照效果如何，于科长说没借到照相机。他问你们科的照相机呢，回答说上次农民闹事不是让抢走了吗，打几次报告要买你不批。他又厉声问："你让抢走几个了？三个了！怎么那么好抢？先借工会的。"便摔了电话。

其实，于科长是有意怠慢他，因为这个命令不是冯希泉下的。于科长自顾说："老何那人傲慢得很，根本不把保卫科当回事，我借不来。"其实电话已断线了。他只好打电话给工会，说是借照相机用用。何自知便问他用几天，干什么用，于科长故意说你借不借吧，我的任务保密。何自知因为职代会要用便没借。两个小时过去了，陈正东却来电话向他发火。

何自知道："他不说干什么用，用几天，职代会快开了，到时候……这样吧，你让他来人拿走。"一会儿，于科长来电话说不仅借照相机，而且要借照相的人一起下井。何自知说你那不是保密的吗？于科长说你不借就算了。便再无消息。何自知知道他又是采取放任不管的伎俩了。要是以往他会向陈正东汇报事情新的变化，开脱自己；这次心一横，把照相机交给小刘说，保卫科来借别忘记让写个条，便躲出去了。

何自知走了好长一段路仍未想好往哪儿去，来到办公楼，便决定向冯希泉作个解释，毕竟他和于科长是亲家。刚要敲冯希泉的门，只听陈正东道："无怪乎他们对诬蔑改制的言论是这态度，原来你是这个看法！"

"正东，"冯希泉在私下场合向来直呼其名，有亲切的含意，也是居高临下的姿态，"这话就差了，你说照了不一定要处理，不处理照了干什么？这是自取其辱，会引来更多麻烦。"

"这股风要刹一刹吧。"

"当然要刹,一定要刹。但不能刹过头,过头了适得其反。主要开展正面教育。要我说,保卫科正是维护了你的权威呢。"

何自知连忙下楼。去哪儿呢?他忽然想到去找赵金锋。

赵金锋自那天走后,如泥牛入海,音讯全无。根本没有他带人去矿上评理的消息。他想其中必有原因。

再说那天赵金锋气咻咻回到车间,一群人正围着汽油桶改做的火炉取暖,半个火炉和半截烟囱烧得通红,有人往上面撩水,水珠发出"噗、噗"脆响,冒起串串热气。小汪手撑条凳慢慢站起,准备溜之大吉。赵金锋到爽快:"小汪,那事我说错了,你也没说对,两不找了。"有人让他说说其中的道理,他张张口竟不知从哪说起。因为刚才听得似懂非懂,这时更糊涂。但也不能不说,支吾道:"资产是改制用的,评估要不高不低,低了对领导有好处,就是贱卖了。"

有人讽刺道:"刚才还明白,让你说得倒糊涂了。"

"就是这样嘛,矿领导只花3000多万就把咱矿买走了。"

"只花3000多万?"人们听明白了。有人抬头看看厂房。有人往炉膛里填一铲煤。"娘的,省这些炭干啥。"有人叹息工人又要沦为奴隶了,有人反问当奴隶又有啥法子。有人立即气愤地大声嚷道:"没到时候,到时候掀了他个狗日的。"赵金锋抓住时机道:"这就找他们说理去。"

"去,要去都去,都不能充孬。"明显底气不足。

有人默不作声,有人说着泄气话,有人拿起肥皂去洗手,一会儿火炉边只剩下几个唉声叹气的人。

那天赵金锋真的到办公楼转了转,觉得自己很孤立。在走廊碰上陈正东,便道:"陈矿长,听说咱矿资产评低了,这不合适吧。"陈正东没有放慢脚步道:"找改制办去。"

他闷闷不乐地回到家,一边喝着闷酒一边说着矿上的事。妻子不感兴趣,反而责怪他多管闲事。妻子瓦刀脸,个子高高的,身板儿薄薄的,十分瘦弱。自与他结婚后就逆来顺受,今天竟然教训他,更加令他心烦意乱。一掌推过去,妻子立足不稳,连退几步,到墙根也没刹住,倒在墙根号啕大哭。赵金锋一拍桌子,忽然见妻子扭曲着腰,双手撑地起不来了。他知道坏事了,妻子腰椎间盘突出的病又犯了。一犯病就要卧床十天半月,自己伺候她吧。

何自知推门进来,手里提着礼品,几个包装盒很是华丽,却轻飘飘的。他先关心地询问病情,批评赵金锋:"你那一掌多大劲,跟熊掌一样,她受得了?"赵金锋点头嘿嘿憨笑。妻子说:"我疼点不要紧,只要他别出去惹事。"何自知才了解到事情的原委,替赵金锋解释道:"他是工人领袖,就是要维护

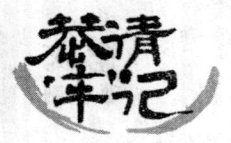

职工利益。应该支持他。"出门对他说："退无退路了，这道线一破，割头骗蛋随人家便了。"

十

何自知从赵金锋家出来，看看时间接近下班，便关上手机回家了。鹿云凤诧异道："这么早，出什么事了吧。"何自知故意道："以后每天都回来这么早了。""你……"鹿云凤竟当了真。又见他嘴角勾出一丝笑纹，嗔怪地瞪他一眼，"吓死我了，我以为你让撤了呢。""撤了好，无官一身轻，省得过憋屈日子了。"鹿云凤道："多少年都忍过来了，再忍几年就退休了。"何自知往沙发上一躺："能正常退休就好喽。""改制了也不能不让退休吧。你是工会主席，很多工作靠你替领导做呢。"何自知心里说，是要做群众工作，替谁做还不能给你说哩。

鹿云凤去厨房做饭，何自知打开电视，调了几个频道也没有可看的。这时听到敲门声，并传来呼唤"小凤"的声音，他知道是岳父来了。岳父是他插队时的房东。当年三个小伙子在鹿庄借住在鹿家，鹿家家境相对比较优越，一溜五间瓦房，还有一辆全村唯一的自行车。岳父有打绳的手艺，自行车是他挣钱的工具。那辆自行车虽然无链瓦缺泥瓦，他当做宝贝轻易不借任何人。当年的铁姑娘队队长鹿云凤，高挑的身材，容貌比一般城里姑娘还俊俏几分，还能在大会上说上第一条、第二条，何自知都自愧弗如。那年头城里姑娘爱找军人，乡下姑娘瞄着插队知青，不过成功率很低。当地是大蒜之乡，姑娘也爱吃大蒜，庄里宣传队排练完，一屋蒜味久久不散。知青不喜欢这味道。何况许多知青有了意中人，乡下姑娘插不进来。何自知和鹿云凤谈上恋爱，竟是因为那辆自行车。

春天的一个夜晚，邻村一位知青给何自知捎来口信：母亲病危。当夜无车。三十里路外的车站，上午、下午各有一班车路过家乡小镇。青年人劳累了一天，第二天起晚了，只好借房东的自行车。借了自行车还要有人从车站骑回来，鹿云凤自告奋勇，两人便出发了。鹿云凤开始坐在后座上，碰上颠簸路就用胳膊搂着他的腰，插队两年他从未和房东姑娘这样接触过。后来鹿云凤怕他累着，两人换了个过儿。到车站她未马上离开，而是陪他说了一阵话。以前都是礼节性的，那天谈到家庭、亲情、孝心等问题，两人都发觉能谈到一起。何自知上车她塞给他20元钱。当时的20元能办一桌像样的酒席，不知她是怎么省下来的。

母亲已是弥留之际，看到他土头土脑，喃喃道："你什么时候找上媳妇我才能合眼。"何自知道:"娘,我找好了,今天就是她送我到车站的。"母亲说:"好,成了家,你那脾气要改改了。"没多久母亲就咽了气。何自知心想,不是那辆自行车,就见不到母亲最后一面了。

也许那次的亲密接触碰撞出火花,也许为了承诺母亲病榻前的话,他回村后再见到鹿云凤,感觉便异样了。他发现她有许多长处。她勤快,会体贴人,比多数农村姑娘知情达礼,模样也俊俏,初中文化并不比他差。但是她爹却坚决反对。他看出这个城里小伙子脾气太躁,几句话不合辙就瞪眼发脾气,怕他像村里每发脾气就打老婆的二柱。女儿说:"他说了,能改。"爹摇摇头说,山好移性难改呀。其实,鹿云凤把爹的担忧说了,何自知当时说的是:"我的脾气就这样,但是我心眼好。不行就算了。"后来何自知回城了,他果真心眼好,把鹿云凤带回家,不像他的同学,把农村姑娘肚子搞大了还不认账。

岳父背着蛇皮口袋,从凸起处能看出是大蒜。何自知作出要接的样子,岳父早把口袋从肩上一溜,稳稳地放下了。鹿云凤从厨房过来,笑问爹坐的哪班车,爹回答说记不准哪班了,车多了,招手就停。何自知想起插队时行路的艰难。岳父自从看女儿生活很好,女婿当了干部,有几次开车回家,他脸上添了光彩,对自己早先的做法有了歉意,便越发对何自知好,女儿女婿偶尔有点小争论,也是向着女婿。鹿云凤嗔怪说你何自知早把我爹收买了。

岳父坐下,问道:"今晚没到外面吃饭?"原来,鹿云凤说他天天在外吃饭,不回家吃饭。其中有责备,也有夸耀和显摆的成分。

何自知道:"顿顿吃还得了,烦着呢。"

"不让吃了?"

"酒伤身体,说是今晚不喝了,你老人家一来,只好再喝了。"说着从碗柜里拿出一瓶五粮春。

岳父喝了几杯称赞道:"这酒好,不刚,得20多块一瓶吧。"

鹿云凤夸张地说:"20多?快100了。"

岳父几杯酒下肚,便说:"我来问你个事,你城里干部能说得清。"事情很简单,村里的砖瓦厂是村干部承包的,暗中他们又入股在邻村办了个坯料厂,专进这儿的坯子。坯子价高,加上吃喝、白条,几年就把砖瓦厂搞亏了。工人开不上钱,干部都发了,买汽车,盖小楼。找到乡里,找谁谁推,他们除了磨不推,什么都推。村民急得要咬人。岳父问道:"他们说你见多识广,就没法了?"

何自知道:"是不太好办,这种事多了。"

岳父一拍大腿:"真的没法子了?"

何自知笑道:"办法倒有,不过不太好学。"

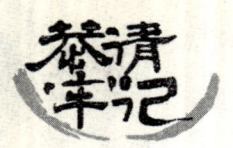

岳父笑道:"我说你行嘛。只要有办法,再难学也能学会,你说吧。"

"让他们去投靠,村干部吃肉,他们能喝点汤。"何自知说完自己也笑了。

不料岳父正色道:"不行,这法都用了,先有几个人去投靠,还行,都去投靠了,哪有那么多汤?"

何自知本是玩笑话,听罢岳父的话,隐隐感到一丝悲哀。心想,老百姓连这条路都走绝了,还有什么路呢?

有人敲门。鹿云凤拉开门,隔壁住的人事科长走进来。何自知忙邀他喝酒。人事科长却让他去接冯书记的电话。何自知估计不是照相机的事就是去喝酒。冯希泉的大嗓门:"快来光明酒楼。"何自知道:"这都几点了,我吃过了,唉,怎么没在外招?"冯希泉道:"外招的科长都在这儿呢,饭后酒古来有。"突然压低声音,"最后了,还不疯一疯?改制完就没人跟你疯了。"

连喝酒加唱歌,何自知到夜里12点才回到家。鹿云凤在等他。对他说,爹来有个任务呢,是村长派他来买20吨内价煤。何自知糊涂了:"他不是和村民要告村长吗,他是哪部分的?"鹿云凤解释说,爹确实是村长派来的,村民知道他来,附带捎来的问题。何自知笑了:"这样好,就要这么干,两头不得罪。煤刚涨价,怕不好批。"鹿云凤道:"按你的位子批不来,说了爹也不信。"何自知想,这干部当上了还不能下来哩。

十一

在毫无征兆的情况下,星期五下午在工会宣传栏贴出了职工安置分流方案。

当日下午3点,临时召开了改制领导小组紧急会议,陈正东就该方案作了说明。人们关心的是结算年龄的划分。陈正东宣布:正科级52岁,副科级50岁,男工48岁,井下工44岁,女工40岁。凡是圈内划进来的人,一律按文件规定进行经济补偿,俗称结算回家,今后不再与矿山有任何关系。

举座哗然。小组成员也没有想到改革力度如此之大,悄悄地盘算自己的和亲属的年龄。何自知嘴唇一抿,知道自己还有两年干头,妻子不在册,连补偿资格也不具备。有人提出是否都延长三年,并陈述这个年龄正是有经验作贡献的时候,陈正东表示可以考虑,并说这个方案要经职代会通过。谁知会一散就贴出来了,他在会上只是搪塞一下众人的意见。

职工关心的莫过于自己的命运,他们看文件也只看这几行内容,依然是对照自己对照爱人对照兄弟姐妹。有人长吁一口气,自嘲还有几年干的,有的当时就大骂不休。天很快就黑了,还有人拿着手电筒来看。第二天就是双休日,仍有不少人骑车来看。文件上先有人批了"放屁"二字，又有人觉得不解气，在"放"字后面加个"狗"字。到星期一上班时，再有人来看，却被撕掉了。

自资产评估后原煤产量就持续减产，公布人员安置分流方案又开始大幅度减产。陈正东对此淡淡一笑，他重点抓好瓦斯排放和防排水，他知道一旦出现大型事故自己就完了。他明白保护职工生命更是保护了自己的道理。尽管区长不断催促工人多干，但是已经超龄或接近超龄的工人已经明目张胆地休息了。休息就找个安全处，下最后几个井出了工伤冤枉就大了。

干活中一个工人扶棚梁，一走神，竟颠倒了斧头，齐刷刷刷下两根手指。鲜血直流，掉在煤块上的手指在抽搐。工友连忙拾起断指送他去医院。路上，工友道："这样能不结算吧？"伤员叹口气："不结算也就值了。"

这儿、那儿接连出了几起要不了命却能报上工伤的事故，伤员都是将要结算的人！

有人怀疑工人自残，向陈正东建议是否延长结算年龄。陈正东道："我调查了，都是意外事故。延长到多少？延长到那个年龄段的人就不用这个法子了？"

有的机关人员悄悄地转移资料，甚至把水文地质资料及工程记录也转移了。这类资料涉及施工安全和职工生命安全，拿回家如同废纸。矿山不要他们了，他们还要矿山干什么呢？有人当做大事反映给陈正东，陈正东淡淡一笑："拿就拿吧，我都有。"

有人私下传播消息，说是每个单位有两个机动名额，领导认为工作离不了谁，谁就能留下。都知道离了谁地球照样转，主要看关系。于是往领导那里跑。领导对送礼的十分害怕，解释没有这方面的消息。礼品绝不敢收。送礼人更是着急，认为自己不在干部的考虑之内，反复诉说家庭困难程度，就差下跪了。更多的人请干部喝酒，为排时间争红了脸。都知道酒里有内容，干部不敢应邀，实在躲不过便提二斤酒去，不论结果如何，这二斤酒抵了。

工会只有老曹一人过线。对于老曹结算回家，何自知却不知如何评论矿上划定的结算年龄。老曹的工作以前还可以，这两年却吊儿郎当，后来听说他和镇园林局的朋友合伙做花木生意。平时说他他不理不睬，有他占个位子年轻人进不来，他48岁生日刚过，结算了正好去做生意。说真话，确实结算年龄偏低，四十几岁的人，在哪儿都不显老，咋就容不下他们呢？

"老何，订方案时摸底了吗。"老曹还没回家就改口了。

何自知如实回答："没有哇。"

"怎么这么巧订到我这个年龄，瞄准打的是吧。"

何自知道："你是什么意思？"

老曹的话有来由。工会的人对他有意见,原因是他在领导面前太无足轻重。额外的利益他争不来,应有的利益有的也保不住。比如科室分类涉及奖金问题,在别的矿工会是二类科室,他们是三类,每人每月少上百元呢。评先进等涉及职工切身利益的事总是比人少。前几年分房实行打分制,工会评先进竟少了一个名额,先进加分。搞得老曹没有分到房,老曹到现在还有气。他们在何自知面前没少嘟哝,甚至走路办事弄出声响来。其实何自知也不断反映他们的困难,有一次他反映了,冯希泉捏着下巴沉吟道:"是这么个理,你再去给陈矿长说说。"他找到陈正东,话还没有说完,陈正东眼一瞪:"你先考虑考虑工会还打算不打算干。"他恼透了陈正东,但却丝毫不敢得罪他。

"我骂坏种。房子没分上,结算倒摊上了,我怎么这么倒霉。"

"你在这儿骂不算英雄,到矿上骂才是好汉呢。"这时推门进来两个人,"你两人……"他顿时明白了。

"何主席,跟你干几年了,快干不成了。"两人齐声道。

这两人都是井下采煤一线工人,身材都不高,精瘦,都有点罗圈腿,但是脱去外衣你就会惊异地发现,他们像健美运动员般结实,是标准的精壮汉子。他们在低矮的采煤面如蛟龙出水般敏捷。两人是劳动竞赛的对手,分别带着一班人,以采煤面为舞台,掀起层层黑色的浪花,演出激动人心的活剧。双方联谊竞赛是何自知撮合的。当时他笑道:"一个王小义,一个买买提,年龄和个头差不离。就在采煤面比个高低,为矿山作贡献吧。"分流方案中划定的年龄是井下工44岁,而他们如今都是45了,便一同遇上了结算这件窝心事。

何自知叹口气:"我可以帮你们反映,你们也要自己说话,就拿着劳模证去,不然领导也不知你们的态度。"

"唉,劳模证有啥用,出过力的人了。这结算伤人心呢。我班有个人才入党,还没转正,哭着问我说,'班长,你介绍我入党了,上哪里去转正?'我说我也不知道。"

"有这种事?还真要向领导反映,为同志负责嘛。"

"不是闹事吧?"

"这怎么是闹事呢,正当地反映问题领导是很欢迎的。领导你们都认识,给你们戴过花,敬过酒呢。"

两个劳模被他劝走了。不知为何,两个劳模带头上访的事不胫而走。于是,谁也没有想到的事情发生了。

事情是由两位劳模反映问题引起的。他俩在去办公楼的路上碰上几个人,互相打了招呼,别人习惯性地问他们去哪儿,他们如实回答了。许多人正在盼着出现这样的领头人,于是"劳模带头上访"便传开了。接下来必然是上访的、看热闹的、趁火打劫的蜂拥而至。而这次上访队伍壮大的缘由却是矿山的女人们。

矿山是男人的天下，粗犷、豪放是黑太阳世界的主基调。汉子们可以赤身裸体在井下干活，可以袒胸露乳蹲在食堂石凳上喝酒。如果谁被说是"娘们儿"，他就抬不起头了。女人在矿山的岗位少得可怜。机关科室凤毛麟角，多数在食堂、灯房、洗衣房等处。这次结算年龄划得很低，许多女工要结算回家。早有人暗中串联去反映情况，可是人心不齐。她们听到有人带头去了，纷纷放下手中的活计，三五结伴而来。路上她们故意虚张声势，希图招兵买马壮大队伍。闻讯者有的打手机调兵，有的骑车去工房叫人。两位劳模正心情激动地向冯希泉诉说着自己的遭遇，楼梯口已是吵嚷声一片，一阵踢踏脚步声，紧接着办公室的门被推开了，进来一群穿着旧花褂代替窑衣、戴套袖的女工们。顿时屋里喊喊喳喳声一片。

冯希泉早就意识到，一旦安置分流方案公示，日子不会平静的。他也认为结算年龄太低，认为分别推迟三年才合适。他私下和陈正东谈了，陈正东说道："阵痛，阵痛，改革就是利益调整，这样才能放下包袱轻装上阵。"冯希泉把自己的想法向局领导反映了，局领导竟支持陈正东，并告诫他要当改革的促进派。这几天他都是到办公室转转就离开，害怕接待上访，刚才正准备走掉，先是两位劳模打头，后是女工助阵。此刻一屋女人都在说话，争着诉说自己的困难和控诉狠心的领导，听不清一个完整的句子。办公室主任边往屋里挤边说："不要影响领导办公。"立即有人回击："办公？办私呢。""你坐得稳稳的，我们却要回家了。""你哈巴狗窝尾巴回你窝里去吧。"一阵奚落谩骂。

冯希泉感到心情莫名的紧张。群情如此激奋他还是第一次见到。他知道这次群众上访不是以前的单打独斗，他们所遭遇的也不是工资、奖金问题，而是涉及他们的财产和生命的致命问题。他马上意识到必须离开办公室，便吩咐办公室主任打开会议室，让陈正东等领导加上何自知都来听听群众意见。

会议室的门很快打开了。冯希泉挤出门来，走廊里已经站满了人，楼梯每层台阶也站着人，人群对他产生了震慑力。会议室在走廊尽头，顶多能坐二十多人。他关上办公室的门，领着众人走进会议室，不一会儿，七位矿领导来了三位，加上何自知，分别坐定。办公室主任低声对他说："陈矿长去市里了。"冯希泉一愣："他干什么去了，也不打个招呼。""说是调一批设备的事。"冯希泉果断道："把这儿情况告诉他，让他马上回来。"

会议室里，围着会议桌一排椅子，靠墙一排椅子，上访人先靠墙坐，后排坐满了才肯坐到前排来。冯希泉先说了开场白，既有听取大家意见的意思，也有批评擅自脱离岗位的意思。再让大家发言。有反映工伤的，有反映户口和身

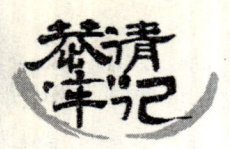

份证年龄不一致的,都是反映结算年龄太低。冯希泉说我们都记录了,大家先回去,我们一定认真研究。可能工人早就商量好了,坚持要听答复,不答复夜里都不走。走廊里和会议室里逐渐安静下来,冯希泉却担心它像一只伏在地上的猛虎,随时有跃起的可能。

冯希泉要去厕所,他刚站起,一群人便拦住他。冯希泉说我马上回来。几个女工便说我们跟着你。一个倒戴工作帽的男人,不知从哪儿拿来一只红色塑料盆,说:"你就用这个,姑娘们都闭上眼吧。"引起哄堂大笑。有人出面为冯希泉说好话,说冯书记还是向着工人的。冯希泉进厕所关上门,先打了手机,低声说行动要快。然后一身轻松地回到会议室。此刻却见到涌进来几十个身穿井下窑衣的下井工人。

群众上访的消息是送饭工带到井下的。风传说领导正在办公楼登记,登记上的就不结算。有人怀疑其真实性,好心人便劝他们上井看看,别错过机会。他们不知道的是,此时五里外的王大庄,二十多辆拖拉机和农用三轮车,每辆车上坐着几位老人、妇女,顶着刺骨寒风向石井矿开来。也在此刻,陈正东磨磨蹭蹭从市里往回赶。

陈正东和冯希泉也是同样的心理,尽量避免和群众接触。离矿门好远便看见拖拉机堵住了矿门。扎头巾的妇女和戴"一把撸"线帽的男人抄起手靠着拖拉机,静静地站着,像雕塑一样沉默。陈正东打电话给办公室主任,问道:"这不是农民闹事吗,咋说是工人呢。"听完办公室主任的解释,他吃了一惊,意识到这不是简单的巧合,说不定里面有更深层次的阴谋,"你告诉冯书记,我在这儿接待农民,一时过不去了。"

以前都是他让冯希泉接待农民上访,反正农民为的是一个"钱"字,冯希泉没有财权,即使他答应了也兑现不了,落个里外不是。他估计到农民是为一笔青苗费而来,周旋一下象征性地给一点就行。而工人提出的问题则难办。此时冯希泉却在心里冷笑,你这次碰上大难题了,农民谈的不仅是青苗赔偿问题,主要是职工结算后空下的岗位由农民顶替的问题。陈正东以前是有这个打算,这样可以降低成本。但是此时万万不能谈,这时谈了,他陈正东还是人?

十二

何自知陪着领导接待上访群众,不要他表态,无须他汇报,只记录情况而已,心情是轻松的。但是当看到人越聚越多,连下井工人也参与进来了,就是说有的单位停产或半停产了,群情激愤,他忐忑不安了。事情是由两位劳模反映情况引起的,那两位劳模是他唆使来的,如果顺线追查,把自己扯进去,后果不堪设想。那两位劳模可能有了不祥的感觉，早没了踪影，他暗暗赞许这个明智之举。他又作最坏的设想，即使追查起来我也有话对付，让劳模向领导反映情况错在哪里？其实，世间许多话都可作多种解释。说话人的真正用意隐藏在多种表达方式中，同一句话，不同的口气，意思可能截然不同。又想到，能出多大事？大不了把工会主席撤了，比48岁回家，还多干两年哩。最坏的结果不过如此，便释然了。

　　工人渐渐平静下来，他们在和干部探讨延长结算时间的问题。延长几年？二年？三年？他们知道市里许多单位已经破产了，更多的单位定下的内部退养的年龄低得令人咋舌了，有人尖刻地说，就差定个男20、女18了。他们还能奢望什么呢？何自知希望听到关于国有资产流失的话题，遗憾的是连一句都没有。刚才倒是有人提了个开头，立即被众人打断了："咱管不了那事，只说自己的事。"

　　已是无话可说，这时传来农民闹事的消息。有人愤愤遣责，农民又不结算，也来凑热闹；怕是要来洗澡吃不要钱的饭了吧。农民往往找个理由便来矿上闹，工人对他们的行为早就看不惯了。

　　中午时分，谁也不愿离去。偶尔有人动员个别女工回去，因为有上学的孩子要吃饭。她们轻轻摇头，眼内已是满含泪水。有的妻子给男人送饭来了，也有丈夫给妻子送饭来了。从怀里抽出饭盒，打开，饭菜冒出腾腾热气和香味。有一位工人竟端来一碗菜提来一瓶酒，几个人站成一圈，喝口酒用手指捏点菜。

　　这时，楼下有人高喊："楼上的听着，今天都不走，今天不答复明天上局里去上访。"

　　冯希泉听到了便对身边的群众解释道："不是我不想答复，这个问题要领导议一议吧，陈矿长让农民围着回不来。"

　　有人自告奋勇，一扬手："跟上几个人把陈矿长解救出来。"

　　为首的是赵金锋。几个人紧紧裤带随他而去。

　　保卫科小会议室里，陈正东正和王村长谈判。王村长40多岁，中等身材，红光满面，双腮饱满，腮上满是红丝丝。他穿着褐色人字呢大衣，通红的领带露在毛衣外面，直拖到裆间。脚蹬灰扑扑的大头棉鞋，装束滑稽可笑。陈正东多次领教过他的酒量，真称得上是斤半二斤扶墙走，三斤以上墙走我不走。

　　"又是青苗事，前几天不是电话说好了吗，5月份再谈，你又带这么多人来……"

　　王村长双手插在大衣里，来回踱步："你听我解释，村里水渠工程干到半截没钱了，村民窝在家里没事干呢。"

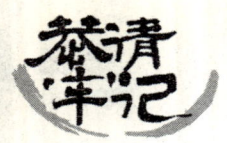

"没事干就来闹事？何必呢，两三个人来说说也行，兴师动众！"

"你陈矿长是好说话的人吗？我带几个人来，只能喝场酒空手回去。"

陈正东道："我这段时间太忙了，回头我让会计打去5万。"

王村长大叫："5万？5万乘以几？你不乘以10也得乘以8。"他说翻脸就翻脸。

陈正东口气强硬："乘以几？不除以几就是看你的面子了。"

相持片刻，王村长软了口气："钱的事先放一放，你反正一时还升不到中央去。几十个小伙子没事干呢，你以前吐过口的，让他们下井挖炭。现在你矿空出位子了。"

陈正东一愣："你？现在不谈这事。工人还没结算呢。"

"先签个协议，结算完就上。"

"不行，这协议一签，工人不把我吃了？"

"协议不签，钱也不给，你陈正东撅腚朝天是有眼无珠了。你就不出矿门了？"

陈正东大叫："你不要威胁我，我是合法公民，受法律保护，我现在就去你村转一转。"他佯装出门，却被赵金锋几个工人拦住了。

赵金锋道："陈矿长，工人都饿着肚子等你呢。"而王村长误认为这是陈正东的金蝉脱壳计，这种事他见得多了，连喝酒也是这样，他应付两杯，接完电话就溜之大吉。

"不行，他不能走，几件事还没解决呢。"王村长对着工人嚷道。

陈正东也不想走，但是为了避免工人激火，故意装着要跟工人走。几个农民拦住他，陈正东就势坐回原处，赵金锋大吼道："我们面临结算回家，饭碗叫他砸了，我们向他要饭的！"

王村长幸灾乐祸的样子："你们不回家我们还不来谈这事呢。"

赵金锋疑惑不解："你们谈什么？"

王村长道："我们就谈劳务输出的事。"

陈正东连忙否认："他完全是胡说八道。"

赵金锋几个人愣愣地看看陈正东，又看看王村长，在想应该相信谁。他们不了解王村长，只是风闻他好来矿吃喝，过节时来拿纪念品。而这个陈正东是不能相信的，他失信于民的事太多了。大会上的反腐倡廉报告、关心群众的演讲，他说得多了，只是老鼠不听猫念经。他们冲王村长气愤地一拍桌子，大叫："好，你们谈吧，谈完了我们把位子让给你们。"走到门口转回身，"让给他们！"

陈正东一下子惊呆了，好一阵子才醒悟过来，一把抓住王村长领带，吼道:"你要对你的话负责!"当着他的面给县公安局靳局长打了电话,说王大庄村长王玉才组织村民闹事,并且煽动工人闹事。靳局长表示马上派人来处理。王村长从未见过他这般神态,心里有些恐慌,那些关于来接班的话是随口说的,带有故意惹陈正东生气的动机。哪里知道工人把岗位看得如此之重,那真是浩瀚大海里的一块救命木板呢。便拿出在社会上混的无赖嘴脸:"你陈正东原来是不是这样说的,有机会考虑安排村民。"看陈正东不作声,"工人要腾出位置,我提前来打个招呼有什么错?你心里有鬼。"

陈正东被他一通诡辩唬得一愣:"今天根本没谈这个事,你必须向职工说明真相。"

此时赵金锋几个人已经回到办公楼,众人七嘴八舌问为什么陈正东不来,赵金锋气愤地说:"你们猜他正和农民谈什么,谈咱们回家让他们来上岗。"这无异于往火堆里泼油,本已疲惫不堪的群众头顶响起惊雷,蹲着的坐着的纷纷跃起,举起拳头高声叫骂,几个女工嘤嘤哭出声来,几个娘们大骂矿上八辈子没做好事,积德积出这么个矿长。

有人绝望地手掌击打墙壁,发出"啪啪"脆响,待稍有安静,冯希泉虎起脸问道:"你说的是不是真的?"

赵金锋脸一板:"这还有假?一块去的人可作证明。"

冯希泉连连摇头没有作声。众人都看出他不赞成这样做,有人央求道:"冯书记,你可要管管这件事。""冯书记、何主席,你们原来也都是工人哪。原来都是相依为命的,现在咋弄成这样了?"刚收敛的哭声又起,手掌击墙的声音相伴,甚是悲壮。冯希泉朗声道:"是要开会商议一下。"

矿门口,县公安局靳局长带着治安民警来了,农民老远听到警笛声,有几分紧张。民警用脚蹬着拖拉机轮胎:"这是谁的?开走。"没有应声,民警环顾四周,"不开走我可要开走了,到那时不交足罚款是开不回去的。"这时,陈正东和王村长从保卫科出来,靳局长对王村长道:"二哥,先叫你的人把车开走。"王村长知道此行目的达到了,便对村民道:"回家转,暖壶,蒜瓣儿呢?"叫暖壶的小伙子回答:"蒜瓣儿洗澡去了。"王村长命令道:"你先给开到路边,"向陈正东啪地一抱拳,"后会有期。"陈正东哭笑不得,心里骂道:"啥玩意儿。"靳局长忙说道:"二哥,让他们走,你不走。"一指陈正东,"让他管饭。"

这时,陈正东正接冯希泉的电话:"这边还没有处理完,我回不去,这样吧,让他们到工会小院,选几个代表,其余人回去。"

冯希泉合上电话,对大家说道:"天快黑了,选几个代表谈事,其余人该回家的回家,该上班的上班,这样好不好?"见众人不作声,一指赵金锋:

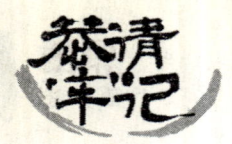

"你招呼一下选几个代表，咱们到工会去。"

工人推来让去，谁都不肯当代表。有人大声嚷道："要去大家一块去，都是代表。"冯希泉暗想此事不会有结果了。

事出有因。几年来，关于奖金、关于下井津贴、关于下岗分流、关于女工卫生费等问题，没少闹过纠纷。人们集中起来向领导反映，领导也是让他们选出代表来谈。事后他们发现，有的事谈是谈成了，可是谈判代表屡屡被穿小鞋，或被借故处理。例如下岗分流，谈完不少人上岗了，几个谈判代表都没有上岗。上岗的人却不管你的事了。谈判代表失去了大多数，自己便变成了极少数，变成了百分之几。所以当赵金锋在机电科动员工人上访时，工人们也是说要去都去。这次选不出代表，大家就都在办公楼静候着，希望以严整的阵势威慑领导或是感动领导。

冬天天黑得快，刚才还是乌蒙蒙的，眨眼间已是灯光满地了。机关人员上午就回家了，下午见上访的未走，便连办公室也未进。整座大楼只有走廊亮着灯，大家都累了，时间销蚀了他们的锐气。每层楼梯都坐满了人，他们抄着手，头夹在裆间，可怜兮兮的样子。有人坐累了，把硬纸摊开，睡下了。人们静静地企盼领导能在此时出现在他们中间，他们会把满腹委屈全部倾诉。这时谁在低声吟唱："团结就是力量，团结就是力量……"忽然许多人随着哼唱，歌声低沉有力。几个年龄大的竟唱起了"抬头望见北斗星，心中想念毛泽东……"歌声婉转凄凉，夹带着哭泣声。

冯希泉和矿领导心里酸酸的，不忍心听下去了，他们离开了办公楼，谁也没有拦阻他们。地上的残雪未化尽，他们不由得打了个寒噤。月光如水银泻地，抬头望见皓月当空，天轮上一盏红灯一明一灭，黑魆魆的矸石山像垂暮老者注视着矿山，注视着办公楼内发生的一切。何自知对冯希泉道："让食堂给他们送点热面条吧。"冯希泉道："你看着办吧。另外，你今晚不能离开，把工会空调都打开，敞开大门让他们去。"打电话给陈正东，他在接待靳局长、王村长和民警，话筒里传出轻歌曼舞声。陈正东低声道："你身边没有上访人吧，你来吧，靳局长等你一会儿了。"电话里又传出靳局长的喊叫声："三哥，三哥，你的老乡让我赶走了，你不生气吧，赶紧来喝几杯。"能听出他的舌头发硬。冯希泉说道："我的老乡不是你的老乡？得罪老乡看你死了往哪里埋？""革命公墓八宝山。你快来。""我正吃着呢。"冯希泉不待回话，便合上手机，深深叹了一口气。

上访事件虎头蛇尾，结束得有些滑稽。第二天机关人员上班时，只见硬纸满地，墙上留有窑衣的污渍，地板上留下块块痰迹，楼梯栏杆、门口棉帘上留下鼻涕痕迹。有人边清扫边骂："这个素质早就该结算回家。"陈正东问工人什么时候走的，何自知答道：

"大约清晨两点钟，先是有人冻得受不了，出去找水喝，接着又有人跟着出去喝水。后来'呼'地一下子都站起来，百十个人彼此不再相顾，逃命一般向门口涌去，像是谁跑得慢谁就遭到结算一样；楼梯口挤倒几个人。这就是眼下的群众，银样镴枪头嘛。"何自知读过几本古书。

陈正东嘿嘿笑道："群众还不就是这样吗。谁让他是群众呢？"

"这样的群众一盘散沙，发动起来难了。"

陈正东警觉地问道："你发动群众干什么？"

何自知自觉失言，解释道："我是说当年闹革命发动群众之难可想而知了。"

陈正东无言地放下了电话。

十三

会议通知下发了，七届二次职代会将于两天后召开，会议日程半天。

陈正东放下打给何自知的电话，便去找冯希泉，说："鉴于当前的生产和政治形势，职代会不能再拖了，要采取快刀斩乱麻的方式，审议改制方案和通过职工安置分流方案，上报后组织实施。"

冯希泉关上门道："我看可以，但是有一点要明确，3000多万股权如何设置？这件事一直未议，咱俩先叽咕叽咕大体方案。"

陈正东坐下来，笑道："我也正想和你谈这个问题。你往上跑了，跑几次，找的谁我都清楚，领导大体给你怎么许的愿，我也知道。领导也面临改制后安定的问题嘛。名为3500万，实际上有500万是虚的；我看领导班子60%，1800万，中层骨干1200万。"

"那500万怎么回事，缩水了？"其实，冯希泉是明知故问。他知道这500万的去向。

陈正东笑道："你知我知，不说行不？"

冯希泉："不说可以，有人问时咱俩要统一口径做好解释工作。"

陈正东不当一回事的口气："不会有人站起来问的。"

"撒谎也要有个准备，就说是评估机构的计算失误。还要明确这1800万如何分配。"

陈正东瞪着冯希泉："副职每人100万，去掉500万，就只有1300了。"他迟疑地盯牢冯希泉，冯希泉鼓励他说下去："你大胆说。"陈正东继续说，"行政是生产安全第一责任者，你看出了问题都是处理行政负责人，行政负责

人理应持大股,我900你……"

冯希泉打断他的话:"不行,你可以比我多一点,我600你700。"

陈正东坚持道:"你说的也不行,我900你400。其实有些事我也不去追究了,例如星光大酒店……"

冯希泉并不理睬他的话,自顾解释道:"我不是要那几个钱,差距过大对思想政治工作不利,也是对这项工作的不尊重。我不是为个人争,而是为这项工作争。我不会放弃这条原则的。你挣大钱的日子长着呢。这样吧,你如果以后认为我这个老大哥工作配合不力就说一声,我好早有准备,我可以走人,但是600万股权不转让,像你送出去的500万干股一样持着。这要在方案中写明。还有入股的方式,是以贷款方式,即使按1/3配股价我也拿不出这么多现金,你能拿出来但是你可能不愿拿。"

陈正东苦笑道:"我也拿不出来。"

紧接着两人就以下方面达成一致意见:职代会的筹备会、主席团会当日上午开;评议干部和干部收入议程不进行了;通过方案和决议的方式为鼓掌通过。两人都发现,自两人搭班子以来,对方从未像这次这么好说话。两人都笑了,说起了轻松话,冯希泉说:"你早就这么盘算好了,你如愿以偿了。"陈正东说:"你原来准备的是另一套方案吧。"冯希泉嘿嘿笑了。

紧接着召开党委会,何自知一听就傻眼了。

何自知知道,实际上改制方案和职工安置分流方案在工人心目中是绝对不相等的。职代会在处理这两个方案上也有所不同。对改制方案只提到审议,而职工安置分流方案需要讨论通过,上级考虑到了职工利益。这就是说职工安置方案获得通过,职代会就圆满完成了任务,改制就可以进行到下一步程序。反之亦然。而国有资产是否流失,取决于安置方案是否被通过。对通过的方式进行修改,可谓一个高招,连职工代表举手的权利也不给,鼓掌通过可以作多种解释呀。职工代表的作用越来越被轻视,两年来就免去了干部评议和干部收入公示的议程,有谁提出过疑义?陈正东有次喝醉酒失口说:"职工代表是骡子的……"他从来都把职代会当做形式走过场的。国有资产就要合法进入个人腰包了,何自知心有不甘。

"怕准备不出来。"他想推迟会议,然后再想其他办法。

"有什么难的,你说说看。"陈正东说道。何自知看着冯希泉扳起手指头:"文件材料要印100多份,还……"

"会议不发材料。"陈正东打断他的话。

何自知一愣,仍看着冯希泉,"这文件政策性强,不发怎么审议?"

"听听就行。"陈正东答道。

何自知面朝陈正东:"会堂从夏天'三防'时堆放水泥黄沙还没清理……"

"不用这个会场了,我给镇政府说了,租他们的会场。"冯希泉打断他的话。

何自知十分沮丧,故意把身体往椅背上一靠:"工会可轻松了。"

冯希泉说道:"会标、茶水由镇政府提供,你们落实会场布置情况,下发会议通知,会议照相就行了。"

何自知不明白冯希泉今天是这个态度,是不是他们两人私下达成了某种协议了呢?果真如此的话,职代会达到维权的目的就难了。便说道:"我还是认为会议应该发材料,做不到人手一份,最起码一个代表组要有两份。"

冯希泉道:"那就每个代表组发一份,会后收回。"

陈正东补充道:"让改制办印吧。"

何自知道:"好,领导对工会关心呢。还有一件事,发通知的时候连会议补贴一块儿发下去吧,好让大家专心开会。"

陈正东称赞道:"这个做法好。"

何自知心中暗想,也只有这个办法了。他要在本次会议应到多少人、实到多少人、符合或不符合法定人数上做文章了。

上级文件规定,审议通过职工安置方案,要有三分之二以上的职工代表同意。何自知原来寄希望于工人通过上访等方式会奋起保护国有资产,他失望了,群众的注意力不在这上面。安置方案激怒了一部分人,但是,流产的上访事件定会成为矿山历史上的笑谈,他曾经憧憬愤怒的工人冲击职代会会场,闹得无法表决,进而变相地保护了国有资产。他已经彻底地失去了信心。他以前听说过某单位开职代会不足法定人数,会议只好延期的事。他准备一边发会议通知,一边劝阻代表参会。干这种事对他这个会议组织者来说甚为滑稽。近80位代表,最少要动员20几人罢会,时间太紧张了。他安慰自己,谋事在人成事在天了。

散会后,何自知小跑着回到办公室,立即召集全体人员开会,没待人员到齐就布置任务。小刘、老罗发会议通知和补贴,老曹准备签到簿和代表证,小许准备席卡和督促会场布置。小刘问:"有的领了钱不去开会怎么办?"何自知道:"随他便。你再征求矿办、改制办,报一下列席人员,工会的都写上。"列席人员也有会议补贴。匆匆安排完,便带着小许骑车来到镇政府,找到政府办主任说明来意,政府办主任说:"我正忙着,你们稍等半小时。"何自知央求道:"兄弟你抽点空吧,我有急事呢。"政府办主任只好陪他们到会场,会场内桌椅凌乱,一地水果、瓜子皮,能看出日前开过茶话会。何自知交代说后

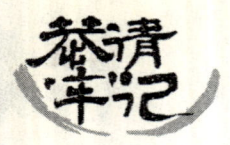

天上午准时开会,会标内容由小许提供,其余你们干,各项条件要达到会议要求。并嘱咐小许有急事才能打他手机。

何自知骑着车子还在想先去动员谁,谁最能响应他的罢会号召。大门保安大叫让他下车,他没有理睬。他感到难就难在代表多是中层干部,他们的结算年龄已经有所放宽。于是决定把靠近结算年龄两三年的人也扩大进来。

进了矿门他直奔膳食科去找赵伶。偌大的操作间空空荡荡,几个女工坐在一边聊天,一个女工正在做花卷,正是赵伶。她年龄已过四十,面临着结算回家,却只有她任劳任怨。他走到跟前她也未发觉。低声叫道:

"小赵。"

赵伶正一边工作一边想着结算回家的窝心事,她一愣,微笑着点点头算是回答。

何自知因为时间紧,所以长话短说:"对于结算回家你有什么想法?"

"有啥法,走就走呗。"

"想不走继续干吗?"

"你有办法?"赵伶惊喜道。

何自知压低声音:"只有一个办法,罢会的人多了,不到法定人数就无法开会,当然就无法通过那个方案,逼迫他们修改方案,你后天就不要开会了。"

"你们不找?"老实人老实地问。

"咋笨呢,你答应去,半路溜了,或是扯个谎。千万千万要保密。"

何自知匆匆离去,却迎面碰上陶萍。原来早有多嘴的女工告诉她说:"何主席来找你。"陶萍问:"他说来找我了?"女工反问道:"他来不找你还找谁呢?"看来他俩不一般的关系开始有了传闻。陶萍问他来干什么,他支吾着没有说出个所以然来便蹬车而去。忽然又跳下车问道:"薛科长在不在?"他的慌张样子让陶萍生疑,手一指:"在他办公室。"

何自知推门就进,见薛科长正把抽屉拉出多长翻找东西,便笑道:"看来真要结算回家了。"

薛科长连忙推上抽屉:"吓我一跳。"他比何自知还大一岁,按方案规定明年就要回家了。何自知不便直来直去,便开几句玩笑:"你是找小姐照片还是清理受贿存折?"接着问道:"你对结算年龄有什么看法?"

"结就结吧,早就不想干这个受气的官了。"

何自知这才知道找错了人。陶萍是副科长,但是在矿领导甚至在何自知眼中比他这个正科长重要,他早有意见,气得工作不愿干,哪知正中领导下怀,干脆就不找他。结算年龄一公布,他更认为是对着他来的。何自知心想已经来

112

了就问问吧："职代会后天就……"

"我根本就不去。"薛科长打断他的话。

何自知一阵惊喜，往实地敲敲："我派人来请你。"

"我明天就去市里。"

时间过得飞快，上午两个多小时找了6个人，5人表示罢会，一人犹豫地说："我先去领了补贴，就说岳母有病。"何自知让会议补贴提前发，为的是防这一手；他知道工人为了这区区100元钱，极有可能毁了他的大计。便说："补贴下午就发。"那人笑了："行了，我听你的。"中午他在食堂买了两个馒头一碗大锅菜，边吃边盯着门口。利用吃饭机会他又动员了两个人。一位不是目标的代表向他打招呼，这人离结算年龄差七八年呢，他放他过去了，忽然想到他妻子已到结算年龄了，应该把这类人也列为目标的。这样目标就宽裕多了。于是追上去，在路边，那人说："行，我领了补贴就说带老丈人去看病。"何自知笑了："你们这些家伙是表明孝心呢，还是咒岳父岳母死呢？"那人一吐舌头转身走了。

第二天下午何自知去检查会场布置情况，检查出几处缺陷，让他们改了。他暗笑自己明里把会场布置得无可挑剔，暗里却破坏会议，人的两面性哪。两天来他马不停蹄地动员罢会，已经动员了28人了，加上3个工伤和长期病假，如果这些人都罢会，会议就不到法定人数了。但是，他不敢保证其中有由于种种原因背弃承诺的人。为了留有余地，他决定再动员一两个人。这样他敲响了陶萍的家门。

门打开了，一股热气迎面扑来。陶萍身披棉睡衣，趿着棉拖鞋笑脸相迎。她在空调屋里只穿毛衣，胸前两只乳房甚是肥硕，像是在突突地跳动。她美丽的大眼睛射出疑惑的光。

"你从哪儿来，身上一股凉气。"

何自知还是在五六年前来过这里。那时她丈夫还没有在井下牺牲，两口子设家宴款待他。他搓着手又搓搓耳朵："孩子睡了？"

陶萍点点头，悄声问道："你还没吃饭吧？"何自知这才想起中午只喝了一碗稀饭，晚饭没有吃，便说："下碗挂面吧。"

何自知的名单里没有陶萍。一是她距结算还差十多年，痛痒不在身上；二是害怕影响她的进步，他不愿她受到可能的牵连。陶萍端来油炸花生米和在微波炉里加热的火腿肠，折身打开酒柜，柔声问道："喝红的喝白的？"又自问自答："红的吧，这有一瓶宁夏枸杞红。"两只大眼睛扑闪扑闪看着他，含情脉脉的。

何自知心旌摇曳，一时有些慌乱，说道："屋里真热。"

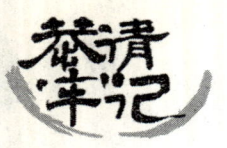

陶萍过来扯住他的棉袄袖口:"脱了吧,我也陪你喝几杯。几年了,你也没来过,这酒都等你四五年了。"

何自知稍稍定下神来:"忙哪,你也知道的。"

陶萍声音轻轻的:"都是借口,你的心不在这儿。"

屋里一阵沉默,挂钟有节奏地响着,甚是清脆。灯光柔柔的,蓬松的鸭绒被掀开一只角,双人床对面电视机正播放一部言情剧。他忽然听到有人啜泣,抬头看见陶萍已是泪流满面,她那双大眼睛里含着饱满的泪水,睫毛一扑闪便滚落两串晶莹的泪珠。何自知从未遇见过这种事,完全没了主张。愣了一会儿,去卫生间拿来毛巾递给她。她不接,何自知便一只手托着她滚烫的脸,一边替她擦拭滚烫的泪。突然,陶萍抓住他的手,缓缓地站了起来,站在何自知面前,忘情地注视着他,她呼吸急促,胸脯起伏。何自知心乱如麻,注视着她娇好的面容,她皮肤如此细腻,柔嫩,有弹性,富有朝气,真像红苹果,有吞下去的欲望。这样对视着,他一下把她揽在怀里,陶萍抱住他宽宽的胸膛,身躯蠕动着,脸颊在他粗糙的脸上摩擦着。这是两人的第一次,都觉得十分美好。

"自知别走。"

何自知犹豫着,侧耳谛听,似乎听到门外有轻微的响动,是门外有人还是她女儿被惊动了?他心中只有一个念头:今晚不能出事。说道:"明天吧。"

"不嘛。"

"明天一定。"

何自知不敢在此再停留片刻,轻轻掰开她的手,穿上棉袄,仓皇逃向春寒料峭的夜色。

十四

何自知做了一夜乱七八糟的梦,早上起床仍觉得头脑昏昏沉沉。他依稀记得抱住陶萍赤裸的身体,温柔乡中甚是甜蜜。梦境是在略带凉意的秋雨中,他和陶萍从雨中跑来,钻入旷野中高粱秸搭起的人字形棚下,陶萍脱去淋湿的小褂,他看见她洁白的身体和饱满的乳房,积聚长久的力量爆发了。忽然一阵狂风把高粱棚刮倒了,两人仓皇逃命。他醒来却记起这是他和妻子鹿云凤的一段浪漫经历。黑夜中他为自己昨晚的胆怯而懊悔,老鼠般的举动定会伤所有女人的心。好容易睡着了,他又梦见了职代会。人坐了满满一会场,甚至连窗台上都站着人。台上在唱一出古装戏。忽然又开会,陈正东在作报告,台下又是按表决器又是鼓掌,真可谓雷鸣般的掌声,以至于把他惊醒。醒来看是刮起了大风。这不是个好兆头,他这样想。恍惚记起听说梦有反正,只是记不清上半夜为反还是下半夜为反,也不知上半夜和下半夜的分界线是几点。此时已是五点十分,他不敢睡了,他要好好想想开会细节。

鼓掌通过真是一种可以任意解释的表决方式,此计甚妙。自己成功的关键与否在于到会人员的多少,不排除有人对他阳奉阴违,现在谁不拣好听话说呢?可以相信,只要到会人数够了,方案就通过了,这是没有办法的事。唯有一点,自己不要被出卖就谢天谢地了。

妻子鹿云凤已经起床做饭,传来岳父的咳嗽声。他洗漱完毕就吃饭,想着今天是不平凡的一天啊。他走出门,一阵狂风袭来,他被呛得身子一抖,感觉到心里有些不踏实。一种不祥的感觉袭上心头,折回身,向妻子招招手。

"让爹上午就走吧,记住,上午。"

"你……那炭还没买呢。"

"过几天我批完给他送去。"说完深情地看看妻子,折过身向会场走去。

会场笼罩在一片神秘的气氛中。往日在矿上开会,矿内大街要有几幅过街标语,会堂门头要挂大红灯笼,门厅处有十面彩旗装点气氛。这几年时兴气球和充气彩门,去年矿山也搞了。会前时刻播放着《步步高》、《喜洋洋》之类的喜庆乐曲。何自知很重视分内事。有人私下说职代会隆重热烈地走形式。本届职代会在镇政府办公楼一角的中型会议室召开,进镇政府要验证,矿保卫科派人协助验证。进了政府大院,只见几位工会工作人员站在拐弯处充作路标,真像进了迷宫一般。会场外无任何标志,会场内只有毡绒背景上粘着"石井煤矿七届二次职工代表大会"的会标。

何自知最早来到会场,他的位子在主席台前排左侧边上。他把皮包放在位子上,过去打开墙角的柜式空调,便巡视会场,看有无遗漏处。看着简陋的会场,想着简单的议程,他问自己,这真是最后一次职代会?看样子像呢,真的有些日薄西山气息奄奄寿终正寝的样子了。这时又想到,当初他是从推迟会期的目的提出会场需要清理的,没想到正像人家一伙的了。自己就是不提,他们也打算在这儿开呢,陈正东不当回事,冯希泉肯定想到了,他向来是谨慎的。

开始有人走进会场了。他们进来就埋怨:"何主席,怎么想起在这儿开会,进门像审贼似的。"

何自知说道:"咱矿会堂有水泥、沙子。"

另一个人问:"没有什么其他意思吧?"

"能有什么意思?"何自知笑着反问。

"反正你们心里不踏实,把工人群众都当成什么了?工人早就寒心了,还干冲击会场的事?你们不当一回事,群众早当嬉里意了。"

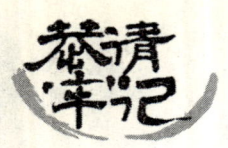

代表先是零零散散地来,后来三三两两地来,不多会儿来了三十多人,他忽然看见昨天他通知的一个人也来了,那人看见他便躲到别人身后去了。这是一个不好的开头,于是他的心一紧。幸好多通知了两个人。好在来了四十多人只发现一个背信弃义者。矿领导都来了,他便回到座位上,看到会场稀稀落落的与会者,心中涌上来从未体会到的快感。

开会时间就要到了,会场内还是这么多的人,他的阴谋几乎就要成功了。对面墙壁上挂钟的分针在缓慢地走着,已经到了开会时间了,已经过了开会时间了。突然,他的心脏一抖,猛然意识到自己犯了一个致命的错误:这儿不是世界体育比赛的赛场,误时作弃权处理;这个会议的主动权在领导们手里。你按游戏规则进攻,他们可以不按游戏规则应对。他们既然能够改变议程,如果不到法定人数,他们完全可以把今天的会说是预备会或是采取其他补救办法的。他正这样想着,却没有想到可怕的事情发生了。

"老何你过来。"冯希泉向他一招手。何自知走过去,"会议通知都送到了?"何自知道:"没落一家,有记录。""为什么来人这么少?"冯希泉脸色十分难看。何自知看着会场:"是不是没有找到会场,或是有事来不了?"冯希泉打断他的话:"行了,你回去吧。"似乎藏着一句话没有说出口:"这是你在捣鬼。"他又是一招手,脸色阴沉的陈正东走过去,两人商量了一下,又和几位矿领导说了什么,冯希泉传达了会议紧急通知:

"各代表组组长注意,立即通知你组未到人员,到会代表中的结算年龄作如下变动,原是副科的按正科待遇,一般人员推迟三年。立即通知。"

何自知一下子被击蒙了,他万未料到他们会出此阴招。真是找准了工人的软肋,给予他致命的一击。他知道只要通知到具体人,他们是抵挡不住这个诱惑的,任何其他利益在这个面前也会黯然失色的。他也知道自己将面临着什么。果然,悲壮的一幕出现了。不一会儿,几个人大汗淋漓地冲进了会场,有的手里拿着帽子,有的胳膊携着棉袄,有的一瘸一拐,进门就坐下了,有一人甚至拿着钓鱼竿跑进来的,进门就喊:"我再出去锁车!"何自知双眼迷离神情恍惚起来,心里想着,口中不由得念叨出声:"又来了一个,嘿嘿,又来了一个……"

会议已经到了法定人数,陈正东急令关上会场大门。何自知马上明白了他的意图,还有二十多人未来到啊,不由得声嘶力竭地大喊一声:

"关不得呀!"

陈正东大喝道:"关上!会议已到法定人数,现在开会!"

会议进入了正常程序,何自知脑子里一片空白,心脏一阵阵抽搐,会议内容一句也未入耳。他凝神谛听着,努力从嘈杂声中分辨着,他仿佛听到有人喊门，不顾一切地冲下主席台，跑过会场，把大门打开，眼前是迷蒙的人影，他已经分辨不出来人的面孔了，喃喃道："你们来了，来了好啊。"迟到的代表向他投去疑惑的目光。

他不知道的是还有16个人没有到会，其中有机电科工会主席赵金锋、膳食科女工赵伶、秦师傅大儿子玉柱、病魔缠身的好友张大库……这么多的人未通知到，他将无颜面对他们，他将面临灾难性的后果。

十五

可怜人儿何自知，头重脚轻地回到办公室，对已经过去的一切，醉酒一般迷迷糊糊。事先设想了几种结果，竟完全没有把这种结果考虑进去，真可谓智者千虑必有一失了。他换了几把钥匙才把门打开，门也没关，任凭狂风吹入。他端坐在办公桌后，目光前射，木雕泥塑一般。恍惚看见有人在门口一闪，不见了，接着出现几个人影，门被外面的人关上了，室内霎时一片漆黑。他陷入极端的痛苦之中。几十年忍气吞声地干工作，从未大胆地发表过自己的意见，只有这一次实在看不下去了，才由着性子，干了一次自己想干的事，竟出现如此后果。撤职是可以预料到的，因罢会而失去延期结算机会的人，他是无法交代的。人们如此看重这只饭碗，领导没有给砸掉，你却给敲掉了，他们的愤怒也是可以预料到的。明天，就在明天，他将迎来这个可怕的局面。他仿佛看见他们目眦欲裂振臂呐喊的样子，仿佛听见他们在大骂："你是对我们好吗，你是在害我们！"

天黑下来了，外面的脚步声稀少了。他明白自己应该干什么了。拉亮电灯，找出一张纸，想着还有什么后事需要交代。他一生清白光明磊落，一切都是透明的，无可交代了。儿子性子太犟，这是他所担忧的，劝他改改？人之将死，其言也善呀。想落笔写字，突然把纸撕得粉碎，抛向空中。昨晚的一幕倏忽浮上脑海，喃喃道："萍萍，我的好萍萍，你自知哥对不起你了。"他产生了再听听她那摄人心魄的磁性嗓音的欲望，这是他告别这个世界的最后享受。手机打通了却未接听。他不知道此刻她正和冯希泉、陈正东在光明酒楼庆祝职代会胜利闭幕。悠扬的乐曲遮盖了微弱的电话铃声。他环顾办公室，工作了二十几年的场所竟有些陌生。他突然看见书柜上面崭新的窑衣，仿佛看见秦师傅身着窑衣，微笑着，像迎接他入矿一样在迎接他……

第二天一早，罢会的职代会代表，竟结伴来到工会，他们带着满腔怒火，要何自知承担责任。

一小时后，工会小刘接到矿办电话，要何自知到党委听取关于他停职检查

的决定。

又过了一小时,冯希泉送陶萍来到工会,她接替了何自知的工作,任工会主席。

下午,何自知失踪的消息传遍了矿山。鹿云凤找遍亲戚朋友及他可能会去的地方,均无结果,依据他宁折不弯的刚性,已知大事不好。只有鹿云凤知道他还没有修炼到家。

第三天中午,一位在矿西塌陷区放鸭子的农民,发现了一具尸体,慌张地报警。派出所派人把尸体打捞上来,便有人认出了这是何自知,只见他身穿崭新的窑衣。通知矿上来人,便离开了现场。得知他的死讯,矿山人议论纷纷。

许多工人说:"好好的工会主席干着是了,比我们强多了,偏要戳马蜂窝。"

罢会人说:"他临死害我们一家伙,老天有眼。"

冯希泉说:"这人好糊涂,当了工会主席就以为工会是他的了,职工代表就听他的了?"

陈正东说:"能屈能伸,算条汉子,尽管是条窝囊汉子。告别仪式我去。找找陶萍,去他家烧纸。嗯,就不送花圈了。"

陶萍取代了何自知,代表矿领导去他家吊唁。面对何自知遗像,凝视良久,深深地三鞠躬。回到家伏在床上,痛哭失声。

2002年5月,石井矿成功改制,现领导班子成员分别担任不同职务。

2003年,原煤生产同比增长37%。

2004年,原煤生产同比增长51%。

2005年2月28日,凌晨1时24分,也就是距七届二次职代会召开3周年纪念日差3天,105工作面发生特大瓦斯爆炸事故,47名矿工遇难。董事长陈正东逃至境外,公安部门发出了通缉令。

关上你的裤门儿 冯 伟

贺长天是岳洋市新上任的书记，到任那天正是大年三十。他在上厕所的时候接了一个电话，就忘了关裤门儿。这一天，他见了很多人，参加了很多活动，从市长到电视台的女记者，人人都看见他的裤门儿没有关，却没有一个人提醒他，为什么呢？

关上你的裤门儿

冯 伟

贺长天从家里出来的时候太阳已经升得老高了，这时的太阳并不是很亮，也不耀眼，看上去黄乖乖的像个玉米面饼子，被什么人抛到了天上，那么无精打采有些像要掉下来。他望了眼寂静而宽阔的街道，皱了下眉，腊月二十八夜里落的那场雪还没有融化，就已经被昨天的那场寒流给凝住了，形成了冰雪路面。那路面看上去很白，很滑，很亮，每个走路的人都步伐谨慎，蹑足潜踪，脚不离地，一滑一滑的，像抹了油。贺长天不敢远眺，目光牢牢地抓住路面，小心翼翼地走着。他想，在这里，这样的冰雪路面没个十天半月很难融化，北方嘛。

正是大年三十，一家家年的气氛正浓，只要你出来提鼻闻了，就可以嗅出滞留在空气中鞭炮的味道和每家的酒香。路的两侧，一家家门前挂着红灯笼，贴着红对子，看上去就是喜庆、红火、令人心热、觉着活得有意思。贺长天走在路上，看着，想着，心里很美，本来嘛，作为一个市的市委书记图什么，不就是图一家家的幸福和一方的安康吗？

贺长天今天穿得很体面，一套崭新的墨蓝色西装，白色衬衫，系着一条玫瑰红色领带，脚下的皮鞋也是锃明瓦亮，搭眼看去，不像是领导，倒有点儿像是新郎，只有披着的那件绿色军大衣和梳着的大背头，以及那不凡的气质，才能看出他不是一个普通人。

贺长天是个领导，是岳洋市新到任的市委书记，今天也正是他第一次抛头露面和市委市政府的机关干部们相见，他将要用良好的形象、得体的谈吐、和悦的表情面对全市72万人民，给全市人民拜年。

贺长天今年47岁，人长得很帅气，大个儿，方脸，背头，如果不笑，看上去就是一种威严，就是一种气概，说多大的官儿就是多大的官儿。很是有风度。贺长天一个最大的特点就是洁净，要形象，每天都将头发梳理得极规矩，极亮滑，穿戴也体面，足不染污，身无浮尘，看上去透着一种干练和洒脱。

由于路太滑，贺长天今天没有坐车，他住的公寓离机关并不很远，徒步十几分钟也就到了。

岳洋是个山城，县级市，不是很大，市委市政府的楼也不高，三层。那褐色的楼身，在白皑皑的冰雪中，像个永远也不怕冻的壮汉，敦敦实实地立在那里，打远看去壁垒森严，很是有一种安全感。

贺长天进了办公室，热气一下子扑了上来，脸就有些发涨。屋里很暖，窗台上两盆米兰盆景，带着温馨开得正旺。他呷了一口秘书给泡的热茶，又随意翻了一下文件，市长苗大水就走了进来，说：“贺书记，今天是您第一次同全市人民见面，有什么感想啊？”口气中透着老大哥的关怀。

贺长天站起来笑了笑，说：“激动，惭愧呀。我不像您苗市长，在这儿时

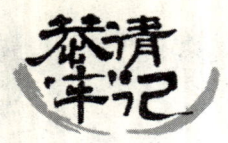

间长，基础好，我是初来乍到，恐怕不胜任呢。"

苗市长说："哪里哪里，您太客气了。你年轻有为，有前途啊。"

贺长天说："还得您苗市长支持我呀。在省里的时候就听人说，您苗市长的干群关系好，在这方面我还要多多向您学习。"

苗市长红着脸，说："学什么，相互支持吧。在一起干工作是一种缘分，不容易呀。"说着看了眼表："时间不早了，咱们下楼吧。"两个人就走出办公室。贺长天在下楼的时候去了趟卫生间。

岳洋市委市政府的卫生间也是有级别的，书记市长和副书记副市长有一个专用的卫生间，也就是说在这里蹲着和站着的人都是副处级以上，其他不够级别的人不可能进来，机关的人很在意这些。于是，这个卫生间就有了形象，有了品位，成为一种官职和成就的象征。无形之中，这个在所有人的眼里并不是很洁净的地方，反倒显得高雅，让人仰慕了。

贺长天进来的时候卫生间里没有人，这样很好，他不习惯在他方便的时候卫生间里有人，只要一有人他就有些便不下来，或者说不好意思便，具体地说有一种羞耻感。由于是小解，他很随意地拉开裤门儿，将家伙掏了出来。

尿有些黄，有些像啤酒的颜色，想必是上火了。这一段日子，贺长天真是有些心事。自从来到岳洋，每天都是走访、调查、喝酒、吃饭、找人谈话，忙个不亦乐乎。他知道，这一次班子的调动，是有目的的。一是省委领导想锻炼锻炼自己，镀镀金；再是要把岳洋的领导班子加强一下。岳洋还是存在一些问题的，也都是遗留下来的历史问题，亟待他这个新书记来解决。通过调查发现，最主要的是班子问题，不团结，互相扯皮，裙带关系严重，也就是说他是带着重任来的。他要好好干，干出点儿业绩，给领导们看看，给岳洋72万人民看看。这就需要有力度，有铁的手腕，需要加强党的领导。可最终一切的一切，就是人事问题，关系问题。一想到这些，他就头痛，就上火。

贺长天想着今天活动的几项工作：先是团拜，然后是和老干部见面，再就是电视台对他的采访。三个内容，电视台都需要录像，自然是有些紧张。想着，贺长天打了个尿禁。这时手机响了，尿还没尿完，他便匆忙去接电话，是省委田副书记打来的，为了表示对领导的尊重，又怕尿尿的声音让领导听见，贺长天立刻停止了方便，草草地提了裤子，去听电话。他先是给老书记拜了个年儿，然后问老书记有什么指示？老书记在电话里说，祝贺你新官上任，但要注意团结人，特别是苗市长，虽说他没竞争过你，仍然做他的市长，也不要小瞧人家，要理解，男人嘛，一定要宽宏大量。同时还说，要有开拓精神，在基层需要实干，父母官嘛，衣食住行都要考虑，要为本地人多着想，谋福利，群众是基础。不要一言堂，要群策群力，有事多和班子成员商量，争取大多数人

关上你的裤门儿

冯 伟

的意见。只有团结起来，才能干出大事业……

贺长天边听边点头边走出卫生间，匆忙之下，忘记了关裤门儿。

来到楼下，苗市长在等贺长天，见贺长天出来了，先上了车，透过车窗往外望，当贺长天走到近前的时候，苗市长说："坐我的车吧，看看我的车怎么样？"这时，他突然发现贺长天的裤门儿没关，于是，眼睛就一亮。

贺长天边上车边说："好，享受享受，还没坐过这么好的车呢。"苗市长说："贺书记谦虚啊，在省委能没坐过这种车吗？"贺长天说："省里是按级别配车，不敢乱坐，我一个副处，在省里不算什么官儿。不像在底下，呼风唤雨，天老大，你就是老二。"苗市长叹气，说："是啊，各有各的难处。我坐这样的车，还天天有人告呢。不就是个奔驰嘛。"贺书记不再说话，心说，奔驰怎么了，是你这个级别该坐的吗？工人开不出工资，你屁股底下坐一百多万，人家能不告你吗？这时苗市长也不再说话了，他透过后视镜，看贺长天映在镜子里的半个脸，想起了一个月前的事儿。

那时他被叫到省里，研究岳洋市委班子的组成问题，当他和贺长天一同站在省委副书记面前的时候，贺长天明显比他高出一头，而且穿戴整齐，人又年轻，看上去就是英俊、洒脱。他苗大水立刻想到了自己的不足和缺陷，心里就有一种委屈，不自在。特别是在老书记和他们谈话的时候，老书记也总是瞅着贺长天，那目光是一种关心爱护，充满着希望与期待，却很少看他一眼，他就很不舒服，那感觉，就像一个无知的乡下人站在城里人面前一样，那么不般配，那么矮小，那么不值一提。

车驶出市府大院儿，直接向南开去。市政府离电视台二十几分钟的路程，一路上两个人谈笑风生。苗市长非常热情地向贺长天介绍了市政、环保和市内的基本建设情况，直到下车，也没提贺长天裤门儿的事儿。

团拜会的会场设在电视台的演播大厅。演播厅既大，又明亮，装饰得也堂皇，特别是今天布置得更是醒目多彩。过年了。会场的气氛很浓，参加团拜的人热热闹闹地坐在里面，笑逐颜开。有音乐从两侧的音箱里传来，欢歌笑语，喜气洋洋，人们在等书记和市长的到来。

早有人等在电视台的门前。电视台的台长和书记以及一些中层干部，待贺长天和苗市长下了车，台长们就纷纷伸手来握，像从不认识，更像是好久没有相逢，一副很亲切很想念的样子，边握手还边说着过年的吉祥话儿，"过年好，过年好"，"新年快乐，新年快乐"。握完手，就往里面走。这时贺长天的身前身后就已经有摄像机在摄像了。贺长天在刚下车的时候，由于动作的幅度过大，裤门儿开得也就更大了，那掖在腰间的白衬衫的一角，很是不知好歹地

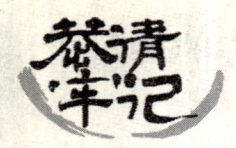

露了出来，那衣角很显眼，像被什么顶着似的挤在裤门中间，白白的，招摇得很。第一个跟贺长天握手的是电视台的温台长，当他的手伸出来跟贺长天握的一瞬，他就看到了贺长天的裤门儿，他先是一愣，随即把目光从贺长天的裆部滑到他的脸上，手就贴到了一起，嘴上说："贺书记过年好，欢迎贺书记检查我们的工作。"心里却想，我的"大爷"，尿尿到电视台来了，赶紧把裤门儿关上，给你录像呢。心里想着，嘴上不说，然后去瞅苗市长，跟苗市长握手。接下来和贺长天握手的是电视台的关书记，关书记的年龄比较大，和苗市长是亲家，当他看到贺长天裤门儿的时候，他的第一反应就是瞅苗市长，这时他的目光正和苗市长相碰，他发现苗市长的目光很含蓄，带着笑，且有一种锐利隐在里面，就没敢多说什么，心想，这个贺长天，今天要现眼，就和温台长一样跟贺长天亲切握手，拜年，装作什么都没看见。就这样，亲亲热热，寒寒暄暄，一行人向楼里走去。一路上贺长天和苗市长走在前面，其他人跟在身后左右，摄像也跟着录个不停。这时摄像的小吴也发现贺长天的裤门儿开了，他停止了录像，来到温台长的身边，示意了一下。温台长瞪了他一眼，意思说：就你看见了？就你长眼？难道我没看见吗？还是市长没看见？他们不说，咱怎么说，说了书记尴尬怎么办？大伙不笑话吗？你小子是不是不想干了？……小吴也就很知趣儿地走开了。

　　来到了演播厅，机关的全体干部及团拜的演员们全体起立，随着伴奏的进行曲，鼓掌欢迎市领导的到来。贺长天走在前面很是自豪，很是振奋，很是有一种成就感。心说：有这样一支干部队伍和宣传媒体，全市的宣传工作和舆论导向大有希望。正在贺长天做着美好遐想，大踏步走向舞台的时候，那开着的裤门儿露出白衬衫的一角儿，像一只急待飞出的鸽子探头探脑，左右摆动着，很是抢眼。有些人看见了，觉着很好笑，掌声也就更是热烈。

　　由于是团拜，领导讲话的时间很短，没有必要设什么讲台，他们就在演播厅的舞台上高高地立了个麦克，供领导们讲话用。这样书记、市长、副书记、副市长包括人大政协的主要领导十几个人，衣冠楚楚地在舞台上站了一大排，开始了团拜。

　　今天是特殊日子，特殊情况，市长苗大水亲自主持团拜会，贺书记讲话，致了贺词。在贺长天讲话的时候，所有台下的人都看见贺长天的裤门儿开了，可以说台下所有人的目光都盯到了他的那个部位。于是，就有人在偷偷地议论：

　　"这书记，怎么这么邋遢，裤门儿都不关。"

　　"就是，身边的人也不告诉一声，难看死了。"

　　"上电视了，72万人全能看到，鸡架开了，鸡要飞出来了。"

关上你的裤门儿

冯 伟

"你看苗市长，虽说个子矮一点儿，显得朴实。哪像他，还市委书记呢，油头粉面的，一定又是门子货……"

贺长天的话讲完了，众人鼓掌，掌声带着一种嘲笑般的热烈。接下来就是演节目，搞联欢。

演节目之前，苗市长和电视台的温台长嘀咕了几句什么，然后同贺长天紧挨着坐下一起观看。

节目是本市的一些文艺爱好者演的，歌舞小品独奏京剧什么都有，虽说品位不那么高，倒也热闹，台下的观众不时地爆起热烈的掌声和喝彩声。就在节目演到一半儿的时候，节目主持人穿着艳红色旗袍走上台，报幕说："下面请岳洋市新到任的市委书记贺长天贺书记为我们表演，大家热烈欢迎。"紧接着台下就是一片掌声。贺长天听了就有些发蒙，这是他万万没有想到的。他瞅了眼苗市长，感到很为难。苗市长含着笑，厚道地、很是有礼节地做了个请的动作。本以为苗市长能救他一把，不承想苗市长还推波助澜。贺长天为难了，他不喜欢文艺，可又无法拒绝，过年嘛，就是高兴，就是乐。让新来的书记表演一个小节目也很正常，既友好，又亲切。虽说演个小节目不算什么大事儿，也能看出你是不是很随和，是不是愿意同底下的人打成一片，也是在检查你的综合素质，是不是只知当官儿，别的什么都不会。掌声又一次响起，苗市长和其他的一些领导也在一旁给予掌声和鼓励，并推让着贺长天演节目。贺长天无奈，也就上了台，这时他的裤门儿由于拉拉扯扯推推让让开得更大了，整个白衬衣的一角也就更强烈地展现出来。

贺长天走到台上，掌声又一次爆起，随后就有哈哈的笑声和议论声。

舞台上的灯光很亮，在台上看台下一片漆黑，贺长天站在那里，稳了稳神儿，就说："谢谢各位对我的鼓励，过年了，大家高兴，我实在是不擅长演什么节目，就给各位唱一段现代京剧，《智取威虎山》选段《共产党员》。"听罢，台下以苗市长为首又鼓起了掌。

贺长天是清唱，没有伴奏，这一点大伙都明白，没有伴奏唱京剧是很难听的。可笑的是贺长天唱的时候，并没有老实实地站在那里，他还加了些动作，原本杨子荣唱的是老生，又是表演一个英雄，一个共产党员的形象，不仅声音要洪亮，而且动作要大方，利索，坚定，可被贺长天这么一弄就难看了。由于他的个子高，动作大，裤门儿也跟着开大了，特别是在他唱到"革命的智慧能胜天"的时候，他来了一个很夸张的亮相动作，他叉开了两条腿，做了个弓步，一只手放在胸前，一只手举到头顶，一副共产党员什么都不怕，顶天立地的样子。就是这个动作使他的整个裤门儿全裂开了，像一张怪物的嘴，那么狰狞，贺长天还没有唱完，掌声就又一次潮水般响了起来。

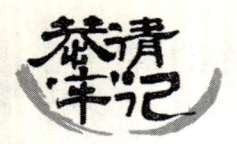

50分钟的联欢很快就结束了，末了全体团拜人员还合了影，留了念，贺长天自然又一次上了舞台。

联欢结束了，贺长天和苗市长分了手，苗市长去企业去部队给工人和官兵们拜年。贺长天带着两个副书记直奔老干部局，给老干部拜年，还有电视台的记者和摄像也跟着来了。

可能是唱戏唱累了，或者是团拜会的气氛还没有过去，贺长天始终处在亢奋之中。上车后不说话，脸是红的，眼睛也亮，精神倍增，一切思维还在会场上。两个副书记坐在后面有话无话地紧捧：

"贺书记的京戏唱得真好。好多年没听到这种段子了。"

"就是，跟专业没什么两样。我就喜欢这段戏，有气魄，鼓舞人，听一次激动一次。"

贺长天知道两个书记是在捧自己，也没法说什么，说自己唱得好，不谦虚，说唱得不好，又不认可，在两难的时候不言语是最好的办法。于是就装着什么也没听见，往窗外看，心说，你们就捧吧。两个副书记捧了一通，见贺长天不说话，也觉着没什么意思，无聊，也很尴尬，也就不再捧了。于是，心照不宣，都在想贺长天裤门儿的事儿。

原本曹副书记想在开完团拜会招呼贺长天一起去卫生间，那样他就能发现自己的裤门儿出问题了，也免得尴尬。可由于赵副书记始终跟在身边，曹副书记就没有机会献这个殷勤，他怕赵副书记说他巴结新来的领导，将来传到苗市长的耳朵里就不好办了。于是，也就没有去卫生间。赵副书记却不同，他并不像曹副书记想得那么简单。他是常务副书记，他想的是，如果这次贺长天不到岳洋来当书记，苗大水是市委书记，那个市长的位置就是他的了。因为在岳洋这个班子当中，他的资历、学历、能力都在其他人之上，如果正常提拔，非他莫属。只是正在他日思夜想的时候，做梦也没想到会从上面派下来一个，来了一个"外鬼"，也就打消了他的整个计划。他很是沮丧。他的年龄已经不小了，他再没有那么多的时间排队竞争了，自然从心里就有些怨恨这个贺长天。今天的一切他都看在眼里，觉着很有意思，特别是苗市长的所为，很是让他大吃一惊。

老干部局坐落在岳洋龙泉山的龙泉山庄，可以说这里是山色秀美，景致宜人，由于是冬天，又刚刚下了雪，整个山庄一片素白。贺长天下了车，看了眼北国的风光，蓦地想起毛主席的那首词："……山舞银蛇，原驰蜡象……"

贺长天来了，新任的市委书记给拜年来了，谁都想见见，特别是这些老干部老革命，对下一代是很关心的，他们想的是红色的政权放在他们手里的可靠性和安全问题。

关上你的裤门儿

冯 伟

贺长天下了车，老干部局的局长带领一群老干部出来迎接，贺长天很感动，这些白发苍苍的老人，都已经是年过花甲了，他们不畏严寒，丢开温暖的家，来这里见他这个新来的年轻市委书记，他真是有些承受不起。

老干部局的局长是个女的，叫陆秀芳，是苗市长的老婆，年龄自然比贺长天大，贺长天既叫陆局长又叫陆大嫂。当陆秀芳跟贺长天握手的时候，用眼的余光扫了下贺长天的裤门儿，心想，还没到喝酒的时候就醉了？干吗裤门儿不关？这是老干部局，不是歌舞厅，想怎么样就怎么样，还市委书记呢，这么不注意形象。嘴上却说："欢迎贺书记。难怪人家都说贺书记一表人才，果不其然，干净利索，真是个美男子啊。"贺长天说："大嫂，您可不能这么说，苗市长听了会吃醋的。"陆秀芳说："他可不能吃醋，我比他还大三岁呢。要吃醋，应该是我吃醋，他天天在外面跑。"说笑间，把贺长天让了进去。

屋子里并不暖，收拾得却很干净，披红挂绿，有些过年的喜庆。这是个大会议室，中间一个很大的圆形会议桌，围坐着二十几位年纪不等、性别不同的老干部，桌面上摆放着鲜花儿、水果和一杯杯热茶。贺长天看了心里也就产生一股热，有一种到了家，见到父母的感觉。

陆秀芳先是向各位老干部介绍了贺长天，说贺书记是省委派来的，既年轻又帅气又有胆识，是不可多得的好干部、实干家。又说，贺书记上面有很多关系，将来对他们这些老干部一定会多多关照。有的无的，给贺长天戴了一通高帽儿，可心里还是想着，要不是你姓贺的来，我家的老公就是这个市的一把手书记了。于是，她又偷偷地向贺长天那开着的裤门儿瞄了一眼。

陆秀芳介绍完了，然后是贺长天站在那里讲了几句拜年的话，最后又给老人们深深地鞠了一躬。这时，老人们那昏花的眼睛已经看到了贺书记那敞着的裤门儿。这些老干部大多是从战场上下来的，他们很少考虑人的长相和穿戴，在他们的思维中，只有你干好工作，为人民为社会多作贡献，就是你穿戴再怎么邋遢也无所谓。年轻人嘛，出出洋相，受受挫折，锻炼锻炼就好了，战争年代，屁股都在外面露着，不一样革命，打天下吗？再说不就是个裤门儿嘛，关不关的，他们还经常忘呢。也有一些老干部是从机关的领导岗位上退下来的，本来对年轻人就有成见，一见贺长天这个样子，难免心里不舒服，年轻人就是不成熟，连自己都管理不好，怎么能管理好这么多的干部和这么大的一个市？让这些老年人怎么放心？他们想着，琢磨着，心目中就有些瞧不起这个贺长天了。于是，在贺长天讲完了话，征求他们意见的时候，老人们并没有给贺长天留面子，他们毫不犹豫地提出了很多要求：什么住房问题，退休金问题，医疗保险问题，还有修建老干部活动中心的问题。更有甚者说，你是外地来的，可不能光搞政绩，不干实事儿，过几年就走了，老百姓可抗不了这么折腾。有的

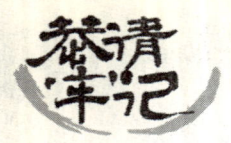

还把前任书记的一些劣迹也都搬了上来。该说的，不该说的，说了一大堆，搞得贺长天面色紫红，很是无奈，只好干点头，语无伦次地说："放心，放心，办实事儿，一定办实事儿，这些既是现实问题，也是切身利益问题。"等等。

座谈完了，接下来就是记者采访。

贺长天第一次和全市人民见面，这次采访是很重要的，无论是形象，言辞都不敢马马虎虎，随随便便，也就是说，这次采访对他非同小可。

采访贺长天的记者是个女的，年纪不大，二十三四岁的样子，长得很俏丽。采访需要有环境和背景，他们就来到了老干部局大门前，背景是老干部局的牌子，贺长天站在牌子的旁边，面对着摄像机，接受采访。这时摄像和女记者也早已看到了贺长天开着的裤门儿。他们偷偷地商量了一下，可还是谁也不敢跟贺长天说这句话。摄像的说："我不管，我就负责摄像，他那么大的官儿，新来的，又不熟，我怎么好说。再说，都转一天了，话也讲了，戏也唱了，相也照了，洋相也出了，现在说出来，他会怎么想？反正我不说。录不好，回去就作技术处理。"女记者说："那我更不能说，一个女孩子，怎么好指男人的裤门儿说话，人家说我下流怎么办？"想来想去，最终还是女记者想出一个好办法，让贺长天穿上军大衣，怕领导冷，用军大衣去遮挡那个开着的裤门儿。可贺长天要形象，穿大衣臃臃肿肿的像个什么，就硬说自己不冷，怎么也不穿。没办法，两个人只好给一些特写和近镜头了。

女记者问："贺书记，您是岳洋撤县设市十年来的第三任市委书记，请您谈谈对岳洋的看法？"

贺长天说："我觉着我到岳洋来是我的福分，我特别欣慰的是我们岳洋的这届领导班子，他们团结，奋进，素质高，有干劲儿；再就是我们的市民，都很遵纪守法，安居乐业，顾全大局。我相信用不了三年，我们岳洋市在市委市政府的正确领导下，在全市人民共同努力和支持下，一定能够提前进入小康……"

女记者又问："贺书记，您觉得一个地方的发展与进步，最根本的是什么？"

贺长天说："团结，团结就是力量。再就是敢于接受意见和批评，有开拓精神，只有团结和敢于承认错误，我们的党就能进步，就能壮大，就能发展，就能战无不胜，我们的人民才能过上好日子。"

采访进行了十几分钟，贺长天回答得也都很有党性和原则性，措辞也很有水平，女记者也被他的口才和善辩感动了。

采访完了，贺长天还陪同老干部们搞了几项娱乐活动，留了影，又吃了饭，可最终还是没人告诉贺长天裤门儿的事儿，反而贺长天还在那里推杯换

关上你的裤门儿

冯 伟

盏，谈笑风生。更有个别的老同志还多敬了贺长天两杯酒，贺长天也没有推让，他心里明白，这些老干部是得罪不起的。虽说他们不在岗不在位，可他们还有余热，还有能量和社会经验，是代表一定群体的，必须和他们处好，打成一片，所以就多贪了几杯，直喝到天快黑了，才迷糊糊回了家。

外面又开始落雪了，没有风，雪花儿很大，就那么漫不经心地落着，为节日增添了很多妩媚。贺长天离开老干部局，还是没有坐车，他让自己的车送那些老干部去了。

由于是大年三十，一家家早早地吃了晚饭，然后就放起了鞭炮，那鞭炮的"噼啪"声使人想起了过去的日子。贺长天走在路上，街上行人很少，偶尔有几个小孩子打着灯笼玩耍着，在路上转，吵吵闹闹，很是兴奋。雪越下越大，雪花儿如同片片鹅毛轻盈盈地飘了下来，那么洁白。贺长天的身子被大片的雪花儿笼罩着，像个在浮动着的雪人儿。他一步一个脚印儿地走着，回味着一天的工作。今天的一切做得都很好，可以说达到了预期的目的和效果。团拜会开得也很成功，算是为自己今后的工作开了个好头儿；再就是那些老干部，更是可亲可敬，很像是自己的父亲；特别是当他想到在台上演节目的时候，贺长天默默地笑了……

恭请牢记 杨少衡

如何"关心领导",如何让领导尤其是上级领导记住自己,这都是需要智慧和勇气的。在省长到市里视察的关键时刻,副市长关之强没有留下来汇报工作——"关心领导",而是选择了"落荒而逃",为什么呢?

恭请牢记

杨少衡

一

邵坤副省长明日驾到,关之强决定"走路"。"走路"为本地土话,其"走"读为"找",并非指徒步行走或者不慎迷途,其意思接近于"落荒而逃"。

关之强向市长请假,说要到高速公路指挥部去安排一下。市长说去吧,明天傍晚前赶回来,参加向省长汇报。关之强说情况不太好,他还是盯在指挥部比较稳当。汇报会就不一定来了,有书记、市长汇报,有市里头头脑脑陪着,还有那么多中层干部与会,济济一堂,已经够热闹了。

"七巨头到场,"他开玩笑,"不缺关老八一个。"

关之强在政府班子里排第八,为本市一位市长七位副市长的最末一位,所以市长们打趣时管他叫"关老八"。关之强自嘲说,他主要是姓得不好,他这个"关"上下有八,所以注定是老八的命,想排个老七都没道理。

市长却不同意关之强请假。市长说,邵省长难得一来,在家的市长们都应参加汇报会,出差在外的还得尽量赶回来,怎么可以跑?关之强说,非要他赶回来凑个数当然也可以,但是他真有些不放心,他担心邵省长这回来者不善,就冲着高速公路。比较而言,让他待在指挥部以防万一,可能更好一些。

市长沉吟片刻,说:"也好,你看着办。"

关之强立刻"走路",落荒而逃。当然也不能止于逃跑,他也得随时掌握动态,才能有备无患。上路前他作了安排,让李健留下来,守在市里。李健是政府办副主任,跟随关之强工作,关之强下乡上工地,通常由他跟着,这一次留守,别有重任。

高速公路指挥部驻地离市区有百余公里,路况不太好,轿车得走一个半小时。在车上颠到半途,关之强接到了张涛的一个电话。

"老关你怎么跑了!三十六计走为上?"

关之强说哪里呀,工地上有些事急,一旦出问题不得了,所以不是逃跑。

张涛发牢骚说:"你关老八跑得快,把个大省长留给我们受用。这么干可不行,再怎么说也得同甘共苦。"

关之强笑,说:"我是把机会留给别人,让你老人家好好关心一下领导。"

张涛说:"瞎话。别让该领导太关心就谢天谢地。"

两人都笑。

张涛主管财政,当年关之强跟他在同一个县班子里共过事,彼此熟悉。张涛提得早,在副市长里排名靠前,财权在握,举足轻重。他打电话找关之强,

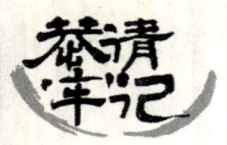

是想商量一笔公路贷款的事,知道关之强在路上,他说:"行了,先对付省长,完了咱们再说。"

关之强关了电话。他在那一刻感觉兴奋,带挑战感,有些莫名其妙。关之强想起古时候一位很著名的乡巴佬,该老乡在一树桩下拾到一只兔子,这只兔子因为一个什么事奔跑,慌不择路在树桩上撞昏了头。此后该老乡每日里兴致勃勃守在树桩旁准备再拾一只兔子回家清炖,因此有了"守株待兔"一段佳话。

关之强与张涛在电话里谈论的所谓"关心领导"需要作点解读。一般而言,上边有大领导来,下一级的小领导们总是很自觉地簇拥过去,即所谓"关心领导",这种关心于礼节于沟通而言都还是需要的。但是特殊情况也有,例如邵坤副省长就比较特别,碰上他倒也不见得都要四散而逃,主动凑过去却不一定是上策。邵省长是常务副省长,又是省委副书记,位置特别重要。该领导个性鲜明,作风硬朗,眼光敏锐,记性还特别好,谁要是一不小心让他逮住,多半有苦头。这方面有一些经典传奇。据说有一回这位大领导到一个县级市调研,当地主官作常规工作汇报,大小数十干部与会。大领导听了几句汇报就让小领导住嘴,说:"别给我念稿子,用自己的话说。"小领导额头上毛毛茸茸即渗出一片细汗。那种场合当小领导的离开稿子很难说话,因为给大领导汇报不是吃饭劝酒讲段子,那很严肃,牵涉到给领导什么印象问题,开不得玩笑,总得一二三四一套一套有理论有实际有观点有例子,没有几十张稿纸搞不下来,又有谁能把几十张稿纸都背个滚瓜烂熟?偏偏这位大领导不喜欢听人念稿子,哪怕你抑扬顿挫深情朗诵那般也不行,他就要你说,考一考你的背诵功夫。你要是情况掌握不好或者反应迟钝,就只好出丑吧。那一回撞到省长枪口上的小领导经验不足,水平不够,省长让他弃稿汇报,他结结巴巴说上两句,感觉有些紧张,情不自禁又低下头念稿,省长当即敲桌子,说:"把稿子给我,我帮你念。"真叫人无地自容。

类似事情颇表现邵省长风格。省长当然也不是不分青红皂白一味骇人,这位领导颇亲民,经常下访,足迹遍及城乡各地,对下岗工人,孤寡老人和贫困山区农民关怀有加,对级别相对高一点的官员也注意掌握分寸,不至于当场没收稿子让人下不了台,但是该打就打,从不计较是否让人难堪。有一次省里开会讨论扶贫问题,一位设区市分管市长说错了一个数字,邵坤省长一摆手问该同志的秘书叫什么名字,说:"你没有错,是你的秘书错了。"体谅备至,却让人尴尬到家。

所以对这位大领导不宜多关心,尽管他非常值得关心。

134

二

关之强到了高速公路指挥部。指挥部设在工地旁的一个小村里,使用一座旧日粮站的库房,关之强到达时,旧库房外的晒谷场上已经黑压压停着十数辆小车,市、县、乡镇头头,有关部门领导和施工单位各路诸侯汇集一地,恭候关副市长光临。

关之强开了个紧急现场会,主要干一件事:让与会各头头调集力量修路,不是修高速公路,是修进出高速公路施工现场的通道。关之强要求把能调集的人员和施工设备全部调来,能调多少调多少,把力量集中到这一带,用两天时间,务必把有关通道上的主要破损尽数补上。这些通道的主体为省道,也有部分是县道、乡村道,因为高速公路施工机械和运输车辆的高密度使用而到处破损。此前已经进行过一次大整修,也是关之强亲自组织的,现在他又来了,让大家再干,狠干。会上关之强让大家谈问题,提到的几乎全是经费不足。

"钱我来想办法。"关之强说,"首先我要看你们怎么上。"

处理完辅助通道事宜,关之强又专程上了高速公路施工现场。这里的施工队伍比较专业,场面比较宏大。关之强让随员注意看表,测算从指挥部到附近几个工地的时间,在工地上来回跑了两趟,一心一意琢磨。没人知道他在筹划什么,他也什么都不说。末了他指着一个山头,确定此为重点:"我估计就是它,八成把握。"

这山头属要害地段,正在挖隧道,从山两头往里打,总工程量完成未及一半。关之强亲自钻隧道,隧道里轰隆轰隆响着空气压缩机的吼叫,洞底有水,通道坑坑洼洼,凹凸不平,一些水洼处铺着模板。施工队长说,这个洞打在岩石层上,岩石特别坚硬,施工强度大,地质情况却也比较稳定。关之强领着一行人趟过泥水,踏过模板一直走到洞尽头工作面上,用了20分钟,关之强表示满意,说:"这个时间合适。"

他提了一个要求,让施工单位调设备和人员加强这个点的施工,必要时,暂时把隧道另一头的挖掘停下来,集中力量到这边打。施工队长面有难色,说洞里空间太小,人多了没用,摆不开。关之强不听,说:"没叫你总这么干,需要的时候就得这么干,别让人看你这里稀稀拉拉不像个样。"

他左看右看,没挑出什么毛病,便摇头。

"有那么简单吗?那么简单?你们说。"

没人接茬,大家面面相觑,没有谁知道关副市长讲的什么事。

关之强领着大家从洞里走回洞口,一路考虑。到了洞口时,他把头上戴着

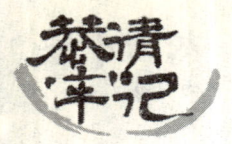

的安全帽摘下来递给随员，忽然灵机一动点了点头："有了。"

他让施工队长准备一把剪刀，说时候到了有用。

当晚，关之强在指挥部过夜。第二天一早，高速公路沿线各有关地段全面升温，按照关之强的部署高速运转，关之强坐镇指挥，全力督促。

李健打来电话。报称邵省长已经到了，定于当晚开会听取汇报。关之强颇感叹，邵省长果然有风格，下午到，晚上加班开会，就这样，爱你没商量。李健还跟关之强说了些细节。李健跟随关之强有些时间了，知道关之强的特点，清楚他关注什么，包括细节。李健说，省里只来了四个人，两部车。晚间书记市长陪邵省长一行吃饭，接风晚餐安排葡萄酒，省长没动那酒，让沏一杯茶，就用茶跟主人碰杯。邵省长看来喜欢喝茶，他拿那杯茶不光碰杯，他真喝。服务员不停地给他续茶水，他就不停地喝，还对市长说："这茶不错。"

关之强立刻吩咐，让指挥部人员准备茶叶，要好一点的。

当晚十点半，向省长汇报的会议刚结束，市长气也顾不着喘，立刻给关之强打了一个电话。市长说，邵省长定了，看高速公路，明天一早去。市长要关之强做好一切安排，加了一句话："还真给你算准了。有些诸葛亮了嘛。"

"不是有那批示吗？"关之强说，"我听说他的记性特别好。"

关之强告诉市长，他在这边盯着，工地情况还行，但是也不是非常理想，怕到时候还有麻烦。市长说："可不能再出问题。小心一点，邵省长你知道的。"

市长话里有话。关之强不急着问，他耐心等候。不一会儿有人报告了，是李健。关之强这才知道原来是张涛在刚结束的汇报会上出了点丑。向邵省长汇报时，市长谈到了今年财政收入情况，省长认为本市财政收入增幅与GDP增幅比例有问题，他问哪位分管财政？张涛站起来自报家门，省长让他分析一下这个问题，张涛支支吾吾说了半天，该说到的一句都没说到。省长一摆手让他别再瞎扯："你讲得吃力，我们听得比你还吃力，都免了吧。"

其时全市中层干部列席台下，张涛副市长挺没面子。

关之强颇觉同情，当然他也觉得张涛有些活该。该同志是个胖子，发福得太过分了一点，不容易让人感觉良好。张涛这个人对工作缺乏应有的研究，他管财政的要诀不是怎么理财，怎么开源节流，而是怎么从上边搞到钱。他还真能搞到钱，因为他擅长拉关系，敢送会请，上头熟，有几个还特别铁。所谓"关心领导"就是张涛的一句名言，他总说我们应当关心群众，我们更应当关心领导，因为钱都在领导那里，在上边。这个人的观点当然不登大雅之堂，但是他总能从上边拿到项目拿到钱，所以越发注意拉关系而不研究具体工作，一朝碰到邵坤这样的领导，他不出丑才怪。

恭请牢记
杨少衡

关之强还是那种感觉：挺兴奋，有挑战感。以守株待兔自比，居然把邵省长视为野地里的兔子，关老八的兴奋相当恶劣。当然他也有若干兴奋资格，因为推断正确，如市长所言："有点诸葛亮了嘛。"

事实上，关之强猜测邵省长此行调研将造访本市高速公路工地并非凭空想象，他有根据：两个月前，本省一家新闻单位在送交省领导的内参材料上披露了本市高速公路建设的一些情况，对工地沿线道路失修，交通混乱，影响高速公路工地机械和材料进出，造成施工进度缓慢的问题提出批评。记者们点到的确是实情，那段时间恰逢雨季，雨水集中，持续时间较长，相关施工通道让无尽雨水浸泡得极其脆弱，大型施工车辆的高密度使用更让那些路破烂得不成样子，严格说，那已经不是一段段道路，是一线线大小泥塘，工地施工机械进出和地方来往车流都大受影响，各方反映强烈。记者把这些情况捅出来后，邵省长有一段批示，言辞严厉，要求："认真查一下，看看是认识不足，还是工作不力？"批示一到，市里压力很大，因为说自己认识不足不行，工作不力更不行。事实上高速公路施工通道失修问题很复杂，牵涉的因素很多，有地方市县的问题，也有施工单位的问题，其中一些问题还牵涉到省里重要部门，而这里边有些话却是不好说的，只能由关之强忍痛吞咽，如生吞活蛆一般。

为了回答邵省长"认识不足，还是工作不力"之诘问，关之强在高速公路指挥部坐镇两个月，协调市县两级政府和交通、公路、财政、金融部门，用尽吃奶的气力，想方设法对通道进行一次整修，缓解其恶劣程度。这时恰逢老天开恩，雨水渐息，工地施工进度开始上升，局面好转。关之强让指挥部整理一份情况汇报上送有关部门，抄送邵省长，报称本地各级政府及领导"高度重视、措施有力"，有关情况已经扭转。

关之强猜测这位省长仍在关注本市高速公路施工，他估计省长希望能亲自了解一下情况，也用某种方式推进这项工作，这条路邵省长一直非常重视。

所以关之强"走路"。他这一行径纯属"精心策划"性质。如果他不到工地来，待在市里恭候邵省长驾到，可能在汇报会上当场出丑，如张涛一般。因为所传省长记性特好，关之强在政府班子名列第八，以往无接触，邵省长对关老八不会有什么印象，但是他对那份内部通报及自己的批示肯定牢记于心，说不定他会在汇报会上再次追问，让分管副市长解释一下"认识不足"还是"工作不力"，或者真是"高度重视，措施有力"，也就是省长完全官僚主义批评错了？关之强拍拍屁股"走路"，邵省长就不好拿这样难以回答的尖锐问题拷打书记市长，人家毕竟是大领导，他再厉害也不会失去分寸。关之强还考虑一条：邵省长的记性可能并不像所传的那么优秀，他可能根本没把这条高速公路当做此行的主要目标，但是有一种方法可以唤起他的记忆：市长在汇报会上

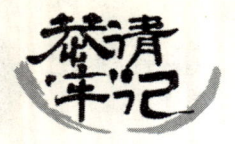

向邵省长说明，政府班子八位领导今晚来了七位，关之强副市长缺席是因为高速公路工地有一些急事需要处理。这时邵省长肯定会作有关联想，没准他立刻就打定主意要上高速公路看上一眼。

所以关之强这回不仅是"守株待兔"，他完全是有意识地精心诱导，把高速公路当一根胡萝卜，要把邵省长一行引到工地上去。此举有指挥领导操纵领导之嫌。他这么干很危险，领导固然需要关心，邵省长这样风格的领导却不是可以一般对待的，张涛那般热情洋溢擅长关心领导的老手都恨不得逃之夭夭，关之强还要引火烧身，这不是什么好主意。

关之强却要干，他还为之兴奋，有一种挑战感，状态特佳。

关之强觉得还有必要了解一些细节，以往不了解可以，现在需要。他所要了解的细节有相当大的敏感性，不宜委托他人，只能自己干。

他给省政府办公室一位处长打了电话。该处长姓周，数年前跟关之强在党校同学过，两人关系挺好，至今时有往来。关之强对周处长说，邵省长来了，定于明日到高速公路施工现场视察，挺难得的。他只怕处理不好，因此想了解接待邵省长有什么需要特别注意的？处长提到要把汇报情况吃透，别念稿子。关之强说没问题，自己干过的工作，还能吃不透？他不放心的主要是接待。他问邵省长有什么特别的喜好？处长说这还真不好说。

"需要不需要准备一点小礼品啊什么的？"

处长笑了，他说："想挨一顿臭骂吗？"

关之强也笑："他是好领导。秘书呢？司机怎么样？需要不需要稍微注意一点？"

处长说，邵省长曾经开掉过一个司机，因为下乡时拿了乡镇一箱水果。

"行了，我放心了。"关之强说，"谢谢。"

三

第二天一早，邵坤副省长一行隆重驾到，市长亲自陪同。关之强在指挥部外的晒谷场上恭候。下车时市长向省长介绍关之强，省长了无反应。后来市长加了一句："他分管交通这一块。"邵省长才认真看了关之强一眼，眼光极为锐利。

关之强明白，此刻邵省长大概想起那句话："认识不足，还是工作不力？"

这位大省长却不听汇报。只说："看吧。"一行人即上了路。他们看了工地沿线的施工通道情况。关之强坐镇两月抢修道路，特别是刚刚安排的紧急增兵效果比较明显，道路状态不算优良，也还过得去，基本符合施工机械和运输的需要。省长没有过多挑剔。关之强便把领导往工地上引，问省长是不是看看高速公路施工点？邵省长即把他一眼盯住。

"你打算让我看什么？"

关之强说看什么都行。

"你安排了几个点？都怎么安排的？"

关之强说每一个点都安排，都可以看。邵省长问是不是有几个重点推荐参观点？关之强承认说确实安排了几个重点，主要考虑了路况、环境等问题。他想请省长看一个桥梁工地，那里场面大一点，空间大一点，路也可以，比较好看。

"什么东西不让看？比如说隧道？"省长追问。

关之强说："哪有不让省长看的？不过隧道不看为好，车开不进去，地上又是泥又是水，不好走。空间小，洞里照明也不好，噪音特别大。"

"就看这个。"

邵省长不知道自己又被关之强准确算中。关之强在工地走过几个来回，掌握了准确时间，他知道该领导不可能在这里待太久，只能选择比较重要比较关键的施工点看，桥梁隧道当为首选。关之强决定把邵省长引向隧道，因为相对容易安排。指挥部附近有三条隧道，一条很短，已经挖通，一条距离远，要跑近两个小时，时间上不允许，只有一条比较适合参观，就是关之强曾经重点视察并狠加布置的那个洞子，两天前关之强就曾推测省长会选这个点，他说的"八成把握"就这个。

他们进了那条隧道。邵省长踏着脚下吱吱作响的模板，趟过泥水，在空压机震耳欲聋的噪声中一直走到洞尾施工面上。施工面一片繁忙，机械高速运转，人员紧张来去，工作节奏紧凑有序，一眼看去，似乎无可挑剔。

但是任何事情都不可能无可挑剔。所有呈现完美或者接近完美的状况都特别值得怀疑，在许多情况下格外会引起注意，事物往往经不起注意，稍微留心一下，总会发现无可挑剔表象下隐藏着漏洞，弄不好还会是些重大毛病。问题是漏洞常常防不胜防，你找到七个八个，很可能还有第九第十个藏在某个地方，你根本不知道它会是怎么样被发现出来，企图消灭一切漏洞的努力通常事倍功半甚至劳而无功。这种情况下可以逆向思维，不是被动挨打而是主动出击，不事防范而行呈现，这就是有意识地留下一些破绽，把人们的注意力引向预设的这些破绽，让他们没有工夫注意其他问题。留下的这类破绽应当不是要害，是细枝末节，足以被发现，却是些小毛病，可供痛打，却不至于伤筋动骨，造成不利后果。这是一种聪明的办法，运用它却也需要相当的水准。

邵省长在隧洞里果然发现了问题。这位大领导不是工程师，他是农业大学

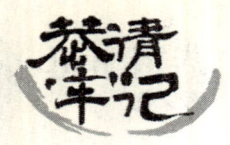

出身,尽管后来因工作缘故接触了许多工程知识,毕竟不是本行,他也从不对过于专业的问题发表不成熟的意见。但是他是一位大领导,他在视察工地时应当有自己的发现和自己的指导,这体现领导的水平,也是实施领导的需要。

"这怎么回事?"

邵省长发现的问题是一顶安全帽。进入隧道工地的所有人都戴安全帽,是一种橘红色、高强度树脂材料的帽子,在工作面强烈的光照下闪闪发光。在一片发光的安全帽中,有一人光溜溜露一头黑发晃来晃去,鹤立鸡群般扎眼,让人不注意还办不到。

邵省长问这个人怎么不戴安全帽?该工人像刚出道的扒手在掏包时被当场捉住一样慌了手脚,支支吾吾:"我是,我是,没有。"

原来这个人不是不戴帽子,这个人从来都没犯过错,因为指挥部对安全生产的要求一直非常严格,进出洞子都要严查,这一天有些特殊情况:他的安全帽系带在洞里断了,齐崭崭有如被剪刀剪断。断了系带的安全帽很不好戴,头一低就掉,于是他索性把帽子摘下来丢在一边,准备等换班后再修理。

邵省长握起拳头:"要是刚好有这么大一颗石头砸过来,那怎么样?"

施工队长作了回答,这是一句错话。

"这个洞地质情况很好,很少有这么大的石头从上边掉下来。"

邵省长眼睛一瞪:"立刻找个帽子,给他。"

他们出了洞子,上车回指挥部。邵省长在指挥部发表重要讲话,特别强调了安全生产的重要,强调要防患于未然。关之强代表指挥部表态,特地提到那顶安全帽,还有施工队长的错话,承认安全意识大有漏洞,务必痛加纠正。邵省长没有再说什么,但是可以感觉到他比较满意,因为进度确实上去了,工地上热火朝天,而且发现了一顶安全帽的问题。他只是不知道这顶安全帽属关之强有意安排,以帮助领导有所发现。

本次视察活动至此功德圆满,效果不错,这时应当见好就收。但是关之强不,他居然跳出来冲了过去。

关之强给邵省长出了个题目。他说,市县两级财政为抢修施工通道耗资巨大。这条通道主体是省道,自高速公路动工之后,通道承载的运输量大增,维修难度倍加,省里有关部门非常关心,给予大力支持,市县更是竭尽全力,但是困难太大,还希望省领导更多关心。目前通道情况虽有所改观,工地大型车辆频繁使用,很快又会让它再次成为破布,还得修了再修,直到高速公路全线贯通,因此还需要大量投入。市县财政已经难以支撑,希望省长指示省有关部门给予支持,否则还可能出问题。

省长当即表态:"出问题打谁?你第一个。"

对钱的问题他说:"按程序办。"

关之强碰了一回鼻子,但是没有出丑。

四

离开高速公路指挥部后,邵省长一行去看一个开发区。领导走后关之强一口气没歇,守在指挥部安排各有关事项,组织他的下属紧张动作,准备一份应急文件。

当天傍晚,李健打来电话,说省长一行正在返回市里,晚饭在宾馆吃,将于明日一早返回省城。李健还汇报了一个细节,就是省长习惯在晚饭后回房间擦一把脸,然后在宾馆院中散步一小会儿。省长散步时不让人陪,只有秘书跟着。因此陪省长用餐后,主人把他送到他所住的九号楼楼下电梯旁便告辞,该干什么干什么去。

关之强饭都不吃,立刻往回赶。一个半小时后回到市区,直接去了省长下榻的宾馆九号楼,掌握的时间是晚饭行将结束之机。他乘电梯直上省长一行所住的八楼。该楼层电梯间外过道上摆有一对沙发,他决定在这里等候。根据李健的汇报,晚饭结束后,乘电梯回房间擦一把脸,然后去散步的只有省长及其随员,本市其他人不会跟上来,这样比较好,不致引起过多的注意和联想。

不料已经有人捷足先登,守株待兔于楼层电梯间外。却是张涛,真是英雄所见略同。两人见了面都笑。关之强说:"这哪是关心领导?这是伏击领导嘛。"

张涛说,他要送一份材料给邵省长。关于本市财政收入增幅问题得解释清楚,让这么大的领导误解了可不好。关之强对张涛说,他也是来送一份材料,今天邵省长视察工地时,他向省长要钱,省长让他按程序办。如今的事情只按程序办总是很难办成,有关施工通道维修的问题,以往跟省里部门交涉过多少次,寻求支持,总是没解决,否则情况何至如此糟糕,吃的还是哑巴亏,说都不能说。所以想解决问题,不找省长还真是不行。邵省长那么大的领导,跟他关之强离得太远,以往实在够不上,有心关心领导,哪得缝隙可入?这一回倒好,心有余悸,三十六计走为上,"走路",落荒而逃。哪想领导会跟踪追击,亲自前来接受关心,你想跑还跑不掉。既然省长发话了,文件材料不赶紧跟上还行?给省里部门打报告,送一份呈省长参阅,这不是程序要求,也不违反程序。

张涛不禁紧张:"你是不是向省长告哪家状了?"

关之强说哪里能告状。省里部门是可以告的吗?这一次告了以后还找

不找?

"再三强调省里各有关部门一向大力支持。"他说,"天底下就我最笨,还有老天爷最坏,老给我们下雨。"

张涛问关之强跟省长预约了没有?关之强摇头。张涛便劝关之强不要找,说:"你这不是关心领导,你是给领导找烦。我管财政我还不知道?最烦的就你这种,追着屁股要钱,吃饭散步都不放过,黄世仁似的。你别自讨没趣。"

关之强说:"我知道。试一试吧,要不还怎么办?"

他当然知道自己在干些什么。

他们闲聊以打发十分无聊的等候时间。张涛说,关心领导其实是一件很累人的事情,但是你不关心行吗?这就像请客吃饭累死人,但是你不那么来拉关系,能从上边搞到钱吗?你不跟领导说明清楚,他还以为你尽喜欢吃喝玩乐不干活不掌握情况呢。关之强开玩笑,说你这种老手都发愁,我怎么办?你看我连预约都不敢,唯恐省长不让关心,一口回绝,事情办不成。横下一条心只好来伏击领导。

这时电梯口"叮"的一声轻响,红灯闪烁。两个人不约而同,一起从沙发上直挺挺站起来。电梯门一开,正是邵坤副省长,还有他的秘书。

邵省长扫了他们一眼,没有特别的表情。关之强想,看来也不是所传那样,该领导的记性不一定真就那么好。可能也就感觉眼前两人面熟,不一定能一眼认准。大领导下基层调研见的人多,特别是满眼官员,东一个"长"西一个"长",所到之处,大大小小站几排,都是黄皮黑毛,间有少许白发,没有特别接触,实不易记牢。

邵省长问:"干什么?"

关之强说:"我们按省长的要求赶了一份报告,想呈省长参考。"

邵省长把手一摆,没让他往下说,回头先对付张涛:"东西呢?"

张涛赶紧从包里取出他那份材料,双手捧着递上前。事前他已经有过预约。

"行了,你走吧。"邵省长说,"汇报免了,不浪费你的时间。"

这领导还真是会说话,通常下属的时间不怕浪费,不浪费领导时间就行。该领导不光会说话,他还厚关薄张,居然表现鲜明。打发完早有预约的张涛,他掉头一指:"关之强,你来。"

关之强这才感到佩服,该领导果然记性好。

关之强没有太浪费自己的时间,因为领导是那般善解人意,如此替下属的时间心痛。关之强进了邵省长套房的会客室,从包里取出一个档案袋放在茶几上。他解释说这是要经费的报告和附件,昨天省长视察指挥部,发表重要讲话

恭请牢记
杨少衡

之后,他和市里几个部门一起紧急拟订的。希望省长能抽空浏览一下,不用太多时间,几分钟足够。他已经根据省长的要求,以最快的速度,按程序将报告上送省有关部门,并将随后跟进,全力努力。如果事情顺利,就不敢再麻烦省长,如果有问题,自己实在解决不了,可能还得求省长帮助。说完关之强即告辞,说自己没有预约,挺冒昧,请省长原谅。

邵省长笑,很难得。他一句话也把关之强打发了:"行了,走吧。"

关之强出了省长房间。电梯间外,张涛不屈不挠还坚守在沙发边,没走。看到关之强出来,他颇自知无趣地摇摇头:"有几句话,不跟他说说还真是不行。"

关之强唉呀一声道:"关心领导太累人的。"

从宾馆出来,关之强直接去了交通局,市公路、交通、财政几个部门的头头已经集中到位。关之强跟他们碰头,连夜加班开会。他让与会者全部关掉手机,同时拉掉办公室电话接头,切断与外界的一切联络,声称是排除干扰。深夜里会议结束,关之强把手机一开,铃声几乎是立刻响起。

来电话的竟是市长:"你去哪了?邵省长到处找你!"

关之强连叫糟糕,他向市长作了解释。市长说,现在太晚了,明天一早去见省长,不要耽误,邵省长早饭后就回去了。

第二天关之强如约赶到,邵省长问他:"昨晚干什么?找不到人!"

他如实说明。

"你这是怎么回事?礼品?"

邵省长指着茶几,茶几上放着关之强送来的材料和档案袋,一旁还有几个小袋,小袋绿色,也就拇指粗细,是几袋真空包装的精品茶。

关之强拿起小袋看,然后立刻检讨,说明白了,是自己疏忽。他说,前天在高速公路指挥部听说邵省长要来,他就想借领导视察的难得机会,争取反映有关问题,因此交代市政府办把一些材料送到指挥部,同时让他们弄一点好茶备用,因为指挥部的茶叶很次,平日大家对付还行,招待大领导不宜。办公室把茶叶跟材料一起送到指挥部,可能是谁图省事塞在档案袋里,又粗心大意没有全部取出来。

邵省长说:"拿走。"

关之强没有二话,说:"好的。"

离开宾馆,关之强心里又是那种感觉:兴奋,挺有挑战感。

他知道自己已经被邵省长彻底记住了。跟省长有关的事情哪里会有疏忽的?那几袋真空包装精品茶是关之强亲手放进去的,其功能不是供省长用沸水冲泡以品尝,只为加深领导之印象,恭请牢记。邵省长可能把关之强送的档案

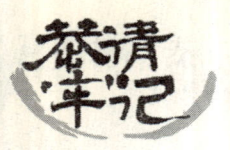

袋丢给秘书，看都不看，他也可能在翻阅材料中注意到几小袋茶叶，顺手扔在一边，毕竟这玩意儿太小，不值得认真对待。如果是这两种情况也就罢了，一番操作无效，有些遗憾，却也没有什么损失可言。但是没准省长看到了，发现了，还较起真来要问个究竟，表明自己的原则立场，深刻教育下属，这样最好。邵省长当然可能心知肚明，一眼看穿这就是一些小伎俩，关之强"走路"，细致揣度，精心安排，特备一顶安全帽以供领导批评，用几小包茶叶做道具，然后躲到一边，关掉电话，连夜加班开会，以便一有机会可以表明自己工作相当努力，这都一回事，小伎俩。关之强自己都如此清楚，邵省长哪会看不透？但是不要紧，位高权重的大领导想不领教下属的百般关心还真是很难，与张涛相比，关之强这种方式毕竟不伤大雅，相对好接受。总之必须给该领导留个比较深刻的印象，这种印象不能过于完好，因为那肯定不真实，但是绝对不能太差或者太严重，否则就没有下文了。关之强需要什么下文呢？很多，必须有一条路能够通达，没有这样的通道实在不行，包括办正经事也是。情况就这样。

五

一个月后，省城新闻媒体报道：邵坤常务副省长荣调，离开本省，另有重用。

关之强只觉当头挨了一棒，兴奋感荡然无存。他唉呀唉呀摇头，心里觉得特别可惜。这么好的大领导好不容易刚记住一个关之强，怎么说走就走，归别地方小领导们关心去了？真是人算不如天算。

斗地主 钟正林

原文化馆副馆长喻腐败，一直代着馆长的职，一心想转正。他爱喝酒，又爱玩斗地主，常与雷火神、文兴等人斗。斗来斗去，他赢了钱，却输掉了到手的馆长，为什么呢？

斗地主

钟正林

　　喻腐败从喜洋洋茶楼里走出来，胖乎乎的笑脸笑盈地说，富贵逼人，富贵逼人，斗点小地主都要赢钱。

　　喻腐败正下楼梯，小灵通却蛐蛐样叫了，他边接电话的脸边变色，真的嗦？当真的啊？这小赌娱乐也要像搞地下斗争了。电话是属于那类狗日的朋友打来的，三星镇的赵副镇长上班在农家乐斗地主，遭纪委抓着了。这消息无疑给欢喜的喻腐败浇了瓢冷水。

　　喻腐败真名不叫喻腐败，叫喻大明，是游仙区文化馆的副馆长。喻腐败当然是哥们朋友们送给他亲切的称呼，大家在一起从不喊他的职务和名字，都亲切地叫他，喻腐败喻腐败，三缺一，来不来？喻腐败喻腐败，在烂人三街吃老鸭汤，来不来？喻腐败当然是脚板底下擦清油，跌跟打斗地来了。他实际上一点也不腐败，既没有啥子给别人提供方便的权力，也没有大小单位法人签署同意报销的签字权。他只不过每逢中午，就爱与单位临时工雷火神撩起脚脚，开上那辆乒乒乓乓快散架的旧长安车往乡下跑，以调研安排文艺演出或其他活动为名，要么就是送几本书，去混顿饭吃，吃点小酒。这也是一种能力，看着他笑面和尚的样子，乡镇的人都很乐意与他吃酒，听他桌子上的酒文化，嘻嘻哈哈的，很热闹，很好耍，乡镇上又不缺那么几顿伙食。吃了酒，脑壳喝得二晕二晕的，脸吃得鸡公儿样，往往就是打麻将了。但这阵子，我们的喻腐败喜欢斗地主，他觉得斗地主要好耍些，输赢也要小些，也没得麻将那么动脑壳。可这段时间，喻腐败吃酒斗地主要隐讳些了，隐讳的原因有二：

　　一是上面有纪律，党员干部不准搞赌博，一经举报查实要从重；二是老馆长已到点，我们的喻腐败据说是当之莫属的人选。隐讳些并不是不要，作为喻腐败的个性，是不可能不要的，只是选的场所隐蔽些，不易被发现而已。

　　矮墩墩胖乎乎的喻腐败与瘦筋筋拉长着马脸，比他高出一头的雷火神走到街上。从好耍这一角度来说，雷火神与喻腐败可以说就是两个形影不离的影子，只要在这座城市，他俩是形影不离的，进茶馆，上山下乡去吃转转，常能看见这一胖一瘦两个人在一起，喜形于色，互相吹毛求疵，嘻哈打笑。两个人除了好吃好赌之外，都有一个共同的爱好，就是吹牛。他俩吹牛不像一般人吹牛，单摆；他俩吹的是双簧。只要雷火神说某人三四要升迁了，我算过一卦，出生与年月生辰逢冲，逢冲就必动，龟儿子娃今年必定有升迁，喻腐败就会说，火神你真算得准，我前几天听管党的书记说，他"三会"一开完就要从镇长升为书记。桌上的乡官都听得入神。这俩神通广大呢！一个会算前程吉凶，一个经常与市上领导们吃饭。哪敢怠慢，生怕怠慢了那个场合日你的怪，一句烂话就将你好事撮脱。雷火神说，喻哥，祝贺你，馆长位置早迟是你的

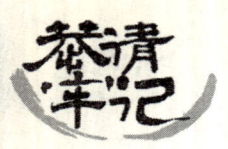

了，我就先敬你一杯酒。喻腐败浮肿的脸都要笑烂了，哪里，哪里？你这位地下组织部长金口说得那么准？雷火神瘦脸上的偷腔子薏米米眼睛，就是豆角没有鼓起来，花生是薏仁的那种没有光泽的刀刀眉肿眼皮的小眼睛就眨巴眨巴说，听说你们亲家给你打过电话，叫你把这副重担挑起来。吃酒的乡官们就尖起耳朵听，心里想，哪个是喻腐败的亲家呵？喻腐败呷了一小口酒，稀起牙巴，牙巴里发出咻的一声，牙巴两边的腮肉顿了顿说，曾副市长曾亲家是给我打过电话，征求过我的意见，可文化馆带那么多账，那么多吃闲饭的人，那个官不好当。乡官们听清楚了，原来这喻腐败还是有些来头的，原来管文卫宣传的市长就是他的亲家，难怪说话这么咳嘴！你说他俩是不是吹的双簧，真的有点像在演小品呢，语言虚虚实实真真假假，把善良厚道的乡官们喝得团团转，还真的以为粘上了红人了！兔子是狗撵出来的，话是酒撵出来的，酒就劝得分外地殷勤，话就说得分外地热情，完全将他俩当上面的领导级别来接待了。雷火神这方面要精灵些，就采些假水；喻腐败要耿直些，自然就喝得不晓得东南西北，左脚敲右脚，尾巴掸脑壳了。用小城著名的诗人的形容，他俩是狼与狈，互相搭配，取长补短。你仔细观察，那长短不齐，胖瘦对比，一前一后，形影不离的样子，真的像传说中的狼与狈狼狈为奸的样子呢！

　　城市只有这么大，走了几步远，喻腐败就招呼了几个熟人，都是各大局级单位的。他正与乡镇局的叶哥招呼时，站在他后面瘦长瘦长的雷火神就接了个电话，是文兴打的，文兴约喻腐败吃饭，喻腐败小灵通却不灵通。雷火神说，他刚才在喝茶，可能是信号不好！文兴是文化馆的创作干事，在文化馆已工作了十来年，算是混吧，除了每年编几本《蜀南》文学杂志，几乎是在喝茶。这次文化馆班子有大的变动，他毕竟年轻，父亲又是乡镇企业家，有两个私营企业，子弹有的是，他就想动一下，跻身文化馆的领导层，如果这次上不去，翻过四十，就不行了。雷火神就将电话递给了喻腐败，喻腐败啊啊啊地接着说，对不起，刚才可能是信号不好，对嘛，我和火神马上过来，都是几个狗日的朋友，你请我我肯定要来。

　　那天晚上在元石鱼头火锅，喻腐败享受了这些年来很少享受的待遇，文兴点的是他喜欢吃的小角楼酒，破天荒地给他甩了十多元一包的绿国宝。酒吃得二晕二晕的，文兴就带他俩去了西城一个僻静的地方。喻腐败先还有些假谦虚，胖乎乎的身子虽然偏偏倒倒的，可心里还是明白去什么地方，他嘴里呷呷呜呜地说到哪里去啊到哪里去啊？脚还是跟着在走。文兴说，喻哥，去喝一会儿茶，洗个脚。雷火神也附和着说，喝茶喝茶！都是同事。文兴是晓得喻腐败的心肝五脏的，他就好这一杯。他坏事也坏在这一杯。那天晚上，喻腐败是相

斗地主
钟正林

当高兴，自己被安排在一个单间，文兴和火神在一间。那天晚上自己是到位的，虽然那个瘦巴巴的小姐没有胸脯儿，他的手战战兢兢地伸过去，小姐只无力地轻挡了两下，就任他的沾满酒气的老母虫样胖乎的手指在全身抓挠起来。

完了，那个小姐说，胖子都不行，你还可以呢！他心里就像凉风吹着样冰粉冰着样的安逸，多给了小姐五十。他觉得值得，就是小姐再要五十，他手不抖就会给的。男人嘛，找钱就是拿来享受的！有人说，男人通过征服世界征服女人，女人通过征服男人征服世界。他先还不以为然，后仔细一想，确是如此。

他们坐到小花厅里喝茶。文兴就倒出了自己的心里话，喻哥，当弟的想给你贴起，不晓得你看得起不？雷火神眨巴着瘦脸上的蔫米米眼睛。因为脸瘦，两颗溜尖的耗子牙齿就特别显眼，喻哥，文兴有才干，人又相当对，在文化馆已窝了十来年，你晓得，他们家里几弟兄做生意，都是有出息的人，来来往往，小车开得呜呜呜的。就他在文化馆，悄悄弥弥的这么多年，你马上就要当馆长，你还是要提一个贴心的人，工作给你抽得起的。你想嘛，现在文化局提的柳圆、骆红当副馆长，两个都自办了唱歌、舞蹈培训班，都在自己挣钱，搞自己的事情，哪里有心思搞公家的事情嘛。文兴呢，也想趁年轻干一番事业，你以前没有这个权力，现在有这个权力了，你要抽他一把，他肯定跟你抽得起！

他们边斗着地主，边吹着，喻腐败今晚手特别顺，他一甩就打了火神和文兴个春天。隔了会儿，又拿了一对王，四个2，另外三个A，三个3，中张牌全是连起的，打了个春炸。哎呀——硬是人有三年旺，神鬼不敢挡。三个人只斗了个把小时，他就赢了一百多元。他们还斗得小，二十满，如果斗得大，自己不是要赢几百元？喻腐败粗略估算了一下，还可以呢？将给小姐的百元小费除开，都还赚几十元呢！现在这社会好！日子过得多滋润。还是改革开放好啊！如果没有改革开放，五六十岁的老黑家，能几十元就与十八二十几岁的小女子睡上一觉吗？老城区万安桥印月井边坐着喝茶的老人翘着花白的胡子说，现在社会好啊，好耍啊！

雷火神说，腐败，你晓不晓得赵副镇长是咋个遭了的。喻腐败愣起眼儿珠，手里的纸牌就缓出了些。雷火神接着说，他遭了人家的套套了，中午喝了酒，兴达化工厂向厂长故意喊赵副镇长打麻将。找了田园农家乐一个背静的地方。赵副镇长头脑还是清醒的，他就说斗地主，随时可以走，麻将坐上去，就下不来。结果是才斗了半个来小时，纪委的提着摄像机，弯弯都不转就进来了。听说就是他们内部举报的，你说烫不烫！

刘馆长是起了心不想当馆长了，一是他年龄偏大，已过五十的人了，当了

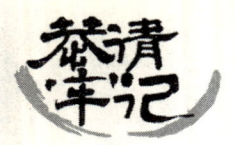

二十年的文化馆长，啥子坡坡坎坎都走过了，啥子花花麻麻都见过了。文化馆这个单位，就只有这样子，靠着出租艺术中心楼层的租金发点工资，胀也胀不死饿也饿不死。也该让给年富力强的人去撑起这个摊子了。二是自己的儿子刘勇当兵五年回来没有安排工作，先前人事局民政局还有市委组织部都说得啊啊啊的要安要安，到头来都没有安，说是市委政府机关单位逢进必考。也报了名参加了考试，却没有考上。他去求了自己平时熟悉得很的领导，毕竟自己在城市是资深摄影师了，市上所有的重大活动，他都是要请去拍照的；几届市委书记，市长贴在报栏橱窗上的光辉形象都是他照的；市上的大小官员碰见他都礼貌地向他点点头，一些平和的领导还要站一会儿，与他寒暄几句。他心里就特别地安逸，会议开始拍照时，他就摆弄着挂在胸前的两个长短焦距不同的照相机，取准角度，调好光圈，抓住最佳时刻拍下领导们最富神采表情的形象。在庄严的会场主席台自由穿梭的他，就显得比平时神气多了。在这么庄重严肃隆重的场合，自己都可以在主席台上走来走去，你说神气不神气？他原想儿子转业安排个工作是没有问题的，凭着自己辛辛苦苦勤勤恳恳老黄牛一样将文化馆支撑了这么多年；凭着自己的照相技术为各级领导，地方"三个文明"建设服务了这么多年，随便给儿子安排个工作是没得问题的，实在不行，就安排个事业单位，好的企业也可以吧！这点薄面领导们还是要给的！哪晓得火落到脚背上，领导们都推三揉四的，这个建议你找找那位，那位又建议你去找一下另一位，有的说我下来再与某局长说说，结果是几个月过去了，却没有一个定准。刘馆长也晓得平时没有烧香拜佛，都是不可能的，现在这个社会，你提点几百千把元的礼品，根本是打不上眼的。说的是实在话，要送就要送硬火，啥子硬火，子弹人民币嘛，封红包嘛，捞到不对就要上万才摆得平！自己虽当馆长二十年，是文化单位，除了一年四面八方多吃几顿不要钱的油大，单位可以说是清水衙门，靠租金和拉点赞助发工资，财务上经常都是捉襟见肘的，每月到了月底发工资自己就焦头烂额，想办法东拼西凑过难关。自己除了点工资，几乎是没有啥子积蓄，哪里有钱去烧香拜菩萨。

儿子的工作问题没有解决，刘馆长的心就冷了，这个社会，啥子都是假的，只有钱才是真的。你看馆上的老邓八十年代老婆下岗就开始做窗帘地毯生意，现在儿子没有工作，人家照样不虚，一会儿买公交车，儿子开着经营；一会儿又做水果贩运生意；人家不求人，日子过得风车斗转。自己已是五十几的人了，再为这个脱胀垮兮的单位卖命，也只有这个样子。儿子二十几的大小伙子，总不可能成天在屋里耍起。刘馆长心一横，就东挪西借了四五万元，开起了冲洗扩放照片的多功能相馆，让儿子和他妈经佑着，自己做技术指导。相馆一开业，生意确实还好，他就抽不出身来去上班了，照相冲洗扩放到过塑修饰装框一条龙，也只有自己才拿得下来，吃得准，儿子和老婆只能当帮手。他就向局上正二八经地提出了退休。

　　文化馆现任班子中，只有两个副馆长，喻腐败和另一个搞舞蹈的古老师。古副馆长早于刘馆长退休，胖乎乎有点儿络黑胡。喻腐败想，他这福相居然这辈子教舞蹈，还教得小有名气，退了还办了舞蹈培训学校，收得到三四十个学员，都是周末和寒暑假上课，除开场租水电费，一年落得到三两万元钱，比上班强。临时主持工作的任务就顺其自然地落到了喻腐败的身上，论资格，论能力，他也就当仁不让了。文化局程局长患肝病在成都住院，已有一两个月了，文化局的日常工作由田副局长主持。田副局长东北人，一口标准的普通话，他当兵就在绵阳军区，因新闻干事常与地方军地共建搞活动，就认识了能歌善舞的柳圆，柳圆比喻腐败要早几年进文化馆。因这层同事关系，田又是文化馆的主管干部，与喻腐败说话就随便了些。现在文化馆工作你就主持着，大家对你还是很信任。你现在的身份与以前不一样了，在为人处事，接人待物，说话轻重缓急上要注意一些，陪客应有度，酒呢是喝但不喝醉。
　　喻腐败是个性情中人，田说话的开场白他听起来还是顺耳，后面的话他听起来就不舒服了。你这个田局长，舌头打人，话中有话，你让我为人处事、说话轻重缓急注意一些，无非就是说我与你婆娘柳圆那次吵架嘛。那次吵架，自己与柳歌星的对骂被文化圈的人传为绝骂，其中最著名的两句是柳圆骂他锤子馆长，他骂柳圆屄歌星。每当雷火神当着文艺圈人摆起此事，大家嘿嘿笑的时候，他也在心里忍不住地发笑。那是五六个月前的事情，喻腐败从永兴镇政府那里喝了酒回来，有人给自己反映永兴镇电话打到文化馆，请馆上给他们指导一个文艺节目，参加市上的春节汇演，柳歌星就把这个镖接了。文化馆这方面的事情本来就公私难分，书法的、唱歌的、舞蹈的班都由辅导老师在办，自己将钱收进腰包，遇到吃不梭的人多内容杂的演出就推给馆上了。喻腐败如果不是喝了酒，自己还是不会去问柳歌星接镖的事情的，他男人田副局长毕竟是分管领导，这点面子还是要给的。或者，不是喝了酒，即使过问，也会笑扯扯地像开玩笑样，轻描淡写的。仗着酒劲儿，自己都不晓得是咋个把柳歌星惹到的，柳歌星一反平时的温柔相，染过的头发因怒气立成了一头狮毛，殷红的小嘴里就咬牙切齿地崩出了钢锭："你当馆长，你这样子也当馆长？你给当馆长的丧德，锤子馆长！"四川人说的锤子就是北方人说的男人的鸡巴。平时只听说柳歌星在家里骂男人还是有一套的，那个说普通话的北方汉子常常被连珠炮似的川话骂得哑口无言。今天喻腐败算是领教了，面对柳歌星的突然变脸，喻腐败先还是愣了一下，但还是要感谢酒加速了他体内的血液循环，使大脑神经

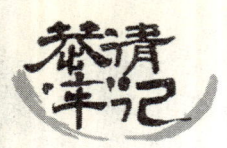

处于高度兴奋状态，不然，中国酒文化中为什么说吃醉的人是酒醉心明白呢。如果在平时没有喝酒的话，他有可能是回不过神来的，即使回得过神来，也不会骂得如此绝对。我们的喻腐败涨红着圆乎乎的脸，只神愣了那么一两秒钟，只有一两秒钟，最多也不过三秒吧。他满眼放光，随着圆疙瘩脸上肥厚的上下两片嘴唇扳机样啪嗒扣动出火力的同时，他那短而粗实的右手迫击炮射击的座子样往红漆桌上啪地一拍："我是锤子馆长，你就是屎歌星，锤子对屎，正合适！"喻腐败竹筒里倒豆子，迫击炮般发射完后就站着，预防柳歌星的又一轮更为猛烈的攻击。她使起性子来是比较烈的，田局长政府办当秘书时，脸上颈上就常有一道道红扯扯的印痕，明眼人都晓得，那是抓扯咬的结果。说真的，如果柳歌星真的用对付男人的泼辣来对付喻腐败，喻腐败是不晓得咋个抓挠的。场面很静，办公室的小王抄着手戴着眼镜的脸漠然地看着，外面是阴天，阴沉沉的天光没有一点生气。柳歌星大大的眼睛鼓荡着。喻腐败以为随着那愤怒地鼓荡的眼睛而发出的将是自己害怕的动作。柳歌星却汪地一声，打破了这短暂的宁静。喻腐败举头看窗外，他以为这哭声是从阴沉沉的窗外传来的。回过头，柳歌星已经砰的一声倒在地下，汪汪汪地哭起来。从此，他俩的这两句著名的绝骂就流传开来。

　　田局长用手扶了扶笑扯扯脸上的眼镜，看着脸上有一丝丝愠怒的喻腐败，他晓得喻腐败不安逸，但自己还是要将上面的意思传达完。局上经过研究，认为你在工作上，特别是组织工作上还是很有能力，很有经验，文化馆这个担子呢，还是希望你挑起来。组织上的意思呢，要观察你一段时间。说到这里，田局长的脸笑了一下，很轻松的样子。这是领导们在紧张谈话中调节气氛的一种方法。田局长嘿嘿一笑，站起身来，端起自己与喻腐败的杯子，到饮水机续上水，递到喻腐败面前。喻腐败脸上挂起了笑，说了声谢谢！田局长接着话说，说透彻点，就是要看看你的表现，再下文扳正。

　　喻腐败胖嘟嘟的手端着纸杯，纸杯在他手中软搭搭的，里面的水随时要流下来样。他抿了口水，脸上就漾出了电视剧《刘罗锅》中和珅样谄媚的笑，田局，既然领导看得起，我喻大明也提个小小的要求。田局长也抿了口水说，你说，你说。喻腐败说，就是副馆长班子搭配问题，我建议副馆长人选里面增加一个男的，听说你们现在定的两位副馆长都是女的，增加一个男的，有利于开展馆上工作。田局长在想，这喻腐败，现在都啥子年代了，男女平等，他还在男不男女不女的。我们管组织的市委副书记不也是女的吗？财政局几任局长不也是女的吗？工作照样也出色得很嘛！女的就不好开展工作，观念就有问题。你喻腐败勾子一翘，我就晓得你要屙尿，你肚子头的烂药我还不晓得，无非就是说我们婆娘被推为副馆长了嘛！我们婆娘对家乡是有贡献的，自费到湖

斗地主

钟正林

南卫视打擂拿下歌王称号,还在现场介绍家乡是座秀美的生态科技城。你喻腐败会啥子,就会喝点烂酒,喝了就乱说,不看僧面看佛面,不是看在你亲家的面子,屁大爷推举你当文化馆长,人才多得很,局上随便派个人都可以搞定。但田局长是何种人也,给市上领导当过秘书的人。他只盯着他,好像专注地听着,心里却在盘算,自己心里想的归心里想的,他没有说也不可能说出来。他说的是,喻馆,你提的要求,我转达给局委会讨论后上报领导定夺,你晓得我是不可能给你表态的,也表不了这个态!喻腐败就闷起来点头,是,是!他们的谈话就暂告一段落。

实际上,在喻腐败与田局长谈话时,他的小灵通响了两次,他都没有接。他走出来就回过去,是火神的,火神说文兴约在烂人三街吃老鸭汤,还有乌主任。乌主任是文化局的办公室主任,平时他们几个耍得拢。

烂人三街在一个僻静处,属于游仙区农民街,但吃喝玩乐样样齐全,愁只愁你每天的时间不够用,家里婆娘烦得很,下午晚上天一个地一个的电话催你回去。几个人喝酒都上脸,特别是文兴和雷火神,一喝酒就要上脸,红得鸡公儿样。几个人聚在一起的目的就是耍,四个人斗地主更好耍,轮流转,一个人休息带洗牌,上厕所也有人换,就没有那么累。喻腐败这阵拿了一把牌在手里,5、6、7、8、9、10,一对K,一对Q,一对2,三个4,一个单牌A,一个10,上家地主推下来的,没有打,该自己说话,他不晓得敢不敢打,大小王在外面,心里还是虚的。文兴这时在耍,偏起脑壳看他的牌,只扫了一眼,就喊他挖。他胖乎乎的脸上喷出了酒气,老母虫样肥实的手在桌上一拍,挖就挖。三张底牌一挖开,是一对A,一个4。他手就有些抖,因为一对A挖起来就变成三个A,一个4挖起来变成了四个4,四个4是炸弹,斗地主只要有炸弹一般都会赢,还要加翻。他想先走一对Q。文兴说,不慌,你先把牌好生扯一下。他把牌一刀撩,就成了,4、4、4、4、5、6、7、8、9、10、Q、Q、K、K、A、A、A、10、2、2,牌的走法就是这样了。他伸手就去扯一对Q,想先走一对Q。文兴说,不那样走,先出单牌。他好生盯了下牌面,哪来的单牌。文兴伸手就从他手里5、6、7、8、9、10中抽个10出来甩出去。下家乌主任是老地主了,算牌出牌有一整套。他宽脸上的眼睛一眨,原来你想过单牌嗦,J哇Q或者是K、A,你出都出个10,占起!乌主任就出了个2。接着他就呼地甩出了一对5,心里想你想过单牌,我偏不出单牌。喻腐败过了对Q,上手雷火神出了对K。一对K大。雷火神又出了对6,喻腐败一对K占牌。乌主任神了一下,没有出牌。喻腐败接着出三个A带10,又走5、6、7、8、9五张牌,乌主任8、9、10、J、Q占起,又打了对J,喻腐败一对2占起,腾

153

空甩手四个 4 炸弹。雷火神稀起耗子牙齿，口水泡占地说乌主任，你出个单牌嘛，出个单牌我就过个 J，剩一个 7，转过来双王就炸了。人家走个 10，你立马就一个 2，我一个 J 硬是过不到，本来该我们各赢二十元的，变成人家赢四十元。乌主任就不开腔，喻腐败就哈哈哈地笑，喷出的酒沫星子溅到了乌主任和雷火神的脸上。

　　喻腐败真的有些服文兴斗地主的功夫呢！他出牌真的有技术，如是按自己出牌，肯定过不了一对 K，甚至乌主任的夹板 2 也要保留下来，占住脚出张单牌，自己就输了，炸都搞不赢，况且雷火神还有一对双王，自己不出成甩手炸弹，哪里炸得起。还有打牌报双报单也是有讲究的，自己报双别人一般打单，自己报单人家一般打双，两个人配合占牌斗你一个，你牌不大哪里斗得赢。但文兴这方面就有讲究。这盘就是他在打，他很快就报双了。他坐在喻腐败下手，对方大王早已被文兴一个 2 拱下了，现在是自己小王占牌。抽出一双 3 正欲甩出去，想你文兴报双，我们斗对方地主，打一双 3，你肯定就走完了。哪晓得他一双 3 刚抽出来，扬起手正欲往下甩，文兴玳瑁眼镜后的鱼眼珠子一翻说，我报双，报两了。都是场火上人，喻腐败一下就听出了其中名堂，他收回一双 3，打出一个 4 点，文兴砰地扯出一个 2，2 是大的，手中一个 6 点就结牌了。嘿嘿！原来这报双报两也有考究的，双就是对，两就是两个，单牌呢！喻腐败又学到了一个招招。你说文兴地主斗得好不好，喻腐败和文兴各赢了百把十元，乌主任和雷火神自然是输了。喻腐败起身欲给茶钱，文兴已经抢先一步给了。打牌掷骰子斗地主是赢家给茶钱。喻腐败胖脸上就洋溢着油光光飘着酒气的笑，肥厚的嘴里吐着不大不小的声音，龟儿安徽河南人，发明的斗地主，硬是好耍，比麻将还好耍。

　　这段时间，喻腐败、文兴、雷火神就常在一起斗地主。唠叨了这么久，还没有交代雷火神歪号的由来。雷火神真名雷正富，上世纪八十年代一乡镇饮料厂工人，企业垮干后，在游仙区涪河边的火神庙开茶馆。火神庙是解放前的小庙庙，现在早已没有了庙的影子，他学着河边算卦测字的半老徐娘们的招招，无事就在打火摊摊上给来喝茶的人看相，算八字，从不收一分钱。冷清的茶馆生意不但愈来愈好，人们还都说他测算的吉凶祸福，过去将来居然还准。据传本市的一些官员太太们也常让老公司机将车子开到火神庙茶馆门前刹一脚，进去给老公算一卦，这次到西欧七国考察，方位对不对，去得去不得，这次人员变动，有没有动一下升一格的机巧。我们的雷火神拈指一算，五行带火，明年逢冲，逢冲必动，有个机巧呢！那些太太们小貂皮衣上保养得嫩白的脸就泛出红晕来，在美容院割的双眼皮下的眼儿珠子就亮闪闪闪着，脸腮子上是如释重负的笑。温软的小手就将一个小红包递过来，雷火神眼睛眨巴几下，他晓得里

斗地主

钟正林

面没有五十都有一百,这是筏子河边那些算命大仙仙姑很少享受的待遇。我们的雷火神坚持着自己的原则,说算得准你以后有啥子事又来,算得有不妥的地方,你只作为参考。有许多东西,人算不如天算,天道酬勤,但命里有的终须有,命里无的莫强求。这里我要插一句,正是雷火神这样算卦、看相不收一分钱的原则,成就了他在地方如鱼得水的生存能力。又因他爱好文学,能写得简单的豆腐块文章,单位上就都愿意请他。这里干几个月,那里干几年,日子就混起走了。久而久之,周围团转市县的工农商学兵又慕名来找他,他的名气渐渐大起来,四面八方的消息都风一样在他这里汇总,经他一番添盐加醋后又传播出去。哪里的官员要升要贬他都清楚,有些事情,连常委会和升贬的本人都还不知道,他就知道了。这个雷火神,不晓得哪来的消息!大家就都公认他是地下组织部长,雷火神雷半仙的歪号就此由来。

前面说过,喻腐败与雷火神如同一对影子,如同传说中的狼与狈。这比喻虽然过分了些,形容他俩上一路的下一路,鸭脚板是一连的如漆似水的关系还是比较恰当的。知喻腐败者莫如雷火神,知雷火神者莫如喻腐败。喻腐败清楚雷火神这个地下组织部长不是浪得虚名,他确实与一些实权派人物本人或通过这些人物的官太太们与他们本人建立了一些关系。有几个考公务员差一两三分,又找不到关系,后来经雷火神牵线搭桥,左右逢源,结果是进了局级单位,当了下派干部,还是圆了公务员的梦的。有一两个副镇长想晋升镇长书记,几年都没搞成,雷火神指点他路线咋个走咋个走,结果是花小钱却办了大事,隔了段时间真的听说这个副镇长已经升任镇长又任书记了。雷火神办这些事,从没向这些人提过什么要求,更不要说什么东西呢!他无非就是当了下陪客,说客,多吃了几顿油大。他后来经一个文友牵线到了文化馆上班,拉起《蜀南》杂志赞助来是顺手得很。馆上也给他明确表态,回报率百分之二十。有啥子办法呢,全馆都是铁饭碗,谁愿意跑到那些单位去下矮桩,拉下脸求人。全馆却只有雷火神,他各种乱七八糟的关系也真广,都说某个局是垮干局,局长是铁公鸡,雷火神上门却硬是拉了一千元回来。真是蛇有蛇道,鼠有鼠道,各施各教。加上他每周上几节作文班辅导课,平时帮一些单位写点小品串词文件之类,收入也不菲,打小麻将斗地主他也敢硬着颈项上场。

上段说过,知喻腐败者莫如雷火神,知雷火神者莫如喻腐败。喻腐败清楚雷火神虽然是充当算命看相地下组织部长的角色,从不收一分钱。但他见不得美女,见了美女他说话的声音都变了,不像平时粗喉咙,瓮声瓮气的;喉咙故意地收紧了些,好像有人用手将他喉咙捏住,出来的声音就细声细气

的，还带了点鼻音，真的是有了那么一点斯文气。他的老婆黄扯火就常伸长着剪毛子头，对邻居张幺妹说，你看我们那个，看见个亮哨点的，走路的姿势都变了。喻腐败当时与一个朋友正坐在茶摊上，抬眼看去，穿着斑马条纹褐色西服，就是九十年代娱乐城里男生服务员常穿的统一制服那种，要红不红，要黄不黄，说不出好准确的颜色，就叫浅褐色吧。雷火神穿着浅褐色西服的瘦长长的腰身随着脚下的步子，果然在涪河边几棵老疙瘩柳树下风摆柳般扭动着，走得极慢，只是没有风摆柳的动作大。两个路过的女的果然就偏过染过的金黄色的头发去看他，还相互捂着嘴一笑。喻腐败经常说，火神，你看相爱摸美女的手，你名义上是在给美女看手相，生命线啦长寿线啦爱情线啦，实际上是摸人家的手，逮到就不松手，翻来覆去的，像饿心慌的小狗叼着滚烫的烧红苕样，翻过去翻过来，不晓得从哪里下口。你那双歪巴裂爪，满是老茧和皱皱的手逮着那些美女温香软玉的手不怕把人家捏痛了。雷火神就眨巴着豆豆米一样的小眼珠，稀起两颗鼠牙嘿嘿嘿地笑。那笑是一种自我满足自我陶醉。

　　与文兴一起斗地主，喻腐败学到了许多招招。比方说既然是娱乐，娱乐就是耍，沾钱娱乐就不是单纯的耍了，带有小赌的性质。这是相对而论的，我们收入只有八九百千把元，每天斗地主桌上输赢是一两百元，我们身上的零钱除去缴给婆娘的，连烟钱只有四五百元钱，我们就叫赌了。当然如跟那些做生意的，隐形收入上万元的相比，就太小了，叫娱乐。你要说单纯的娱乐是没有的。既然带有赌的性质，就要认真，凡事都要认真才会有效果。斗地主屁儿要黑，如果你坐在地主的下手，你的牌不是那种放一张就跑得快打完的牌，你就要用最大的牌去顶地主，一是不要让他过小牌，二是将他手中管用的领导顶下来，你手中的大牌就得留下来，你手中有张小王，出牌你要用2去顶大王，如果大王他不下，你就扯伸走一层牌，手里剩几张，或报双报单，这样你的对家就好出牌。如果对方出对子，你就要出大对子，不要对方过小对子。不能给他喘息走牌的机会，争取主动，只要自己在出牌，自己就有优势，这样赢的概率就要大一些。喻腐败在文兴这种观念的指导下，斗地主果然是长进很快，出奇制胜，赢的时候要多一些。

　　国庆长假过后，文兴与雷火神坐在《蜀南》编辑部破旧的办公室里。国庆是晴了几天，上班后天气就灰暗暗的，时不时飘着绵密的秋雨。文兴的心情一如这灰暗暗的，他声音有些低调地对站着看报纸的雷火神说，火神，没得板眼了得哇，我原来以为这次动一下，我们俩兄弟好生干一下，你也有出头之日，现在看来是不行了。干脆跟我一起走，文化馆拿八九百把元工资也没得啥子搞头，一辈子待在这里，孵不出个鸡儿来。我父亲说回去帮他打理企业，你

156

去帮我搞营销，孬死拿的钱比这多。雷火神是一个多愁善感之人，也从来不记仇。前几年圈内一个文友怀疑他揭发了他印盗版书，威胁要将他黑办了，过后那个文友狗驴子助力车深更半夜烂在乡坝头，无处求援，电话打给他，他正在与朋友喝茶，二话没说就找摩托车去拖去了。喝茶的朋友都说，给他拖锤子，他都要黑办你了，你还深更半夜给他拖车子。雷火神听文兴这样一说，两眼就止不住有明光光的东西在里面打滚。文兴这样看重他，是出乎他预料的。最近文兴愈来愈表现出与自己的亲密，要在过去，这是从来没有的举动，他不但将文化馆每次演出搬抬扛端各种器械的气力活全推给了他，而且还在各种场合说，这些气力话，临时工不做谁做呢！这也是雷火神到深圳去跑了半年多一年又萎梭梭回来的原因之一，球钱没有挣到，还用了好不容易攒积的一万多元钱。深圳那城市烫得很，飞起吃人的多得很，自己刚去十来天，小灵通就遭抢了两个。回来后没有办法，他去找艾姐，艾姐给刘馆长说了下，他就又回文化馆上班了。艾姐就是喻腐败那位当副市长亲家的老婆，当然也就是喻腐败的亲家母，区区一个文化馆馆长能不听市长太太的建议吗！可见我们这位雷火神是很有交际之道的，这也是他多年来算命看相从不收一分钱修来的。回来后，他还听别人给他传话，文兴说的雷火神一看就是个苦命人，他东跳西跳的，还跳得出啥子名堂！雷火神当时是气了一下。现在雷火神早已将这些遗忘了，他心里充溢着文兴对自己亲切热忱的话语，他觉得文兴这人真的是好，又有文凭，人又长得帅，戴副眼镜，斯斯文文的，说话又有分寸，不像喻腐败，不沾酒还可以，沾了酒就打胡乱说，一点酒德都没有，至于说他说自己的坏话，或许是有口无心，口上说说而已，况且是别人转过来的，自己说别人还喜欢添盐加醋呢！

　　眼睛是心灵的窗户，那湿润的东西在眼里打着转，雷火神就产生了要在这关键的时候鼓舞他，安慰安慰他的念头。雷火神眼里闪着明光光的东西说，你听到了什么？文兴咬着嘴皮说，乌主任给我打了电话，说这次班子调整没有我，不要说副馆长，助理也不行。上面已经基本上定下来了，过几天组织部就要来宣布：喻腐败当馆长，柳圆和骆红当副馆长。你前几天说，可能有我，没有我的嘛！雷火神豆豆米眼儿珠子上明光光的湿润重了些，再一眨巴就要滚落出肿泡泡的眼皮，他说话的声音就有些水样的浑浊，你不要泄气，只要还没有宣布，希望就还在。

　　中午，雷火神单独找了喻腐败。下午喻腐败直奔文化局田局长办公室。中途在街上与一个人撞了个满怀，他俩都相互拍着对方的肩膀。好久没有看到你了，赵镇长！嗨，喻腐败，好久没有同你一起腐败了。既然都是经常在一起耍

的几个狗日的朋友，喻腐败就真话真说：听说前几天你遭了小人了？赵副镇长也不隐讳，不当副镇长还好，还要好耍些。化工厂那向虾子嘛，他报私仇。你清楚的，我与他那脸上有几颗麻子的婆娘的事，他晓得了，借机报复。那天斗地主就是他约的。因为要去文化局，喻腐败对气色不佳的赵副镇长说，今天有事，空了吹。

　　见他酒气熏天地进来，田局长起身给他泡了杯茶。他一根肠子通屁儿，开门见山，不遮不挡直奔主题。是不是没得文兴，你们应该考虑我的意见嘛，提拔一个青年人嘛，你们不是经常在讲干部年轻化吗！你们喊我当馆长，对于班子搭配，我应该提出我的想法嘛！田局长给他发了烟，点上，自己也点上，眼镜后面的眼睛就有些眯缝，眉毛有些微皱地说，大明——他吸了口烟，停顿了下。田局长之所以没有称呼喻馆而喊大明，是觉得这样更亲切些。而在喻腐败后来举一反三地想来，田局长自始至终就是反对他当文化馆馆长，只是这种反对在没有确凿的有说服力的纰漏出现之前，从没有在他那变色的眼镜罩着的眼睛和嘴唇上表露出来，自己与他老婆柳歌星那次流传甚广的绝骂，在他心里有可能是留下了阴影的，并不是在酒桌上接受自己婉转欠意时说的男子汉大丈夫从不计较不上章片的事情。田局长又重申了上次说过的话的意思，文化馆班子问题你可以谈你的想法，但是，这些事情不是一般的事情，也不是你我两个定得了的事情，你晓得的上面有文化局党委，文化局上面还有组织部，组织部上面有分管文化的市政府曾副市长。文化馆是文化局下面的下属单位，从组织原则上看来，文化局说了就应该算的，地方上的事情，你大明过的桥比我走的路多，吃的盐比我吃的饭多，你是清楚的，针尖儿大的事情，管的人颇多，况且文化局大小事情按程序要向上汇报。我个人认为，你现在急于提文兴的事情都为时过早，因为你的身份还没有正式明确，包括两位副馆长人选，在组织上没有宣布之前，谁说了都不算。你要相信组织，相信领导，在用人上肯定主要是从综合能力，有利于更好地工作考虑的。喻腐败这时听着田局长的话就有些刺耳，田局长后面说的简直就是官腔。其中有一句关于自己的身份都还没有明确深深地刺伤了他的自尊。或许是酒精的作用，或许是喻腐败长期以来骨子里桀骜不驯的性格，喻腐败就说了他这个年龄不应该说的话，用雷火神的话来说，就是犯的低级错误，使事物忽然向着相反方向发展，就像列火车已经隆隆起动，向着既定的目标运行了，轨道方向都是明确的，哪晓得蒸汽机自身出了毛病而被迫停止。喻腐败因酒精与心里面的不舒服，交织产生出了一股子气沿着肠胃直往喉咙管上面冲，经中枢神经的调和，摇身一变，呼之欲出就成了这样的话语：你们喊我当馆长，我还不一定想当得，明给你说，曾市长给我打了几次电话，我都说的文化馆欠账多，困难多，我要考虑考虑，如果文兴不上，我

斗地主

钟正林

当不当这个馆长都无所谓！喻腐败是涨红着脖子说完这句话的。田局长是笑扯扯地看着他口水泡溅有些愤慨地说完这句话的，田局长变色眼镜后面的笑是复杂的，说不清是恰然还是快慰，被日光灯投在变色眼镜上的阴影使那眼镜下面脸上和嘴角上的笑也带了些颜色和阴影的暗淡，变得魅魑而有些不可捉摸。

雷火神后来在茶馆和闲散的场合摆，喻腐败还犯了个致命的错误，时间应该推算到他去文化局打胡乱说的前一天晚上。四五十岁的人了，一点都没有城府，虽然你在主持工作，但馆长的正式文件还没有下达嘛，你右请啥子客嘛，下了文件宣布了慢慢来请客嘛！急躁啥子嘛，没有喝过酒哇咋个嘛！他在企鹅宾馆请了几桌客，人家刘馆长有两桌人在那里吃饭，他跑去把两桌的单一下签了。人家刘馆长还没有退得嘛，局上还没有开会宣布得嘛，人家还有签单权，你就将人家的权力剥夺了。当时桌上恰恰有一个不安逸喻腐败的人，冲卵起火。

事情按照喻腐败关于文化馆领导班子建议的人选在进行，比他预想的还进行得好。田局长代表文化局党委宣布了沸沸扬扬已久的文化馆班子成员决定，由叶文兴、柳圆、骆红任游仙区群艺馆副馆长，叶文兴主持馆上全面工作。任命决定报经市委组织备察，上报分管文化的市委副书记、副市长。任命文件后，宣读了局党委的决定：经本人刘定强、喻大明、古小军同志提出，因年龄关系和身体状况，不再任馆长及副馆长职务。喻腐败听着文化局办公室乌主任的文件宣读，心里空空的，眼前浮现出的是自己与文兴、雷火神斗地主的场面，那飘飞的大小王和2、A、K、Q等花花绿绿的牌在他眼里舞蹈着，清晰又模糊。

这样的场景有很长一段时间都出现在他昏睡的状态中，还有文兴关于斗地主的两句精妙话语，下家顶上家，屁儿要黑，不要给对方喘息的机会，出牌要狠。他有时将圆乎乎的脸蛋偎缩在衣服领子里，走在秋风瑟瑟的街上，会突然想起，那段时间，他们在一起兴致勃勃地斗地主，到底斗的是谁呢，到底谁输谁赢了呢！

自此以后，主持文化馆工作的文兴再没有同他斗过地主，他和雷火神依然狼狈一样上一路的下一路，有时借着酒兴，他会涨红着肥厚的脖子骂雷火神，老子这一辈子成败都栽在你手里！雷火神向来逆来顺受的样，眨巴着豆豆米样的眼儿珠子，低声地说，腐败，空话少说，走，斗地主。

祝愿你幸福平安 杨少衡

　　官员康镇坤政绩斐然，同时为政清廉，其太太许丽姗单纯正派。一日，康镇坤因受贿被突然带走，许丽姗无法相信眼前的一切，她相信康镇坤，她要讨回清白，也要康镇坤给她一个真正的解释。康镇坤的身上到底发生了什么？他能给妻子怎样的解释呢？

祝愿你幸福平安

杨少衡

一

星期日午夜，许丽姗和儿子康平已经入睡，门外忽有异常响动，许丽姗给惊醒了。许丽姗是警察，职业性警觉，于梦中亦不忘捉贼。当晚门外弄锁者也算会摸，什么人的门不好撬，偷到警察家里来了。

许丽姗这套住宅位于城西郊正荣花园，该花园在本城略有名气，昵称"官园"，因其距市政府大院近，为机关管理局主持开发的住宅小区，住户以机关干部为主，生活境遇多在小康上下。许丽姗的这套住房在花园一号楼四楼东侧，装有双层防盗门，该楼楼下另有自动门和对讲机，对外来人员特别是大盗小偷严加防范，安保措施相当健全。没有真功夫的等闲小偷还真是摸不上来的。

许丽姗在床上听，确认无误，响声不对，门外咔拉咔拉有人在弄锁。那时她顾不得穿衣服，着内衣即跳到地上，开灯，跑到厅里，抓起一把椅子。以当时情况，最好在小偷尚未开启内层铁门锁，闯进屋前制止其举动。许丽姗举起椅子以防万一，抬脚往铁门上一踢，隔着门对外边企图潜入者厉声大喝："有警察！不许动！"

外边弄锁声骤然停止，然后是笑声。

"别叫，是我。"

门开了，不是小偷，却是康镇坤，本宅男主人，许丽姗的丈夫。

他嘿嘿笑，做醉酒蹒跚状，说没走错吧？这谁啊？好像认识？我没喝多少嘛。

他是开玩笑的，身上一点酒气都没有。

许丽姗松了口气。她把椅子一丢说吓死我了。康镇坤说警察一吓就死，难怪小偷猖獗，人民群众没得救了。许丽姗忙说小声点，儿子刚睡，别吵醒他。

康镇坤在新港区任职，单位离市区近50公里，工作日都住在区里，回市里开会或者法定节假日才归家与妻儿团聚。通常他会提前打个电话告知回家，让老婆烧点热水。许丽姗比较小气，居家过日子精打细算，总是在乎电费。别人家的电热水器跟电冰箱似的，一天24小时不间断通电，加热完了保温，任何时候水龙头一开都有热水，达三星级宾馆水准。许丽姗认为这是浪费，她努力响应号召，建设节约型家庭，需要热水洗澡时上闸烧，烧够了关电源。康镇坤总笑她是吝啬加记忆好，双倍的精打细算。康镇坤也有不打电话就闯回家的时候，多半因为喝酒喝忘了。有一次让人灌得晕头转向，被司机抬上楼，进门时还跟老婆开玩笑，说咱们好像认识？后来这成了他的酒桌经典段子，时而拿

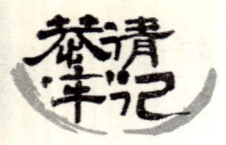

出来搞笑。这个双休日康镇坤本该休息,周末他打过电话,说区里有要事,加班开会,得讲话,不回家了。哪想半夜里不吭不声突然跑了回来。

"正忙呢,忽然决定不干了。"他说,"还是老婆儿子要紧。"

丈夫回家,许丽姗很高兴,忙着跑洗手间开电闸烧水给康镇坤洗澡,问他要不要吃点东西?康镇坤摆手,让许丽姗赶紧披件衣服,别冷着了。他说咱们商量件事。

许丽姗这才发觉他神情有些异样。他一进门就打哈哈,开玩笑,原是强作的。

康镇坤走过去把小卧室的门关上,他们的儿子正在里边蒙头大睡。以往回家晚了,他都会先跑到床边看看儿子,现在顾不着了。他把许丽姗拉进洗手间,也关上门,顺手打开洗脸盆的水龙头,让水哗哗流下,注于洗脸盆,再直接排入下水道。

许丽姗大惊:"你干什么?"

他说以防万一,弄不好隔墙有耳,别让人监听了。

"什么!"

他把指头放在嘴唇上,示意小声。他问许丽姗家里此刻大约有多少现金,许丽姗说全部归起来,可能有七八千吧。他点头。

"你赶紧找个时间到乡下去一趟,把现金都给老头子送去吧。"

康镇坤说的是他父亲。康镇坤老家在乡下,所居乡镇离市区有30多公里。他父亲半身不遂,卧床多年,由康镇坤的弟弟照料。康镇坤每隔一段时间会到乡下去看一看父亲,给弟弟留点钱。如果不遇特殊情况,给个三五百块钱就行了,从来没有也无须大手大脚。今天怪了,家里现金扫荡一空,拿去给乡下老头子,干吗呀?

他说:"先这样吧,以后情况难说了。"

"到底出什么事啦?"

他说别急,咱们慢慢说。接下来他问存折,他说工行建行还有什么卡的加起来,怕还有十万八万吧?能赶紧取出来吗?

"都没到期呢。"许丽姗说。

"别心疼那些个利息。"他说,"都什么时候了。"

"跟我说怎么啦!"

康镇坤说,能取的话,把钱取出来。但是别放在家里,可以送到许丽姗的父母那边,先放着,让老人家别声张。如果不好取就把存折拿去放。得有个思想准备,可能有一段时间这些钱是动不了的。不要惊动其他人,就找二老。岳父是老干部,一般不会给老干部找事的。对老人家不必讲太多,告诉他们不用

祝愿你幸福平安
杨少衡

着急，一切都会过去的。

"我可能有麻烦。"他说，"什么程度现在还不清楚，很难说。"

许丽姗不禁色变，情不自禁抓住他的胳膊追问底细。康镇坤说一两句话讲不清楚，有些情况许丽姗不知道也罢，少麻烦。

"你在局里管机要，你清楚的。"

许丽姗急了，说别跟她含含糊糊。她是他妻子，这是要让她急死还是怎么的！康镇坤笑了笑，抬手在许丽姗的头发上摸了一下。

"看你。"他说，"也许什么事都没有。怎么两句话就让你吓成这样？"

他讲了个笑话，说几个小官员有事应酬，找个地方一起喝酒，喝到半夜都差不多了，打算散伙回家。其中有个人过了量，忘乎所以，胡闹，死活不走，还不让大家撤，非得开一瓶再喝。身边人想了个办法，让服务生过来，说某某某，根据群众举报和对你违法违纪线索的初步核查，经研究决定对你实行停职审查。车在下边，现在起立，出发，走。这人居然就给镇住，一句话都说不出，乖乖站起来，让人架着出门上车离开。上车时就有反应了，连连表态，说一定坦白交代，争取从宽处理。车停一看是自己家，那时很高兴，说这就放回来了？真是坦白从宽。

"别跟我瞎扯！"许丽姗气坏了，叫，"你都干什么了你！"

康镇坤还那样，很镇静。

"我得到消息了。"他说，"明天可能有人会找我，让我说一些事情。估计不是太简单。今晚赶回来是让你有个思想准备，这些话电话里不能说，只能当面告诉你。一会我收拾点东西，马上得赶回去。明天早上有个会，还得连夜作点准备。"

他开了句玩笑，说这是站好最后一班岗。

许丽姗朝他身上用力打了一巴掌："跟我说实话！"

他还开玩笑，说这是什么？警察打人？刑讯逼供？

"我不听！"

他这才告诉许丽姗说那个人进去了，开发商沙海河。已经近半个月。

"跟咱们不相干啊！"许丽姗叫道，"咱们没拿他钱！"

"所以你别着急。"他说，"我去找几件衣服。"

他打开洗手间门走了出去。许丽姗没跟着走，她静静站在洗脸台前，水龙头上的水还在哗哗不止。此刻她已经顾不着节约用水，她发抖，眼泪如自来水哗哗流淌。

康镇坤到房间里收拾东西。他还推开小卧室的门去看了儿子。他们的儿子今年8岁，上小学三年级，已经会写作文，此刻睡得正香。康镇坤在儿子房间

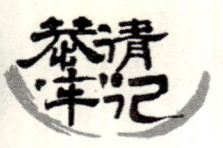

待的时间不短,然后又进了洗手间。许丽姗一动不动站在洗脸台前,还在独自低头垂泪。康镇坤用右臂揽住她,摇她,用了力气。

"别这样。"他安慰道,"没什么大不了的。"

今晚看来确属严重,不搞笑不足以掩饰。康镇坤居然问许丽姗是不是需要他为她唱支歌,"祝愿你幸福平安",也许听一听感觉会好一点?许丽姗不说话,使劲晃身子甩掉了他的手。

"也可能什么事都没有,像上一回。"他说。

她知道没这么简单。

康镇坤职位不太一般,是新港区的管委会主任,党政一把抓,地位显要。新港区靠海,为本市新设的开发区,县级建制,成立也就两年多。康镇坤在新港设区就到那里任职,一号人物,手中有权,事情特别多,许丽姗陪着不清静,不时还有些事让她提心吊胆。大约一年前,有一晚康镇坤在家里,接完一个电话后魂不守舍。许丽姗追问究竟,他说自己可能有麻烦。他那里一家国有企业审计中发现经济问题,管委会的一个副主任陷进去了,有些事涉及到他。他安慰说不要紧,他会想办法解决,不用担心。这可能不担心吗?许丽姗忐忑不安一个多月,事情过去了。康镇坤告诉许丽姗,他们区那位副主任给抓了,他没大事,承担了一些领导责任。类似情况他都讲得很含糊,不愿妻子知道太多,他说这种破事听了徒增烦恼,没必要,除非非说不可。

许丽姗感觉今晚跟上回大有不同。康镇坤的口气挺特别,打哈哈,讲酒徒笑话,格外镇定。这人在特别需要掩饰心里的极度不安时,本能地会这样。这几个月里许丽姗已经感觉异常,康镇坤特别忙,回家次数明显减少,在家也常心不在焉,不停打电话,一会跑省里,一会跑北京,请客吃饭,找这个找那个。他跟许丽姗说也没什么大事,搞项目嘛,都这样。许丽姗却感觉不像他说的那样。几次三番追问,他始终守口如瓶,直到这个时候。

康镇坤提起他的公文包,说他得走了:"明天我给你打电话吧。"

"康镇坤你是真不说吗!"

"又逼供,"他笑,"现在我后悔了,晚上真不该回来。"

他让许丽姗好好睡觉。明天他会打电话的,那时就什么事都没有了。

"要是没电话呢?"

他看着许丽姗的眼睛,好一会儿。

"你就擦地板。"他说,"使劲擦。"

"别瞎扯!"

"你最好做点准备。不行了先把机要科长的职务辞掉,主动提出,比被动接受感觉会好一点。"他平静道,"你一向表现出色,无可厚非。我估计他们

祝愿你幸福平安

杨少衡

还得保留你的待遇。以后的事情走一步看一步，再说吧。"

"你真的有事？"

他还说那些事情三句两句说不清楚。要是很容易说清楚，这些日子哪用得着他这么忙。现在看来效果不太明显，无用功，白忙活了。

"既然这样也就无所谓。眼下最放不下的就是老婆和孩子。"他说，"今晚特地跑回来，有句话最重要：无论如何你得撑住。康平就靠妈妈了。"

许丽姗眼泪忽又落了下来。

他还开玩笑，说跟老婆作如此交代，作为丈夫和父亲，真是挺失败挺失职的。人都可能碰上些关口，有的关口看起来很险，却过得去，有的似乎不必太留心，倒过不去了。不管是当小偷的，当警察的，或者如他这样当主任的，难免都会碰到某个破事。小偷的破事可能是不小心踩了一脚狗屎，主任的破事就具有一定的复杂性。

"要是真出了事，无论人家说什么，你都不要听，不要信，免遭烦恼。"他说，"得有足够耐心，到时候我会给你解释。"

他特别交代了一件事：要沉着，不要乱找。特别是那位领导，绝对不要去找，无论如何，不管出了什么事情。

许丽姗在门边把他紧紧抓住，止不住发抖。

"康镇坤这样不行，你得告诉我。"

"可能没事的。"他还笑，"你管好儿子，别害怕。"

许丽姗说她和康平不要这个，他们不要害怕。

二

许丽姗和康镇坤相识，是在一次青年活动上。

当年许丽姗很活跃，警校毕业后分到交警直属大队。以往女警员到队里只管内勤，许丽姗到来那年恰逢抓整治交通秩序，队里警力不足，所有力量都上一线，包括女警员。许丽姗分在市区中心大道一组，天天上岗指挥车流来往。那段日子中心大道交通拥堵格外厉害，全城司机都喜欢往那儿跑，看警花指挥交通。许丽姗长得漂亮，警服一穿特别威风，指挥动作很标准，用如今的词语来形容叫很有看点。

所以那一回康镇坤提议她比动作，让大家就近欣赏。

那时他们在水库边，市青年组织搞了次活动分子联欢，男男女女叫了二十来人，弄个车拉到郊外水库玩。许丽姗属公安局团委，康镇坤属教育局，当时他在中学里当政治课老师，兼校团委书记。春天时节，水库边山坡上草木青

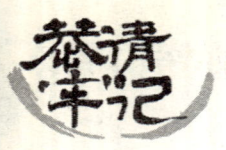

青，景色很好。加上年轻人相聚，心情特别舒畅，花样也多。那天的主项目是划船、野炊，主项目开展前大家先在草坪上聚会，围一个圈，让每个人自我介绍，规定要表演一个节目，说唱逗笑都行，意在增加彼此印象。轮许丽姗上时，康镇坤带头起哄，说小许是闻名全市的警花，指挥交通特有魅力，疏导车流的同时让许多司机眼光发直，制造了多起意外交通事故。好在这是水库不是大街，容小许充分发挥魅力，不怕车开到水里。

许丽姗知道他们是开玩笑，指挥交通哪能上这儿来。她表演唱歌，唱大家耳熟能详的一支流行歌，《让世界充满爱》："轻轻地捧着你的脸，为你把眼泪擦干。"这歌很抒情，最后一句特别动情："真心地为你祝福，祝愿你幸福平安。"许丽姗唱得很投入，她的嗓子好，大家听了都鼓掌。

康镇坤也表演节目。这人嗓子不行，他不唱歌，讲笑话。那时候的小康老师与后来的康主任差距尚远，讲笑话倒是一脉相承，许丽姗听他的第一个笑话就是所谓"酒段子"。那天康镇坤说的是"警察和酒鬼"，似乎有意牵扯许丽姗的职业。他说有一个人喝醉了，拉着警察到一户人家门口，请警察帮助开门，称自己是丢了钥匙进不了家门。警察问怎么能证明这是你家？醉鬼说打开门我就能证明。警察找来锁匠把门打开，醉鬼领警察进门，指着大厅说你看这是我们家大厅，指着卧室说你看这是我们家卧室，走进卧室指着大床说床上这女人是我太太。警察问跟你太太躺在一起的这男人是谁？醉鬼说这还用问？这男人就是我呀。

后来野炊，康镇坤从另一组里跑过来，请许丽姗吃他们炸的"菜头饼"也就是萝卜糕，担保他们的食物举世无双，能提供足够的维生素，保证警花值勤站岗或者被醉鬼请去开门时不被太阳晒黑皮肤。许丽姗吃了他一小块炸糕，跟他提起他的笑话，说她在晚报副刊上读到过，好像是去年，那份报纸里的几则小幽默都不错。康镇坤发笑，说坏了，以为剽窃得手，哪知道被警察当场逮住。连他自己都忘了窃自何处，女警官的记性真是不得了。他还说小剽小窃问题虽然严重，原则性错误可不敢犯，躺在那张床上的男人肯定不是他。

"要我看小许以后不必动手了，可以改用唱歌指挥交通。别说司机们，满街汽车肯定也都如醉如痴。"他开玩笑，"'轻轻地捧住你的脸'，真幸福啊，明亮照人。不是恭维，唱得确实好，动听之至。"

那一次水库野营让他们相识，彼此印象挺深刻。此前许丽姗对康镇坤没什么感觉，他们曾在青年联合会的会场见过，没谈话。康镇坤一米七六左右，在南方男子里算高个了，人长得很清楚，透着股帅气。当时年轻，人瘦，不长啤酒肚，模样格外清爽。

康镇坤主动接近，当然是有目的的。这人比许丽姗年长四岁，阅历和经验

祝愿你幸福平安
杨少衡

都比较充足，他那种性格也比较有进攻性。野营后他就给许丽姗打电话，聊天，如他笑称："谈谈理想，聊聊生活。"这人会说话，还风趣，谈起来不乏味。没多久有一个晚间，许丽姗陪父母在家里看电视，门铃响了。许丽姗开门不觉一愣，竟是康镇坤，不速之客上门，穿得整整齐齐，头发疏得很亮，手上抓着个见面礼，不是通常烟茶酒之类，就是一张旧报纸。他说这是费老大劲终于找到的，觉得可能是它。正好到这一带看朋友，顺便送过来，如果不错，可供小许警官再次开怀一笑。

这是什么呢？就是野营那天许丽姗随口提到的，让他们俩有了一个话题的那张去年的晚报，关于警察和醉鬼，"这男人就是我"。

许丽姗还真有些感动。一张一点用处都没有的旧报纸，值得这么去找吗？这人对她显然很细心很用心。

许丽姗的家人却警惕了。那天康镇坤待的时间很短，他不是自称是找朋友顺便过来吗？东西送了自然赶紧得走，连杯茶都没喝，就说了几句话。他一离开，许丽姗的哥哥就发问了，说这家伙是谁？头发梳得那么光做啥？那是真笑假笑啊？干吗啦？

许丽姗说人家犯你什么了？这么冲。

许丽姗的哥哥叫许勇，那时在物资供销公司上班。许勇书读得不好，高中毕业没考上大学，参军当了几年兵，复员后安排在物资供销公司。当时他那家公司手中还掌握不少计划调配的紧缺物资，职工收入高奖金多，是个大热门单位，一般人很难进。许勇一点困难没有，因为他们家老爸是市计委的主任，该公司属计委系统。当年复退军人多安置在父母所在系统，许勇的安排名正言顺。许家一男一女就两个孩子，兄妹感情不错。康镇坤以送报纸为由混入许宅时，许勇正为妹妹的终身大事操心，千方百计要把自己的一位战友好友纳为妹夫。这位准妹夫跟他同年入伍，人家比较能干，从部队考上军校，那会已经当了副营长。年轻营长到过许家，对许丽姗仰慕有加。偏偏妹妹热得慢，总是找不到感觉。许勇认定自己的战友人好，可靠，有前途，能让妹妹幸福，对他们的事很热心，耐心地在两人间牵线搭桥，帮助妹妹找感觉，慢慢焐，母鸡抱窝那么孵。康镇坤什么东西，这时闯进来，许勇当然特别警觉。

几个月后许勇正式告诫妹妹，说你别跟那老师来往了。家伙胆子真大，敢打你主意！他哪里配得上你。知道他什么来历吗？

许丽姗这才知道哥哥一直盯着他们。

那段时间里康镇坤开始发动进攻，送电影票，请吃饭，约周末骑车郊游，以一帮年轻朋友集体活动为掩护，目的是拉近两人间的距离。许丽姗心里挺明白，她参加过几次活动，感觉不错，相处得十分开心，康老师不酸，很聪明，

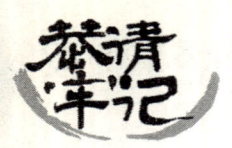

特别知道怎么打动女孩，挺有意思的。康镇坤告诉她，他胆子很大，喜欢做有挑战性的事情，别人越是认为不可能办到的，他就越想试试，不管有没有风险。他说有一回他和学校里几位年轻同事骑着自行车从市中心大道走过，刚好看到许丽姗在指挥交通。一行人停在路口等汽车通过时，伙伴们指着许丽姗说这女警察真漂亮，康老师敢冲过去让她注意一下吗？康镇坤一踩踏板，跨上自行车就往岗亭冲，差点让驶过路口的汽车撞着。那时许丽姗刚好转过去指挥另一侧车流，没发现他。康镇坤说，从那以后他就打定主意了，他认定什么就会千方百计办到。

许勇却说这家伙不是个好鸟，让他离远点。

他了解了康镇坤的不少事，包括他的家庭。他说康镇坤是师范大学政教系毕业的，现在当中学老师，在学校里很活跃，会喝酒讲笑话，这都是表面现象。这个人家庭情况比较复杂，生活经历跟一般人不同，性格因此很特别，给人看的和真实的差别很大。康镇坤家居市郊农村小镇，父亲是无业人员，嗜酒，是当地有名的一个赌徒，擅长用扑克赌钱，曾被劳教过。他的母亲早逝，生前以摆小烟摊为生。这些事人所共知，却还是表面现象，内里另有情况。康镇坤长得高大，模样不错，其父却只一米六左右，其母更矮小，其弟亦短小如父。凭什么他天生不一般，独自出众？知情者都说，那酒鬼赌徒根本不是他的生身父亲。他是个私生子，母亲偷人偷出来的。小时候他父亲经常对他拳打脚踢，棒敲野狗一样，从不怜惜，张嘴一骂就是"野种"，要不是母亲护着，早给打死了。这人上高中时母亲去世，他再不回家，不认那个酒鬼赌徒。这种家庭这种经历给人的阴影肯定很深，康镇坤复杂得很，轻易相信会吃大亏的。

许丽姗备受冲击。她没想到看上去那么快活的一个康镇坤，身后居然藏着如此暗淡的故事。这人张嘴就是醉鬼笑话，看来跟他醉鬼养父有关，有很深的家庭背景，他居然能从那种处境里走出来当上中学老师，想来真是传奇。

由于哥哥的干预，后来加上父母的反对，许丽姗和康镇坤处得非常曲折，反反复复。当时即使不考虑家庭因素，也没有谁认为康镇坤跟许丽姗合适，同她哥哥牵线的年轻营长相比，这康老师太一般了。因此不说别人，许丽姗自己都不认为会跟康镇坤有什么事，他们就是谈得来，处得高兴，最多算个朋友吧，这有什么了不得的？许丽姗不喜欢父母和哥哥过多干预她的生活，她继续和康镇坤来往，同时也没打算跟他把关系往深里去。她很清楚地把这意思跟康镇坤说了。通常人到了这个份儿上会知难而退，不再作非分之想，康镇坤却不是通常人，这人锲而不舍，如他自称的一样，千方百计。不管许丽姗是近是远，他坚持不懈。最后打破僵局，把他们弄到一块的不是别人，却是许丽姗的哥哥许勇。

祝愿你幸福平安
杨少衡

许勇规劝妹妹未见成效，他倒过来找康镇坤，警告康镇坤如继续纠缠，他就不客气了。许勇年轻气盛，当过兵，性子烈，君子一言驷马难追。有一天下班回家，他看到康镇坤在他们家外边小巷口转来转去，探头探脑，知道这家伙不怕死，真的又来了，守在这里企图纠缠其妹。年轻人走过去，指着未来的妹夫怒骂，让他立刻滚蛋。康镇坤不走，反诘许勇无权干预妹妹的生活，居然还挑衅，说有种打吧，没打死他还来。年轻人一股火上来，挥拳直击，没头没脑一顿暴打，等旁人赶过来拉开他们，康镇坤已经躺在地上，满头满脸全是血。这人个子不小，跟许勇有得一拼，他采取哀兵之策，不跑，不抵抗，不还手，但是嘴硬，口中不屈不挠，居然嘲讽许勇拳脚不行，建议他不如去找根木棍铁棒试试。这人从小屡经暴打，他有足够的心理素质。

许丽姗闻讯赶到医院，看到康镇坤头上身上到处裹着绷带，包得像个刚从战场上抬下来的伤兵，不觉痛惜落泪，难以自持。许丽姗一向心软，很纯，特别有同情心，"让世界充满爱"，看到康镇坤给哥哥打成那样，实在没法接受。康镇坤却对她笑，说这小意思，没关系，躺两天就好了。

这件事让兄妹反目，许勇把许丽姗彻底推到了康镇坤的身边。

一年多后他们结了婚。直到那个时候许丽姗的家人依然不认可，许丽姗背着一个小包离开家，边走边哭。没有婚纱，也没有婚礼，只请几个朋友一起吃了顿饭，双方家人无一到场。那景象说是结婚，实形同私奔。

他们的新房安在康镇坤的学校，就一间房子，一张床，一个柜，一个梳妆台一放，屋里就没地方了。门外走廊上摆一个煤气炉，放一张学生桌，这就是厨房了。警花下嫁，其状颇凄凉。

新婚之夜没有闹洞房，因为没心思热闹。一对新人吃完饭回宿舍后，许丽姗拿个塑料桶提水，跪在床前一心一意擦地板。他们的新房在中学旧宿舍楼里，地板铺的是红砖，已经多有破损，此前是集体宿舍，住的几个青年男老师把地板搞得到处污迹。康镇坤拿到这间房子后，许丽姗已经下力气清洗过多次，新婚当晚看到地上一块污迹还比较显眼，跪下地使劲又擦开了。康镇坤看到她总不起身，走过来把水桶拎走，把她拖起来，这时才发觉异常：她在发抖，哆嗦不止。

"你怎么回事！"

她说她感到害怕，不知道他们今后会怎么样。

"别怕，相信我。"

康镇坤说，从认定许丽姗那会儿起，他就发誓让她幸福。他不会让她一直如此窘困悲凉，不会让她总是感到害怕。像许丽姗唱过的那支歌所说，"祝愿你幸福平安"。他不要祝愿，要实现。他会让许丽姗看看他康镇坤是个什么样

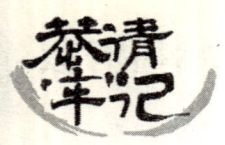

的人,让她父母和哥哥,还有这座城市里所有的人看看他什么样。

许丽姗抓着抹布不住点头,却还发抖。

康镇坤说自己肯定说到做到。如果他没做到,或者背弃对他如此信赖、为他如此牺牲如此付出的妻子,他算什么人?有什么脸面生活于世?让许丽姗把他一枪崩掉算了,这是人民警察为民除害。

"你记住我的话。"他说。

后来康镇坤果然让人刮目相看。这人聪明能干,做事非常努力,特别能吃苦,眼光敏锐又能屈能伸,机会一到自能出头。与许丽姗婚后不久,恰逢学校班子调整,需要启用年轻干部,他被提为副校长。这一安排在学校里很让一些青年教师眼热,他却不以为然,因为志向不在此。他说在学校里再怎么样也混不出大名堂,愧见老婆。与岳父大人的身份差距太远,怎么好去衣锦登门以弥合亲情?才半年多,机会来了:市里成立一个新机构叫"开放办",处理对外开放各相关部门的协调工作,市青年组织一位姓王的头头给调去当主任,恰是康镇坤和许丽姗的老熟人老上司。他们一对儿本都是青年活动分子,由这位头头领导过。知道新机构需要用人,夫妻俩一起上门找他,毛遂自荐。康镇坤情真意切,表示宁可不要职务,只愿效劳麾下,从干事干起。这位王主任对他们一对儿原先印象就好,知道他们相恋结婚颇有周折,一直很同情。康镇坤活跃,人缘好,特别是会说话,文字能力也强,很符合新单位需要,因此当场拍板,让康镇坤赶紧打一份报告,附上简历。不多久康镇坤调入机关,一来就任副科长,有了一个新的上升起点。

两年后他当了科长,儿子康平出世,他们搬进市机关宿舍,有了一套两居室的住宅,虽是二手房,比结婚之初情况已有根本改善。有一天晚间康镇坤在家里伏案工作,加班为主任赶一份讲话材料,许丽姗在自家厅里忙着给儿子洗澡,门被人敲响了。许丽姗过去开门,忽然靠在门边哽咽,说不出话来:不速之客竟是她的父亲和母亲,他们携大包小包上门,看外孙来了。

长辈终于妥协,承认了女儿的选择,还有姓康的这个家伙。

此后康镇坤一帆风顺。在开放办当了三年科长,工作很努力,各方面关系处理得不错,领导很满意。恰逢本市一个属县分管外经事务的副县长调任,需要物色熟悉这方面工作的人去接,康镇坤脱颖而出,成了副县长。三年后调回市区,担任常务副区长。不到两年,新港区成立,康镇坤提任管委会主任。

康镇坤到新港区履新前夕,市里几位好友设宴为他庆贺,恭喜荣升主任。主任夫人自当作陪。那天聚在一起的人都有相当身份,彼此关系很好,大家替康镇坤高兴,喝了不少酒。酒一喝温度自然升高,朋友们轮番给康镇坤戴高帽子,也给许丽姗灌米汤。他们说许丽姗哪里光是漂亮,她是第一等的旺夫相,

祝愿你幸福平安
杨少衡

康镇坤和她结婚后步步高升,现在不得了了,三十大几就是一方诸侯。按这种趋势发展,几年后肯定回市里当头头,再几年该到省里去了。许丽姗最好早做准备,从现在开始让市电视台的播音员来当家教,学说北京话,以便今后跟康镇坤到京城当大夫人时,能有一口京腔。

康镇坤说别乱开玩笑。他讲了一个笑话,还是他擅长的系列,醉鬼。他说有位老兄与朋友欢宴,喝高了,颠颠倒倒出门,抱紧酒楼外一根门柱死活不放。旁人大惊,问这怎么啦?该老兄说没见这大楼摇摇晃晃吗?不抱住会倒掉的。

"你们要是再灌米汤,这酒楼没晃下来,我先倒了。"他笑道。

朋友们说,谁不知道康镇坤海量,喝酒就跟喝矿泉水似的,特别豪爽还特别肝胆,从来都是康镇坤把别人灌倒,没听说他给谁灌倒的。要不他哪来的那么多酒段子?比人家黄段子都多。今天晚上要是真把康镇坤弄倒了,那真是重大战果。他不倒咱们怎么上呢?没准该轮咱们当主任了。

当晚回家,许丽姗嗔怪康镇坤酒桌上胡说八道,讲的什么醉鬼笑话。

"什么倒啊不倒的,讲那些干啥?"

康镇坤大笑,说你多什么心,讲的就是喝酒嘛。

许丽姗说不能讲点别的吗?

"你怎么回事?"康镇坤说,"这又害怕上了?"

许丽姗说她能不怕吗?当年他们结婚时,康镇坤发誓让大家看看自己什么样的。那时候她满怀期待。现在不了,现在她特别想念那个时候,他们住在中学老师宿舍里,什么都没有,但是很安全,没有什么需要害怕。

康镇坤说你也真是,现在有什么不安全呢?别老操心那些事。这么个官不算太小,加上有你这样的好老婆,不说平步青云,起码来日方长,哪会说倒就倒。

结果是不幸而言中。

三

许丽姗听说康镇坤是从会场后边给带走的。就在他漏夜回家探望妻儿,交代事情,讲笑话,所谓"酒徒坦白从宽"之后十几个小时。这一回他没有逃过。

他给带走的那天是星期一,管委会开干部大会,学习文件,安排工作,康镇坤讲了话。据说他表现很轻松,那种场合当然不合适讲什么"酒段子",他谈刚刚编制完成的本区十年规划,绘声绘色,让场上百余大小干部个个听得着

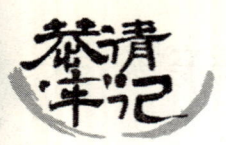

迷。这人口才好，有煽动性，加上情况特别熟悉，当了几年第一把手，新区发展也算一手促成，规划编制又是他亲自抓，自然如数家珍，很枯燥很抽象的串串数字一经他嘴就活灵活现。那天要不是还有安排，兴之所至他能说一个上午。会议结束后他下了主席台，脸上带笑，余兴未尽，一旁休息室里已经有两个人候着。他们跟他说了几句话，带着他从会场的后门离开，那里停着一部白色面包车。他就这样从人们视线里消失了。

在康镇坤口若悬河，于会场上发表康主任最后的重要讲话时，许丽姗正奔走在公路上。那天上午她准时到局里上班，把科里当天几个重要事项作了安排，即让办公室的驾驶员小张送她出门。行前，她跟局政治处主任请了假，说有件急事出去一下，中午就回来了。主任没多一句嘴，手一摆说去吧，你自己安排。许丽姗从交警支队调到市公安局好多年了，眼下当机要科长，在局里人缘很好，是公认的好干部，没人能猜想到她此行有些不可告人。

她去了南亭乡。南亭乡位于市郊，离市区有30余公里，不远不近。许丽姗不声不响跑到南亭，办的是昨晚康镇坤连夜回家特意交代的事情。她把家里的现金清理一空，全部带上。康镇坤是南亭人，他的父亲和弟弟一家生活在这里。家住小镇外围一条旧街上，房子相当破旧，光线很差，家境一望可知。

康镇坤的弟弟在镇上小学当老师，他到学校上课去了。弟媳妇在家，她曾在乡里一家面粉厂当临时工，厂子倒掉后失业，没再找到工作，在家料理家务。看到嫂子突然进门，她大吃一惊。

许丽姗说没大事，她出差经过，顺便过来看看。

康镇坤的弟媳妇领她穿过厅堂，走到后边一个小屋子，屋子黑洞洞的，透着股难闻的气味。打开电灯，许丽姗看到墙角床上躺着一个人，身上裹着条被子。人很瘦小，干瘪，像一段干木头，从被子底下伸出来的脑袋纹丝不动，有如包着层薄皮的骷髅。

这就是康镇坤的父亲，准确说是继父或者养父，曾经是个酒鬼兼赌徒，擅长用扑克赌钱。康镇坤小时候曾屡遭其暴打，被他怒骂为"野种"。这人还欺凌其妻，也就是康镇坤的生身母亲，他打儿子是家常便饭，打老婆就像饭后甜点，以至康镇坤在母亲去世后掉头离去，不再认这个家和这个父亲。现在一切都过去了，这个人瘫在这间黑屋子里，形同死人。许丽姗进门，电灯亮起时，他毫无反应，只是昏睡。

弟媳妇告诉许丽姗说，他要等饿的时候才会睁眼睛，还会哼哼要吃的。平常哪怕炸雷轰顶也充耳不闻。许丽姗说别吵他，看一看就走了。

她在小叔子家坐了近半个小时。她告诉康镇坤的弟媳妇，康镇坤最近有事，可能有段时间不能回家，让她带点钱过来。弟媳妇一看那么一大包，脸都

祝愿你幸福平安
杨少衡

白了。

"这这这……"

许丽姗说拿着吧。

她上了车,踏上归途。她不知道自己办的这是件什么事情。许丽姗一向很听丈夫的。丈夫特意交代,她觉得自己得赶紧办,不管为什么。人的情感变化有时很奇怪,康镇坤当年不认一个酒鬼赌徒为父,眼下在可能灾祸临头之际,竟然还记着他。康镇坤更多的可能是出于对弟弟的关切,摊上这么一个父亲,他弟弟的生活境况很不好,以往当哥哥的关照得了,以后恐怕难了,就最后关照这一回吧。他是这么想的吗?

来回路上许丽姗坐卧不宁,总在盼望手机铃响。康镇坤说过会给她打电话,那就表明什么事都没有了。这个电话迟迟不来,让她越发心神不定。回局里上班,一直到黄昏,快下班的时候,她的手机铃真的响了。那铃声让她身子一颤,有如惊雷一声。她迫不及待打开翻盖。

"丽姗!喂!"

不是康镇坤,却是哥哥许勇。许勇问她听到什么了没有?情况到底怎么样?为什么找不到康镇坤?许丽姗给康镇坤打过电话吗?

许丽姗脑中一片空白,几乎丧失了意识。

许勇报信的这时,外边已经传说如潮,康镇坤出事了。

接下来几天许丽姗度日如年。

很快到了那个晚间,吃过晚饭不久,许丽姗的家门被人敲响,进来了几位不速之客。他们出示了证件。其实不必,其中两个人许丽姗认识,是市监察局的干部。这两位不是主要人员,另两位陌生者均来自省里。

"请你配合我们工作。"他们说,"你清楚的,我们是在办案。"

他们要一个东西,康镇坤的一个记事本。他们问许丽姗是否记得这么一个本子,厚厚的,封面为仿皮,黑色,开本如一本书。许丽姗点头,说曾经看过康镇坤从公文包里掏出类似一个本子,好像是以前用的,最近一段时间里没有见过。他们说请帮助找一下这个本子。康镇坤交代说,这本子放在家里。

"他说过具体位置吗?"

"他记不清了,说可能在抽屉里。"

许丽姗把卧室桌子、柜子的抽屉全部打开,包括几个上锁的抽屉。她示意几位办案人员看,里边没有。

"我从不过问他的工作,他也从不跟我说那些事。"许丽姗说,"我不知道他本子里记些什么,也不知道他把它收在哪里。"

办案人员坚持。他们让许丽姗再回忆一下,是不是在哪见过。许丽姗说她

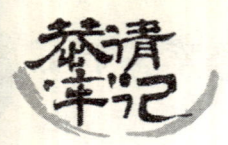

没有一点印象。她问办案人员能不能让康镇坤自己回来找？办案人员说目前没有这个安排。许丽姗又提出能否让她跟康镇坤通一个电话，也许他能说出一些线索。办案人员说不行，目前不允许受审查者与外界联系。

这些人很有经验。许丽姗采取各种办法，希望从他们嘴里打听到一些情况，不能跟康镇坤讲几句话，能够知道点消息也好。但是无效，他们什么信息都不透露。许丽姗心中焦灼。她不知道康镇坤此刻究竟在哪里，犯的案子到底有多大。从办案者的来头看，案情可能不一般，但是康镇坤怎么可能犯案而且是大案呢？以她对他的了解，应当不会，至少不会有大事。他说过碰到的破事很复杂，会不会是被陷害了？是不是落入圈套当了牺牲品？其中到底有何隐情？他们要找的记事本是否要害？

许丽姗翻遍箱柜，没找到他们要的东西。那些人坚持，还要找。

"你们是不是准备搜查这个屋子？"许丽姗问。

他们说，如果需要，他们会。今天晚上先请许丽姗配合。

许丽姗走过去打开儿子康平的房间。几位不速之客进门前，许丽姗就让康平进了自己的屋子，让他关上门，早点上床睡觉。她不想让他受扰于外边的动静。孩子显然知道情况异常，他没上床，静静待在屋里，坐在地上，像只受惊的兔子一样缩在墙角。许丽姗只觉得心头刺痛。

"妈妈他们做什么？"

许丽姗强作笑容，说几位叔叔来取爸爸的一件东西。东西比较要紧，所以让叔叔连夜来拿。但是爸爸忘了放在哪个地方，让妈妈帮着找。几个地方都没找着，不知道会不会塞在康平这里。

"康平来，咱们一块找。"

孩子跳起来，跟许丽姗一起翻桌子柜子。康平年纪小，自己的东西还不多，许丽姗夫妇一些不太有用的物品一时找不到地方放，偶尔也会塞到他这儿。两个人在屋里东翻西找，后边不动声色跟着一个办案人员。许丽姗不经意间拉开小孩衣柜下的一个抽屉，猛见一个旧公文包丢在里边。打开一看，里边有一本黑仿皮大笔记本，几个小点的记事本，杂七杂八还有一些纸张文件。她意识到这可能就是办案人员要找的东西，不觉心里一抖，情不自禁想打开笔记本看一看，下意识地还想把抽屉关回去，若无其事，装作什么都没找着。

这当然是不可能的。她站起身来。

办案人员把东西全部带走，连同那个旧公文包。

"我们还会再找你的。"他们说。

许丽姗没说话。此刻无话可说。

他们走了。到此为止，他们对许警官或许科长还算客气。

176

祝愿你幸福平安

杨少衡

屋里恢复平静。康平跑过来问："爸爸为什么不回家拿东西，要叔叔帮忙？"

许丽姗说爸爸很忙，他在开会走不开。

孩子问爸爸什么时候才能忙完回家，明天还是后天？许丽姗说可能不行，弄不好要几个月。他真的很忙，不然也不会请叔叔连夜来拿他的东西。

她很平静，她没想到自己能对儿子如此平静地撒谎。儿子很乖，长相俊秀像个女孩，从小知道好孩子要诚实，不像一些同龄男孩调皮。康镇坤总开玩笑，说许丽姗真是会生，把个儿子生得跟她一模一样，心灵美相貌佳，要是再给他生一对翅膀，那就是天使了。这孩子跟爸爸很亲。他还太小，大人的事情他还搞不清楚，一想到总有一天他也得跟妈妈一样面对一切，许丽姗心如刀绞。

但是她必须强作平静。

许丽姗去找了自己的直接领导，市局的政治处主任，努力使自己口吻正常。她说他们已经找到家里了，康镇坤因事受到审查，确认无误。局里可能也听到情况了。在康镇坤的问题明朗之前，局里科里一些事情是否需要她回避？怎么处理合适？主任看着她，好一阵说不出话，末了苦笑了一下，说没那么急那么严重吧。容我们研究研究。

主任还问了一句："你自己怎么样，都好吧？"

她说没事。谢谢。

几天后传来惊人消息，称康镇坤趁审查人员疏忽之机，于看管地畏罪自杀，当即身亡。许丽姗的父母听到消息大惊，连夜打出租从他们住的城东赶到女儿住的城西。许丽姗的父亲离休多年，母亲身体不好，两个老人赶来时夜已深，天下着雨，许丽姗看到门外父母满头满身的雨水，一时语塞。

她说你们做啥呢。

这时她正在家里拖地板，不用拖把拖，用抹布擦。她把抹布水桶拎到一旁，给父母沏茶。两个老人到康平的小房间去看外孙，他已经睡了。

许丽姗对父母说，她听到那个消息了。除了这个，乱七八糟还有其他很多消息，例如说这是个特大案子，说康镇坤一进去就交代了几百万块钱，还有好几个情妇。

"我不信。"她说，"统统不相信。"

她说她了解康镇坤。自己家里有多少钱她还能不知道？不管怎么样，康镇坤不会如此离开她和孩子。出事的前一个晚上，康镇坤曾回过家，当时交代过一句话，让她不要听，不要信，无论人家说什么。最后他会给她一个解释。

"我等着他给我解释呢。"她说。

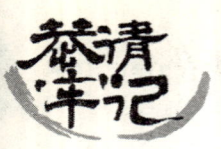

两老提出让许丽姗带着康平回家跟他们住,免受干扰心烦。许丽姗说不必,这里离康平的学校近,孩子住惯了。她让二老放心,说不管有什么情况,她挺得住。

"但是有件事要麻烦爸爸。"她说,"我非常想知道他现在到底怎么样,我不知道该去找谁。"

她说本来很不想让父母操心,更不想连累老人家。但是事到如今,想来想去,不能这么坐等着,得想办法,不管有没有用。父亲是老干部,当年颇有威信,现在虽然离休了,在机关内外一直备受尊重,现任的市领导里,有几位跟他熟,关系不错。父亲出面了解情况,比她出面有效。康镇坤是父亲的女婿,以离休干部身份出面询问了解,表达关切,情理上没有太大问题。对案子可能没作用,至少可以核实一些事情。

许丽姗的父亲当场打电话,找市里一位负责领导,提出求见,请安排时间。这位领导是熟人,在电话里非常客气,管许丽姗的父亲叫"许主任",说明天他到北京出差,可能要一个星期,回来以后再谈吧。

许丽姗的父亲没放过,即在电话里询问康镇坤情况,说自己听到女婿出事的传闻,很惊讶很不安,也就不管合适不合适,冒昧地打这个电话。该领导回答说没有关系,理解许主任的心情。据他所知,案件正在调查,情况总会搞清楚的。

身为负责领导,如此场合,这人当然不可能提供具体情况。但是他明确否认了外界的传闻。他说康镇坤正在接受审查,这个案子上级很重视,省里直接抓,办案人员很细致很有经验。外边传来传去,什么跳楼什么自杀全是瞎话,无稽之谈。

对许丽姗来说,至少这不是个坏消息。

双亲百般安慰之后,冒雨离去。许丽姗为他们打伞,把他们送下楼,送出小区,在小区大门外拦出租车送他们走。许丽姗请他们转告哥哥许勇,让他找她。

"有件事要他帮忙。"她说。

她说她不相信康镇坤会犯案,她要搞清楚这里边有没有猫腻,谁在害他。她要请哥哥帮她了解一个开发商的事情,一个姓沙的家伙。

老人惊讶:"镇坤让这人害的?"

许丽姗说怕是这样。这姓沙的不是东西。

送走父母,许丽姗继续拖家里的地板,这是她的经典动作。许丽姗心烦,不知所措时经常会拼命拖地板,让自己暂时忘记恐惧和烦恼,结婚那天她就这么干过。所以康镇坤出事前漏夜回家,谈及自己可能大事不好时,才会建议许

祝愿你幸福平安
杨少衡

丽姗去擦地板，使劲擦，那不全是笑谈。此刻许丽姗擦的已经不是中学教师旧宿舍里破碎的红砖地板，是号称"官园"的新住宅里亮得照人的高档实木地板。但是姿势一样，跪伏于地，双手紧抓抹布，使出全身力气一遍一遍地擦拭。

她忽然感觉异常。抬头一看，儿子站在他的卧室门外，穿条短裤衩，黑眼珠圆溜溜的，一动不动看着她。

"康平你怎么啦？"

康平说他害怕。

许丽姗把他抱了起来。许久。

"我们不要害怕。"她说。

四

康镇坤说过一个"酒段子"，题目叫"我开门了"。说的是有个醉鬼从酒楼走廊走过，身上滴着水，湿漉漉一步一个脚印踩在地板上，一个个脚印都冒热气，像是刚从温泉澡池里爬出来一般。旁人看了奇怪，问醉鬼怎么搞的？酒都喝哪去了，怎么搞出一地热水？醉鬼自己也纳闷，说不对啊，我开过门了。旁人说开什么门啊？醉鬼指着一旁洗手间，把夹克衫上的拉链一拉，说没喝多少，我记得开门的。原来他进洗手间放水，错把上衣拉链当裤裆拉链，门没开对，一泡尿全撒在裤子里。

所以应当开门，但是不能开错。

当年康镇坤还没到新港当主任，在市区当常务副区长，分管的面很宽，找他办事的特别多。有一天晚间有客，他在外边陪客人吃饭，许丽姗和儿子两人在家。大约八点左右，有人按楼下自动门铃，通过对讲机请求进入。

"我们沙总来拜访康区长，在楼下。"来客自报家门，"请开个门。"

许丽姗问："哪位沙总？"

"沙海河总经理。"

许丽姗不认识哪个沙海河，也没听康镇坤说过。通过对讲机说话的人当是所谓沙总的随员，口气听起来不小。许丽姗却没太管他。她说康镇坤不在家，有事请跟他约时间，不要到家里来。楼下那人说，康区长没在不要紧，也没什么事，沙总今天就是想到家里坐坐，认一认门，也认识一下区长太太。

"我们沙总说了，专程登门。"

许丽姗说不必客气，谢谢。先生可以去问一问别人，康区长家不让进的。

她把对讲机挂上，不再多说。这种事她干得多了，只能得罪。

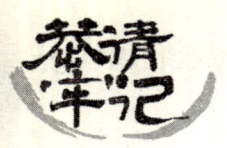

隔了会儿,家里的电话铃响,客人直接把电话打到家里,不再对着楼梯口对讲机说话。打电话的也不再是那个随员,是主要角色,沙总,沙海河,说话不慌不忙。

他说刚才那位下属可能没说清楚。他沙海河,东华集团的总经理,从省城来的。区长太太不在商界,了解的情况可能不多,可能没听说过东华集团。不要紧,请区长太太走到自家窗户,往下看一眼就行。楼下有一辆奔驰,这就是他。

"最新款式。"他说,"你们全城没几辆的。"

"我知道了沙先生,你有一辆好车。"许丽姗说,"对不起得罪了,还是请你找他去,不必上门。"

沙海河说他一直打电话找康镇坤,不知道为什么总挂不通。他这么上门是有些冒昧,但是不来不行。刚才手下人在对讲机里说没什么事,其实也不对,今天晚间上门还是有些事的。不是大事,是专程来给康区长送一块石头。这石头不是地上随便捡的,是从泰国运出来的,很特别。石头跟卫生纸不一样,它有点重,不大不小还得占点地方。今晚他特地让手下人跟着来,搬石头上楼。要没搬上去还挺麻烦,因为他马上开车回省城去,奔驰的后备箱里放这么一块石头,加上一个托架怎么走路?途中一甩一颠,把这么高级的一辆车撞烂了算谁的账?区长太太埋单吗?

"是块好石头啊,区长太太看了就知道,放在你的门厅里肯定满门生色。"他笑道,"形状奇特,层次分明,品相一流,名字叫做'步步高',寓意很深的呢。"

许丽姗说非常感谢,沙总的心意愧领了。她一定把这件事告诉康镇坤,也代康镇坤感谢他的好意。

"沙先生一路走好,"她说,"请不要再打电话了。"

"这么不给面子啊?"那人说,"不太好吧?"

许丽姗把电话放了。

沙海河没有再打电话,但是也没走开。许丽姗从窗口往下看,楼下道路上果然停着辆崭新的黑色轿车,路灯下亮闪闪发光,气派不凡。

许丽姗不知道这人为什么不走,他是不死心,准备在那里守候到康镇坤归来,还是准备等这座楼的其他人员进出时,跟着从自动门钻进来,抬着他的"步步高"一步步拱上四楼,再打门叫人,不管女主人如何推拒,非把一块石头搬进她的门厅里?如果真是这样她怎么办?坚决把他挡在防盗门外,不管他面子感觉好还是不太好?

沙海河终究没上来。那天也凑巧,康镇坤在外边待得很晚,深夜才回到家

祝愿你幸福平安

杨少衡

中。沙海河看来是等不及了，带着他的石头先行撤退。

虽然没有谋面，这人给许丽姗留下很深印象。口气很大，架势不小，有进攻性，也还知趣，顾及面子，不是光知道纠缠不休的小角色。

康镇坤知道沙海河到访被拒后说："这家伙。"

当晚康镇坤手机没电，自动关机了。康镇坤很细致，这种情况不常有，那天偏就碰上。康镇坤说，要是手机开着，他也会叫沙海河走开，有事另外找个时间，到他办公室谈，别去打搅家人。

"这人这些天一直找我。"他说，"请这个打电话，那个打电话，要认识，请吃饭，猛得很。有他的目的。"

什么目的呢？这人搞房地产，他要一块地，开发前景良好的一个地块。类似地块的获得按规定必须通过招标，参加招标就是了，有必要下工夫这般拉扯关系吗？人家认为有必要，因为类似事项包含许多环节和细节问题，负责官员说得上话。所以这位沙总要让自己的奔驰车载上一个号称"步步高"，来自泰国的奇石四处跑。

"听说是在省城起家的，叫了这么个好名字，全三点水，沙里的海里的河里的，天下水全占。"康镇坤说，"这人来历好像很复杂。"

许丽姗说听起来这种人恐怕离远点好。康镇坤笑，说像他这样当个基层小官，手中有点小权，三教九流鱼龙混杂什么样的人都得见，他已经见多了，知道怎么办。许丽姗不必担心。有她这样的好老婆紧守家门真不错，后方稳固，无懈可击。他人胆敢来犯，企图水漫金山，给他个钉子让他滚吧。

许丽姗以为事情完了，沙海河先生一路走好，不必再来客气，或者再来发表"不太好吧"之类言论。她没想到只过两个月，此人二次上门，这次情况有别，她再也没法把他挡在门外。

那天也凑巧，与上回差不多，也是晚间，奔驰车停到楼下时，康镇坤恰好也在外吃饭，讲他家传的"酒段子"。但是这回手机电池电力充足，没有失去联络。康镇坤用他的手机给许丽姗挂来一个电话，说一会儿有客人到家里去，放他上来吧，给他一杯茶，请客人等会，他很快就回家接待。

这种事也常有。没有特别情况时，许丽姗对不请上门者一律谢绝，但是总有一些人不一般，无法一挡了之，这就需要康镇坤交代。上门者几乎都是冲着康镇坤而来，谁让进谁不让进，康镇坤在家他自会处置，不在家就打个电话来，许丽姗照办。

"今天谁来啊？"许丽姗问。

"就上次那个三点水，沙海河。"他说，"这人来历不一般，对他客气点。"

于是这回沙海河得以进门。

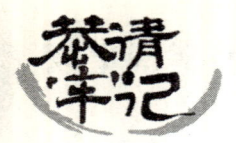

沙海河说，本来可以在外边请康区长吃饭，也可以到办公室拜见。但是他还是打定主意要到康区长家里走一趟，不上一次门怎么讨得回面子？上回被区长太太关在门外之后，他耿耿于怀，四处打听这位太太何方神仙，怎么如此不客气？这一打听明白了，原来区长太太跟通常官太太很不一样的，出自大家，警界名花，天生丽质，容光照人，最有贵夫人风采。所以更想上门亲眼见识一下。

许丽姗说："沙总真客气呀。"

这位沙海河年纪不大，三十多点，西装革履，方脸浓眉，头毛梳得整齐有形，称得上相貌堂堂。这天上门就他自己一个，随员和司机都留在楼下，他随身带着个公文包，精致大方的意大利皮具，显然他已经不拿两个月前的那块泰国奇石，所谓"步步高"说事了，不知是不是因为那石头撞坏了他的奔驰，给扔了。这人会说话，进门哈哈几句，略略表达不满，话锋一转又恭维了女主人。

许丽姗请他喝茶，说康镇坤打过电话，请沙总稍候，他马上回来。没想这位沙海河却站起身说不等了，他还有事。

"今天进了康区长的家门，心愿了了，面子有了，就不再麻烦了。康区长回来，请代我致谢，蒙他看得起，特地跑回来见我。我另约时间请他吃饭。"

这人倒干脆，当场打开他的公文包，取出一条烟和一个信封放在茶几上。

"听说康区长的父亲身患重病，卧床。难得康区长还能这么努力做事。"他说，"想帮区长分点忧，亲自去看一看，慰问一下老人家，又怕冒昧了。一点小意思，还是请区长太太代为转交吧。"

许丽姗把他拦住。她说沙总别急着走，康镇坤估计很快就到。如果沙总很忙，非得走不可，那么也不敢挽留，只是请他把东西带回去，把心意留下来就行了。

沙海河说区长太太怎么啦？这不是给你的，也不是给区长的，是给人家病人的。也就一两万块钱，打两针就没了，谁不知道如今看病费钱，家境再好，摊上这么一个病人都得苦死。区长太太不能见外，回头问一下你们区长，他知道我的。许丽姗说他知道你，你等他吧。我不知道你。你如果一定要走，请把东西带上。我不会让你把它留在这里，别以为我说着玩，你一出门我就把它从窗户丢下去，你到下边捡吧。

沙海河眯起眼睛，笑了："哈哈。名不虚传嘛康太太。"

他走了，拿走他的东西。他没留下来等康镇坤，可能确实有事，也可能继续待着挺尴尬，跟许丽姗还说什么话？

没多久康镇坤回来了。他一听沙海河已经悻悻离开，有些着急了。

祝愿你幸福平安
杨少衡

"你该对他客气点嘛。"

许丽姗说这还能怎么客气，收他的东西和钱？

"你稳住他，等我回来。"他说，"实在稳不住的话，让他留下香烟，把钱退还得了。人家面子上过得去一些。"

许丽姗说这个三点水她看了就烦，她有直觉，康镇坤对这人可得小心。

康镇坤笑，说哎呀你又怕上了。放心去拖地板，我对付得了。

他告诉许丽姗，这个三点水确实有来历。他在省城搞得很大，他那个集团背景是省里某个大公子。区里书记区长都问起过他的事，王市长还专门打过电话。

王市长是谁？就是当年的王主任，对他们俩大有恩情的老领导。当年他们当青年活动分子时，这位王在市青年组织当头，后来到开放办当主任，是他把康镇坤调出学校到机关，当时他们夫妻俩曾一起上门找过他。康镇坤是他一手用起来的。这位领导后来曾到县里当过几年书记，然后提为副市长，再当市长。外边人都说，康镇坤是他最看重的干部。

许丽姗知道这些情况，不觉发怔。她说她是真害怕了，不是怕把这么了得的一个三点水得罪，是担心康镇坤让这个家伙缠住，这家伙别是颗灾星吧？康镇坤说你看看你，说那么一点点你就怕成这样。所以不能跟你多说，放心，我让他滚远点。

后来这位沙海河就销声匿迹。直到一年多后才再次上门。那时康镇坤已经履新，到新港区管委会当主任去了。原先他当常务副区长已经忙得要命，找的人已经川流不息，现在更不得了，一把手大权在握，新区建设摊子又特别大，他忙碌自不待言，许丽姗为他防守家中三道铁门，有时也颇苦不堪言。

有一个周末，康镇坤回家休息。晚间有客上门，康镇坤让妻子烧开水，泡一壶好茶待客。许丽姗问这来的是个谁？康镇坤笑了笑，说就是碰过你两回钉子的三点水。

这人第三次上门，情况与前两次有别，男主人在家，不劳女主人出面周旋。许丽姗不咸不淡跟客人寒暄两句，给了他一杯茶，即抽身离开，到小卧室陪儿子康平做作业。沙总看来是旧情难却，当着康镇坤的面还要重温一下，他说康主任我最怕你太太，这么风采这么美丽，为什么还会这么吓人？康镇坤笑着问许丽姗他该怎么回答沙总？许丽姗一边倒茶一边说，这好讲，警察嘛，总是有人怕的。

"这是我们家警察，保安，兼纪委书记，"康镇坤笑道，"沙总你那是小意思，我怕她才怕得厉害。"

沙海河办事效率很高，不是那种长屁股会泡的，跟上两次一样，十来分钟

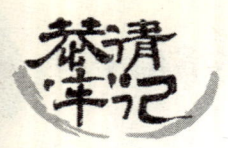

他就走人。走前康镇坤敲儿子卧室的门喊许丽姗,说沙总告辞了。许丽姗出门陪丈夫送客,也就送到自家的防盗门外,什么话都没多说。

沙海河送了一小箱饮料,包装纸箱扁长,有如方便面包装箱。他告诉康镇坤,这饮料好得很,用的原料是撒哈拉大沙漠里产的一种野果,绿色食品,加工过程很精致,没有添加防腐剂和化学物品,对身体非常好,特别有益少儿发育成长,请康主任家人自己品尝,别送人了。康镇坤听他说得如此郑重其事,好奇了,客一送走就去开箱查验,说这个三点水搞什么鬼?难道是《西游记》里的人参果?唐僧取经到了印度,没到过非洲嘛。看他说的。弄一盒给康平试试。

不是人参果,也不是什么绿色饮料。是钱,一共二十捆,二十万元。

许丽姗急了,说快打电话!这家伙没跑远。康镇坤把钱塞回包装箱,说别急,我来处理,明天我叫他到办公室。

第二天他告诉许丽姗,东西退还沙海河了。这饮料虽然绿色,毕竟度数太高,酒量再大也喝不下去,一两滴足以大小便失禁,不需拉链门,全得糊在裤裆里。

许丽姗说这种事可不敢开玩笑。她追问,直到确认东西已经让沙海河拿走,才感叹说,此刻她还觉得心跳。

康镇坤说:"你也真是,没数过钱吗?别这么紧张,会得心脏病的。"

许丽姗说她最怕最不想见的就这种钱。看一眼就心神不宁,居然敢这么弄过来!怎么总会有这种事这种人呢?

康镇坤笑,说看来真是不能让许丽姗多听多知道。许丽姗这是天生的纯正,跟她父母有关。老岳父在任上肯定是个好官,正直清廉,让子女耳濡目染。客观上也有条件,许丽姗那种家境,所见多明亮,自然目不斜视,不贪不图,还富有同情心,"祝愿你幸福平安"。不像他,从小见多不怪。只不过如今情况有些不同,一样为官,与老岳父他们在位时已经大不一样,乱七八糟的事多了许多。像他当个主任,手中有一小点权,上上下下都得应付,碰上沙海河这样的人这种事免不了的。不要紧,兵来将挡就是,对付得了。

许丽姗说:"镇坤你可千万把持住自己。咱们这样很好了,咱们不需要更多东西,不要去自找害怕。"

康镇坤大笑,说你看看,说你是警察兼纪委书记,真是一点不错。家有你这样的好老婆,敢犯错误吗,能犯错误吗?

此后沙海河再没来过,许丽姗也再没听康镇坤讲过这位三点水。直到出事的前一个夜晚,康镇坤突然回家,才说起开发商沙海河进去了,已经近半个月。

祝愿你幸福平安
杨少衡

原来这个人没有消失。灾星总在猝不及防间降临。

五

调查人员追问过程。他们说，根据他们掌握的情况，许丽姗当时在场。

许丽姗说不错，她在场。沙海河来的时候，她给他和康镇坤各沏了一杯茶。而后她就离开，到小卧室陪儿子做作业。康镇坤的公务和相关交往她从不掺和，康镇坤不让她掺和，她自己也不想掺和。

"你不知道他给你们送钱？"

许丽姗想起那个纸包装箱，来自非洲撒哈拉大沙漠的绿色饮料。

她说她不知道什么钱，她没见过沙海河的钱。

"那么你见过他送给你们的东西？"

她说没有。有一回沙海河带着东西上门来，她没问那是什么，让他带回去了。

他们说这事他们知道，一共有两次。

看来沙海河都招了。包括"步步高"和香烟信封。

调查人员穷追不舍，问许丽姗是否还记得一个饮料箱？沙海河亲自送上门的？许丽姗说她没喝过沙海河送的饮料。他们家只喝茶，没有喝饮料的习惯。

他们说不要扯到那里，这样不好。许丽姗应当记住自己不只是康镇坤的妻子，还是警务人员，国家公务员，应当知道自己的身份，知道什么是正确的态度。应当配合办案，实事求是，如实回答问题。不要以为不说他们就不知道，那些事涉案人员都已经交代，他们找她只是加以核实，因为当时她在场，她知情。

许丽姗很平静，她说谢谢提醒。她知道自己在工作岗位是执法部门人员，在这里不是。她得接受他们的提问并配合工作。她要明确说明她没拿开发商沙海河的钱，康镇坤也不会拿，他们家没有哪一分钱是这个人的。不管沙海河用什么办法实施贿赂，康镇坤一发现肯定会千方百计退还，这一点她坚信不疑。她想说一句题外话：因为所从事工作的缘故，她一向认真学习法律，清楚法律赋予她以及她丈夫的权力。她相信办案人员的法律和政策水平很高，一定会依法办案。

他们说很好。还得相信一条，天网恢恢，疏而不漏。胆敢违法乱纪者，必受法纪的惩处，不要心存幻想，以为自己有办法逃避。

彼此都是话中有话，气氛不好。

他们问沙海河是哪一天上门送钱的？许丽姗坚持不改口，说她不知道什么

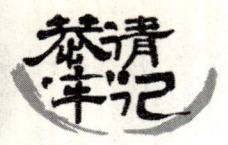

钱,至于上门时间她有点印象,是一个周末,春天时节,天气不太热,具体日期记不清了。

他们拿出一个记事本,黑色仿皮的封面,正是那天许丽姗从儿子卧室的衣柜下边找出来的物件,康镇坤的记事本。他们翻出其中一面,指着上边一行文字让许丽姗看:"晚八点半,沙来访,饮料。"

"是你丈夫写的?"

她说应当是,这是他的本子,也是他的字体。他的事多,怕忘记了,时常记日志。他很忙,时间不多,因此记得很简略,内容常常只他自己明白,别人不懂。

他们问这写的饮料怎么回事?她让客人喝饮料吗?她说已经说过了,她给客人沏茶。当然用宽泛的概念,茶也是饮料。

办案人员请她在笔录记录上签字,她把记录仔细看了一遍,确认无误,在上边签下自己的名字。那时她心头隐隐发酸。

她没想到有朝一日自己要面对这类讯问。这些人也许清楚她没说实话。

她完全可以据实解说,因为他们没拿沙海河的钱,沙海河把二十万元装在一个饮料箱送上门,第二天康镇坤把一饮料箱钱带走,在办公室退还给他。情况就这样,她有把握。但是她觉得不踏实,办案人员追究饮料箱肯定不是没事找事。会不会沙海河只说送钱,而否认退还?谁是送钱的证人呢?许丽姗,她在场。谁是还钱的证人呢?没有。许丽姗只能证实沙海河送贿,无法证实丈夫退赃。如此证言对康镇坤不利。因此她干脆自称不知情,不谈具体情况,只强调如果沙海河企图行贿,康镇坤肯定会想办法退还。具体怎么送怎么退?如有必要康镇坤自会跟他们说清楚。一些具体情况她确不了解,没必要多说,节外生枝。

她心里很难受。连康平都知道好孩子要诚实,妈妈许丽姗怎么能不明白?她不知道自己这算是什么行为。

那些日子里外界一片声浪。康镇坤在本市不是普通中层官员,一级地方机构主官牵扯很多,比一般的局长、处长地位重要,一旦犯案四处震荡。机关内外有各种传闻,大量触及案情,传说的数字有如天文概念。所有说法都涉及开发商沙海河,说这三点水当年在市区,如今在新港区拿到大片优良地块,于开发和转手中牟得暴利。这是公开的秘密。人们还说沙海河身后有一批官员,直接出面的是康镇坤。一些传闻由此延及案件的背景,提到省里市里若干官员,包括王市长。此刻这位领导已经不在本市市长任上,他在近一年前调离,走得不近,交流到外省任职去了。外界传说因为王走了,所以才会查康。王最看重康,有他护着哪有办法查?反过来说,查康其实是为了查王,这个王虽然调

祝愿你幸福平安
杨少衡

走，该倒霉还得倒霉。类似传闻无根无据，却总说得活灵活现。时下许多官员案水落石出之前都这样，无不传闻汹涌。许丽姗不管外边说些什么，她只一条，就是康镇坤发案前夜特地交代的，不听不信。如果听了信了，她只有崩溃。

没多久她达到了极限。

还是办案人员请她去协助办案，让她说明有关情况。他们说经过多方了解，知道许丽姗在单位里表现可圈可点，在审查康镇坤一案中，目前尚未发现她个人有严重经济问题。因此他们对她一直比较客气，充分尊重。但是他们认为许丽姗只想着自己是康镇坤的妻子，不能正确对待本案，未能积极协助办案，存在认识误区和思想障碍。他们决定提供一些情况，帮助她认清问题，作出正确选择。

他们出示了几张照片。许丽姗顿时发蒙，眼前一片空白。

康镇坤与一个青年女子在一起，肩膀紧挨着，坐在一只竹排上。两人面对镜头，伸手比一个Ｖ字，大笑，表情丰富，容貌生动。照片背景是山，林木葱郁，竹排漂行在溪水里。青年女子很年轻很漂亮，留长发，穿背带裙，风姿绰约，似乎眼熟。

办案人员说这是在福建的武夷山，时间是两年前的十月份。许丽姗记得那时候康镇坤去过哪里说过什么吗？许丽姗摇头，什么都说不出来。她不像康镇坤有一个记事本记录日程，以及"饮料"之类，她也不太用心去记康镇坤的日常活动。康镇坤是个负责官员，事情极多，出差是家常便饭，她哪有那么多心思去记去管。

"你不认识这个女子？"

许丽姗注视许久，忽然想起来了。她见过这个人，或者说是见过她的照片，在家里，自己家的相册上有这女人，画面是她拿着一个话筒在说话，身边站着康镇坤。

这是省电视台的一个女记者，康镇坤说人家不叫记者，叫"编导"。几年前该年轻编导带着几个人采访康镇坤，那时他还在区里当常务副区长。家里那张照片是采访时拍的工作照。后来省电视台播了这位女编导制作的一个专题片，该编导在片中对康镇坤以及他所主持的城建工作赞美有加，采访时跟他靠得很紧，许丽姗看了还有些发酷，对康镇坤说这女的挺妖。

康镇坤说人家喝的是洋酒，加冰块的。那东西时尚，味儿怪。其实洋酒不怎么样，还是自家家藏的酒好，习惯，有数，实在，可靠。

办案人员说，这位女编导已因涉案受审。她在省城有一幢别墅。康镇坤已经承认她是他的情妇，他资助她购买别墅。其中一些钱是沙海河给的。

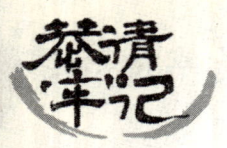

他们给许丽姗看了另一张照片,照片上是一户人家的客厅,厅中一个红木托架托着一块石头,呈红色,宝塔形,层层上拱,顶端浑圆。

他们说这块石头来自泰国,名字叫"步步高"。

"这在哪?"许丽姗脱口问。

在省城,该女编导的别墅里。

办案人员说,他们提及的这些事许丽姗可能有所耳闻,也可能知之甚少或者根本不知情。当年沙海河用饮料箱给康镇坤送钱,隔天上午康镇坤在办公室把钱退还给他,真退了吗?没有。这些钱最后全都到了省城,送到了这位女编导的手里。类似事情还有,许丽姗知道吗?以他们分析,她不知道的事情还很多。他们认为目前没必要多披露。他们告诉她,是希望她认清康镇坤,能实事求是提供情况,配合办案。康镇坤跟沙海河之间的事情她不可能一点都不知道。康镇坤都说过些什么?他们怎么认识的?是不是有谁给康镇坤打过电话把他们拉扯在一起?有什么权钱交易?

许丽姗一言不发。

末了她说,她想回去。今天她什么都不想回答。

当晚彻夜不眠。凌晨她在床上发抖,那时筋疲力尽,她觉得自己已经崩溃,害怕已达极点,这时候别说擦地板,连起床的力气都没有了。天色大亮时她听到厅里有响动,儿子康平推开门说了句话:"妈妈我要上学。"

她咬牙起身,给康平塞一块面包,用自行车送他到学校去。

看着儿子从自行车后架上跳下来跑向校门,她在那一刻下了决心。

她决定不听,不信,等。康镇坤最终会给她一个解释。办案人员说的那些情况可能出于办案需要,不一定完全确切。他们提供的照片不会是电脑拼接的吧?他们没对康镇坤逼供信吗?也许他们的每一句话都是真的,但是无论如何许丽姗不愿相信。

她不能崩溃。

没多久许丽姗再遭重击:哥哥许勇因涉案被拘受审。

康镇坤出事后,许丽姗不愿坐等,千方百计了解案情,试图帮他一把。她知道康镇坤的案子是省里直接抓的,沙海河的东华集团总部也在省里,从省城或许可以了解一些情况。她是公职人员,得上班,还得管个孩子,没法跑远,只能请哥哥许勇出马帮忙。许勇当年认定康镇坤不好,曾暴打他一场,无奈康镇坤还是当了妹夫。后来妹夫大舅子间一直心存疙瘩,关系很一般。但是哥哥就是哥哥,他对许丽姗一向最好,妹夫出事,他不能不为之奔走,说到底还是为了自己的妹妹。许勇从部队复员回家后,原安排在物资供销公司工作,当年公司很红火,一般人难以进去。没料几年后情况大变,物资的分配迅速转由市

祝愿你幸福平安
杨少衡

场调节，物资系统各公司职能和效益迅速萎缩。经过几轮改革转制，最后公司停业，职工们拿了些补偿金，各自谋生。许勇和他妻子原在同一家公司，公司停业后生活一度非常困难。后来在双方家人帮助下，他们租下了一块店面，经营一家小型超市，售卖杂货，景况渐渐好转。许勇当小老板，身份和时间限制少，可以自己支配。他在省城有一个用得着的熟人，就是当年曾打算发展为妹夫的那位战友，这人在正团级别上转业，安排在省政府管理局，认识的人多。康镇坤出事后，许勇立刻就想到他，说这个人很有办法，老战友了，关系最好，肯定能帮上忙。

结果事情搞坏了。许勇这位战友很热心，帮许勇联系了省里相关部门的一位处长，通过该处长了解到一些内部情况，得知康镇坤的案子属重点查办案，案子始发自沙海河，涉案人不少，有的级别高于康镇坤。处长答应帮忙，想办法找一下负责办案的人，争取施加一点影响。许勇给了他一个袋子，内装现金十万元，说找人帮忙总得买条烟请一桌饭，这些钱先用，不够的话再筹集。

因为一些情况，这笔钱最后由该处长上交给了有关部门。许勇企图以金钱干扰查案，性质挺严重，正撞到风头上，案发被拘。他把责任全部揽在自己身上，只说是自己跑到省城，想帮妹夫一把，与许丽姗没有关系。

但是许丽姗也没逃过。办案人员怀疑许勇的资金来源，搜查了他的小超市，在里边发现了一个小本，密密麻麻记有一些物品的名称和数量，多为烟、茶、酒一类，记得很清楚，某月某日，中华烟三条，两条软包，一条硬包，五粮液酒两瓶，一瓶53度，一瓶38度，等等，后边附有标价，一笔一笔极尽其详。这些小账怎么回事，账中物品从哪来？做什么用？深入一查，原来不是从天上掉下来，是许勇从许丽姗那里拿来，然后在他小超市的柜台上出售的。许丽姗既不是批发商又不是生产商，她哪来的这么些东西？毫无疑问这是她和康镇坤收受的礼品。康镇坤身居要职，手中握有一定权力，找他办事的人多，暂时无事却想预先拉关系的人更多。这些人千方百计求见，不管是上门还是上办公室，顺手拿一条烟两瓶酒，是常有的事。根据不同的情况，其中一些礼物被康镇坤夫妇当场拒退，有如沙海河最初受到的礼遇，另外有一些礼尚往来，被他们转送走了，还有很小的一部分被他们用掉，剩下的就滞留下来，成了他们的收藏品。这种收藏品不属细软，挺占地方，有的还有保质期，过期就如垃圾，如何处理挺让人头痛。许丽姗如康镇坤所笑是"吝啬加记性好"，热水器用电尚且想方设法节省，屋里的东西哪舍得扔，有限的住宅空间也不能浪费，让没用的物品堆积如山。怎么办呢？现成的处理渠道就是许勇的杂货小超市。许勇经营小店有风险的，租金不低，资金周转不易，许丽姗有心帮哥哥一把，东西交给他，如何处置悉听尊便，她是一分钱不要，跟自己的亲哥哥不能小

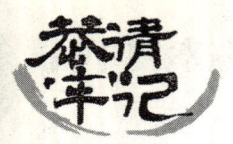

气。许勇却不想如此不明不白,特别是这人个性很强,跟康镇坤并不对路,不愿让妹夫看轻了,因此他悄悄记账,一五一十一清二楚,不需要时留在账上店里,需要时准备如数奉还。

现在这些数字乱棒一般一起打在许丽姗的头上,几乎立时把她打蒙。她没想到平时不太经意的物件累积起来竟相当吓人:四五百元一条的烟,数以千计一瓶的洋酒,还有茶叶,凡账上有的,都按现行标价算,粗粗一估近十万元。许丽姗无法否认它们的存在,更无法一一说明其来源。她知道这些数字最后将加入康镇坤的案卷里。

许丽姗把家里的防盗门锁上,带着儿子离开"官园",住回了娘家。双亲接连经受打击,面容枯槁,都苍老了十分。许丽姗打起精神强作欢颜,照料父母饮食起居,帮老人一遍遍擦拭地板。她说爸爸妈妈别操心,镇坤出事的前一夜特地回家过,当时他就说了,他没有事的。告诉二老不用着急,一切都会过去。

老人说是吗?他是那么说的?

许丽姗说当时他显得很轻松,还说要唱歌呢。她对他有信心,这人一向说到做到。

恍然如梦,许丽姗好像又听到门铃响声。仿佛回到当年,一位年轻中学老师仔细梳了头发,把自己收拾得清清楚楚,拿着一张旧报纸按响了她家的门铃。

这个人现在在哪里?他还可以让她相信吗?他们一起走过了这么多年,怎么会在不知不觉间走到那里去了?为什么他们好不容易摆脱了困窘,又得不断经历恐惧?她一直那般小心,竭力防范,怎么还是免不了落到这个地步,在双亲面前强词掩饰?为什么是她,而不是别人,这样对她公平吗?当年自己不听家人劝告,背着一个小包抹着眼泪走出家门,难道她是自作自受,相信了一个不能相信的人,从一开始就错了?

她咬紧牙关,欲哭无泪。这时候不能哭,二老和康平承受不了的。她自己也承受不了。她不能崩溃。有些东西她无论如何不能接受。

拒绝害怕,坚信到底。她需要一个解释,康镇坤允诺过。

六

事情其实早有迹象,那天的情况她记得很清楚。

大年初一,康镇坤说咱们赶个早吧,到外边走走。以往要么待在屋里等人家上门给咱小领导拜年,要么咱们上门给人家大领导拜年,今年都免了,咱们

祝愿你幸福平安
杨少衡

另行安排。

康镇坤这么说有些缘由。这些年过年,大年初一他们俩一起出门,第一个上的肯定是王市长家。王对康有知遇之恩,一路关照,他们自当感恩。今年有变化,王调到外省任职了,家也搬了,只靠电话拜年,不再需要上门了。

除夕夜,他们在许丽姗的家里围炉过年,吃火锅。当晚把儿子康平留在外公外婆那里,跟许勇的儿子一起,两个小男孩做伴玩。康镇坤和许丽姗回家休息,凌晨五点起床,康镇坤的轿车已经守候在楼下。

康镇坤说迎新年这种事有讲究,不同地方讲究不同。有的讲究零点,就是中央电视台春晚那种方式,零点之前倒计时,主持人率全国人民一起手舞足蹈,欢呼雀跃,"五、四、三、二、一",钟声敲响,万炮齐鸣,这就是新年了。但是有地方不讲究深夜零点,讲究天亮,太阳出来的那个时辰,这时放炮,一炮大吉。

许丽姗说不对啊,要是阴天怎么办?看不到太阳出来的。康镇坤便笑,说碰上你这种钻牛角尖的警察真没办法,都得死翘翘。你就不允许变通一下?大约五点半嘛,经研究决定,那个时候放炮就行了。咱们不是公鸡,太阳出不出来不归咱们管。

这个大年初一凌晨,他们驱车二十余公里,去了海边的一个寺庙,叫青林岩。这座庙坐落于临海一座小山上,寺旁林木葱郁,一条溪流绕行山脚,有几分世外桃源模样。这寺庙地处康镇坤的新港辖区,在附近颇有名声,香火很旺。据说该庙新年第一炮能给人带来好运。康镇坤说咱们去试一试吧。

许丽姗很惊讶,说咱们又不是小孩,放什么炮呢?康镇坤说小孩哪有资格,人家讲规矩,这门炮有身份的。

原来是人家请他去的。年前他安排一项工程,把通往寺庙的道路铺上水泥,为善男信女做点好事,也将该寺辟为旅游点开发。工程完工后,村里和庙里人说感谢领导,新年第一门炮留给康主任放,好不好呢?康主任欣然应允。

"咱们也图个吉祥。"他对许丽姗说。

那天赶到寺庙时,天色初亮。寺庙外已经停着好几部车辆,是附近村庄里几个大户人家开来的,其中有开面粉厂的,有经营加油站的,还有村长,都是一些地方闻人。大家静静站在庙门外,恭候康主任到来。庙后边小山坡上立着几根柱子,远远可见有鞭炮一挂一挂垂吊着,本年度迎新年放炮筹备已经就绪。

康镇坤招一招手,把司机喊过来。他说他要在庙门外跟这些人说说话,让司机在前边走,领许丽姗进庙去。

"打火机有吧?"他问司机。

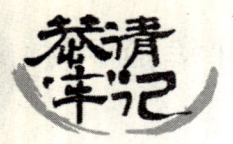

司机说带着呢。

他说:"一会儿你示范一下,教她怎么打火。"

许丽姗不觉一怔,说干吗呢?康镇坤摆摆手说不干吗:"这一炮你点。你是警察,那声音吓不着你。"

他开玩笑,说许丽姗这一炮可千万千万点好,不说全世界人民今年的幸福生活在许丽姗手上,至少丈夫康镇坤和儿子康平的幸福生活都在她的手上。"祝愿你幸福平安",今年就看这门炮。

许丽姗说别吓人!康镇坤笑,说行了别紧张,听他的,快去,这样好些。

许丽姗没再说话。她想康镇坤可能是顾及影响,不落话柄,毕竟这是到庙里点炮,不是在办公楼前剪彩。点就点吧,受康主任委托,当一次代表,没什么大不了的。

那一炮点得很顺利,炮声又脆又响,听起来特别红火。

返回的路上,康镇坤感叹,说他觉得这个世界六七十亿人口,只有一个人最可靠,就是老婆。今天早晨到山里来,一路上他忽然心里挺不安,总是觉得可能有问题,所以他让许丽姗上,眼下他对自己不敢太相信,但是知道可以相信老婆。

康镇坤担心什么呢,很奇怪的。他不是如许丽姗所猜想,怕大年初一跑到寺庙亲自放炮,让人传来传去影响不好。他不怕这个,怕的是意外碰上一门哑炮,或者一挂炮响一半突然熄火了,弄得乘兴而来,败兴而归,让外边四处传说,为人耻笑,联想纷纭。他说去年他们开发区有座大楼奠基,请了领导们来剪彩,九把剪刀,九个剪彩嘉宾。动手时旁人都很顺利,一刀下去红绸尽断。偏偏有一个不行,没剪断绸布,手中剪刀居然散了架。事后到处笑话,说坏了,天要灭他,看着吧。没多久这人果然事发,就他们开发区给抓走的那位副主任。

"我要是跟着一炮放不响,可不兆头大坏,谁知道会传说成啥样呢。"他说。

许丽姗立时感觉不安:"镇坤你碰上什么事了吗?"

他嘿嘿笑,还那一套,这回叫"扑通"。他说有一个医院急诊室来了四个病人,其中两个断了腿,一个断了胳膊,还有一个更严重,腰椎断了。医生很惊讶,问他们怎么搞的?他们说一样,都是"扑通"。原来该四人当晚一起喝酒,桌上几瓶酒底朝天了,第一个人站起来,说没醉,咱们再去搞一瓶。这人爬上窗台走出去,扑通一声掉到楼下去了。第二个人说这家伙怎么搞的?光听到扑通,没见到酒?看看去。爬上窗户跟着也扑通了。第三个人比较清醒,他说坏了他们走错地方了,我去把他们叫回来。于是又下去了,扑通。第四个人

祝愿你幸福平安
杨少衡

一看全走光了,很生气,说你们不敢喝算了,一个接一个扑通扑通,干吗呢。不喝了,回家。跟着再上窗台,一个跟头扑通完了。

康镇坤说咱们放过炮了,响声震天,没问题,吉祥如意。兆头很好的,今年咱们不怕"扑通",幸福平安。

许丽姗看着他,许久无言。她知道他心里一定有什么事,如此笑嘻嘻讲酒段子开玩笑,他心里一定很沉重,甚至恐惧。大年初一赶大早进庙放炮,事到临头不想点火,这很异常,不像他平时的样子。车上有司机,不便多说,她没再追着他问。她了解他,这人一向对她报喜不报忧,天大事情非到扛不住了才会讲,总说是不让她额外操心,他怎么就不明白越是这样她是越发不安呢?

他们离开青林岩后没有立刻回家,车拐了个弯,到南亭,探望康镇坤的父亲和弟弟。康镇坤说,自从母亲死后,没有哪个大年初一去过,今年也破个例吧。

于是上门。探望者和被探望者的感觉都一样,特别意外。

康镇坤是在跟许丽姗婚后才跟父亲重新相认的。当年康镇坤跟许丽姗交往时,非常不愿意谈及自己的家庭情况,但也不掩饰,点点滴滴说过一些。他告诉许丽姗南亭那个人不是他的生父,他母亲早死,至死没说过谁是他的生身父亲。母亲饱受丈夫虐待,他那个赌徒养父发起酒疯有如禽兽。他说,小时候养父毒打他和母亲时,他只能硬着头皮承受,不住发抖,"做恐惧状"。当时就一个念头,就是等长大了,有力气了,他一定亲手打死这家伙。

谁想最后他把这个人认回来了。因为许丽姗。

那一年,康镇坤还在开放办当科长,有一天单位有事,很晚才下班,回家一看有人坐在厅旁饭桌边吃面,却是他弟弟。康镇坤不认养父,跟弟弟却有联系,因为异父同母,两人有血缘关系。康镇坤的弟弟个矮,生性懦弱,跟他一点不像,但是从小跟在哥哥屁股后边,也没少挨父亲的拳头,康镇坤对他颇怀手足之情。那天弟弟从南亭跑来,苦苦守候,明摆了有事,但是康镇坤发问,他又支支吾吾说不出来。康镇坤一看明白了,问:"他出事了?"弟弟这才承认,说他父亲也就是康镇坤的养父摔了一跤,竟没爬起来,已经住进卫生院,现在昏迷不醒。医生说是中风,相当严重。

"又喝了是不是?"康镇坤问。

弟弟说是的,出事前一晚,其父不知从哪弄的钱,跑到夕头小酒馆,喝醉了。隔天好像没事,以为跟以往一样过去了,没什么大不了的。哪想就在晚间发病,上厕所小便,摔在便池上就不省人事了。

康镇坤给了弟弟一点钱。让他看着办。

弟弟走后,许丽姗说了句话:"你回去看看不好吗?"

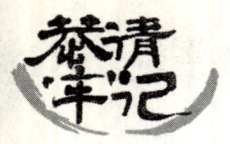

康镇坤说许丽姗知道的,早年间他恨不得杀了那人。

许丽姗说他可能快死了。不管怎么样,他养过康镇坤。

当晚康镇坤一夜不眠。第二天他一声不吭去了南亭。晚间回来,他告诉许丽姗说去看了那个人。看来稳住了,死不了,但是瘫了,可能得卧床至死。

"从此告别酒和扑克,手脚也废了。"他说,"老天爷真会安排。"

他说多年不见,如此重逢让他感慨很多。现在他很希望这个人能够活长一点,他想让他多看几眼。不说看康镇坤是不是出人头地,至少看康镇坤怎么当的丈夫和父亲。老婆和儿子是拿来打的吗?

"这叫参照系。"他说。

后来康镇坤就不定期到乡下看看养父和弟弟一家,并予帮助。往日恩怨渐渐淡化。许丽姗和孩子也曾跟着一起去过。康镇坤的养父中风后日渐枯槁,形同骷髅,不能动弹,几乎说不出话,喉咙里只能唔唔唔发出些含糊的声响,生命力却极其顽强,这几年一直撑了下来。康镇坤重认父亲,外界意外地颇有反响,所谓一阔脸就变,六亲不认,人们多不认同。康镇坤不一般,出人头地,以德报怨,这个官不错。康镇坤一提起这事就讲许丽姗,说自己是有了老婆,才又有了父亲。一个男性领导干部第一等的要务,就是找个好老婆。

那天是大年初一,时间宝贵,他们在南亭没法待久。在养父的病床前,康镇坤目不转睛看,却一言不发,病人说不出话,但是睁着眼睛。两人相视无言。然后离开。

康镇坤发表感慨。他说当年刚给提起来那时,有一天上边来了位重要领导,陪客人喝酒时他豁出去了,发挥出众。领导很满意,说小康酒量不错。座中一位同僚酸溜溜说了一句:"他有家传。"他只觉浑身的血和酒全都冲到头上,恨不得当场杀人。还好王市长在,他忍住了。第二天平静下来,他回想人家那句话,竟然很有体会。

"家伙很损,"他笑,"但是抓住了要害。"

他说他跟瘫痪在床上那个老人没有血缘关系,但是确实命定的大有关联。他为什么有那么多的酒段子?因为本能地过敏,从骨髓里,跟这人有关。其实这个人虽然好酒,酒量却小,稍微来点就不行了,哪像其养子与生俱来的水平,根本就不是一个种。这些年他康镇坤如此努力,做事,争得领导信任,上升,掌握一定权力,为什么?也因为心里总有这个人,渴望让这人瞧瞧曾饱受其怒骂暴打的这个"野种"究竟怎么回事。包括无论如何要找一个好老婆,养一个好儿子,都有这方面的缘故。但是所谓的"家传"还不止这个,眼下想来更有其深。他养父年轻时是个赌徒,会玩扑克,赌徒的心理状态很复杂,渴望暴富不惜孤注一掷,很敢冒险的。特别是心存侥幸。这种事挺风险的,能干吗？赌一把吧。赌赢了就什么都有了。人家敢赌我怎么不敢？人家能拿我怎么不拿？人家能干我怎么不能干？赌一把，没事的。

"我是不是真的得自家传了？"他笑道，"押宝，孤注一掷，跟定某一个人。不能干，有风险的，管他，赌一把，没事的。人家敢，我怎么不敢？人家拿，我怎么不拿？人家干，我怎么不干？"

"镇坤你说什么！"

"说到底我还是比较有成就感的，我是说比我养父强。"他还笑，"至少儿子是自己的，老婆没挨过打。"

许丽姗圆睁眼睛看着丈夫，心里莫可名状，有一种异样，还有恐惧。

"告诉我出什么事了！"她叫。

康镇坤说人为什么会感到害怕？原因很多，不太一样。有的人因情感而害怕，有的人因欲望而恐惧。

七

康镇坤一案终于进入了司法程序。

许丽姗去医院检查，得到一份严重神经官能症的证明，向单位请了病假。不再上班。她四处找人，想尽办法，能找的人一一找过，以求得到帮助。只留一个人她不敢惊动，就是已经离开本市的王市长。不是因为人家已经远离管不上了，是因为康镇坤有过特别交代。康镇坤出事前夜回家时，说过如果他出了事，不要乱找，绝对不要找"那位领导"，他们俩都知道这说的是谁。就这位。康镇坤如此交代肯定有缘故，或者是康镇坤自己已经找过了，回天无力；或者是这种时候表现出彼此间的特殊关联会导致严重后果，不仅于事无补，反而大有麻烦，总之是不能找。许丽姗心里很明白。

所作努力一一无果之后，许丽姗把自己的亲朋好友分别又找了一遍，这回是筹钱。她说他们讲康镇坤贪污受贿数百万计，事到临头除了康平储钱罐里的几个硬币，家里什么钱都拿不出来，只能求亲友帮忙。她决定到北京去一趟，给康镇坤找律师。她要请最好的律师，不管花多少钱。钱用在这里是正当的，法律允许的。

聘请律师的事项颇费周折。她碰上的几乎所有京城名律听了情况都摇头不止，说这个官司恐怕没有胜算。许丽姗不屈不挠一个一个找，末了一位张律师愿意接手，这位律师鼎鼎大名，谈起案子极有分寸。

他说我们目标很难定高，只能尽可能争取好一点的结果。他的意思是要具体分析康镇坤受到的各项指控，寻找其中的错漏和问题，想尽办法，从证据不

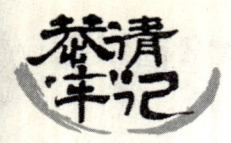

足认定不准等方面入手,争取剔除若干项,例如把出售收受礼品得款从案中剔除,这样减少总案值,可望减轻法律的惩处。

许丽姗说康镇坤不该被判罪的,他没有问题。

律师说,从现有的资料看,他自己承认了不少事情。

许丽姗说他肯定有不得已,有隐情。听说他们不让他睡觉,搞逼供信。他还可能是当了替罪羊,为某些人承担了罪责。还有一种可能是诬陷,他升得快,管的事多,难免树敌。他承认的所有事情背后肯定都有缘故,不管是金钱女人什么的,都一样。无论他承认过什么,可以在法庭上翻供,可以据实陈述,还自己一个清白。

"我觉得你相信他,可能比他自己还相信。"律师说。

许丽姗无言。好一会儿她说是的,是相信他,也是相信自己。得让自己相信。她不能相信是自己错了。她最怕的就是这个。这段时日里她总是回想以往,起于"轻轻地捧着你的脸",一直到前些时候康镇坤深夜回家,告诉她可能出事了。历历在目。感情这么深,最后关头他最放不下的还是妻子和儿子。这人怎么可能欺骗她,她怎么可能错了呢?

"他会亲口否认强加给他的罪状。"她说,"我只想听这个。"

律师尽力了。事情最终没有像许丽姗愿意接受的那样。

她参加了法院的公开审理。她在法庭上情绪失控,当庭大喊大叫,扰乱法庭正常秩序,被法警带离了会场。

那天康镇坤在法庭上表现正常,对公诉人起诉的各事项未予置疑。许丽姗在旁听席上起身大喊,要康镇坤振作起来,翻供,不要害怕。

"告诉法官他们打你!他们不让你睡觉!他们逼供信!"她喊道,"把你的衣服脱下来,给大家看你身上的伤!"

法官向许丽姗发出警告。

"把隐情都说出来!"她不管不顾继续喊叫,"谁要你办什么!谁应当负责!你不要当替死鬼!"

许丽姗被带出了法庭。

康镇坤当堂陈述。他说他的妻子可能为谣传所误,刚才情绪比较冲动。他愿意在法庭上说明,自己受审查期间,办案人员能够依法办案,并无打骂和逼供信等情节。也没有其他隐情,他自己的事情自己负责。

他被判有罪。认定的数额为三十万元。考虑了表现等情况,判定刑期为十五年。

直到这个时候许丽姗还是无法接受,坚决拒绝,顽强得近乎偏执,有如当年她不听劝阻背着一个小包独自离家类同私奔那般凄凉而决然。事情怎么会变

祝愿你幸福平安
杨少衡

成现在这个样子？事情不应当是这样的。她不应当得到这样的结果。

康镇坤被押送服刑地时，许丽姗专程到看守所为丈夫送行。两人相视，久久无言。

康镇坤说他对不起妻子和孩子，事到如今也没办法了。如果许丽姗提出，他愿意签字离婚，放弃所有一切。

许丽姗说："这样就能跑掉吗？"

他说他知道许丽姗什么意思。当初结婚时他说过，他一定要让许丽姗幸福。如果他没做到，或者背弃对他如此信赖、为他如此牺牲如此付出的妻子，他就不是人。让许丽姗把他一枪崩掉算了，这是人民警察为民除害。

"你是不是打算等那一天？"他问。

许丽姗说是的，她已经准备了一颗子弹。她会等他十五年，这期间她会定期到监狱去看他，她希望他能得到改判，或者减刑。不管他在监狱里坐多少年，在此期间他一定得把要说的话想清楚。她愿意相信他。她知道他一定有话要说的，法庭上也许不便说，现在也许不能说，那时候总可以说了吧？她不想听他唱歌，也别再拿酒段子搪塞她。别让她绝望。她不要悔恨和害怕。

"你说过会给我一个解释。"她说，"到时候我要听你怎么解释。"

康镇坤痛哭流涕。

壮阳草 王 石

没有人知道，他为什么在自己快不行了的时候，要向世人公开一段被遮蔽的个人历史，他竟然不惜因此失去宝贵的声誉和物质待遇。可是从四面八方来到他身边的人们，怀着各自不可告人的私欲，不仅阻挠公开，还要诱逼他为已不存在的壮阳草作证，他只有赤裸身子以死相拼。这一场博弈究竟谁胜谁负呢？

壮阳草

王 石

一

　　李大伟眼睛睁开，天已经亮了。他没有扭头看身边的老伴，而是摸索着抓住她的手，顺着他的腹部往下滑，一直滑到他的两腿间，他按着那只还算柔顺的手，紧紧捂住他的阳物。

　　"要死你，也不看看你这一大把年纪，你不怕丑我还怕。"

　　老伴甩开他的手翻身坐起。

　　李大伟说这又不是发廊，自己家里，什么叫怕丑？一大把年纪怎么啦？你见过从省城来的那个电视台赵主任，有五十多了，还有那几个三十多岁的，他们听我说到壮阳草就两眼放光，私下里都问我这壮阳草怎样才能找到。现在男人都退化了，我估计他们肯定有阳痿的毛病。我比他们都大，可是我没有，这说明什么，说明我还不老。

　　"好好好，你是出了名的老顽童，你不老，我老了行不行，那年我都快五十还跑到医院打胎，没被人笑死，能活下来，就算荣幸，你还想让我再打一胎不成？"

　　李大伟还想再说什么。老伴用手止住了他，示意门外有响声。她屏声静气，偏着头，斜睨着眼，耳朵专注地听外面的响声。李大伟也听到了。外面脚步声嘈杂，还伴有同样嘈杂的人声。

　　外面真的围了不少人，全是李镇的。每人手上都握着一把青草。虽然都是青草，却有着不同的色泽和形状。青草是刚拔下来的，空气中散发着露珠和泥土的气息。李大伟和老伴站在门口，两人都眯着眼，有些纳闷地看着那些期待和兴奋的面孔。

　　"你们，你们这是干什么？"

　　"李大爷，我们想请您鉴定一下，谁手上拿的是您说的那种壮阳草，听说省城来的高总要高价收购，您帮我们鉴定鉴定。"

　　人群后面有人说话。阳光狡黠地从街对面低矮的屋顶直刺过来，逼住了李大伟的眼睛，他眯着眼，看不到后面是谁在说话。他只是粗略地扫了一眼人们手上的青草说，不是，你们手上的都不是。

　　那些期待和兴奋的面孔立即就显出了失望，接着就有混乱和不满的议论此起彼伏地蔓延起来。

　　"告诉您，我们把独山坡上的各种草都弄来了，肯定有一样是的，您是故意不告诉我们吧。"

　　"您该不是想一个人独吞吧。"

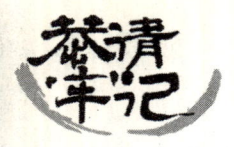

"别瞎说,李大爷要是独吞早就吞了,李大爷可是有情有义的好人,是吧李大爷?"

李大伟说,我的话,是真的,你们不相信,我有什么办法?

他老伴往前冲了一步说,你们听说高总要高价收购,你们就问高总去,跑我家来干什么?上个月是谁往我们家院子里扔臭大粪?站出来!谁敢站出来我们老头子就告诉他,是谁?站出来呀,怎么都不敢站出来了?

"扔大粪的人不在这儿,我们都是没扔大粪的。"

声音仍然是从后面传出的。李大伟说那好,远了我看不清,你们过来,让我仔细看看你们手中的草。

等人们走近聚拢,还没站定,哗地一盆水洋洋洒洒地劈面泼来。人们没注意到院子的花架边就有一只脸盆,脸盆中是满满一盆水,那盆水就在李大伟的手边。躲避的本能驱使着人们纷纭四散。

李大伟得意地像个孩子似的哈哈大笑起来。

二

壮阳草,已经久违人世了。

可是李镇的人们相信,在即将到来的禾苗疯长的夏季,久违人世的壮阳草会奇迹般地再现,它会像野草那样蓬头垢面地生长起来。

正在图谋制造这个宏大叙事的人,是来自省城的强身保健品公司的高总。有着中医学士资历的高总,多年前就蓄意要开发一种中医的壮阳产品。

在预设中,高总已经胸有成竹地阻止了一切人为的修剪。他说,你们看好了,这儿现在是耕地,再过五个月,就在今年盛夏的收割季节,我们眼前,壮阳草会像耕地里的这些野草一样长得蓬头垢面,只有蓬头垢面才更像原生态。原生态,这是现代社会最具吸引力的概念。做大商人就得会做概念,抓住了概念就抓住了火爆的商机,你们说是不是?

旁边的人都点头称是,笑说高总的话像我党的红头文件一样高瞻远瞩高屋建瓴。

省电视台专题部的赵主任转了一圈走过来了。他手下的几个年轻人都还在山坡上选景拍照,时时有尖叫和狂笑从那边滚过来。

赵主任喘息着走到高总的身边。

"整治一下,确实有特色,当年在这里移山造田种稻子,真是暴殄天物。可是高总,你是怎么发现这块深闺中的宝地,还知道这里有过壮阳草?"

高总闭着嘴笑笑,鼻子里哼出的气都快冲到赵主任的脸上,他扫了一眼山

壮阳草

王 石

坡那边，年轻漂亮的女主持人攀着还未返青的柳枝摆着各种姿势在拍照。他说，我这人虽然胆子大，可是没一点底，我能投资五千万！要说信息，这归功于我的营销部的李经理。李经理，你给赵主任说说你爷爷。

李经理就站在赵主任旁边，看上去一条壮汉，身高不低于一米八，灰西装里面打着一条红色斜纹的领带，身子一动，领带晃晃悠悠地使他的胸膛更显壮阔。在他面前，身材不高的赵主任感到有压力。

李经理面相很友善，说话的时候笑眯眯的样子，一下子就把身高带来的威胁给稀释了。他看看往这边走过来的年轻的女主持人，似乎欲言又止。赵主任嗨地拍拍他的手臂，人家什么都见过，比你我都厉害，你只管说，没关系。

李经理笑笑说，我爷爷就是这里的人，他在抗日时手刃日军小队长。当年这独山坡上漫山遍野都是壮阳草，男人吃了，那玩意儿就坚挺，我爷爷八十的时候，我奶奶还怀了一孕，她老人家到县上打胎成了轰动全县的花边新闻哩。

赵大成不相信地摇摇头。

"不——会——吧，你爷爷八十的时候，你奶奶多大。"

李经理说，这话说来很长，我亲奶奶63岁就死了，我爷爷续弦，就找了个比他小30岁的，虽然小30岁，可是他们的性生活却非常和谐。

"你爷爷真的那么行？"

李经理笑笑说，正确的说法，不是我爷爷行，而应该是壮阳草行。据说我爷爷年轻时，到我奶奶娘家的村里，和那村里的小伙子大侃壮阳草，人家不信，他们就脱了裤子比，看谁最坚挺，结果我爷爷最厉害，他可以把两个大铜锁挂在上面还金枪不倒，就这么厉害。

"你爷爷是抗日英雄，我还看过写他的小说，现在让老人家来重新讲述这段经历，等于是推倒了他的过去，他肯这样讲吗？"

李经理说，讲，就是他要讲，我跟你这么说吧，他想讲差不多都想疯了，我知道你还要问他为什么要讲，这个我就不知道了，反正是他要讲，而我们高总也需要，就这么简单。

赵主任点点头，他还想说什么，高总用手势打断了他。

"我知道你要说什么，我答应你的，你放心，片子拍完，一回去我就兑现，你可以绝对地放心。我的要求是，这个节目一定要做好，当李经理的爷爷回忆和讲述时，摄像机不能停下来。特别是到了最后，有一个场面，我们要让他来指认壮阳草，这时摄像机一定要对着他，这就相当于办案，要办成铁案！"

三

听说壮阳草的人,都知道它源于一个故事。

很长时间里,这个故事只在民间私下地传说着。一本公开印行的小说和一出公演多年的方言戏曲,把过去曾经真实地发生过的东西通通消解掉了。现在,高总说,我肩负的使命,就是借电视台最现代的拍摄技术,将一切真实地还原,这将是一个让所有男人和女人都有兴趣的故事。通过不惜血本的炒作,我要让这个故事像伟哥一样家喻户晓,要让敏感的市场像发情的母狗一样发出焦渴的呼唤。这个时候,我靠,你们想想,你们尽管发挥你们天才的想象,想象消费者疯狂地抢购的火爆场面,想象我们公司用坏的点钞机堆积如山的惊人景象。想吧,怎样的想象都不会比事实更离奇!

可是对于故事的主角李大伟来说,壮阳草的神奇一点也不需要想象。至今仍住在李镇(过去叫李村)的李大伟已八十有五,不仅身材高大腰板笔直,最为要害的是,由于从小受到壮阳草的熏染和滋补,至今,他身体的某个不便公开和不便启齿的部位,仍在需要使用的时候,能够生龙活虎地坚挺起来。

1941年秋天,一个月黑风高的夜晚,和往常一样,侵华日军小队长山本没有带一兵一卒,他独自一人,大摇大摆地如期地到李村玩女人。这个贪得无厌的大淫棍,自从服用了壮阳草后,他在这里日日不间断地寻欢作乐,没有停歇过一天,如此频繁和罕见的奸淫纪录,可作为壮阳草神奇效用的一个反证。这天夜晚,在中途守候多时的李村青年李大伟突袭了山本。他迅速扯下挂在山本上衣口袋的怀表,接着麻利地扒下山本紧扎的军裤,然后他手起刀落,一下子就将那个作恶多端的胯下之物连根割下。他抓着那个血淋淋的东西,趁着暗夜潜入了雄柱峰。

抗日战争结束后,新四军的一个爱好写作的战士慕名到李村搜集素材,他在李大伟家住了半个月,把李大伟说的话记在一张张皱巴巴的香烟纸上。回去以后,他就把李大伟的事迹写成革命故事。1950年,这位识字不多的战士又在出版社一位资深编辑的悉心扶助下,把革命故事改成了长篇小说。小说出来不久就顺理成章地成为革命文学和战士写作的范本,作者由此而靠一本书成名,随即就调到省作家协会当了专业作家,后来又一直担任着作协党组书记。几十年下来,作为本省一名家喻户晓的老作家,人们一直尊称他为沈老。

沈老小说中的山本仍然是日军小队长,不同的是,山本不是一个淫棍,而变成了一个凶残的杀人狂,他杀人如麻血债累累。到了小说结尾,山本带着一部分日兵从炮楼上窜出来,又一次要到村子里去杀人放火,结果中了武工队长的伏击，武工队长在村外击毙了山本，然后趁着夜色乔装成日军小队长，孤身深入炮楼并与埋伏在外的武工队员里应外合，全歼日军。结尾是小炮楼在轰然的倒塌声中化作一团火焰，火光将武工队长高大的身影倒映在红色的天空上。

在这个小说中，那个身材和相貌特征都按李大伟来描绘的武工队长，像孤胆独闯威虎山的杨子荣一样智勇双全。

小说后来被改编成各种形式的地方说唱和戏曲。一时传遍大江南北。李大伟也因为沈老的引荐而成为武工队长的原型，受到明星式的追捧。当年他从山本上衣口袋里扯下的那块精制的怀表，现在仍然陈列在李镇的抗日纪念馆内。

2002年初，离当年的那段史事，相隔了60年，从乡粮管所退休且已经沉寂多年的李大伟，没想到省城的高总对这个故事产生了浓厚的兴趣。而他早就想向世人讲出自己的真实经历。

人们睁着一双双兴奋的眼睛，一边饶有兴味地听着传奇一样的故事，一边四处搜寻着壮阳草的蛛丝马迹。至于李大伟为什么要把自己的真实经历讲出来，他们认为这是一个莫名其妙的问题。

四

李大伟近来有些幻听。

每天早上，老伴下面条，他就扫地浇花。他在扫地的时候，墙上露出了一张脸，那张笑意模糊的脸用关切的声音说，你想好了，你讲述的东西跟档案上的要是不一样，县组织部一审核，那离休待遇就没了。把离休待遇弄没了，麻烦可就大了，镇粮管所连工资都发不出来，你的生活怎么办，你往后有个三病两痛的怎么办？你得想好了，想好了你再讲。

李大伟拄着长扫帚走近那张脸说，哦，你是老县长吧，你那年躺在病床上跟我说的话，我一直都记着，你说一个人把什么都放下了，离真理就近了。现在我什么都明白了，我没有什么放不下的，我就是要把自己的真实经历讲出来。

老伴从厨房里探出头，看着李大伟说，你拄着扫帚在干什么，你在和谁说话？

李大伟边扫地边说没有，没有和谁说话。

去院子浇花的时候，花丛中又冒出一张脸，那张捉摸不定的脸用挑剔的声音说，有人问你为什么要自讨苦吃，问你为什么要讲那些谁都不知道了的经历，你就跟他们说说，把心里的想法告诉他们，告诉他们是为什么，你不说，人家都不能理解你。

李大伟把浇水壶给扔了，大声驳斥说，我就不说，就不把心里的想法告诉

他们,我说了他们更不理解,那些欲望熏心的人,要么笑我是老天真,要么就骂我是老糊涂,我就不说为什么,我为什么要告诉他们!

老伴把热腾腾的面条端到厅堂的红木桌上,她探望着院子里的他说,你怎么把水壶给扔了,你叫喊什么呢?

李大伟弯腰拾起水壶说没有,没有喊什么。

老伴在厅堂里边擦桌子边说,完啦完啦,这死老头,这些天像是着魔了,这可是怎么办。

李大伟走到厅堂门口,大声问,你在和谁说话?

老伴吓了一跳,看到他很认真的样子,一摔抹布叫道鬼,鬼,我跟鬼在说话。

李大伟四下看了看说,鬼,哪有鬼?

老伴用手指着他说,看什么看,你就是鬼!

李大伟孩子似的笑了,说我哩,我跟你说,就是做鬼,我也得做个安心鬼。

五

李大伟孩子似的笑着说,我说了,我要把真的经历讲出来,我告诉你们,那个山本不是一个杀人狂,他是一个淫棍,沈老在纪念馆里写他是个杀人狂那是错的,这狗东西吃了壮阳草以后完全就变成了一个无耻的淫棍。你们只知道现在李镇的样子,你们没看见过去叫李村的样子,你们知道李村是什么样子吗?李大伟看了男记者和女主持人一眼。

女主持人连连点头。

点头没有错。他们已经看过不少材料,还到实地去看过。李村的地形属于山清水秀那种,村前的东边有一条小河,小河十来米宽,河水清澈,看得见河底五颜六色的小卵石,村西是一片田野,田野的后面就是起伏的独山坡。独山坡舒缓地上升,升到坡顶,有一座笔直笔直的山峰像柱子似的朝天耸立,这峰叫雄柱峰,上百米高。比较巧合的是,从李村这边看上去,笔直笔直的山峰是圆柱形的,远看,峰顶的形状像一截伸出的龟头,一副放浪形骸的样子。

李大伟说,这是李村的奇景,有一年学大寨,把独山坡改造成耕田,公社的革委会主任说雄柱峰顶的龟头太丑陋,有损人民公社的革命形象,一句话就给削了。你们不知道,这雄柱峰过去就像活了男人的那玩意儿。李大伟习惯地伸出中指头向上立着,说就像这样。他这么做时,看见女主持人捂着嘴在笑。李大伟说,你该不是笑我老不正经吧,我是听我孙子说你两位都是结了婚的

壮阳草

王 石

人，我才这么说。我不像镇上有些五六十岁的老头，手上有了钱就到药店里买壮阳药，吃了就往发廊里跑，去玩那些孙子辈的女娃，那才是老不正经。

女主持人嗯地点点头说是的，我知道您是好人，没关系，您只管说，我喜欢听。

雄柱峰上有一支很细的泉水，弯弯曲曲地贯穿了独山坡，壮阳草受到这条细泉的滋润，茂密地生长在独山坡上。壮阳草初看就和野草似的，用这草熬汤，连吃带喝一大碗，当天晚上，男人的下腹部，从肚脐到会阴穴这一段就会发热。不知厉害的男人，吃多了，下面整日就直挺挺的，只能弯着腰走路。春风徐徐吹动之时，壮阳草就像发情似的飘荡着奇异的香味，有过性经验的女人闻了那香味，浑身酥软酥软的就会想男人。

日军的炮楼就耸立在李村的前方。从炮楼出来有一条大路穿过张庄直达李村。张庄没有人烟，到处是断壁残垣。从张庄走过是需要胆量的。因为你也许会突然从某一个断墙边看到一具令人毛骨悚然的骷髅，还会嗅到飘散不尽的腐臭气息。就连日本人也不敢从张庄里面走。这条大路到张庄的村口旁，有一条人们用脚在田野里踩出来的弯弯曲曲的小路。从这条弯曲的小路可以绕过张庄抵达李村。

在这条小路上走得最多的人是炮楼里的最高长官山本。

李大伟说，山本的前任才是个杀人如麻的畜生，血洗张庄就是这个杀人如麻的畜生干的，这个畜生就是因为杀人如麻升官上调了。接着来了山本，也许是因为没什么战事，山本来了以后，我们这一带的百姓倒没见过他杀人，可是，前脚送虎，后门进狼，山本就是个狼，山本这狗日的是一个大色狼。你们知道他为什么夜夜荒淫还金枪不倒，就是吃了壮阳草，壮阳草就有这厉害。我说了，你们只有知道壮阳草的神奇，才听得懂这个故事。

女主持人惊讶地瞪大了眼睛说，真的吗，壮阳草真的有这么神奇吗？壮阳草长什么样，您还记得起来吗，我是说如果现在有人拿出壮阳草来，您还认识吗，它长得什么样？

李大伟说嗨，我悄悄跟你说吧，跟那些灭绝的珍稀动物似的，我也多年没见过啦，这种草有点特别，草梗很长，草顶尖尖才是草叶，草叶是软软下垂的，太阳照着的时候，草叶就直立起来了。

女主持人说壮阳草现在还能找到吗？听说高总也在找。

李大伟说这我可说不好，不是说高总把县委刘书记都搞定了嘛，听说凡是高总想干的事没有干不成的。这事你得问高总，你是高总请来的，你们应该很熟吧。

女主持人轻轻地摇头笑了笑。

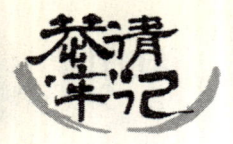

六

　　女主持人和高总并不熟。买独山坡那块地之前,高总专程赶到电视台找赵主任,请他们和他一起来拜访县委刘书记。这是女主持人第一次介入这个专题的采访。高总曾经给专题部的节目拨过一笔赞助费,由此和赵主任成了朋友,他让赵主任和女主持人以报道者的面目出现。

　　县委刘书记是全县闻名的铁腕人物,没有他的恩准,你不可能在这个县办成任何一件像样的大事。高总知道他雄心勃勃,从上任的第一天起就想着把这个县弄成地级市。在省电视台的镜头面前,县委刘书记果然显出了亲切慈祥,一见面就滔滔不绝地夸奖高总。

　　刘书记谈话时不停地挥动手臂,他说我们中国缺的就是像高总你这样的实业家,我现在最苦恼的就是要从政的人、要官的人太多太多了,而社会需要的是创业者,呼唤的是实业家,这是最重要的。人人都去从政,一天到晚文山会海的有什么意思嘛,连那李鸿章都说了,在中国没什么比当官更容易的了,像我这样,什么本事也没有,除了当官什么也不会。看看你们,一来就几千万几千万的,多么的了不起,多么的有气派,我羡慕你哩。

　　"刘书记哪能这么说,没有政治领袖把握方向,商人能做成什么大事?甚至压根就没有商人出现!"

　　高总也非等闲之辈,一句话就逗得刘书记哈哈大笑起来。刘书记笑说你可真是会说话,我说不过你。

　　气氛虽然热烈,但说到李镇独山坡的购置时,刘书记显得有些犹豫。他说李大伟我知道,他是本县活着的享受离休待遇中资历最老的一个嘛,我们县原来还有老红军,现在没了,现在抗日的就是最老的了。不过这人有点像老顽童,说话高高低低的,有时还不按常理出牌,就这么个人。这壮阳草现在还是不是存在,你们考察过吗?

　　"这个您刘书记绝对放心,我们做实业的,没有皇粮可吃,不经过科学论证和考察,我敢投下五千万打水漂,打死我也不敢哪。"

　　刘书记脸上的表情依然凝重,他显然对高总的钱是不是打水漂没什么兴趣,他考虑的是,李镇独山坡卖出去后退耕还草,接着李镇化工厂也停掉,稍有闪失就会直接影响县财政收入。刘书记想,你要是影响了我的财政收入,我的政绩就打了折扣,不要你这个项目,我至少可以少担一些风险。刘书记眼神中引而不发的沉吟和犹疑,高总立即警觉到了。事后在车上他跟女主持人说,这一切早在他预料之中,他是有备而来。

壮阳草

王 石

在最为关键的时刻,高总喝了一口水,他向刘书记友好地笑了笑,接着,他一番激情讲述让县委刘书记龙颜大悦。

"我的目标,是要让李镇成为集旅游休闲度假于一体的民俗生态板块,这将是一个全方位的开发!您想想,我重新来讲述李大伟的真实故事,实际上我是借这个机会把壮阳草牵引出来,这个故事具有很强的可读性,可以出书畅销,可以制作影视热播!与此同时,我在独山坡上种植漫山遍野的壮阳草,再将雄柱峰顶端的龟头修复还原,这样的自然风光可说是独步天下的观赏景点!独山坡实现退耕还草,严重污染的化工厂也随之改变为环保化的壮阳中药厂,到时候,旅游业、种植业还有药业,齐头并进,形成的是一种高效的互相滚动式的开发,它们构成一个巨大的产业链!这样做下来,一年会有上亿元的财政收入,同时贵县的就业问题也将得到最大限度的解决!当然,您不批这个项目,一点风险也不会遇到,县委书记的位置也是跑不掉的,可是如果大胆走出这一步,这种可持续发展的经验,这种社会效益和经济效益双赢的范式,是可以走遍全省乃至全国的先进经验!那时相邻的几个县会被您远远地甩在后面!人们会看见您是一个敢为天下先的领导,是一个具有雄图大略的刘书记!您一直在争取的县改市的目标,到了那一天,用不着您去省城申请去攻关,而是有人要送到您的手上!"

高总像是一个充满激情的演说家,他声情并茂的话音落下后一时静寂无声。县委刘书记浑身似乎震了一下,他眯着眼用探究和欣赏的目光打量着高总。刘书记真的被打动了,他当场就给李镇的镇长打了电话,交代镇长要配合高总的行动。县里的事情只要刘书记发了话,就是百分之百地搞定了。

分手的时候,刘书记的情绪非常地好,亲自把他们送到宾馆大门口,隔着车门,刘书记笑着说,好,见到李大伟同志代我问好,有时间我会去李镇看望他。

坐车返回时,坐在后排的赵主任跟女主持人小声说,这个高总真是厉害,一下子就击中了刘书记的心中想要的东西。女主持人有些不屑地撇撇嘴。赵主任说你好像不以为然,你是不是有什么高见。女主持人说你们男人的事,别问我。

把这块地段上的最高首长搞定之后,高总回了一趟省城,接着把五千万的贷款也搞定了。然后才带着这一帮人浩浩荡荡地来做讲述。

在讲述进行的同时,独山坡已经开始施工。退耕还草前的土地重整,在这里夜以继日地展开着。讲述的车子路过独山坡时,女主持人说,壮阳草还没找到怎么就开工了?李大伟横了孙子李经理一眼。孙子李经理说这没什么,高总说了,要赶工期,就要有超常规的行动。

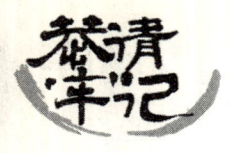

七

　　春天的夜晚，李镇街头发廊门前的霓虹，闪烁着暧昧的光芒。这光芒在空中连成一片，笼罩着李镇。坐在李镇宾馆那个被改造成讲述现场的小会议室里，高总俯下身子双手握着李大伟的一只手说，您放心，我一定要帮您还原身世，要让后人和世人，都知道真实的李大伟有着怎样的人生经历，把过去的误会给纠正过来。

　　李大伟说我知道你是冲着壮阳草来的，你和我的目标不一样，我把这丑话说在前头，壮阳草能找到，那是你的造化，找不到，你可不能怨我，我从来没向你作过这样的承诺。

　　今天早上，李大伟把孙子李经理从宾馆叫到家里。他本来要孙子李经理住家里，可是孙子李经理说家里住不惯，睡不着还浑身过敏长疙瘩。进了家门，孙子李经理也不坐，就站在客厅的门边，一堵墙似的暗影遮住了李大伟的脸。

　　李大伟坐在红木方桌边说，你别搅在里面，这壮阳草是找不到的。再说，壮阳草没了是好事，不然，这李镇街上的店铺就全变成发廊了。壮阳草找不到，高总拿我没办法，我担心他会责怪你。

　　孙子李经理说，爷爷您放心，我们高总不是等闲之辈，他说了，寻找壮阳草，是我们公司的事，什么是壮阳草，什么不是，我们也不认得，您就帮我们辨认一下，这总可以吧。

　　李大伟点点头说，你应该知道，爷爷把这个讲出来，下了很大的决心，你理解爷爷吗？

　　谈话是在客厅进行的。两人一站一坐，李大伟本来是最喜欢这个长孙的，可是看着长孙在高总面前毕恭毕敬的样子，他有些不高兴。孙子李经理好像对他说的理解并不在意，双手插在裤子口袋里踱来踱去的，他走到门厅中间站定了说，高总说了，您只管按真实的情况讲，如果讲出来以后待遇发生变化也没什么，大不了就是经济上有些损失，这方面高总说他可以加倍补偿。

　　李大伟摇摇头说你不要给我说这个，讲是我自己要讲的，我说的话我自己负责，我不是因为钱才讲这些。你是长孙，都说你长得像爷爷，看来你只是长得像爷爷，你一点也不了解爷爷，你走吧，走吧。

　　一堵墙似的暗影随着孙子李经理的离去而消失。他一走，李大伟坐在客厅就可以看到门外的天光，看到天光尽头正在整修的雄柱峰顶，隐隐能听见独山坡方向传出的建筑机械的声音。

　　李大伟天天走到李镇宾馆去讲述。他在讲述中常有妙语。他望了望坐在对

壮阳草

王 石

面的女主持人和男记者说，我是有什么说什么，高总也希望我讲真的。我孙子说得没错，是我自己要求出来讲述的，这些年我等这一天都等疯了。我讲壮阳草，不是要男人们吃了好去发廊鬼混，也不是要人们都去找壮阳草好卖给高总发财。而是不把这个说清楚，我说山本一天玩一个女人，大家会不相信，会怀疑我讲述的真实性。你们不知道，过去李村的男人，没一个阳痿的，为什么？那时候，这里遍地都是壮阳草，男人吃了根本就不会阳痿，哪像现在全世界男人都有这毛病，遍天下都是壮阳药的广告。其实人身上需要什么，这地上全有，地上生的东西是纯自然的东西，绝对没副作用，比什么药都好。现在为什么很多病没法治，就是因为很多珍稀植物灭绝了。

高总事后对赵主任说，这老头讲话太精彩了，原封不动地剪裁下来，从这里遍地都是壮阳草开始，到比什么药都好，就这一段，就这个！以后就用这个做广告，配上老头翘着大拇指讲述的画面，绝对牛 Bi！

李大伟虽然识字不多，但多年四处作报告的经历训练了他的口才，许多不会写也不会认的新语旧词，他能说得头头是道。他看了看朝他伸着长话筒的漂亮女主持人说，我前面讲的没出格吧？女主持人说没有。李大伟说我知道如今的女娃娃都是新新人类。不过，我讲壮阳草的事情，这只是一个引子，接下来，我该言归正传。后面你们听好，听妈妈讲那过去的事情，对，不是妈妈，是老头。对，现在也不叫讲事情，改叫真实讲述了，对吧？

说得大家都哈哈大笑起来。站在一边的摄像笑得眼泪四溅，一边摘下眼镜揩眼泪，一边说李大爷，您可真风趣。

赵主任陪着高总在隔壁一间房里看显示屏，他说这李老头不光乐观有趣，精神还特好，谈了这么一下午，我没喝水都上了两次厕所，他一次没上，真的很厉害，我服了。

高总嘿嘿笑了，你不用夸他，等壮阳草出来了，你吃了以后会比他还行！因为你比他小三十多哩。你别笑，今年夏天，我的壮阳草含片就得问世！

赵主任笑笑说真要这么神，你最后发红包就发这个比什么都好，男人都喜欢这个。

高总说还有女主持人哩，总不能给她也发壮阳草吧。赵主任愣了一下说，女人也需要男人嘛，除了李大爷以外，都可以发。

八

李大伟坚持不在李镇宾馆吃住，他早上吃了东西来，中午回家吃饭，下午再来接着讲。

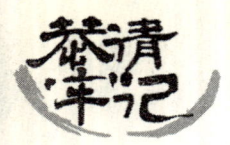

　　这天上午，摄像灯光摆弄好了，女主持人手握着话筒刚要开始，镇粮管所的会计和出纳进来了。他们是来给李大伟送工资的。

　　李大伟这个月没到所里领工资，他们通知了几次，李大伟仍然没有去。现在李大伟引来了省电视台的记者，好像这回要名利双收了，李镇沸沸扬扬的，粮管所的所长也不敢怠慢。李大伟是由县组织部管理的离休干部，抗日牌的，20世纪50年代末调他到县里他也不去，他哪里都不去，他就要在李镇。老小老小，人一老了，生理和心理又都回到最初问世时的孩子状态，固执调皮，逻辑怪异，还不听话。所长心里没底，就派会计出纳拎着工资袋来了。

　　李大伟听见一个声音跟他说，不能领，这是离休工资，从现在起，你不能领，你千万不能领，从现在起，你要对得起自个的良心，不能再领离休工资了。李大伟坐着没动，目光像凉风似的扫向会计出纳。

　　"谁让你们到这里来找我，你们跟踪我跟到这里是什么意思？"

　　看见李大伟目光凉凉的，两个人都有些慌乱。想到出门前所长的严令，两人脸上都堆出了笑容。会计说您把工资领了，我们好结账呀。出纳马上接着说就是就是，我们没什么特别的意思，就是让您领了我们好结账。

　　"我不领你们就不能结账？这才是怪了，我要是死了呢，你们还结不结账？我一个人就这么重要，没有我整个粮管所就没法结账，我就是不要离休工资，也不会影响你们结账吧？"

　　会计和出纳相互看了一眼，还是会计先开了口说，我们出门时所长说了的，您享受的是离休干部待遇，这是县组织部的规定，我们没发，那就是我们的工作失误。您要是现在不领，我们也没法回去向所长交代。所长说了的，没把这工资发到您手上，不要回去见他。

　　李大伟突然就恼了，他拍了沙发扶手，一下子就站起来了。

　　"这还了得，所长竟然变得这么霸道，我不领工资他竟敢不让你们回去，这狗日的，官没芝麻大就这样的欺负下属为所欲为，这还了得，走，我跟你们一起去会会他。"

　　说着他出门直奔粮管所。会计出纳匆匆拎着随身的皮包跟在他后面苦口相劝。女主持人不知这里面是不是有新闻，就让摄像和她一起跟着。李大伟朝女主持人摆摆手说你不要跟着，我一会儿就回来。

　　女主持人灵机一动说，您年纪大了，我们在一起有个照应，没关系，您只当我们不在一样，您想干什么就干什么，我们做我们的节目，您不理我们就是。

　　所长吹着悠闲的口哨正在办公室看报纸，被突如其来的不速之客给吓蒙了。李大伟是可以通天的人物，过去最红火的时候到省城都作过报告。所长忙着倒茶，让座。他把会议室最中间的上宾位置让给李大伟和电视台的记者坐。李大伟拦住了他。

"我说句话就走。这离休待遇，我不要了，这跟粮管所无关，跟你这个所长也没关系，是我个人的问题，我从现在起不拿离休工资了，我只拿退休工资。你不用发愣，我一时跟你说不清，反正这跟你绝对没关系，我要找县委组织部，组织部会通知所里的，你不要让他们两个为我送钱，你要是为难他们，我跟你没完。"

说完扔下莫名其妙的所长，转身就走了。

风沙沙地吹着地上的纸屑，李大伟的脚步在风尘中呼呼地前行。路上有人跟他打招呼，李大爷，您风光了，走到哪儿都有电视台的漂亮主持人跟在后面，什么时候也让我们沾光上个镜头。李大伟哼了一声。女主持人跟上说李大爷，您为什么不领工资，是不是跟所里闹意见了，能不能跟我们说说？李大伟停住了步子，叹口气才开口：

"姑娘，我看你心肠挺好的，等我讲述讲完了，你就不会这样问我了。"

九

从粮管所回来的那天中午，坐在餐桌上，女主持人筷子插在碗里，她手掌按住筷子头，下巴就搁在手背上，怔怔地看着别人吃。赵主任看了好久了说，有什么心思，是不是想家了。

她说，我有一种感觉，李大爷的真实经历里面，好像有一些对他很不利的东西，这样讲下去是要吃亏的，我们要劝阻他，不能看着他吃亏还把他往火坑里推。

省电视台专题部此行来了五个人，一摄像，一灯光，一记者，一主持人，一主任。他们有些莫名其妙地看着女主持人。

赵主任说你搞错了吧，是他要讲的，他自个都说他想讲出来都快想疯了。

她说你们别这样看着我，我们不能看着善良的人吃亏，我感觉，所有围着李大爷转的这些人都是有自己利益的，独有李大爷，是牺牲自己的利益来讲述的。

记者冷冷一笑说，请问，你说的这些有自己利益的人包不包括你自己？

灯光说，有利益也没错，怕什么，现在谁没有自己的利益，还有这样的人吗？要有，压根儿就不会来，也不会坐在这桌上。

女主持人有些气愤地看着他，你说话别伤人，你以为我想来？我现在就想走。

赵主任说，算了算了，你们别吵，出门在外，要搞好团结。

女主持人扔下筷子说我不吃了，转身就走了。几个人互相看着。赵主任摇摇头说算了，女人都是这样任性的，我们是男的，让着点，不与她一般计较。

赵主任放心不下，吃完饭就赶到她房间去了。赵主任对她的关照在台里无处不在，两人之间虽然还有一层纸没被捅破，但关系早不是一般同事那种了。出门之前，她曾有点犹豫，当她得知这是赵主任的特地关照，离省城不远，几天时间，回去以后还会有高总发的大红包，她终于还是来了。

单独和赵主任相处，她说话就比较任性了，她背对着他说，算了，我不想待这儿了，我要求回去。

赵主任坐在她身边，拉着她的手说，这怎么行？你千万不能这么做，人家高总很赏识你，还说要特别重奖你的。

她说，我不要他的奖，我孩子才两岁，我想孩子了行不行？

赵主任很轻地拍拍她的肩说，你哪能那么傻，你回去，换一个人来，你就是把到手的东西拱手送给了别人。赵主任看她脸上不屑的样子又说，我们一起来了五个，你一走把大家的事都弄黄了，就是你不想，你也不能只顾自个，还要为这些朝夕相处的同事们想想，何必把事情弄得这么僵？你再忍忍，就算给我一点面子，好吗，嗯？

她有点无可奈何地望着赵主任，终于，还是点了点头。

过了一会儿，她说有一点我看不明白，李大爷都说几十年没看见壮阳草了，高总像没有这回事似的，一点不担心，五千万照投不误，好像最后找没找到都没关系，反正总会有一种叫做壮阳草的东西出来，我们都在这儿推波助澜。我看不明白，如果出来的是假壮阳草，怎么会有疗效，怎么打拼市场？

赵大成说这男人的事你还有些不懂，前年伟哥在省医院试用时，我采访过。专家说了，男人阳痿相当一部分是心理原因，试用者分两部分，医生给一半试服者吃的是假伟哥，就是一般的维生素，但做得跟真伟哥一样的蓝色药片。结果，几个不知是吃了假伟哥的试服者第二天跟医生大赞效果好。这高总是学医的，他什么不知道？他就是要把壮阳草的概念炒出来。李大伟的故事名满天下了，他从生产线上滚出来的壮阳草含片也就成名牌了，他盼的就是这个。男人阳痿是丢脸的事，就是吃了没特效，也就自认倒霉，谁会像狗似的满世界去叫唤。

女主持人没说什么，看着赵主任。赵主任不明白她为什么这么看着自己，他下意识地看看自己浑身上下，又下意识地想想刚才说过的话，也没找到结果。就用眼睛看着女主持人，等她说话。

女主持人无声地一笑，突然说，你现在阳痿吗？

壮阳草

王 石

赵主任愣愣地看了看她，笑笑说，阳痿了怕什么，不是有壮阳草嘛？说完他似乎得意于自己的幽默，竟然哈哈大笑起来。

女主持人淡淡地笑着哼了哼鼻子，然后有些不屑地晃了晃眼神。赵主任盯着她看了好久，还是没看出她是什么意思。过了一会儿她说，我看你阳痿了，我看你，看你们这些围着壮阳草转的男人都阳痿。

十

讲述到了最关键的时刻，李大伟突然失踪了。

这天上午，讲述到了最后阶段，主持灯光摄像都准备好了，都等着他来，可是上午过了一大半他也没来。大家担心他在路上出了什么事，就沿着来路寻找。走到十字街头的李镇抗日纪念馆，才得知李大伟在这里跟馆长大闹了一场就摔门而去了。电视台的几个人又沿着大街往回找。

从李大伟家往宾馆去的路上，是一条旧街。李镇虽然有了新区新路，但是最热闹的去处还是这条用了几十年的旧街。这条旧街现在开得最多的店铺是发廊。门面窄小的发廊门口差不多都挂着大幅的外国女人的照片，照片上的女人上身剥得只剩下看得见乳沟的胸罩，她的双手，要么是将露脐的三角裤往下拉，要么则是捂住私处，一双火辣辣的眼睛，永远直面着你的注视。发廊门口有个年轻人望着走过来的李大伟，大叫一声壮阳草来了，然后闪到门后面躲起来。旧街的十字路口，最高的建筑是镇文化馆。文化馆的一楼也包给一个老板开了发廊，紧挨着文化馆的就是李镇的抗日纪念馆。

与山东枣庄的铁道游击队抗日纪念馆比起来，李镇的纪念馆显得比较简陋，就是一栋类似四合院的房子。这个抗日纪念馆是当年省作协的沈老给县里提议修建的，里里外外的解说词全是沈老写的。进门显眼的位置摆放着沈老的小说，还搜集有本地的一些抗日故事。里面陈列着当年用过的红缨枪，还有大砍刀，玻璃柜里陈列有当年刷在墙上的抗日标语的照片。其中最为珍贵的实物，是李大伟从山本口袋里掏出的怀表。据说这在同类纪念馆中都是不多见的实物。

平时，李大伟往这儿走时，会有一种自豪的感觉。可是自从他两天前在这门口碰到镇长以后，一到这里就心事重重。

到镇宾馆去讲述，这条旧街是李大伟的必经之路。那天他刚走到纪念馆门口，一辆小车在他后面停住，从车上走下来的是镇长。镇长是年轻人，在镇书记调走后他就成了名副其实的一把手。自他从外地引进了一个化工厂以来，李镇就飘荡着苯酐的刺鼻气味，以致近年分别有一个青年人和一个中年人死于癌

症。李大伟从前年起就在镇上游说,动员人们联合起来告镇长,争取把这个化工厂给告倒。

但是这个化工厂却使李镇富起来了,多年拖欠的中小学教师工资彻底解决,镇财政也有了积蓄,镇上开始变得热闹繁荣,很多年轻人也有了谋生的去处。李大伟拿着告状信找人签名却是四处碰壁,他家的院子在一个夜晚被扔满了报复的臭大粪。他到镇政府投诉,镇长一脸坏笑说,就像您告状谁也不能阻止一样,对这样的群众自发行为,我也是无能为力。李大伟怀疑大粪就是镇长指使人干的,可是他无法找到任何证据。

从车上下来的镇长迎面挡住了他:

"今天真巧,在这儿碰到李大爷了。"

李大伟说你有话就快说,我没工夫陪你这样的人说闲话。

"那是那是,您现在是大忙人了,听说您这次的讲述,和过去作报告说的一些内容不一样是吗?"

李大伟横了镇长一眼,不一样是我自己的事,跟你有什么关系。

"也不能说一点关系没有,在我们镇纪念馆里面记载着您的故事,这可是进入历史了的,您现在说的跟这里面记的不一样,以后让我们信谁的呢,您说是不是?以后有人来参观,我们镇政府怎么向别人讲解,怎么向别人解释呢,您说对不对?"

李大伟鼻子哼了下就走了。他不知道该怎样回答镇长。

"我只是提醒您,您要是觉得没关系,只当我没说。"

镇长在他背后丢下一句话也坐车走了。

就这样,李大伟再往纪念馆门前走过时,耳边总会有一个声音说,您说的跟纪念馆里面写的不一样,人家肯定还是信纪念馆的,这是进入历史的,这纪念馆里面的东西没改,您就是白讲了。李大伟点点头说是的,这是一个问题,我找馆长改过来就是。

说着他就从纪念馆的大门走了进去,他觉得这是很简单的事情,他以为跟馆长一说就行了,然后再去宾馆作最关键的一次讲述。

馆长的办公室最气派就是那张大班桌。桌上很舒展地放着笔墨纸砚。看到李大伟进来,馆长笑眯眯的,指着大班桌对面的椅子让他坐。

李大伟想想有求于馆长,就坐下了。虽然这里极少有参观者,但纪念馆的工作人员竟有上十人之多,全是由镇财政供养的公职人员。年轻的镇长刚上任时,镇上中小学教师的工资都发不出来,他想把纪念馆给拆了,可是馆长往省城沈老家里跑了一趟,不久省宣传部就给县委打了招呼,此事就平息下来,从此人们都知道这馆长不好惹。

壮阳草

王 石

李大伟说我最近在给电视台做讲述节目，我讲的是我自己的亲身经历，电视台马上就会播出。你这个馆里写我的一些事，都是按沈老的小说写的，不是我的亲身经历，你帮我给沈老写封信，让他把我的这部分给改改。

馆长笑起来了，您的建议很好，其实，何止是改写，我一直想把纪念馆给重新装修，重新弄一弄。我跟镇长提了意见，他说了，怎么修他都没意见，但是一条，他没钱，要修得我自己筹钱。

李大伟说，我这个简单，我就只要你写一封信。

馆长摇头说，现在哪有简单的事？天下没有白吃的午餐，沈老是名家，索要他老人家的墨宝，润笔费就是一笔不小的开支，沈老的稿子写来了，我们还要经过精心的重新布置才能变成展品。跟您说实话，别说稿费和重新布置展品，就是寄封信的钱，馆里都拿不出来，您别急，这事说简单也简单，就看您肯不肯帮忙。

"帮忙，我怎么帮忙？"

馆长说您给全镇带来几千万的投资，连镇长都说了，别说一根草，您只要拿出一截草尖尖来，就是重建一个馆也够了。

李大伟一拍桌子就站起来了，你他妈的给我闭嘴，我就知道你这家伙跟镇长穿的一条裤子，我说了，想搞钱的事，别找我，找我也白找。

馆长的脸色刷地绷紧了，他在大班桌那边将滚动的大转椅往后退退，留下空当，让他的腿子可以很悠闲地架起来。腿子一架，他说话的腔调就变轻慢了。他说您跟我说这些没用，这词是沈老写的，您可以直接去找沈老，不过，我看这事也不是那么容易的。

"我看你就一副流氓样，你还在这里跟我摆架子，电视拍完了，我要去省城的，我要找沈老的，要把片子带给他看的。你还跟我玩花招，你要钱干什么？是不是看着有人搞腐败就眼红了，也想弄几个钱挥霍挥霍？你这样的馆长就是白吃国家的皇粮，我要向上面提建议，建议把你这个馆长给撤了。"

他怒目直视馆长，几乎是咆哮着把话说完，出门前，他把面前还冒着热气的一次性茶杯和茶水一起扔进了废纸篓。他关门的声音震得门上的铁环咣当咣当地乱响。门外有人听见吼声围上来看热闹，看着李大伟怒气冲冲地出来。人们像水流一样，在他面前缓缓地闪开，又在他身后聚拢，然后看着他怒气冲冲地走远。

文化馆往前走就有个代写书信的半边门小店。代写者不是胡髯飘飘的老先生，而是一个剃着平板头的年轻人，代写工具也不是毛笔而是一台蒙满灰尘的旧电脑。李大伟心想这不是代写书信的嘛，我去求那个狗屁馆长，我真是老糊涂了。

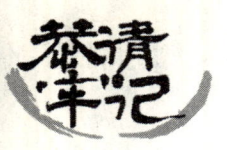

他并没有意识到这封信会给他带来灾难性的后果。他向平板头怒气冲冲地陈述，年轻人噼噼啪啪地打出一些强硬而严厉的措辞，他的话说完，年轻人就打出了一封信。写完后，李大伟就赶到邮局给省城的沈老发出去了。邮局旁边有个小酒馆，他到里面坐了一会儿才去讲述。

十一

李大伟喝了点酒，脸膛红红的。他说李村当时的情形，还有日本鬼子在这里的胡作非为，我都说清楚了。今天，该说我自个了，把我的事说了，我就死而无憾了。我跟你们说，你们别怕，为了保命，我参加过村里的保安团，保安团虽然是伪军，但我没做坏事，偷袭日军的小队长山本，也是我干的。

李大伟说你们看过沈老的小说，那里面的保长是个坏得脚板都能流出脓来的家伙。李村的保长没那么简单，他给日本人做事，暗里跟新四军也有联系。日本人一来，保长就组织没逃走的青壮年男子成立了保安团，保长说这是表面上归顺日本鬼子，暗地却保存了本村的实力。我那时刚结婚不几天，舍不得新娘子，也不知往哪儿逃，保长说，你就进保安团吧，这样你就用不着东躲西藏了。

李村是一个山清水秀的村庄，水好土好人也俊，山本很快就发现李村女人的姿色，他淫兴大发，没有战事的时候，他就沿着炮楼下的那条路走到李村来了。在胸前的那块怀表的精确指引下，他每晚到得非常准时。有人曾设想把那块怀表偷走，可是山本爱那块怀表就像爱女人一样，即便脱衣上床，那块表也在他手边。晚上11时他就走了，从不在农家过夜。

这个淫棍吃过壮阳草后变得野心勃勃，立志要玩遍李村所有未婚和已婚的年轻女人。哪天到哪家，他提前几天就通知了保长，然后准时应约而来。他的行动显得优雅从容而又霸道蛮横。李村的人们虽然恨得咬牙切齿却无可奈何。保长带话回来时，用大事化小的口吻一家家地通知，他说，人家过个夜就走，没死人就是好事，忍了吧。从日本人建炮楼驻扎下来到现在，李村没有一个人被日本兵杀死。这一直被认为是保长对李村的一个贡献。

这天保长带回的名单中有新婚不久的小莲，小莲是村里公认的最经看的女人。

小莲的丈夫就是李大伟。

李大伟说，你们想想，我怎么能让山本那狗日的东西动我的女人，我还是男人吗？说着李大伟鼻涕从白胡子中流出来，他的手臂因为年老已无法伸直，他显然意识到这样伸出去不够雄壮，就弯回来用巴掌拍拍胸脯。女主持人为他

壮阳草

王 石

这句话鼓起掌来。

李大伟年轻时胆大,村里杀猪宰牛,都是请他来操刀,他从夹墙里拿出那把锋利无比的杀猪刀,打算宰了山本。

保长伸出大拇指说好好,好样的,李村的女人都被他糟蹋了,是要给他点颜色看看。保长心里也藏着一口恶气没地方出,他的媳妇就让山本给糟蹋了,但是保长却不同意杀死山本。尸横遍野的张庄一直是李村人心中的惨痛。事情的缘起是炮楼中的一名军曹到张庄办事,结果一夜未归。日本人一直怀疑张庄有抗日的地下组织在活动。所以第二天在寻觅与搜索军曹未果后就血洗了张庄。到了下午,失踪的军曹突然平安无事地回了炮楼,原来他悄悄跑到县城嫖娼去了。为了李村不致重蹈张庄的厄运,保长不同意李大伟杀死山本。

李大伟痛苦万分地蹲在地上,想了一会他说,可以,我不杀死他,但我要割下他的鸡巴,这是他糟蹋女人的报应!

保长沉默了半天,他朝李大伟伸出两根指头说,你为本村除害,我深表敬意。但我必须说清楚,第一,你只能在张庄那一带下手,我们可以放风说是张庄的鬼魂在寻仇;第二,万一出了事,你就好汉做事一人当!

保长临危不乱且胆略过人已是远近闻名。他不知道他将在多年后的清匪反霸中命归黄泉,所以他当时在李大伟面前仍是一副威风凛凛的样子。

秋日的傍晚,太阳刚刚落下去,天色就暗淡下来,山本哼着小调从炮楼里摇摇摆摆地出来了。他到李村,从来是一个人,他甚至连军刀与手枪都不带,这天就是这样,喝了一点酒之后就直接出门了。

过去李大伟是不敢这样讲的。在1976年春节的家人团聚的餐桌上,他喝了酒之后跟下辈人讲到日军小队长一个人跑到村里来胡作非为,当即就遭到儿女们严厉的质问与反诘:一个日本鬼子难道敢孤身一人闯入人民群众的汪洋大海吗?广大的人民群众难道看到一个日军小队长赤手空拳到村里来干坏事,会袖手旁观而不把他消灭了吗?这不是对中国人民和抗日战争的污蔑吗?李大伟立马就醒了酒吓得面如土色,虽然没有任何领导和外人在场,他还是下意识地喃喃无力地说,是的是的,山本怎么敢一个人进村呢?不说了不说了,我都老糊涂了,还是以纪念馆里面写的为准。

60年过去了,李大伟仍然记得山本就是一个人什么也没带地摇摇晃晃地走向李村,否则他仅靠一把杀猪刀根本无法制服山本。当山本走到张庄的村口时,已经是暮色四合。山本刚刚拐入村口旁边的那条弯弯曲曲的小路,就在这时,张庄村口那株森森的古树上,飞出两只叫声凄厉的乌鸦,从山本的头顶一闪而过。

山本猝然面对两只不祥的黑乌鸦,又是在笼罩着鬼魂阴影的张庄村口,他

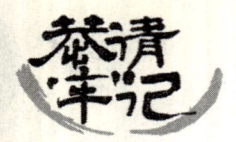

突然有了几分莫名的惶惑。就在他惊疑不定地收住脚步时，一个头生双角青面獠牙的庞然怪物从他侧面冲过来，还没等他反应过来，一只粗臂勒住了他的脖子。随即有一根木棍不轻不重地击中他的脑袋，让他混混沌沌瘫倒在地。这一切只发生在几秒钟内。

李大伟先将那块跟随山本作恶多端的怀表扯了下来，然后扒开山本的裤子，用那把锋利无比的杀猪刀割下了山本的胯下之物。

李大伟说到这里长呼了一口气，我什么都说了，你们现在知道了，我不是什么武工队长，也没参加过抗日，为了保命，我迫不得已参加了保安团，我袭击山本只是为了我媳妇免遭强暴，我根本就没炸炮楼，这就是我的真实情况。可是，我享受了这么多年的离休待遇，我问心有愧，我欺骗了组织和群众，多领的工资，我可以退钱，我现在什么也不管了，只要还我的真相，我不能在我死后留下一个假的身世，蒙骗后人，这太缺德了。好了，现在我都讲出来了，你们想怎样就怎样吧。

李大伟说到这里已经气若游丝。他摇摇晃晃地从椅子上站起来时，女主持人抢上前扶了他一把。

十二

李大伟的讲述就这样结束了。高总很兴奋，他上午8点钟就打电话来说中午要宴请电视台一帮人。他说，等着吧，下一步就等着我的通知去拍找到的壮阳草。

会议室的一些设备可以拆除了。男记者把箱子打开，让女主持人把一些小零件往里装。记者说，李大爷讲到最后好像都有点虚脱了，早知这样，他何必要讲出来？你的感觉很准，这里面真是有对他不利的东西，看来他真是要吃亏，他其实不必如此，人家高总只需要跟壮阳草相关的部分，没必要讲那么多。

灯光说他可能是一时冲动，等到离休待遇真的没了，他会后悔的。也许高总私下跟他有过许诺，真是这样，那就不奇怪了。

摄像问女主持人，你为什么一言不发，是不是又有不对劲的感觉？其他几个都笑起来。女主持人说，你们都是自以为是，李大爷根本就不是为了壮阳草和钱来讲述的，我感觉他是为了还一个清白。我早就说过，这样的讲述对李大爷是一件痛苦的事情，可是你们只知道取笑，除了笑，你们还知道什么？

记者说，你怎么这样说话？你这样说话就是抬高自己，贬低我们。

女主持人说，谁要你们问我的？我本来就不想说话。说着把手中的零件扔

壮阳草

王 石

到沙发上往门外走。走到门口，碰见高总和赵主任进来了。

高总是来请大家会餐的。他早就许过愿，把李大伟的讲述做完，他要好好地犒劳大家。

这一桌犒劳果然好生了得，好几样酒菜都是从省城带来的，摆了满满一桌。坐在餐桌上把酒一喝，大家的话题仍然离不开壮阳草。

桌上的几个男人边敬酒边借着酒兴跟女主持人说笑话。有女人在旁边，男人们谈论起与性相关的暧昧话题，就像在众目睽睽下飙车一样充满刺激。

摄像说，等把壮阳草找到了，给你老公带回去，他肯定喜欢。

女主持人瞟了他一眼说，你怎么知道他喜欢？

记者马上接过说，我不仅知道他喜欢，还知道你比他更喜欢。

女主持人瞪了记者一眼，灌下一口酒，突然加大嗓门回击说，我喜欢又怎么样，你们这些男人，就喜欢说这些，来真的没一个行的。报纸上有个中国女人说了，外国男的九个不错，一个勉强，中国男人相反，九个不行，一个勉强，说的就是你们这样的男人。

几个男的都愣住了，只是干瞪着眼。过了一会儿，记者想想说，这不可能，说这话的女人至少要跟十个老外和十个中国人干过，才得出这结论，这不可能。

其他几个才醒过来似的说，是的，这可能吗？除非她是鸡差不多，哈哈，只有鸡才有这么真切的体会。鸡，鸡，说这种话的女人肯定是鸡。

女主持人显然被这样暗含侮辱的调笑给激怒了，她不甘示弱地站起来，她用酒杯指着几个男的说，怎么不可能，人家就不能是记者？就不能从采访中获得信息？你们这些男人就是不行，你们不行还不肯承认，无聊，你们是一群无聊的男人！

女主持人酒过三巡，脸上绯红，说着说着就尖叫起来，几个男的也喝高了，一本正经地和她辩起来。梳着一条辫子的摄像挺着舌头说，你，你没，没试过，怎么知道我们不行。

女主持人在酒精的作用下，大声叫喊着，不行，你们就是不行。她一边叫着，一边将杯中的酒一饮而尽，然后把酒杯啪地摔在地上，玻璃碎片溅了一地。

赵大成呃呃地摆摆手，朝几个男人连连丢眼色，又朝屏风外指指，意思是让他们不要闹了，不要影响省电视台的形象。

他朝高总苦笑了一下，你看这都是壮阳草给害的。现在讲述是做完了，可是这最关键的草还没见着，人家李大伟说没了，你说有，你快拿出来给我们见识见识嘛。高总低声地跟赵主任笑笑说你放心，现在有人比我们还急。赵主任

说谁。高总笑而不答。赵主任不知道高总说的这个人竟然是一直在暗中捣蛋的镇长。

十三

高总顺着一条铺满阳光的小径,走到了镇长的家。年轻的镇长焦急地在屋里坐立不安。如果不是县委刘书记发了话,高总根本不可能从镇长手上买到独山坡的使用权。因为化工厂的污染,李大伟多次状告他,这几年差不多成了对头。高总把电视台一帮人弄来为李大伟做讲述,弄得李大伟像是镇上的明星似的,镇长心里头不舒服。可是他没办法。他问过镇上的一些老人,都说壮阳草肯定没有了,连李大伟也说没有了,可是刘书记要上这项目,他能有什么办法?

现在化工厂停了,独山坡退耕还草的整治也完成了,镇长心里说,哼,我看你从哪里变壮阳草出来。高总有天来找他,说壮阳草找到以后,希望镇政府能以一级地方政府的名义对壮阳草进行确认,然后开新闻发布会向外界宣称历史上存在过的本地宝贵药材壮阳草终于重见天日。镇长冷冷一笑说,我都没见过的东西,怎么确认?

高总也不再说什么,他坐上车子就上县城去了。镇长心想,你就是到北京去我也不怕。他早就等着袖手旁观看笑话,看他们这帮人怎么收场。县委刘书记越俎代庖地在县委就包办了李镇独山坡的项目,镇长心里头不是味道,他等着事实来帮他报这一箭之仇。可是,他想错了,刘书记上午给他打来了电话。

刘书记一开口就以泰山压顶的气势把问题扔了过来,你就是这项工程的总负责人,设法找到壮阳草,就是你当前最要紧的任务和责任,你下一步打算怎么办啦?嗯——?最后那一个嗯,是个拖长音,由轻而重,最后惊心动魄地猛然收住。

镇长心里说,这都是你招来又是你拍板定的,怎么我成了总负责人?你可真会当领导。他避开锋芒,只说这事好像挺难的,回头我问问高总,让他直接给您回告,他对这些情况最清楚,您——

没容他接着往下说,县委刘书记以不容置疑的口气把他给掐断了,你给我打住,壮阳草这事,你找得到要找,找不到也要找!你现在的态度好像是在消极等待,这很危险哪。你除了配合高总找,更重要的是要主动出击,不仅是主动去找,你还要迅速组织人力,到民间采风,写出方志文章,充分证明壮阳草是李镇特产的一方宝物。找到了还要开新闻发布会对外宣传。只有我们地方政府出面,才能为壮阳草的存在作出权威的确认。我告诉你,你们不是总在私下嘀咕说美国人的管理是如何如何的先进吗，我这两天就看了一本来自美国企业的畅销书叫执行力，很好。我现在要的就是执行，执行得快不快，执行得是不是有力，就是我今后考核干部的重要标准。你什么都不用说，我不听，我只看执行，只看结果。说着就在那头啪地收了线。

镇长就是在接到这个电话后，找高总来的。

镇长苦笑说，你究竟给刘书记什么药吃了，他怎么对壮阳草的事这么热心啊？我都搞不懂。

高总摊开双手说我没有行贿，绝对没有。这问题太简单了，你也不想想，上亿元财政收入的引进项目一旦成功，将是他最辉煌的政绩，你说这世上还有什么比他的政绩更重要？这还用得着我给他药吃，你是全县最年轻的镇长，官场上炙手可热的人物，连这都看不出来？我都替你的前途担忧。

镇长向高总伸了伸大拇指说，佩服，佩服，现在是不论谁，李大伟也好，刘书记也好，我也好，不管我们一个个怎样想的，在你面前都没了意义，我们都在不谋而合地为你的开发项目效劳，我真是服了你。

高总伸出大拇指迎住他的大拇指说，你不用佩服，我是个商人，商人只有永恒的利益，没有永恒的敌人。我没有敌人，只有合作伙伴，所有和我有共同利益的人，都是合作伙伴，共同的利益是我战无不胜的法宝。虽然我们很多方面都可以不一致，但这些并不能阻止我们的合作。

阳光从窗户穿透而过，屋子里连灰尘都开始蠢蠢欲动，在光线中不停地旋转和升腾。高总说我已经派人在独山坡一带把各种草都采了，马上就会送给李大伟确认。

镇长说好吧，认吧，壮阳草没出来，世界都不得安宁。

十四

李大伟回到家里，老伴看他脸色煞白，说你怎么啦？你现在还有什么，你不是要讲吗？现在什么都说了，讲也讲完了，你应该高兴呀，你脸色难看什么？

他说没什么，就是很累，没力气，四肢无力。

讲述结束的当天，李大伟行走就没有过去利索了，人们看他出门时挂着拐棍，一支涂着黄漆的拐棍。坐在客厅的红木方桌前，他眼中无物地望着窗外。嘴里喃喃地动着，也不知他说什么。孙子李经理领着电视台的人来看他。

李大伟说，你们用不着来看我，我一切都好，我的话都说了，现在只等着片子出来，我要录一盘，给沈老寄去，我没有遗憾了。

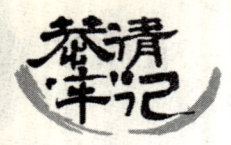

女主持人说片子已经做好了，您放心，我们最后把壮阳草的镜头拍完就回去了。

孙子李经理不知从哪里找到一些草，各种各样的草，上面也都带着泥土和露水，装在一个半透明的纤维袋里。这也是节目的最后部分。女主持人本来是不想参与，赵主任说这一节完了，我们此行的任务也就完了，大家都可以回去了。女主持人虽然25岁，但孩子也有两岁了，昨天还在老公的手机里问妈妈什么时候回家呢。

谁让她是主持人哩。她从里面抽出一根草来，说这是壮阳草吗？李大伟摇摇头说这哪是，这叫狗尾草。女主持人又从里面抓出一种草来，李大伟说这更不是，这叫星星草。女主持人又拿出一种，李大伟看了看，再看看女主持人，又看了看女主持人手里的草说，这个倒有点像，只是有点像，我说过壮阳草的草秆很长，有太阳时，整个草只有草秆，看上去像绿色的稻草秆，没太阳时，这草就软了，草上端就成了草叶，这个时候看上去就比较像独山坡上的野草了。

女主持人说哪儿这么巧，您说得太神了吧？

李大伟说，这算什么神？你知道冬虫草吧，它冬天是虫，夏天是草，也有壮阳的药效，独山坡上也长过冬虫草，后来壮阳草把山坡的养料全占了，冬虫草就成了肥料了。

孙子李经理忽然插进来说，爷爷，您把山本的东西丢哪儿啦？

李老头没明白过来东西指的是什么，他看着女主持人，女主持人没说什么。男记者插进说了，李经理问您把山本割下的那东西丢哪儿啦？李大伟拍拍头说哦，你问这个，我当时听人说日本鬼子的医术鬼得很，我怕那东西被他们找回去又接上了，就悄悄埋在雄柱峰下面了。

孙子李经理突然有些兴奋地问，埋的地方您还记得吗？过了这么多年，您肯定记不住了吧？

李大伟马上哼了哼说，谁说我不记得？怎么不记得？就在雄柱峰的背后，那里有一片阴暗潮湿的乱石和斜坡，乱石的下面有一块湿地，一般人不往那儿走的，我就在下面挖个坑给埋了，只要雄柱峰没倒，那地方不会有人去。嗯，你问这有什么用，都60年了，什么都变成泥土了。

孙子李经理说，爷爷，什么时候带我们到那地方去看看吧，电视台也要去拍这镜头的。女主持人说，是的，拍了这个镜头我们的片子就完成了，我们就可以回去了。赵主任马上兴奋地搓着手说，去看看，这部片子的最后，我们要以雄柱峰的美景为终结，画上一个完整的句号。

李大伟说，既然是这样，我就带你们去看看吧，看了，你们也可以早些回去。

十五

独山坡的阳光很好，县建筑队的民工挥锹扬锄，弯弯曲曲的田埂全部被铲除，整个山坡经过平整，已经浑然一体，建成了草场的模样，地势和土质，都和李大伟述说中的1941年的独山坡相仿。稍有不同的是，山坡中间修了几条让卡车通行的道路。

高总亲自驾一辆小面包，由李经理陪同，引着李大伟沿着独山坡转了一圈。李大伟说像，真的很像，你们还真有能耐，就凭一张旧照片和我的讲述，就弄得跟真的似的，看来你们是万事俱备，只欠东风了。

车子转了一圈到了雄柱峰下停住。没路了，顺着山势从起伏不平的石板往山后走，李经理扶着李大伟高高低低地走在前面，直走到雄柱峰的背后。山背后是个凹槽形，由于是朝北，阴冷阴冷的，山下面都是些湿润没用的乱石，凸凹不平，上面布满了滑腻腻的青苔。多年来，就是贪玩的孩子都懒得到这里来。

站在山背后，才看见山顶的凹槽处有不知来自何处的散漫的水流往下渗，他们站住的山脚下是一片光滑的长着斑驳青苔的石头。石头下是一方湿土，只有站在一块高高倾斜的石头顶上往下看，才看得到藏在山脚下这一小方湿土。李大伟当年就是从石上跳入凹槽下的湿土，把山本的那家伙埋在里面了。

大家相互搀扶着走上那块倾斜的石头，石头上有个小平台，上面可以站住七八个人。电视台的几个人，还有李经理，一起架扶着李大伟站上去了。女主持人眼尖口快，她往下一看脱口叫出，下面有草！叫过之后似乎意识到什么似的捂住嘴，她惊讶地看着李经理，然后又看看李大伟。

李大伟也看见了。

就在他当年埋着山本阳具的地方真的长出一丛草，李大伟颤着声音说这是怎么回事？他揉揉眼，又看看，说我老眼昏花了吧，这草怎么像壮阳草？

孙子李经理用手肘碰碰摄像大叫，快拍，快拍，我爷爷说了这就是壮阳草。

摄像点点头说拍下了，拍下了，放心。

孙子李经理抓住爷爷的手说，谢谢您爷爷，我们终于找到了壮阳草。

李大伟不太相信地说，你下去把那草拔一根给我看看，壮阳草到我手上，我能听见它说话的，你去。可是孙子李经理不肯下去，他双臂拦在李大伟面前，挡住李大伟的视线说，您都认出来了，还看什么。走走，我们下去，这地方有北风，阴冷阴冷的。说着就连扶带抱地架着李大伟走。

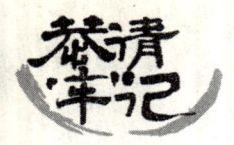

李大伟指着他说,你这坏小子,我算是看出来了,你是不是帮着高总给我下套子?

说着一巴掌打在孙子李经理的脸上。孙子李经理怔了一下,接着就一把将李大伟连双臂带身子都抱住了。爷爷,您知道吗,壮阳草找到了,这是天大的好事啊爷爷,壮阳草找到,您的故事就没人怀疑了,爷爷,我可是为您好。说着说着,他顺势跪下抱住了李大伟的双腿。

李大伟大叫道,你站起来,没骨气的畜生,你哪像我孙子!说着眼泪布满了双眶。

十六

壮阳草找到了,这个新闻轰动了全县,很多人到李镇的独山坡来,来看什么是壮阳草。可是高总已经把山坡给围住了,还请了保安把住了要道口。他说他已经培育种下了壮阳草,夏天就会成熟,那时候他会全面开放,全面地向全国开放,请世人来参观和旅游。

就在高总气宇轩昂地讲着这一番话的时候,赵主任突然接到电视台长的长途电话,台长说讲述立即停下来,不仅不能播放,片子要立即销毁。台长用的是平时少有的不容商量的命令口吻。

赵主任听了,拿着手机半天缓不过气来。站在他旁边的高总看他神色不对,盯着他不停地问,壮阳草怎么啦,出什么事啦?

赵主任一副要哭的样子。

十七

事情的起因,来自李大伟给沈老寄出的那封措辞强硬和严厉的信。

这封由电脑上的严词厉句拼接起来的信,强烈要求把纪念馆内的不实之辞删除和改写,否则李大伟要闹到省城去,决不善罢甘休。在省城的花园小区内颐养天年的沈老,收到此信大吃一惊。他立即给李镇的纪念馆长打了电话,询问是怎么回事。

馆长把近来李镇发生的一切进行了一番渲染和声讨。沈老一听,觉得大肆炒作壮阳草是极其的不严肃,他认为这样子戏说抗日历史问题严重,是政治问题,需要认真对待。沈老马上向省里的一位专管宣传的副书记作了汇报,并在李大伟措辞激烈的信中写了大段的评语交了出去。

省委副书记当时就作了严肃的批示,立即让秘书转给宣传部。宣传部当即

壮阳草
王 石

就向电视台和县委作了传达:对已有定论或已经载于史册的历史决不能搞戏说。但是,企业家开发产品,壮大和发展地方经济,这是绝对要大力支持的。此事要一分为二,讲述立即停止,但省城强身保健品公司的五千万项目可以照做不误。省委副书记的批示真是因势利导,三言两语就把乱麻似的问题鲜明地剖开了。

省委副书记的指示一下来,电视台雷厉风行,紧急召开高层会议,台长就在会议室用手机给赵主任通话,用命令的口气向他发出了指令。同时县委也接到电话,县组织部长和宣传部长同时到刘书记办公室作了汇报。汇报完毕,两个部长就站在刘书记的桌子对面,立等刘书记作指示。

刘书记看着投过来的两双眼睛说,你们看我干什么?省委领导的意见是对的,是非常正确的,我们要无条件地执行。你们搞清楚了没有,省委领导的想法跟我的想法是一致的嘛,李镇的开发是对的嘛,壮阳草也是存在的嘛。省委发了话,我们更要坚定不移地把这个已经上马的项目做下去。至于李大伟的讲述,要坚决停下来,对已有定论的历史进行戏说,是极不严肃的。听说李大伟要到省里闹事,这你们要跟我紧紧盯住,千万不要让他跑到省城去了。

赵主任在台长的电话中得知了这一切,他稳了一会神,才以安慰的方式向高总把省里发生的事情说了出来,他说你的问题不是太大,我们惨了,到这里来劳民伤财做了这么久,结果是一番无效劳动。你别急,没事,你的项目可以继续做。

高总苦笑,你还没事,这故事不让讲了,就等于是把壮阳草的根给拔了!人家问这壮阳草是哪来的,我能说是从天下掉下来的吗?没人信的东西,如何让市场和消费者接受?

高总说着说着,苦笑很快变成了恼怒。他的左边是赵主任,右边是那辆他心爱的凌志车,他刚从车上下来就听到这不幸的消息,他怒吼着,一边说,一边用宽大的巴掌拍着车头,每质问一句就拍一下。李经理知道他是真发脾气了,平时车头上有一粒灰尘他都会拿毛巾来擦掉的。

高总想了想,拉住李经理的手臂说:

"不行,这解铃还得系铃人,要让你爷爷出面,只有他找到省委把自己的经历说清楚,也只有他能证明他说的是真的。"

十八

高总驱车直奔李大伟的家。李大伟没有像高总开初登门时那样倒茶让座,他坐在客厅的红木靠椅上只用眼睛看了看高总。高总刚说了来由,李大伟就表

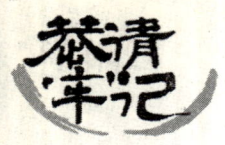

明了他的态度。

李大伟说，你来找我干什么？我还没开始讲述，你在独山坡就开始施工了，你还来找我干什么？再说，他们不让讲的是我的故事，你着什么急？

高总愣了愣说，我这次来就是为了把这个故事拍出来让它大白于天下，不然请电视台来干什么？您说现在这些都白做了，我怎么会不着急。您讲了那么多，现在片子不让放了，全白讲了，您难道不着急？

"我当然着急，省城我是要去的，就这几天，我一定要去的。"

高总说，去就好，您什么时候去，我派车，我的车就归您用，您想怎么用就怎么用，行不行？

"什么行不行，我去，是要告诉他们，壮阳草是没有的，但我的故事是真的，我的故事和壮阳草开发没关系，这是两回事，我要他们不要把事情弄颠倒了。"

孙子李经理说，爷爷，您不要说没关系，您为什么要发那样的信？全是您的信把事情给搅黄了。

李大伟指着孙子李经理说，你给我住嘴，这没你说话的地方。

高总摇摇头，带着李经理走了。

这天晚上，李大伟独自坐在院子的月光下，一个人在那里与虚空中的幻影争辩。他说话的声音时大时小。老伴在客厅里看电视连续剧，中间放广告的时候，她才发现李大伟呆坐在院子里跟谁在说话。她走了过去。李大伟目光空蒙地望着前方说，怎么我的亲身经历变成了戏说历史，他虚构的小说还成了已有定论的历史？我没否定他的小说，他凭什么否定我的经历？对呀，对呀，我要找沈老，我要找他讲道理，当年没有我，他拿什么写小说，拿什么出名，拿什么住在省城的洋楼里？

老伴走过来，用身子挡住他空荡荡的视线说，你要找他，你跟他讲道理，要沈老不要听那个小馆长的胡说八道。你讲的是你自个的身世，壮阳草的事那是他们瞎掰，是他们在炒作，跟你没关系，你把这个说清楚，不要质问人家住洋楼的事。

李大伟说，是啊，你说得对，你这句话点醒我了。我们的老乡长后来是老县长，跟沈老是一个连队的，当初都是战士。沈老不是采访了我，他肯定到不了省城。对对，不说这个，我讲的不是壮阳草的故事，是我自个的事，壮阳草是他们别有用心的炒作，跟我没关系。你说得对，我要去找他，我就这样跟他说，他肯定可以接受，我明天就去。

壮阳草

王 石

十九

电视台一行五人本来可以回去了，随便哪天起程都可以。可是赵主任说高总这几天心情不好，我们稍待几天。大家都明白，赵主任这是为台里，也是为大家，他想缓解和高总的关系。这次禁放属于不可抗拒的原因，不能怪电视台，协议上都有的，凡是不可抗拒的原因所带来的损失，是可以商议的。高总原来答应投给台里的广告份额，还有答应奖给大家的红包，不应该全都免了。赵主任想，台里的广告损失好说，没了也不能怪专题部办事不力，关键是大家的红包，不能到这里白白忙了一场最后一文不名地走了，高总不能像打发叫花子那样就把大家给打发了。

女主持人早就要走了，赵主任苦口婆心地劝她为大家的利益着想，不要一意孤行。她说我孩子跟我老公都在家里发高烧，我得回去，我什么都不要，我个人遇到了特殊情况，我不连累你们我直接找高总说清楚，这总可以吧。

高总到宾馆来了，他找到赵主任，把他拉到房间里谈条件。他说你把拍的带子给我，我买下来，你开个价，说吧，多少？

赵主任苦笑着说，高总，高总你听我说，这会儿风头上，多少钱我也不敢卖，这是台里的铁命令，我怎么能违抗？我实话说，我们原定是昨天就回省城，我们就是想到你心里不畅快，所以一直没走，在这儿陪陪你。

正说着，女主持人来了，她也没管他们在谈什么，她一进门就跟高总说自己想回省城了，她再三说这是她个人家里有事，跟专题部没有关系。

她不知道她的解释在这会儿有些此地无银三百两的味道。高总用充满血丝的目光紧盯着赵主任，赵主任，你要走你他妈开口说呀，绕着弯子让她来说，你什么意思？赵主任想说什么，高总歇斯底里地接着吼叫道，你是不是以为我就这么完了，你们的节目不播，我就没办法了？如果是这样，我不拦你们，你们走，走，全他妈给我滚！离开了你们，我的壮阳草照样能做大做强！

女主持人说，高总，您别骂人，我想回去，就是我想回去，跟他们没有关系。您要说什么，您就说我，您要有什么事您就说事，不要这样乱打横炮。

李经理看看高总铁青的脸色，赶紧过来劝说，壮阳草找到了，形势是好的，只是现在不让说这事，宣传上怎么弄，高总正在思考。你们要走也不在乎这一两天，壮阳草这两天长势喜人，你们可以去看看，拍拍镜头，我相信这事会有办法的。壮阳草找到了，这就是最大的胜利，我是这么认为的。

女主持人说找壮阳草是你们男人的事，跟我没关系。

李经理说你怎么能这样说话，我们公司和你们专题部是有协议的，请你们

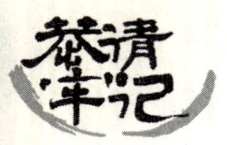

来也不是白做,我们是有付出的,请你们来的目的,就是为了壮阳草,怎么能说没关系?

女主持人说,你别跟我说这些,壮阳草找到了又怎么样?你们这帮男人,对了,还有我,我们全都他妈的阳痿。壮阳草找到了怎么样?找到了照样阳痿,拿壮阳草当饭吃也没用。

李经理哼哼地冷笑着说,你说什么,你也阳痿,你阳什么痿?

她说,是,我也阳痿。

李经理说,你阳痿,你气糊涂了吧,肯定是你老公阳痿,是不是?肯定是,你老公阳痿你还急着回去干吗?嘿嘿,真有意思,老公阳痿了还往家里跑,这种女人。说着仰面哈哈大笑起来。

女主持人被他夸张的大笑激怒了,她冲到李经理的面前,啪地一巴掌甩到他脸上。你他妈的笑什么笑,我有什么值得你笑的?你爷爷还是条汉子,别看你和你爷爷长得挺像,你就是高总的一条狗。现在好了,五千万打了水漂,你就跟着一起蹲号子去吧。

说着就冲出去了。李经理摸着脸怔了一会,接着像明白什么似的要去追。高总拦住了他,算了,她贱你也贱,她说我蹲号子,我要蹲了号子,贷款五千万谁来还?我现在很想蹲号子,可是银行要钱,银行就怕我蹲号子,公安也要听银行的,大家都要为国家的五千万贷款着想,我会蹲号子吗?笑话,我说了,没这故事,没你们的片子,这壮阳草一样打市场,我们到时候再看,看谁能笑到最后?肯定是我高总。说完气咻咻地扬长而去。

二十

大清早,李镇的大街上,李大伟拄着拐棍往车站走。有人看见他,问他到哪里去。他说我到省城去,我要去找沈老,他凭什么说我是假的。别人说他不会见你的,人家现在是高干了,你现在连离休也没了,跟人家不是一个档次了。他说,我不怕,他不见我,我就睡在他家门口,我就不信他能把我怎么样。

李大伟出发了,他真的要到省城去,镇长马上用电话向县委刘书记汇报。刘书记马上就下了死命令,他说省委正在开全委会,重要的领导全在那儿,你们无论如何要拦住李大伟,坚决不能让他到省城,一定要拦住他。如果让他到了省城,省里打电话到县里让我去领人,我说了,那就是你们最严重的失职!

同时他给县组织部也下了同样的严令。

所有人都听出这话的分量。

壮阳草

王 石

很快，李镇的各条大道和各个车站口都有人在那儿把守。县组织部长和镇长亲自带队拦截李大伟。

李大伟还没走出多远，面前就出现层层叠叠的劝阻者，里三层外三层的。人们都面带微笑地看着怒气冲冲的他，任凭他说什么，那些人都不动摇地说着，也不退后半步，脸上的微笑永不消逝地放在李大伟的面前。站在最前面的是纪念馆馆长。组织部长说这都是你小子惹来的麻烦，你在前面跟他说，这事你别想躲。馆长只有硬着头皮顶在前面，他说您找沈老有什么用，沈老也没说不让电视台放片子，这事跟他没关系。

李大伟手指着馆长说，我知道是你告的状，你是别有用心，沈老一定是被你这样的人糊弄了。我找沈老，我跟他谈心，我不是闹，我都八十五的老头了，你以为我是愤怒的年轻人，我这一把年纪会到省城去闹事，你们看我像闹事的人吗？

没有人回答他。大家都向他赔笑脸，含糊不清地重复地说着一些废话。

"李大爷，沈老他没说，他是没说，您别急，别生气。"

"李大爷，我们没说您会闹事，我们没说，您别急，别生气。"

李大伟不再说什么，他开始用手扒拉着面前的人，他要冲出一条路来。可是他往前冲，人家不闪开，就用身体挡住他。任他怎么推，别人脸上挂着笑，身子不动。

李大伟的行动没有结果，他改变了方式，他整个身体都扑上去，两只手乱抓乱打，面前的人赶紧后撤。他以为人家要用身体挨他的拳头，真让他打几拳头，他的气也就消了。人们胆怯地躲着他的拳头往后撤让他意外，同时也让他更加生气了。

他就这样往前扑，竟然要冲出重围了。镇长在一边喊着说，李大爷，您没带钱，怎么到省城？连坐车住宿吃饭，不带钱怎么行？

李大伟想，真是，怎么忘记带钱了呢。于是就返回取钱。他恨那些围在身边的人，他拿拐棍打他们。后撤的人们脸上还是笑着，顺着他的来势往后退，就是让他打不着。他气得只顾了往前扑，他没看到面前大路边沿的一道沟坎，他完全没有照顾到脚下。他一脚踢空，身体前倾，一下子整个身体就啪地倒下了。

等大家把他抱起来，他有一条腿竟然瘸了。镇长要送他去医院。他不同意，于是就把他送回家了。

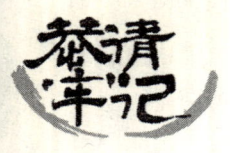

二十一

这天电视台的五个人收拾好行李,准备回省城。突然听见外面大街上有人在大叫,快去看啦,李大伟跑到雄柱峰上去了。女主持人眼尖,跑到大街的中心可以远远地看到雄柱峰上有一个人影。真的,真的是李大爷在上面。大家都看到了一个人形的黑点。

女主持人说不对,我们应该去看看。赵主任让灯光把车子往独山坡方向开。

起风了,呼呼地唤来乌黑的云层,像浪一样奔涌。一会儿就有雨点,很大的雨点,稀疏地落下来,打得树叶直叫唤。

雄柱峰下已经聚集了不少人。刚从外面开会回来的县委刘书记正在那里指挥。

滚滚的黑云下,李大伟站在那里,他连拐棍也没带,也不知他瘸了一条腿是怎么上去的。女主持人看见李大伟的老伴,老伴说他一早上就说有人跟他说话,要他到雄柱峰去。我以为他是胡说八道,没想到他真的来了,他这两天走路都不利索了,他怎么一下子到那上面去了,真是怪了。

县组织部长和镇长都围在刘书记旁边。他们刚走到雄柱峰的半坡上,李大伟就叫起来,你们站住,你们再走我就往下跳。组织部长说李大爷,您要什么,都可以说。李大伟说我什么也不要,我要沈老到这儿来,我要当面问他,我的历史是真是假,发生在我身上的事,究竟是我说了算,还是他说了算?

刘书记说,人家现在省城,一会儿到不了,您先下来,我们再跟沈老联系,这都好说。

李大伟说不对,我听见沈老说话,他在这儿,他躲着不见我,我知道他躲着不见我。

刘书记笑了,您可真会说笑话,沈老就是来了也不会躲着,人家是知名作家哩。

李大伟说你不用骗我,你骗不了我。他指着下面的刚种下的壮阳草说,我要问问沈老,也问问你们,你们怎么不管这壮阳草是不是真的?

刘书记说,这已经长出来了,怎么不是真的?大家都说这是真的嘛。

李大伟说,这是真的,你当书记的也说是真的,你要说是真的,那好,你给我把裤子脱下来。

县委刘书记愣住了。他不相信自己的耳朵,您,您说什么?

李大伟说你,还有你们,你们这些男人,都给我把裤子脱下来,都像我这

壮阳草

王 石

样。他竟然脱去了衣服，赤裸着身子说，像我这样脱，脱下来看看，我这上面还可以挂两个铜锁，你们把你们种的壮阳草吃吃，你们能挂吗？能挂，这壮阳草就是真的。

没人应声。李大伟的声音像阳光一样响亮，在李镇的上空飞翔。

女主持人用自己的数码相机把这镜头拍下来了。赵主任说，你们女同志不要在这儿凑热闹。她的头凑到赵主任耳边轻声说我看你们没人敢应战，跟他比，现在的男人肯定都退化了。赵主任说叫你走你就走，别在这里胡说八道。女主持人说你别跟我发狠，你有本事就脱，脱了跟一个85岁的老男人比比，看你们是不是退化了？

滚动的黑云停止了滚动，定在了独山坡一带，云一定住，雨就下来了，雨点刚开始还零散稀疏，接着就逐渐密集起来。谁也没带雨具，李大伟赤裸地站在雄柱峰上一动不动。县委刘书记朝身边的组织部长低语了几句，组织部长转身从后面人群里把李大伟的孙子李经理找来了。

李大伟看见孙子就大叫道，你这没骨气的东西，你给我滚远些，你是什么狗屁李经理，我看你就是一个狗腿子。

有人笑了。李经理看看周围各种含意不明的目光，他也火了，大叫道爷爷，我是狗腿子，您也不是什么真正的英雄，您要是真有骨气，早该把哪些事给说出来。为什么到七老八十的现在才敢说，像我这样年轻的时候，您不是和我一样没骨气，不一样是人家要您说什么您就说什么吗？

"你，你——"

李大伟像被疯狂的子弹击中一样，伸出一根手指说不出话来，他的身子抖动着，圆瞪着双眼。他似乎想迈动脚步，可是脚却不听使唤。他一条腿抖动一下，脚还没迈出竟然就啪地摔倒在地了。

倒下的时候，他的脑子在地上碰得咚地一响。刘书记朝组织部长一挥手，组织部长从一直守候在旁边的镇医院担架上扯下一层床单，领着人一起往山坡上冲。

组织部长亲自用床单罩住李大伟的身子。医护人员赶紧把他扶了起来。他起来时还说没事没事。人还没站起来，嘴角突然就歪斜了，接着有涎水流出来，口齿呜呜地说不出话来了。大家赶紧把他抱上担架。

刘书记命令立即送到县医院干部病房。他走到担架旁边，手指着组织部长说，你发什么愣，不要听信那些信口的戏说，李大伟同志有点老糊涂了，这是自然现象，没什么，他仍然享受离休干部待遇！他刚说完，担架上的李大伟圆睁双目，竟然一个翻身从担架上滚到了地上，口里呜呜地叫着。

旁边的人们都有些无计可施地望着刘书记，刘书记的目光中含有某种示意

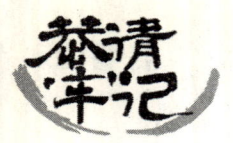

朝组织部长偏了下头。组织部长会意地俯下身子贴着李大伟的耳朵说,您看刘书记说话了,什么问题都没有,跟过去一样,您放心休养好了。

镇长在一边点点头说是啊,还是刘书记想得周到,李大爷,您放心好了,您的离休待遇不变,医药费全额报销,您就不用着急了。

可是,李大伟呜呜地叫得更厉害了,谁也听不清他说什么。还是女主持人说,李大爷,刘书记部长镇长都说了话,您觉得好,就点点头。

李大伟好像更急了,他一边叫着,一边还挥舞着那只还能活动的右手,接着,他的眼睛里流出了泪水,那泪水几乎是在往外涌,像车窗上的雨水一样哗哗地往下流。

有人要给他擦眼泪,他用力打开伸过来的纸巾,一任眼泪流淌。他像一个顽皮或不听话的孩子那样,睁着眼睛,任眼泪如同雨水一样哗哗地流淌。

二十二

李大伟抬下山的时候,天突然晴了。

太阳驱散了云层,一会儿就晴空万里了。

这时,独山坡上的壮阳草,无可阻挡地迎着艳丽阳光拔节上长的声音,像号角一样在李镇的上空回荡。

钻石时代 王秀云

  当了六年正科的林小麦为了得到提升，没夜没日地工作，比很多男人都出色，但是，汗水终成泡影。原来对她关爱的市长邢文通调到了昆山市，她也想跟去。在得与失之间，她不停地倒换心里的天平。几年后，她总算当上了瀛州市主管文教卫生的副市长，她还是原来的林小麦吗？

钻石时代
王秀云

一

"道理已经"是他最后发给林小麦的短信。林小麦后来对珍妮说：我接到他短信的时候，太阳已经不照我们这半边星球了。珍妮当时说了一句让林小麦很多年都忘不了的话。

珍妮说：瞧你这点出息！

那天下午，林小麦坐在办公室里，能看见窗外的洋槐和梧桐，能看见来往的高档车辆，一些熟悉的人在大院里出出进进，看起来像昨天一样，像前天一样。可在林小麦的心里，这一切就像花没有了蕊，河没有了水，天空没有了星星和月亮，少了味道，少了魅惑，让她觉得眼前的一切离自己远了。

想来，她已经有一个月没有去修指甲了，头发也没有定时去护理，做美容好像是上辈子的事了。她的衣服也不再讲究，随便穿了一件米白色套装，已经好几年了，她本来都想扔了，折腾秋装的时候翻了出来，简单熨了熨就穿上了。

她定定地瞅着，看见那辆车号为G0009的黑色奥迪缓缓开进来。如果以前，她会一阵兴奋，能不由自主地挺一下身子，好像那车会径直开到楼上一样。但现在，她心里只是一阵酸楚，她甚至觉得这辆车行走的样子和以前都有了变化。过去车开进政府大院的时候是带着风的，冬天带着冷风，夏天带着热风，春天的时候几乎能闻见花瓣的香味，那种锐气和热情从车身的每一个细节里传递出来，让林小麦的心在甜蜜的瞩望中荡漾了六年。可是，现在，一切都将没有了，甚至连嫉妒、痛苦等等情绪，也像雨后的乌云一样散去，只剩眼前的一片白茫茫。

这一切都是因为他就要走了，去相隔数百里的昆山市任市长了，林小麦觉得从知道他离开的那一天起，他就把自己的生活都带走了。

办公室昨天发了通知，今天上午九点在政府办公楼前为邢市长送行，林小麦觉得时间像被刀子切割了一样，迅速就滑过去了。行政科的电话又打过来了，让大家下楼。林小麦不想下楼，不想混迹在人群中经历那种只有她自己能体味的别离，可是，怎么可能？她必须下楼，有分寸地表示一下自己的情绪，和别人一样，和大家一样。可她知道，她是不一样的。他也知道，她和他们是不一样的，只是他从来都不在乎。

林小麦和大家一样欷歔不已地寒暄着，和大家一起走到楼下。已经有很多人，互相打着招呼，嘻嘻哈哈地，看不出谁真正有别离的伤感，甚至从人们的情绪中，林小麦感觉到弥漫着一种掩饰不住的兴奋和庆幸。谁都明白，邢市长

一走，又腾出一个副厅级位置，如果不出意外，不从外地或上级派来干部的话，当地正县级干部中应当补充上来一位，依此类推，连一般科员都有了一个甚至很多机会。从内心里，绝大部分人都希望邢市长走。

在人群里，林小麦看见了蒋昆。他脸上挂着灿烂的笑容，显得格外活跃。在很多人眼里，他和邢文通的关系很好，应该是邢文通的铁杆，因为他的开放办主任的位子就是邢文通给推上去的。但林小麦心里清楚，他也为今天的这个结局庆幸，甚至，他可能早就盼着今天。

其实，最不愿意有这种场面和结局的是邢文通自己！他是真不想走，他才42岁，从官场上看具有年龄优势。他想在瀛州市当市长、书记，在这片土地上让自己建设一方的构想和意志成为现实。但是，官场上的个人意愿如同风中的落叶，落到哪里不能自己说了算，要看风向，看风力，看风吹过自己的时候地面的状况，甚至一棵草、一滴水都会影响到自己的落点。邢文通直到此刻才认可了这些，而在省委组织部谈话之前他还心存幻想。他缓缓地从办公桌上拿起最后一份文件，深情地看了一会。《关于我市化工园区建设的发展规划》，16页文字，成了他、也毁了他。为了让瀛州市化工城建设的规划更加科学，为了把市区周围36家化工企业迁往他所认定的那片濒海盐碱滩，给子孙后代留一片干净的天空，他无数次喝大酒，醉得几天不能吃饭；一天跑过两次北京，来回行程2200公里，下车的时候腿不会走路。有一次他在开会的时候，举着这份文件说：这16页文字，字字都有酒精味，行行都有车辙印。但是，他的愿望还是被当地一些利益集团的强大势力给击垮了。他们不愿离开市区，那么，他们就只能让他离开。只要他离开，什么样的规划都是废纸一张！

他真的就要离开了，这份规划真的就是废纸一张了，他把很多文件都焚毁了，只有这一个却迟迟难以下手，好像还有那么一丝希望，穿越他的心脏轻轻拽着他的手。但是，现在，他再也找不到留住这份文件的理由了。他站起来，把文件扔进碎纸机，静静地看着雪白的纸张飘然而下。文件发出轻微的声音，似乎来自远处的惋叹，窸窸窣窣地，凌厉又迟缓，仿佛闪着锐利的白光，毫不迟疑地打动了他。他迅速拿出了文件，轻轻抚平了皱折，放进了自己的行李箱中。但是，过了一会，他还是拿了出来，重新把它放回碎纸机，开动了机器。他闭上眼睛，感觉有什么东西把他在瀛州市的岁月都化为乌有了。机器终于停了，他捧起一把细碎的纸片，又轻轻放下，然后他慢慢走到窗前。他看见许多人都站在楼下，等着送行，他知道有很多人其实是有些迫不及待的。他们都愿意他走，给别人腾一个地方。有真不希望自己离开的人吗？他看见那几个当着他面流泪的人，此刻，他们在和别人谈笑风生。他提拔了他们，帮着他们办了子女分配、住房、亲戚生意等等一系列事，他们经常不断请自己吃饭、玩、

钻石时代
王秀云

送自己礼品。他看着他们脸上的笑容，第一次意识到，自己让他们太累了！他的走让他们解脱了，放松了。邢文通在即将转身的时候看见了林小麦。她紧挨着一棵海棠，站立的姿势有些生硬，她也和别人说着话，但是，邢文通还是看出林小麦脸上的笑容是僵硬的，他知道她恐怕是真不愿意自己离开的人。可是，他竟然不为所动。这些年，他的心也被官场磨硬了，自己也不能免俗了。他多么希望这表情不是出现在一个什么都不能给予自己的正科级女干部身上，而是书记脸上，市长脸上，哪怕是那些瀛州市大权在握的县局长的脸上，那样，自己在瀛州的政治生命或许还有转机。但是，他多么心酸啊，为这片土地，为这些人他付出了自己多少心血啊，但此刻都变得这么虚无。他刷地一下拉上淡蓝色的窗帘，又慢慢拉开，眼泪缓缓流下来。他仰了仰头，把眼中还未溢出的泪截了回去。

桌上的电话响了，他以为是行政科催了，一看号码竟然是简晴的。他迟疑了一下，有些不想接。但是那电话响得很执拗。他担心她会闹出其他的动静，就拿起了话筒。

简晴说："你怎么不接电话？"她的声音还是腻腻的，还像每说一个字都要喘一口气。邢文通当时以为这样说话的女人会很纯，但是，他后来才知道这是一个很乱的女人，以前同不少官场和艺术界的男人有染，但是，她还算明智，和自己之后就和他们把握了有分寸的距离。那么自己走了之后呢？不用说他也明白，简晴的身边立刻就会出现别的男人，她把男女之间那些事太不当一回事了，说好听了是开放，说不好听是放荡，一想到这，邢文通感觉一阵反胃。

邢文通说："哎呀，这个时候很乱，很忙，大家都要过来看看，你就别添乱了。"

简晴说："我们局长说送你，你几点走啊？我跟着一块去。"

邢文通特别不愿意在这个场合看见简晴，事实上他从和她一开始就后悔了，只是一个人在瀛州市，身体的骚动需要解决，和她有了一次就免不了第二次。从发现她的过去以后他就在和她疏远，但是，她的经历和心智决定了她真不是一个好摆脱的人，再说，他也不是那种把事往绝处做的人，这几年就这样拖拖拉拉的。有一次林小麦说："和简晴在一起影响你的形象。"他当时还认为林小麦是在吃醋，顶了林小麦一句，说："我这人有一个特点，别人在我面前说坏的人，我倒要自己去看看，我还是相信自己的判断。"现在想来，自己走到今天，和自己这几年同简晴的关系或许真有点关系，毕竟这不是一个体面的女人。这个时候她来，那不亚于临走当众扒了自己的裤子。想到这里，邢文通就有些厌恶。但是，简晴也很聪明，知道自己此刻在邢文通心里的分量，就

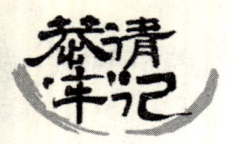

拉了局长,让邢文通不好拒绝。邢文通太了解她的把戏,就顺口说:"好吧,我十点走。你们来吧,先替我谢谢你们局长。十点见。"

他把电话放了以后,喘了口气,心里说:"该走了。"

那三个字好像还在胸腔里回荡,就听到了楼道里踢踢踏踏的脚步声,邢文通不由苦笑了一下:他们比我可着急多了。他迅速调整情绪,站起来把门打开。各位副市长、秘书长纷纷和他握手,有的说:"邢市长,舍不得也要送啊,昆山人民在等着啊。"还有的说:"你为瀛州市作了贡献,瀛州人民永远感谢你啊。"邢文通心里说:"我最大的贡献就是给你们腾了位置。"然后他看了看自己的办公室,心里又一酸。不能流泪,他告诉自己,然后迅速走下楼去。

楼下一阵骚动。林小麦知道他就要来了,心里翻涌着滚滚波涛。她紧紧注视着门口,看见他在领导们中间像以往一样大步走出来。他在门口台阶上停下,巡视着大家,抱拳施礼,一迭连声地说着感谢大家。一些人上去和他纷纷握别。蒋昆冲到了前面,脸上的表情已经换成了可以称为悲壮的表情,和邢文通紧紧地握手。但邢文通似乎不想把时间拖太长,很快就上了车,摇下车窗,和大家抱拳惜别。林小麦不由自主地抬头看了看邢文通办公室的窗口,那个窗口和他再也没有关系了,和自己也没有关系了,她心里一酸。车已经启动,林小麦站在左边,她看见他向这边看了一眼,就迅速转向右边,再没有回过头来。

林小麦看见那车子驶出大院,觉得眼前的一切突然黯然失色。喧哗和骚动一下子没有了意义。奇怪的是,她以为自己会流泪,但是,当看见邢文通的送行车队驶出大院的时候,自己的心也松了一口气。怎么会是这样?林小麦自己都不明白。

后来大家都说邢文通在车里哭了,林小麦没有看见。

她回到办公室,给珍妮打了一个电话,说:"他走了。"直到此刻,林小麦才感觉到那种巨大的失落,在心里翻卷着。她的心没有着落了。

珍妮从林小麦的声音里已经听出了她的情绪低落到极点。急忙说:"哦,我十点开车接你,新开了一家咖啡广场,我好好请请本世纪最后一个情种。"她本来有事,北京焦炭公司要外迁,作为市场部经理,她将和总经理一起寻找合适的投资地点。他们原定今天上午考察华北市场,珍妮只好告诉对方改到明天。

林小麦眼里一酸,只嗯了一声就把电话放了。刚放下电话,手机就响了,林小麦一看,是蒋昆,知道他肯定会说邢文通走的事,无非就是表示惋惜,但那惋惜是嘴上的,犹如插在油绿的树枝上的假花,看起来比鲜花还艳丽。林小麦没有别的办法,只能也拿一朵假花,做出同样的风情。就接通了,说:"你好，蒋主任，刚才看见你了。"

　　蒋昆说："哎呀，邢市长一走，心里真不是滋味。"

　　林小麦看见那假花在风中摆了一下，说："走了好啊，该走就要走，都不走，大家就都闷在这了。邢市长一走，你们都有机会了。"

　　蒋昆一听，心里醋溜溜的不是滋味。林小麦的话在蒋昆听来是一语双关的。既点破了自己的真实心态，又对自己是一种鼓励。蒋昆早就知道林小麦对邢文通的感情，这感情就像一座山一样挡在他和林小麦之间。蒋昆是邢文通提拔起来的，在女人和权力之间，蒋昆别无选择，但是，蒋昆是多么希望得到林小麦啊，这个女人在自己的生命里摇晃了十几年，看得见，摸不着，近在咫尺又远在天涯。尤其是邢文通来瀛州市以后，蒋昆感觉林小麦像破冰的河流，温润自然地流淌着。有一次，蒋昆问林小麦："林科长，在瀛州市还有没有能让你动情的男人？"

　　林小麦知道他在说什么，就说："或许有，但我没有发现。"

　　蒋昆有些愤恨。这几年，蒋昆为了不让林小麦和邢文通得逞，可谓费尽心机，不为别的，就为让林小麦失望，对邢文通失望，甚至，对男人失望。为此他付出了多少啊，在别人看来他得到了提拔，受到了领导的重视，但事实上他的心一刻也没有平衡过。有时他觉得，真正失望的恰恰是他自己。

　　这个固执的女人！自以为是的女人！他以为邢文通走了，一切该彻底结束了，但是，他感觉林小麦依然没有放下邢文通。失望不等于放弃。可是，毕竟她再也等不来什么啦。他还是兴奋的。他知道时机就要成熟了，他不能表现得太急迫，要做出雪中送炭的样子，万不可让林小麦察觉自己是乘虚而入。十几年等过来了，他不在乎一时一地的得失，他有的是时间和耐心。他说："小麦，人还是要面对现实。邢市长走大家都很伤心，但是，工作还是要继续。你年轻，机关很复杂，别太感性了。"

　　林小麦为蒋昆的最后一句话有些感动，就说："谢谢，我明白。"

　　蒋昆说："过几天一起吃顿饭，有些事要和你商量一下。"

　　林小麦说："什么事？神秘兮兮的？"

　　蒋昆说："重要的事。到时候再说吧。我还有许多工作要做，今天就不请你了。中午和组织部领导吃饭，你去不方便。"

　　林小麦说："中午我有安排，没想给你当电灯泡，你快去吧。少喝酒，多吃菜，够不着，站起来。"

　　蒋昆一听哈哈笑了，说："小麦，你可记着，这句话是老婆嘱咐丈夫的话，你到时候别不认账。"

　　林小麦说："去你的。"就把电话放了。一看表，快十点了，她该去门口

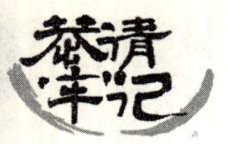

等珍妮了。她和科里同志打了声招呼,就下了楼。

还不到一个小时,已是物是人非。此刻,邢文通在哪里呢?他会想到自己吗?肯定不会。可是,我想他。她忍不住给邢文通发了一个短信:"您好,我是小麦。正在您上车的地方徘徊。知道吗?对于朋友来说,您就是天上的月亮,在苍茫的人世上,有了你的照耀,灵魂深处就有那份安宁和喜悦。有时一片云彩飘过,月亮被遮住了,可是你知道月亮在,在你的头顶和内心。从来没有想过拿月亮当饭吃,当衣穿,可是,有一天,你发现月亮没有了,人类的头顶再没有那份长夜的明亮,那是多么恐怖啊。记住,您就是瀛州市朋友心中的月亮。"

这个短信发了四次才完成。林小麦仰脸看着天空,好像那短信有了翅膀,穿过雪白的云层和幽蓝的天空,飞向邢文通的心灵深处。她希望这个短信能够到达邢文通的心灵,只有到了那里,他才能懂得林小麦的一番苦心:他是她自己的月亮,或许,不,不是或许,而是事实,只有在她心中,他才是有着光芒和魅力的,可是,她不能说。只能说成是朋友的月亮。那份含蓄背后的深情,他能懂吗?

手机很快响了。林小麦的心怦怦直跳。会是什么?是客气?是周旋?还是感动?她打开短信,界面缓缓启动,穿越了眼睛能够看到的一切,如此具体精细地拨开林小麦的渴望,犹如海水中推进的波浪,一层又一层,近在眼前又深不见底,林小麦的心湿漉漉的,徒留一份咸涩。

邢文通在短信上说:"谢朋友,谢深情,谢一生。"

二

林小麦把眼泪咽下去,平了口气继续往大门口走,看见24号车驶进来。那是信访局的车,简晴单位的车。车在林小麦身边停下,简晴打扮很职业,也很时尚,从车上走下来,径直向林小麦走来。

简晴是林小麦最厌恶的女人,她想躲,但是,简晴已经走到眼前。简晴说:"小麦,不是说邢市长十点走吗?怎么没有人啊?"

林小麦不是一个人走茶凉的势利人,但她在看见简晴的一瞬间就打定了主意:邢文通离开瀛州市了,以前给予她的热情都是因为邢文通。现在和将来,她再也不会答理眼前的这个女人了。她冷冷地说:"已经走了。"

简晴吃惊地说:"是吗?他说十点走的。我们局长也来了。"

林小麦没有继续听她说话,径直向门口走去。简晴或许意识到自己的处境,追上来说:"小麦,我有很多话跟你说。"

林小麦停下来，对她说："对不起，我没有时间了。"她对这个女人是如此冷酷，让她自己都吃惊。

　　她看见了珍妮的车。珍妮早早打开车门。等林小麦上了车，问："刚才那个女人是简晴吗？"

　　林小麦说："对，就是她，这两年邢文通就是和她搅在一起。"

　　珍妮大吃一惊："不会吧？你别恶心我！"

　　林小麦说："真的。就是她。"

　　珍妮一打方向盘，车冲进大院，在简晴身边傲慢地停下，车轮划过水泥地面的时候发出刺耳的声音。珍妮示威一样摇下车窗玻璃，看看简晴，又打了方向盘开出了政府大院。林小麦有些诧异，没有想到珍妮的表现比她还激烈。珍妮一路上没有说话。到了咖啡店，停了车，和林小麦一起进门的时候，才说："邢文通如果是和这个女人，那他不值得你这样。"

　　林小麦有些气短，没有说话。珍妮要了牛排、三明治，林小麦要了一个水果沙拉和咖喱饭，却只是喝着咖啡，一点胃口也没有。

　　珍妮说："我见过这个女人。一次和画家们在一起吃饭，有她，都拿她取乐。她走了以后，大家都说她是风尘女子。"

　　林小麦何尝不知道，但是，就是这个风尘女子竟然让邢文通放弃了自己的那份情义。她悠悠地说："我知道。可是，我明明知道这些我仍然爱他。"

　　珍妮盯着林小麦："你爱他什么？"

　　林小麦沉默了，过了一会，她说那是四年前，他到瀛州市担任副市长，可以用来势汹汹来形容他当时的状态。刚39岁，用我们的话说是天上下来的神仙，从省政府副秘书长的位置上下来的，前途不可限量。她说她那时刚到市政府工作，也是有些想法的。她注意每一个人，不知道哪一张脸有可能改变自己的命运和前途。她说我不情愿回到2001年的夏天，是的，我不情愿。回忆意味着逝去，或者结束，而我感觉我的爱情才刚刚开始。对于我，这就是爱情，这才是爱情。

　　珍妮说不是，爱情是互相的，互相欣赏，互相牵挂，而你是单相思。

　　林小麦说我知道，现在我是剃头挑子一头热。可是，2001年的夏天，我的爱情开始的时候不是这样的。那是他去一个县里调研，一个副秘书长带着我和办公室几个人陪同。那个县的县长是一个女人，一个很漂亮的女人。那女人一定是一个战无不胜的女人，她的眼神充满了胜利者的娇媚和放纵，她用嘴巴汇报当地经济社会发展情况，用自己的眼睛挑战眼前的男人，我觉得没有多少男人能拒绝一个成功、漂亮又充满女性魅力的女人，我注意看着他们，希望出现点什么。我就是在这时发现了邢文通眼里的空洞。别的领导都是低着头记

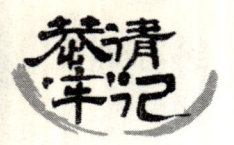

录，偶然抬起头和女县长的眼神对接一下，他不，他始终抬着头，看起来若有所思，几乎一眼都没有看那位女县长。但是，调研结束的时候，他口若悬河，把国际国内省内省外的形势分析得清晰透彻，把那个县县域经济发展情况和未来趋势了解得一清二楚，连那位女县长都有些诧异。我就是在那一次觉得这个人不是等闲之辈。我觉得这个人是一个绩优股。我和所有官场中人一样，时刻准备投资，为自己预期一个前程。但是，一个科级干部，尤其是一个女干部，这样的机会凤毛麟角，我在等待。

事情是在半个月后，他带我们去外地参观考察。那是夏天的晚上，风带着南国的梦魇。我们吃完饭出来看夜景，在一个街角广场，看见几个人在追打一个很瘦小的人。我们都没有想过去管，毕竟在人家的地盘上，人生地不熟。邢市长看见了，他大步走过去，大喝一声：别打了！我至今好像还能听到那声断喝，像平原兀起的山峰，像深夜的一声惊雷，像断流的江河突然承接了巨大的飞瀑。我想，他就用这声断喝唤醒了一个女人的英雄情结。

像劣质影片的情节一样，那几个人停了手，向我们围上来，其中一个人手里拿着一个摔碎的啤酒瓶子，径直向邢文通冲过来。其实你大概以为我是故意的，其实不是，我当时在邢文通的侧面，我清楚地看到了那小子的企图，我下意识地冲过去推了邢文通一把，啤酒瓶子破碎的玻璃从我的左手臂上划过去，疼得我大叫了一声。邢文通回转身就抱住了我。你别笑话我，我知道我脸红了。我从小怕疼，一点没有江姐赵一曼的气魄，在医院里看着自己满身的血就哭，他就一直抱着我。你问那些人啊，早有人报了110，警察来了，这群人一个也没跑成。

如果没有简晴，我们不会是这样的。我知道是蒋昆把简晴给了邢文通，我知道他是故意的。这件事真让我痛心，不为别的，就为女人面对的就是一个男权世界，你面对男人之间的交易真的没有力量。

你问我还有什么？那就说一下化工园区吧，如果说这件事让我看到了一个男人，那么他筹建化工园区的过程让我感觉他和别的领导不一样，他还有良知。我就是从那一刻起，从内心就敬重他，是对瀛州市其他领导不一样的敬重。对，珍妮，这件事我说过无数遍了，可是，我还是应该说，他是真心想为瀛州做点实实在在的事情。

那是半年后的一个冬天的下午，别看外边北风呼啸，会议室里却是剑拔弩张。四套班子成员都在，集体讨论瀛州创建化工园区的规划，把36家化工企业迁往那60多万亩盐碱滩上。我那时真为他难过，他一个人对那么多人，没有人理解接受他的建议。我记得那天的阳光是嫣黄色的，在他的杯子上不停地摇晃，我后来一直寻找那种感觉，阳光的摇晃使一切都显得虚无，甚至连对抗和争执在我看来都有些缥缈。但，那是一种迷茫和苦痛，无以表达。他说有一家企业发生爆炸，整个瀛州市就会不堪忍受；他说我们是欠发达地区，不得不接受这些污染企业，但是，我们必须把损失和危害降到最低。他当时提了一家企业的名字，那是我市一家利税超亿元的企业，是全市的明星企业，企业负责人是全国人大代表、"五一"劳动奖章获得者，他说这家企业的液体一旦泄漏，动物从上面走过，蹄子就会烂掉，直至死亡，这么严重的后果为什么我们不防患未然？散会后，他的秘书对我说，邢市长捅了马蜂窝了。

现在看来，他的确捅了马蜂窝，最后，被蜇走了。

珍妮说："这只能证明他太文人化了。一个市长考虑的就是发展。他做的这些在我看来太多的是作秀。据我所知，他的口碑并不好，有人说他作风飘忽，一个主管经济工作的市长却总是关注环境问题、文化问题，还写什么诗。经济基础决定上层建筑，没有经济的发展，这一切就是空谈。也有人说他浮，不注意领导形象，和基层干部、老板们在一起的时候称兄道弟。包括对待女人上，太好色，他和信访局这个女人的事很多人都知道。我并不想毁灭他在你心目中的形象，我只是想告诉你，你是个优秀的女人，他不值得你这样，你不要为浮云遮住眼。"

林小麦回到了现实，咖啡已经凉了，新续的热水冲淡了浓香，她已经不在意了，说："我都知道。有些事我也提醒过他，但他认为我一个女同志，又只是个科长，说的话没有分量，所以很少听。但这些和我爱他没有关系。"

林小麦想继续刚才的诉说："有一次我们去县里调研。我没有吃早饭，他勒令秘书给我买了早点。"

珍妮不为所动。林小麦继续说："还有一次，我和领导们去县里，那个县风景特别美。我竟然不知不觉走到了书记前面。他一看，急忙给我使了一个眼色。"

珍妮这次忍不住笑了，说："唉，被小把戏俘虏了。我说你你别不爱听。你爱他其实是因为他是市长。你不了解自己。如果他不是市长，你绝对不会爱他。"

林小麦一愣，她没有力量否认。珍妮突然话题一转，问："简晴去政府干什么？"

林小麦说："去送他。但是他告诉简晴说十点。"

珍妮追问了一句，"到底几点？"

林小麦说："九点。"

珍妮扑哧笑了，说："邢文通把简晴耍了。这么说我小看邢文通了。"

林小麦明白了。邢文通在躲避简晴。

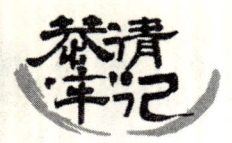

　　林小麦突然意识到，自己也盼着邢文通走，他一走，他和简晴的关系终于可以结束了。没有他们的结束就没有她和邢文通的重新开始。林小麦的心一瞬间坚毅起来，她对珍妮说："我要跟他走。"

　　珍妮好像对这个决定并不吃惊。她说："我早就料到了。但是，邢文通不一定给你办，如果他拒绝你，你别跳楼。我再告诉你一次，他不值得你付出这么多。"

　　林小麦知道她会这么说，而且，她也明白珍妮是对的。但是，林小麦不想放弃。她喝了一口咖啡，看着窗外纷乱的街道。那些匆匆的行人，带着各种各样的身世、各种各样的烦恼和喜悦，有多少人是为表象生存，有多少人触摸到了生命的真正意义？林小麦想活在真实中，真实的情感，真实的爱。那真实是什么？她说不出来，但是，她知道那是什么。她对珍妮说："生命就是一个过程，我有时很羡慕那些战争年代的人，羡慕两弹一星的功臣，他们能够为自己认为高贵的东西去付出。我是一个普通人，我没有机会追随一种崇高，但是，我还能找到自己想要的人，找到自己想要的爱，我很庆幸。"

　　珍妮已经吃饱了，望着林小麦不说话。她觉得眼前的这个女人离自己有了距离，她不缺男人，虽然这些男人比邢文通官职不高，但在人群里看去都比邢文通出色，她不选择他们，非得要在一个并不爱他且有婚姻的男人身上较劲，真让她费解。

　　她问林小麦："你知道自己在做什么吗？你的根在瀛州市，且不说邢文通是不是给你办，即使他给你办，也办成了，但是，你想过没有，离开了瀛州市等于放弃了你三十多年积累的所有社会资源，重新开始。这咱不说，你想想，你跟着他干什么去？嫁给他？让他给你官做？实话告诉你，这都不可能。他什么都不能给你。这就是男人。"

　　林小麦没有回答珍妮的话，她想起了刚才发给邢文通的信息，说："珍妮，我记得妈妈去世后，我还小。有一次继母去打麻将，我在家看家，继母养了几只小鸡，我光顾了看书，给忘了，鸡让猫给吃了。继母回来以后打我。她有时用力大了，我就会踉跄几步，我总是回到原来站的位置上让她接着打。继母说我是犟种，我没有别的办法和她抗衡，但是，我很庆幸，我还有能力保持自己的尊严。跟随邢文通走也一样。"

　　珍妮说："看不出这两件事有什么一样的地方。他并不爱你你还追随他，只能证明你没有尊严。"

　　林小麦说："我坚守自己，没有比这个更有尊严的事情。"

　　珍妮说："这有什么意义呢？你这种爱能给你带来什么？你还不如跟了蒋昆，他能哄着你，疼你。邢文通对你什么也没有，以前没有，以后也没有。他为你所做的那些事情,在那种情景下,任何一个漂亮女人他都会做。你心底的这些所谓爱,他从来没有看到过,甚至,他根本就没有能力看到。"

林小麦有些伤感,她何尝没有想过这些。但是,一个人对另一个人的爱和这些没有关系,那就是爱,是让她一生再不想放下的爱。她说:"知道吗?我现在才知道,爱和婚姻无关,和道德无关,我对邢文通就像对夜晚的月亮,我愿意看见他,让他照着我,我不能想象天空没有月亮会是什么样子。我没有想和月亮结婚、想让月亮给我丰富的日子,我就是想能看到月亮在我的头顶,照耀着我的生命。"

"哼,你看到的只是一个大灯泡而已。"珍妮无情地说。

三

快下班的时候,蒋昆接到简晴的电话。简晴声音低低地说:"我病了,你能不能过来看看我?"

蒋昆觉得好笑。邢文通走了,她以为他们之间还可以旧梦重圆吗?你以为你是谁?

蒋昆声音有些尖刻地说:"哎呀,我太忙了,你看看别人有时间吗?"

简晴说:"别人有时间能代替你吗?"

蒋昆很厌恶,真想说,怎么不能?这两年,有权有势的邢文通不但代替了我,而且你还装得像和我没事一样,一他妈有病邢文通不好出面就交给我,我跟个孙子似的领着你看病,替邢文通遮掩,真他妈腻烦。现在邢文通走了,又想起老子来了,去你妈的。但是嘴上说:"我确实没有时间,是吧,你呢,打个的,的费我可以给报,自己到医院看看吧。我一会儿还有个会,啊,就这样吧。"

蒋昆拖着官场常见的长腔把电话放了,心里像吃了苍蝇。当初,他和简晴第一次陪邢文通吃饭,他还真没有想到简晴能这么快和邢文通好在一起。第二次简晴说在家请邢文通吃饭的时候,他还有些怀疑。可是他和邢文通到了简晴家以后,发现简晴赖在床上不肯起来,就知道他们之间该发生的都已经发生了。蒋昆当时真是难受,但他很快就调整了自己,在邢文通面前和简晴配合默契,好像他们始终是普通朋友一样,还有意识地引导他们之间的关系。蒋昆知道,对于一个从政的人来说,这没有什么,一个女人没有什么,何况是简晴这样的女人。有她在邢文通身边,对自己有百利而无一害。果然,在邢文通看来,因为蒋昆知道他和简晴之间的关系,显然就把他引为心腹,一些类似的事情都让蒋昆来遮挡、办理。蒋昆就把他和邢文通的关系在社会上渲染成朋友关

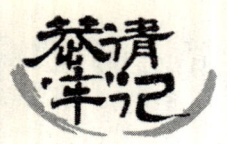

系，自然身价倍增，办很多事有了得心应手的感觉，提拔当开放办主任成了顺理成章的事情。

一个简晴给他带来这么多，他其实很庆幸。但是，他再看简晴怎么都觉得这个女人脏，尤其是现在，邢文通走了，他真恨不能她从他的眼前消失。他怎么还会去看她？

但是，他没有想到，简晴不是一个善罢甘休的女人。他刚收拾东西准备下楼，一个陌生的电话打进来。他不想接，但那电话一直响。蒋昆接通以后，很不耐烦地问："谁呀？"

对方哈哈大笑："蒋局长，这茶凉得太快了吧？我刚走一个月就不接我的电话了。"

蒋昆吃了一惊，竟然是邢文通的电话。蒋昆心里明镜似的，这个电话是简晴让他打的。蒋昆哪还敢怠慢，急忙说："邢市长啊，哎呀，我们正想看您去呢，大家很想您啊。"

邢文通说："替我给弟兄们问好。有个事拜托一下，简晴那里还请多关照啊，我走了，她一个女人过日子不容易，你们如果不忙多跑几趟。啊，拜托了。"

蒋昆急忙说："没问题，刚才简晴来电话，我正开着会。您放心吧，我们会照顾她的。"

他们又寒暄了几句，就心照不宣地放了电话。蒋昆真堵心，想起那个小幽默。说吃苹果最可怕的事情是，咬了一口，发现苹果上有半只虫子。现在，他是发现苹果上有半只苍蝇。可是转念一想，又觉得是件好事。他这人别的不行，辩证法学得非常好，运用起来得心应手。简晴用这只苍蝇恶心了他，他也可以用这只苍蝇去恶心别人，达到自己的目的。坏事和好事只是一念之间的事情。

饭店里已经坐满了人。每次进饭店，蒋昆都会有些感慨，这么多人吃饭，每桌都点这么多菜，其实都吃不了多少，浪费啊。让人真心疼。蒋昆是五十年代生人，知道挨饿的滋味，知道粮食的金贵，但是没有办法，他请客的时候也是满桌子点菜，不这样大家会说自己不热情，不真诚，小家子气，官场上都怕落下这个名声，可他是真心疼。要是有个部门统计一下每天饭店浪费的东西，那数目绝对惊人。他就想有一天自己当了一方父母官，自己能够说了算，先刹刹这种习气。

大家都到了。秘书长在正座，他这次要顶替邢文通的位置，当瀛州市副市长；民政局局长坐左手，听说他有可能任秘书长一职；依次是副秘书长、组织部副部长、政府办主任，林小麦可怜兮兮地坐在边上。没有办法，官场上任何

钻石时代
王秀云

事都论资排辈,她能参加这个场合,和这些人坐在一起,就已经比和她同级别的人不知幸运多少了。

大家都抱怨他请客的反而来晚了,要他今天好好表现。他急忙解释说:"刚要走,接到邢文通市长的电话,说了一些事情。他说很想念大家,要我代他向大家问好。"他这样说是仔细想过的。在官场,一般是不能轻易暴露自己和领导的关系的,尤其是已经离开的领导,更是要谨慎。你不知道谁是领导的朋友,谁是领导的政敌,稍有不慎就可能引火烧身。但是,对邢文通不一样,首先他知道在座没有和邢文通不对付的人,而且,自己对一个已经离开的领导还这样敬重,说明自己人性厚道,尤其是,林小麦在,这个话他是有意说给她听:他们男人之间有着女人永远不能介入的空间。他看见了林小麦的情绪变化,也只有他能看出林小麦眼里滑过的那一丝失望。

那一瞬间,他更失望。他张罗喝酒,心里却回到了十几年前,他还是瀛州大学的一名老师,林小麦是他的学生,因为作文很出色所以有些名气。他那时刚离婚,情绪很不好,很喜欢林小麦。每次学校打了下课铃以后,他估摸林小麦会走过的时候,就在窗口等着,林小麦真来了,仰头一笑,他的心就会荡漾起涟漪。但是,他那时觉得这孩子太书生气了些,总是不敢说出来。说起来真是鬼迷心窍,去省城参加一个会议,遇到一个女画家,俩人一见钟情,好了有半年,女画家又突然失踪了。这时才想起林小麦,再见林小麦时,林小麦眼里全是冷,说话客气得冒凉气。后来他和一个中学老师结婚了。妻子的父亲是从人事局局长的位置上退下来的,有些老关系,就让他进了市委,后来又让他和邢文通接上了头。他有学历,又有老丈人指点支撑,竟然平步青云,去年提了个正县,当上了开放办主任。这期间林小麦和一个企业中层干部结了婚,这个中层干部酒后和秘书有了一夜情,觉得对不住林小麦,就和盘托出,想得到林小麦的原谅,林小麦非但没有原谅,而是很快起诉离婚。

蒋昆知道这一切的时候,已经是开放办主任,他的心突然又蠢蠢欲动了。他发现自己一直喜欢这个女人,想得到这个女人,这种想法盘踞在他的脑海,挥之不去,即使有了简晴以后他也没有动摇过。他不由看了林小麦一眼,林小麦在和组织部长喝酒,仰着头,露着修长的脖子,匀称的脸上还是学生时代那种抹不去的书生气。他突然发现,有些东西就像血型一样跟人一辈子,比如他对林小麦的感情,比如林小麦身上那种朴素的书生气,穿什么样的衣服也遮不住,改不了。他说:"小麦,我们师生敬秘书长一杯。小麦在学校的时候就是尖子生,这些年也是单位的台柱子,还希望领导们多给她机会,锻炼锻炼她。"

林小麦举起杯,看了他一眼,看不出眼睛里有什么。然后她回应着秘书长

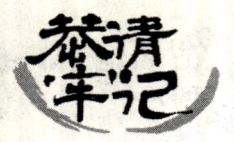

说:"还请领导多多指点。"

秘书长说:"当今社会有四大铁,一起扛过枪的,一起同过窗的,一起嫖过娼的,一起分过赃的。我看还要加一条,师生性别不一样的,林科长,老蒋为你的事可费了不少心啊,找我就不下六趟,老蒋,我没有夸张吧?"

蒋昆急忙说:"我的学生嘛。"

秘书长截住蒋昆的话说:"行啦,你的学生多了,也没见你为哪个学生这么上心。林科长,这个酒干了,我有话说。"

林小麦不敢怠慢,急忙一饮而尽。

秘书长说:"看今天这些人了吗?这都是老蒋的老哥们,为你的事聚在一起,老蒋要你去开放办当副主任,已经差不多了,你呀,要好好敬老蒋一杯。"

林小麦已经隐隐感觉到蒋昆的心意,只是没有太多指望,让秘书长一说,便有些感动。毕竟在官场这么多年,太希望有一个进步的机会,邢文通在瀛州的时候也许诺过,但是,不知道为什么,一直没有兑现。这个愿望却由蒋昆帮着实现了,心情一时很复杂。她看了蒋昆一眼,蒋昆也在看她,却是躲避的,她知道他在躲避什么,那种感激就有了水分,沉甸甸地坠在了酒里。她说:"我干了,您随意。"

她用了"您",让蒋昆又看到了那种从学生时代就划定的距离,但是,小麦没有让他干,让他也看到了希望。他抿了一下酒,大家起哄。秘书长紧跟着说:"他能随意吗?"蒋昆顿了一下,想了想,就一饮而尽,大家忍不住鼓掌。林小麦却不愿意了,因为她明显感觉蒋昆在有意识地渲染他们之间好像有什么特殊关系似的。

果然,人们说话就放肆起来,说:"女干部提拔有几条,三分姿色二分妖,四分酒量一分骚,摇摇膀子晃晃腰,进步机会搞到了。"

林小麦如坐针毡。再让喝酒说什么也不喝了。蒋昆就端过去,替林小麦喝,每喝一口,大家就大闹一通。林小麦觉得自己这次真是跳到黄河也洗不清了。

这顿暧昧的酒席之后,林小麦将被提拔到开放办当副主任。这个结果让很多人意外,林小麦却感到很失望。她坐在办公室里原来那把椅子上,她在这把椅子上坐了六年,她六年正科经历,为了争取提拔的机会没黑没白地工作,甚至比一般男人还要出色。她的调查报告得过国内大奖,她是省优秀调研工作者,她成功组织过多次会议,有一次累得经期都提前了八天。但是,这把椅子好像有着无穷的吸附能力,总是让她的汗水化为泡影。她的努力没有给她换来提拔的机会,一个男人的暧昧想法却成全了她的梦想。那种失望像是一片云,

钻石时代
王秀云

迷蒙着她的心智,让她无法回避对以前奋斗价值的追问和思考。现在看来,她是走了弯路,然而,怎么才是对的?

从窗外看过去,天空是澄澈的,像她以前的心情,有时雨有时风,但是,绝没有黑洞,没有太阳黑子。但是现在,自己想要的成功即将来临,那心情为什么竟然充满了伤感?

她拨通了珍妮的电话,诉说这一切,她以为珍妮会安慰她,谁知她听完林小麦的话后说:"我看你有病,病得不轻。如果你自己不出色,谁也帮不了你。你不要以为蒋昆全是为了你,他是为了他自己。你了解他手下那几个人吗?一个大兵转业,一个工农兵大学生,就一个年轻点的还是学微机的,别说写材料,话都说不利索,因为老子是离休老干部,有特殊背景才提拔起来的。蒋昆想干事找谁去呀?他一个人能撑多大的天啊?有了你就不一样了,多给他抬点啊,用你多顺手啊,别拿自己糟蹋着玩。你记住,官场的人决不会拿自己的政治前途当赌注,他们做的一切事都是为了自己的政治生命。"

林小麦有些喘不上气来。她无奈地说:"唉,这么严峻的社会命题让你一说我倒成了庸人自扰了。可是,我想要的不是这些。"

珍妮追问了一句:"你想要什么?"

林小麦沉吟了一下,说:"我想去找邢文通。"

林小麦能感觉到珍妮喘气不匀实了,知道自己必将又面临一顿数落。果然,珍妮声音就提高了八度:"我看你神经了。你这些年干这么多工作为了什么?不就是为了有个机会嘛。现在机会来了,你却为了一个邢文通放弃。如果邢文通真有你想的那么好也行,或者人家真心对你好也凑合,根本不是那么回事,你这不是神经是什么?你如果耐不住寂寞,我看蒋昆更不错,起码,人家是真心,没有邢文通那么花。"

林小麦沉默了,邢文通的这些事是让她没嘴说话。但是,她知道邢文通不是这样的。在很多时候,邢文通喝大酒、打麻将、和女人调情都只是一种妥协,或者是一种工作方法,这种方法是因为他急于想和基层打成一片,从本质上他不是一个俗不可耐的人。

林小麦对珍妮说:"珍妮,我知道你是为我好。可是,我真的没有觉得他不好。他做一些事情也是没有办法。有一次他在别处喝多了,又来赶场,他对我说:小麦,其实,我做的一切就是想有更好的机会,为社会、为老百姓做点事情,我们这一代人都有一种情结,就是渴望崇高,希望有机会实现报效社会的意志。他当时说,难啊。"

珍妮有些不以为然,说:"也许他说的是真的,但是,他在瀛州干了什么了?"

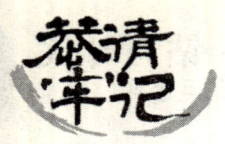

林小麦说："他一个副职能干什么呀？再说，他也尽力做了些事情。当初他反对瀛州作为化工城，那是考虑保护环境，在盐碱地上规划化工园区最早是他启动的，为民营经济创造宽松的发展环境也是他极力坚持的，他为咱们现在的几家农业产业化龙头企业争取支农贷款6900多万元。这还不够吗？"

珍妮说："在你眼里，他身上的虱子都是双眼皮。你是真想跟他走？"

林小麦坚决地说："真想。我信都写好了。你要是没有事过来看看吧。"

珍妮说："晚上吧。晚上我看看。鬼迷心窍。"说着把电话放了。

尽管还没有考察，但大家都已经知道了，不时有人过来祝贺，林小麦把笑容调整到脸上，迎上去。她觉得有些不高兴，毕竟还没有真正结果，舆论却沸沸扬扬，让自己很被动。但是，她又没有别的办法去堵住别人的嘴，只能应付着，客气着，不置可否地周旋着。她必须两条腿走路。毕竟，邢文通是不是真能给她调走，她一点把握都没有。即使真能走，自己有这一步也很好，带着副处级待遇到昆山市，以后发展的起点就高了许多。

等人们都走了，她给蒋昆打了一个电话，说："蒋局长，这事八字还没有一撇呢，怎么都知道了？这要万一成不了多不好啊。"

蒋昆说："不可能。有我盯着呢，不会有问题。放心吧。哦，对了，你就要担任领导职务了，着装打扮要注意一些。我前几天出门给你带了两套衣服，我刚才给你放政府门卫室了，走的时候别忘带着。"说完就把电话放了。

林小麦一时有些愣怔。

四

邢市长您好：

长久以来，您是良师，更为兄长，给了我很多关心和支持，点滴回忆，刻骨铭心，感激之情，难以言表。但我深知自己禀赋愚稚，深望得到您更多的指教，但您工作繁忙，一直不忍过多打扰。

近日惊闻您工作的变化，心情格外复杂。别离在即，咫尺天涯，既为瀛州错过一位磊落英才而惋惜，更为自己可能失去您的烛照和指点而深深遗憾。

人生苦短，为谁求索。但您经风栉雨不改初衷，执意报国，一腔豪情，党性人性无可挑剔。您热爱瀛州，全心投入，赤子情怀，有几人知？您的忠诚、才华和热情，曾是瀛州这方百姓的希望。政声人去后，我们怎能忘怀那点点滴滴？

宦海沉浮，英雄扼腕。不管世事沧桑，您在瀛州人心目中风采永驻。我参加工作十六年，在政府办也已近六年之久。虽难见世面，但也曾见官见官，您

钻石时代

王秀云

这样的领导是我平生仅见。能成为您的部下是我平生幸事，能继续得到您的照耀和指教更是余生所望。

崇敬您的品格，敬佩您的才华，感激您的帮助，愿意继续听您的讲话，读您的文章，聆听您的教诲。加上政府办人多事杂，十几个干部如陷泥潭，人人自危，我更是难以自拔。但我年纪轻轻，不愿颓废，仍然希望能做对社会有用之人，而今华山无路，唯有仰仗您的帮助和提挈，才能实现夙愿。于公于私，我都希望能继续追随在您的麾下，跟您到昆山工作，在您的指教和帮助之下，不断完善和提高自己，如能如愿，万分感激，平生无憾。

当然，在新的岗位，我不会因为您的荫庇而放松努力，我会积极发挥自己热爱文字工作的特点，多写文章多看书，静心修学，勤奋工作，自强自立。

"五里滩头风欲平，张帆举棹觉船轻。柔橹不施停却棹，是船行。满眼风波多闪灼，看山恰似走来迎。仔细看山山不动，是船行。"这是我自己喜欢的一首敦煌曲子词，送与您，希望世事变迁不要剥夺您爽朗的笑声。

秋去冬来，唯祝福山高水长！

政府办　林小麦
2004 年 11 月 20 日

珍妮看完信有些心酸……林小麦的一片苦心会得到什么，珍妮没有多大把握。但是她理解林小麦，林小麦不愿意妥协，不愿意随波逐流，她还想追求一分真情和美好，但是，生活是严酷的，或者说，人是复杂的。林小麦走出校门进机关，离真正的社会是有距离的，她怎么能够想到，一个纯粹的理想主义者简直是异类。

怎么办？让她像别人一样吗？珍妮知道不可能，就像石头不能融化在水里，钻石永远不能等同于玻璃一样，生就的骨肉，谁也改不了。珍妮能做的就是让她尽量别受到伤害，让她自己逐渐清醒，自己去放弃。

她对林小麦说："你把信寄走吧。我下周去昆山进行市场考察，顺便去看看邢文通，给你打个前站，探探口风。"

林小麦的心有些苍凉，她觉得她和邢文通之间不应该是这样的。她不愿意绕这么多弯、动这么多心机，她更愿意像过去一样，她的一个眼神他就知道她想要什么。从哪里失去又从哪里开始？林小麦对珍妮说："如果没有简晴，没有蒋昆，我和邢文通不是今天这个样子。"

珍妮知道，林小麦不止一次说过。蒋昆约林小麦和简晴一起陪邢文通吃饭，那是林小麦第一次认识简晴。吃完后简晴把林小麦留下了，和林小麦说起

自己的经历,说她因为生了个女孩遭到丈夫全家的歧视,实在忍受不了就离婚了,至今一个人带着孩子生活,还流了眼泪。林小麦本来就心软,又觉得人家挺真诚的,和简晴的距离就拉近了。简晴很诚恳地让她分析包括邢文通、蒋昆和其他几个男人的性情,她把自己的观点和盘托出,最推崇的自然是邢文通。不久,林小麦就从蒋昆嘴里得知邢文通和简晴好在了一起,邢文通对林小麦的态度也发生了180度大转弯。林小麦知道自己上了简晴的当,却百口莫辩,大病一场。好了之后,蒋昆又让大家一起吃饭,林小麦借酒浇愁,酒后失态,号啕大哭,从此邢文通对林小麦避之唯恐不及。林小麦自己成了自己形象的掘墓人。

林小麦一直想挽回,但是,总是越抹越黑。邢文通成了林小麦的心病。珍妮对林小麦说:"你千万记住,你一定要换一种方式。两个人之间的感情就像战争,谁先动了真情谁就注定输了招数。你要用理性而不是感情去面对他。否则,会把他吓跑。"然后珍妮站起来说:"走吧,咱们去寄信。"

珍妮认为这是一次没有意义的活动。珍妮说:"我劝你别抱太大希望。希望越大失望就越大。现在这个年代,一个依妹儿就解决问题了,你却郑重其事地写信;一夜情像喝白开水一样普遍,你还坚守什么爱情?人家一个网络女作家在网上大大方方地说:想和我做爱吗?男人说:我是第几个?女作家说:67个。你还在这里哆哆嗦嗦地柏拉图,太老土了。别说是邢文通,就是我也没有兴趣和你玩。"

林小麦不说话。她借着路灯把信放在邮筒里,静静等了一会。她听到了信落在邮箱里的声音,很轻,像一片叶子落在秋天的田野。她对珍妮说:"你说,如果让月季花长在柳树上会是什么样?如果让柳叶长在银杏树上会怎么样?"

珍妮明白她在说什么,就不耐烦地说:"你敢肯定。你就是命里注定要长在邢文通身上的叶子?"

林小麦说:"我肯定。"

珍妮在黑暗中哼了一声,说:"你呀,不撞南墙不回头。"

林小麦刚想反驳,手机响了,一接,是蒋昆。问她在哪里。林小麦说和珍妮在散步,正走到邮电局门口。蒋昆说:"是吗?我刚吃完饭,正好从邮电局门口过,顺便接你们吧。"

林小麦说:"谢谢。"

蒋昆说:"别说这俩字,让我心里不舒服。"

林小麦不置可否,就哦了一声,挂了电话。蒋昆很快就到了。林小麦和珍妮上了车,只是寒暄。分别把她们送回家后,蒋昆就走了。珍妮回家后给林小麦发了一个短信:"他是最适合你的人。"

林小麦回了一个短信："下辈子吧。"

珍妮没有回信。

林小麦沉入黑暗之中，她觉得自己就像一个赌徒孤注一掷以后，面对可能出现的结果一样慌乱紧张。她想象信到达昆山以后邢文通的各种表现，答应还是不答应？每一种答案都让她夹杂兴奋与伤感。这些年，在瀛州市这个小地方，她习惯了秩序的生活，她基本能实现自己生活和工作的所有心愿，即使不能也不会像现在这样，身不由己、不由自主。她虔诚地把命运交给了别人，他能带着自己走吗？他会把自己带到哪里？她开始有命若琴弦的感觉，在汪洋中漂泊，在荒漠中跋涉，在急剧旋转的风中找不到落点。

停下来吗？就当什么也没有发生？根本没有写过信，甚至，就当邢文通从来没有来过。自己的生命中没有一个叫邢文通的人。但是不行。邢文通已经成了自己生命中的一部分，割不掉，扯不开，她的思念、她的疼、她无数夜晚能够望见的光芒，都是因为邢文通这三个字在她灵魂深处的骚动。

他是命运的劫数，是自己今生的彼岸和归宿，没有办法，这是我自己的事情，和别人无关，和其他无关，甚至，和邢文通也无关。林小麦不能说服自己，她跳上了飞驰的列车，却再也下不来了。

五

蒋昆在控制事情发展的节奏。不能太快，让林小麦觉得得来全不费工夫，对他的感激就会打折扣；也不能太慢，让林小麦小看了他。因此他迟迟不找组织部长。没有组织部长的认可，一切工作都是白费。但是，组织部长是老丈人的下级，这一关并不难过。难的是如何让林小麦意识到他给予了她很多。他需要林小麦对他的仰视，这是他成功的第一步。

他给林小麦打电话，让她到办公室来一下。林小麦给他带来一幅本地画家的水墨画。蒋昆笑笑，心里说，我要的不是这些。但是，他还是收下了。他请林小麦坐下，做出若无其事的样子，说："我刚从秘书长那回来。哎呀，竞争还挺激烈，不过还好，秘书长这关总算过了。"

林小麦急忙说："为我的事真让你费心了。怎么办呢？我请你吃饭、喝茶，还是唱歌？"

蒋昆说："这就免了吧，就你那点工资，不够两瓶茅台。还是有机会我请你吧。"他注意到林小麦没有穿他给买的衣服，有些失望。但后来一想，还没有上任，不穿也是有道理的，心里平衡了些。

他又说起下一步的打算。要找哪位领导、哪个部门，有些什么困难，他说

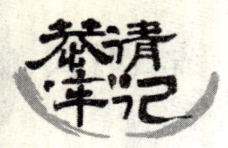

得有些费劲，因为他要作出的姿态和事实真相是相符的，但他要表演出自己为林小麦不把困难放在眼里的样子，有些难度，但是，这种表演的兴趣在于看到林小麦眼里的神情。他有些看不透，不像他想要的那种感激涕零，也不是漠不关心，那种神情像浮在水面上的植物，你不知道根在哪里。有一瞬间他很失望，因为这种神情有点类似一个下级作出的感恩的神情，那种感激显然不是发自内心的。可是，那的确是一双温情的眼睛，注视她本身就是一种享受。这双眼睛并不漂亮，但是，他们这一代人对女人的标准似乎总是陈旧的，他们就喜欢还带着旧时代气息的女人，不太时尚，在一定限度上克制自己的需求和性情，作出庄重的样子，但是，那眼角眉梢不时流露着青春犹在的鲜活。就像现在，林小麦可能恨不能快快离开，没有一个人愿意聆听一个曾经有恩于自己的人在自己面前表功，但是林小麦始终克制着自己的不耐烦，作出有耐心的样子，认真聆听着他絮絮叨叨的诉说。他有时问一句林小麦，林小麦有几次答非所问，蒋昆知道她在走神，觉得好笑。但是，他知道他不结束谈话林小麦是不会主动提出走的，就这一点，他在妻子、简晴和其他女人身上都没有找到。

现在，他要开始下一步了，他要让林小麦没有退路。

他说："好事多磨。不要着急，我在考虑怎么和组织部长说。这一步很关键，每一个细节都要考虑清楚。细节决定成败啊。"

林小麦只听见了他最后这句话：细节决定成败。她的思绪立刻就飞到了邢文通身上，信收到了吗？下一步该如何推进？至于这个开放办副主任，她其实是搂草打兔子……成更好，不成也无所谓。只要邢文通真能调她走，她什么也不在乎。

她觉得蒋昆的谈话该结束了，就拉开书包拿出早已经准备好的信封，里面是一万元钱。蒋昆一愣，说："你这是干什么？"

她一边把钱塞给蒋昆，一边说："蒋局长，这钱不是给你的。"

蒋昆正色道："我不管别人，我是坚决不和人比划这个的。我从副科到正县，一分钱礼也没有送过，记住，别这样玩，你玩不起。快收起来。"

林小麦有些犹豫，如果他不收钱，意味着林小麦欠他的情太多了，林小麦不想这样。

蒋昆不再理她，他拿起电话拨通了组织部长的电话，和部长约定了见面的时间，然后他对林小麦说："回去听着吧。"

林小麦走出开放办的办公大楼，感觉阳光有些白。信已经发出第四天了，她估计邢文通该收到了。她拨通了邢文通的手机，还好，他的手机没有更换号码，响了很长时间邢文通都没有接，林小麦心里一阵轻松，她竟然希望邢文通永远别接电话。但是，她等了一会，邢文通真没有回电话，她又特别伤感。

钻石时代

王秀云

她在人行道上缓缓走着,有出租司机招呼她,她拒绝了。她的心很乱,就想独自走一阵。她看着这个熟悉的城市,几乎每一条街道、每一个单位,甚至每一栋楼房里都能找到熟人。有一次她和一个人撞了车子,说来说去两个人还是一个学校的校友,是同一个班主任的学生。这个小城让人生存得很舒服,犹如包围在密集的关系网中,似乎处处都有人情。但是,林小麦更多的时候觉得自己被分割了,她必须战战兢兢地对待每一个人、每一个关系。她觉得这个小城的每一个人都在妥协,都在努力维系自己在这个关系网中确立的位置。林小麦不愿意一生这样生活,她更需要自己的真实,需要内心的自由。然而,她的翅膀犹如粘在了这个小城的水泥路上,怎么也飞不起来。

她看邢文通还没有回电话,就打珍妮的手机,问:"你在哪里?"

珍妮说:"我在公司。你干什么呢,这么乱?"

林小麦说:"我在路上。我刚给邢文通打了电话,他没有接。"

珍妮说:"这个点都在吃饭,可能没有听见。你没事过来吃饭吧,我请你。"

林小麦没有心情,就想一个人待一会。她叹了一口气说:"我真怕邢文通不理我。知道吗,在瀛州市,我的一生会是怎样,我已经能清清楚楚地看到了,无非找一个男子,生一个孩子,争一个位子,买一栋房子,攒一点票子。"

珍妮没听完就哈哈大笑,说:"五子登科,多好啊,你还想什么呀。这五子还顶不了一个邢文通子啊?"

林小麦说:"别笑了!有你这样的朋友吗?我现在正烦得不得了,你还笑。"

珍妮说:"我不笑了,你说。"

林小麦接着说:"你知道吗?是邢文通唤醒了我,让我意识到自己生命中还有没有被开掘的东西。我感激他,在他身边我就有激情,我什么也不要,只要能常常见到他,看到他的车,听到他说话的声音,真的,我需要的只是这些。有了这些我的生活就有亮度,我还能做很多事情,我知道我这样说别人会说我幼稚、不现实,可是,这些是我真实的想法,和性没有关系。"

珍妮有些心烦。连她都觉得林小麦假,谁会信呢?即使信又有什么意义呢?她说:"一个人应该实实在在做好眼前的事情,为着不可及而浪费生命和感情应该是少男少女干的事,我劝你理智一些。我要吃饭了,你自己想吧。"珍妮把电话放了。

林小麦快到家的时候,手机突然响起。后来,她对珍妮说:"那声音带着颜色,是紫色的,突然袭击了我的灵魂。"她接了电话,是邢文通打来的。他

257

对林小麦说:"我已经收到信了,我会考虑。但是,不能太着急,我刚到一个地方,情况还不太熟悉,有合适的机会我会努力的。"

林小麦激动的声音都在颤抖,她说:"谢谢,我想离开瀛州,希望您能成全。"

邢文通说:"我知道了。我告诉你我的新电话号码。能记下吗?"

林小麦只听了一遍就牢牢地记住了那一串陌生的数字。

六

邢文通刚从望山县回来,心情有些沉重。望山县是国家级贫困县,当地人唯一的出路就是挖煤。但国家三令五申,要把一些存在不安全因素的小煤窑关、停、并、转,老百姓的情绪很不稳定。虽然望山县近年没有发生重大煤窑坍塌事件,但是,各地因此造成的生命财产损失无时无刻不在警醒着人们,尤其是政府一把手。遍布山头的小煤窑犹如定时炸弹,不去想法拆除,不知道什么时候就会威胁到这些人的政治生命;可是,真要都取消了,几十万老百姓的生计问题如何解决?邢文通这段时间主要的工作就是苦思冥想,寻找一条能够确保各方利益的解决办法。

邢文通很为难,说真的,他想为昆山市干成点事,但是,作为一个初来乍到的市长,他的权力显然不能够支撑他的意愿。

就是在这个时候,秘书过来告诉他,说一位来自瀛州的女士在等他。他前几天刚和林小麦通电话,以为林小麦找过来了,心里有些不高兴。但是,这么远来了,于情于理都要接待一下。他告诉秘书说:"请客人过来吧。"

邢文通看见进来的不是林小麦,而是珍妮,有些意外。他立刻站了起来,迎上去,说:"珍妮女士,怎么不提前打个招呼?想微服私访?"

珍妮笑着说:"哎呀,投奔老领导来了,讨口饭吃。"

邢文通说:"欢迎啊,你只要上昆山市,昆山的老百姓就有饭吃了。"

珍妮推开门的一瞬间,感觉林小麦来投奔邢文通是一件实在太冒险的事情。珍妮有意没有报姓名,她料定邢文通首先想到来的会是林小麦。他的第一反应肯定是给予林小麦的。珍妮从邢文通的眼睛里看到了他对林小麦,或许是对所有女人的不在意。

这种东西她在很多男人眼睛里都看见过,官场的人尤甚,难道林小麦没有看见过吗?

珍妮的心有些凉,她觉得自己眼里一定也溢满了对邢文通的不在意。但在邢文通看来,珍妮这么快来看望自己,对自己显然很在乎,肯定有很复杂的情绪。生意人就像鸟，哪里有树哪里栖息，怎么单跟到昆山来了，只能说明自己是她眼中的树。再看珍妮，她眼中的散漫就是一种女人的心思。邢文通的情绪渐渐高涨，和珍妮的寒暄就有了热度。邢文通安排珍妮吃饭，珍妮想了想，说："还是我请您吧。如果在昆山投资，很多事情还要请您多关照。"珍妮又作出想起什么事来的样子说："哦，我忘了一件事。来之前见到政府林科长了，她对您一直很敬仰，让我问您好。"

邢文通一愣，急忙调试了语气说："林科长找我有点事。朋友嘛，我会做到尽已所能。你回去代我问她好，让她安心工作，啊。"

珍妮真希望林小麦能够自己退回去，因为她觉得这是一次没有意义的迁徙。但是，她还是希望能够成全一下林小麦，毕竟，这是她想要的。就说："林科长和其他女人不一样，她很有能力，也希望有个一官半职，但是，她在官场这些年还没有泯灭真性情。在我看来这是悲哀，从人本的角度看，也很珍贵啊。"

邢文通不太愿意和一个女人讨论另外一个女人，无论怎么继续这个话题都会让他不舒服。就说："还是你们商人自在啊。你看，在官场想做点事情太难了。你看看，昆山的小煤窑让我熬红了眼。领导成了当今的高风险行业啊，只要有一个小煤窑出事，我这个市长就吃不了兜着走。"

珍妮知道他在转移话题，也就只好调侃说："中国是个官本位的国家，学而优则仕，都这样。哪天您也给我个官做，我感觉一下是什么滋味？"

"给你官你也不会要啊。你们纳税人是发展市场经济最需要的人，都羡慕你们啊，我欢迎你们在昆山投资。走吧，来到我这一亩三分地上了，我好好请请珍妮女士。"邢文通说。

珍妮说："我就是冲你们的小煤窑来的。北京为打2008年绿色奥运品牌，外迁一批企业，我们在郊区的焦炭公司是其中之一。我们已经作了大量考察，也许会选择你们昆山。"

邢文通喜出望外，他扬起眉毛，说："你放心，只要你在昆山投资，是守法经营，我代表昆山市向你保证：政府一定会给你创造最优发展环境，所有政府部门给你零距离服务。知道我在昆山项目调度会上怎么说的吗？谁砸昆山经济环境的牌子，我就砸谁的饭碗子。怎么样？力度够大吧？"

珍妮笑笑说："你们政府的话语从来就是有力量的，只是落在地上的时候就轻飘飘得多。这只是公司的一个意向，我会把这里的考察情况如实汇报的，您放心。您很忙，我就不打扰了。"

邢文通想挽留珍妮，他感觉珍妮此行无意多留，也就不再勉强。但是，他还是很郑重地打了一个电话，告诉秘书他要送客人到高速路口。他对想拒绝他

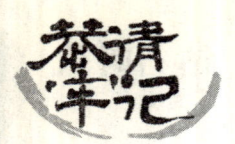

的珍妮说:"这是我们对待客商的最高礼仪之一。"珍妮说:"你们的形式主义至今还轰轰烈烈。"俩人说说笑笑下楼。邢文通的车已经在楼下打开车门等着了。邢文通作了一个请珍妮上车的姿势,说:"珍妮女士,坐到后边吧,咱们坐一起。"珍妮笑笑,她想也没想就拒绝了邢文通。她款款走到自己的富康车前,径直上了车。她想回头和邢文通招呼一下,却看见邢文通的脸一下子拉了下来。

他们在高速路口告别的时候,邢文通的热情像没有着落的柳絮一样,淡淡地飘散在眉目之间。他只是象征性地触碰了一下珍妮伸出去的手,就放弃了进一步的尝试。珍妮一语双关地说:"邢市长,我好像没有感觉到你们政府职能转化的效果。到处都冷冰冰的,我们如果来投资,企业不会是建到石头上吧?"

邢文通意识到自己的失态。他妈的,总是忘不了自己是个男人。一市之长,哪容那么多儿女情长!他立刻转换角色说:"昆山是所有投资创业者的天堂。包括你珍妮女士。"

事后,珍妮不止一次对林小麦说:"邢文通眼里的女人都是一样的,要么漂亮,要么能给他带来一些东西。在这一点上他并没有免俗。"

林小麦知道珍妮说得对,然而,林小麦不想退回去。她能退到哪里去呢?再退到婚姻里去?和一个条件相当的男人较量一下能否共度一生?还是退到事业中去?从县级开始一步一个台阶向上攀爬?她爬这些台阶干什么呢?满足虚荣心?干一番事业?好像没有什么对她构成比追随邢文通更有诱惑力的东西。但是,她这些想法连说都不敢和珍妮说。

林小麦说:"邢文通是一个男人,像所有男人一样,需要成功,需要女人,唯一不一样的地方是我爱他。我现在最关心的是他到底会不会把我调去。"

珍妮说:"两条腿走路吧。"

七

蒋昆有几天没有看见林小麦了。他已经把林小麦提拔为开放办主任的有关程序都理清了,下一步就是组织政府办推荐一下,走组织程序。但是,他迟迟不肯动的原因,其实就是想利用这次机会能够和林小麦走到一起。说起来有些卑鄙,但是,除此还有更好的办法吗?而且,别人要得到这个位置,要花费多少心血啊,林小麦也是官场中人,不会不明白。我为什么偏偏给你呢?市场经济讲究利益共享,有付出才有回报,哪能天上掉馅饼。而且,他清楚地知道,要得到林小麦，唯一的机会就是让她骑虎难下。

这种局面他已经基本促成了，社会上都已经知道林小麦就要到开放办，林小麦在邢文通走之后也只有事业上的一搏，她什么都没有了。那么，她就不会轻易放弃这次机会。

他打开衣橱，拿出一套里外全新的衣服，有内衣，有西服领带。这些他早已经准备停当。毕竟是和自己喜欢的女人，他在心里为自己准备了一次隆重的仪式。

他换好了衣服，忽然有些酸楚。人这一辈子到底为了什么？忙忙碌碌，机关算尽，无非为了情和欲。对于他来说，欲壑好填，不过是钱和色，他都不难得到。只是这情，却让他踌躇不已。可是，自己这样真能得到林小麦的情吗？没有情，林小麦和这个酒店里那些花钱能买到的女人有什么不同？他看着豪华的房间，一个电话就能和一个漂亮女人度过神魂颠倒的时刻，为什么非要和一个林小麦？况且自己大小也是个领导，为了一个女人耗费这么多心思，何必。他一把扯开领带，有什么了不起，不管学历多高，模样多俊，不就是个女人吗？林小麦就三头六臂了？可是，就在他要放弃的时候，他竟然想起林小麦从他窗前走过，仰头看他的样子，纯得像一汪水，那感觉，这辈子没有啦。他又慢慢整理好自己的衣服，回到办公桌前，轻轻拿起电话。他听到林小麦的声音，那种想放弃的念头又弥漫上来。得到能怎么样呢？就成了仙成了佛了？可是，他又那么不甘心。他发现他自己已经骑虎难下了。

他对林小麦说："林科长，有个事需要你帮忙。刚来了几个客商，其中有位女士，身体有些不太舒服，你抓紧过来给照顾一下吧。就当提前进入角色了。在恺撒酒店316房间。"

林小麦接到电话，一时有些愣怔。自己当副主任的事还没有落实，却让去接待客商，这种安排让她心情很复杂。不去显然不合适，蒋昆会不高兴，自己的前途就掌握在他的手里，邢文通不能把她调走的话，这是她最后的退路。但是，如果去了，以后再有变化就成了别人的笑柄。她想给珍妮打个电话，想了想，直觉认为不合适，就放弃了。她还是决定去，不去没有理由。她打车直接到了恺撒酒店，门自动打开的一瞬间她的腿忽然有些抖，心里有些隐隐的不安。她犹豫了一阵，还是转身退了出来。她看见广场上喷泉随着音乐时起时伏，风吹过，一个绿色的垃圾袋鸟一样在空中飞舞；一片法国梧桐的叶子，黄了，缓缓飘下来。几辆车零星地停着，像是轻轻地喘息着，诉说着暧昧和疲惫。她发现没有开放办的车，心里激灵一下，那种不祥的感觉清晰强烈地冲击着她，让她不由自主地后退了一步。她想找一个地方靠一下，一面墙，一棵树，任何可以依靠的东西。但是，身边是冰冷的玻璃和疑惑的门童。她想走进

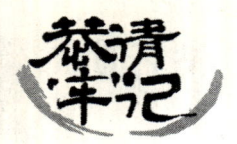

去,她已经看见了大厅里奶白色的沙发正在伸展着无边的诱惑。她觉得自己一旦坐下就再也出不来了。她急忙走下台阶,像是身后有追兵一样。早有灵透的出租车司机,把车停在了她身边。她上车以后没有敢直接说去市政府,而是说了一个商场的名字,司机也不多问。林小麦直直地看着前面,却什么也看不见,从眼前滑过去的都是让她的心喘不上气来的片段回忆和思想。她这一走,什么都将没有了,她又要从零开始,甚至更低。这个小城太小了,一个开放办主任足以让她今后的道路寸步难行。一个领导要成全一个人不容易,但是,要糟蹋一个人却易如反掌。林小麦已经31岁了,蒋昆刚41岁,他的政治影响力至少还可以影响她15年!15年,一切都将结束了。她如果不能离开瀛州市,她在这里将一无所有!

她突然说:"停一下。"司机似乎早就等着这一刻,找到一个开阔的地方,"刷"一声就停下了。然后,他不慌不忙点了一支烟,眼睛迷离地看着远方,等着林小麦的决定。

林小麦脸红了,她感觉司机早已经偷窥了她的全部秘密。就这样妥协吗?还是以卵击石?有车迅速驰过,带过刺耳的风声。远处的楼房,演绎着无言的喧嚣。太阳从一片云后鳖出来,散出暗淡的光芒,却一下子点亮了她。她拿出手机,拨通了邢文通的电话。仿佛手机里藏着一扇门,那几个号码输进去,就把星星还给了夜空,把灵魂还给了肉体,把出路还给了林小麦。林小麦的心长吁了一口气,她觉得此刻只有邢文通能拯救她!手机响了,一声,两声,三声……没有人接听。林小麦的心被手机铃声抻得一阵阵作痛。她觉得那铃声终于成了一条僵硬的绳索,把她拉向黑暗和破碎的深渊。她感觉自己旋转着、坠落着,在碰撞和撕裂中疼痛、挣扎。那铃声还在冷酷地响着,对深渊和地狱都不在意。林小麦的心再也找不到出路。林小麦迷茫地看了司机一眼,伸出两个指头。司机适时地递过烟和打火机。林小麦愣了一下,哆哆嗦嗦地接过点燃了,深深吸下去。能感觉浓烟滚滚而下,携带着漫漫风沙,把她淹没了,包围了。接着,火焰穿越苍茫岁月进入她的肺腑,伤害了她的命运和心性,她呕吐、哭泣,却无处可逃。

她对司机说:"回去吧。"司机听了,"啪"一口把烟吐掉,眼皮都没抬,一转方向盘往回开。林小麦闭上眼睛,任泪水哗哗流下。司机像是没有看见,只顾开车。

回到酒店门口,司机把车停下,又点燃了一支烟。林小麦像是没有意识到已经到达目的地,一动没动。烟雾在车里弥漫着,发散着呛人的气味。司机把车窗摇下来,一缕风吹进来,让林小麦不由得睁开眼睛。她深深地看着酒店的每一处装饰:猩红的大理石台阶、一扇扇欧式风格的窗户、迎风飘扬的旗帜、都那么精致又傲慢,林小麦觉得自己如果今天下了车,进入了这座高高在上的建筑,她是在向每一块石头、每一寸地板、每一个出来进去的人屈服。可是,她不能够这样。为什么?她问自己。为什么不能屈服,何况他不是别人,是自己年轻时喜欢过的老师。只是他后来堕落了,他在自己心目中的形象倒塌了,可是,他毕竟比那些小官痞子强得百倍有余。

但是,那只不过是一块陈年的骨头。你会为了一个开放办副主任的位置去啃一块陈年的骨头吗?一块没了血性和生机的骨头,一块在泥土里滚过、在污水中泡过的骨头吗?

林小麦对司机说:"咱们走。"司机没有动。林小麦又说了一遍。司机说:"想清楚了?"林小麦含着眼泪笑了。司机把烟使劲掐灭,递过一张面巾纸。然后又拿出一支烟给她,"啪"一声打开了打火机,恭敬地给林小麦点着了烟。说:"以后别抽了,女士抽烟不好。"

林小麦说:"谢谢。"

司机说:"去哪里?"

林小麦又说了那个商场的名字。

司机说:"别蒙我了。我开了六七年车了,什么人没有见过?还看不出你是干什么的?你在机关工作,有文化,是个知识女性。说吧,去哪里?"

林小麦无可奈何地说:"市政府。"

司机直到林小麦下车的时候才说:"你是好样的。但你必须在他下手之前动手,不然他会灭了你。"然后,他拿出一张名片,说:"用车的时候打电话。随叫随到。"说完,打了一个呼哨就开车走了。

林小麦望着高高的办公楼,第一次觉得那台阶是那么难以攀登。

八

林小麦回到办公室,给珍妮打了一个电话,告诉她发生的事情,然后对珍妮说:"你要帮我。"

珍妮说:"我怎么帮你?找人打他?"

林小麦有些为难,但是,她又不想放弃。毕竟,她已经等了这么多年。她对珍妮说:"我必须让他来不及还手。"她沉吟了一下,说:"珍妮,我不能放弃这次机会。社会上尽人皆知我要当开放办副主任了,突然又没有了,我怎么交代?你快过来!"

珍妮说:"我说句你不爱听的。你为谁守着?为邢文通?他根本就不在乎你!蒋昆起码对你是真的!有一个男人护着自己有什么不好?"

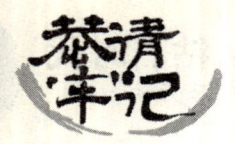

林小麦愕然!

林小麦说不清为什么,但是,她不愿意。她常常觉得有一双眼睛,不知道在哪里看着自己。那眼睛无处不在,无时不在,闪耀着暗淡却执拗的光芒,牵引着她,昭示着她,让她走人间正道,让她不要放弃自己。她觉得一旦她出了格,那双眼睛就会熄灭,就会用黑暗百倍地惩罚她。可是,蒋昆在等着自己,她该怎么办?去报复他吗?显然不合适。他喜欢自己,这有什么错吗?只是把爱当做要挟的手段就显得卑鄙了,可是,哪条法律说卑鄙是一种罪!

林小麦踌躇了,她对珍妮说:"算了吧。命里没有不强求。"

珍妮说:"没出息。还没有上战场就打了退堂鼓。我告诉你,这就是他要的效果。他就是要你进退两难。"

林小麦说:"我知道,可是,对他又不能下猛药,只能用些小把戏。我想想,我想想。"林小麦屏住呼吸,思维迅速划过幽暗的隧道,进入预定程序,终于有了一个清晰可行的结果,然后她说:"这样吧,你马上过来,我再找个信得过的男人。"

珍妮不耐烦地说:"那我不管。我十分钟到。别让他等时间太长,他会起疑心的。"然后就放了电话。

林小麦不敢怠慢。想了想,在瀛州市这么多年,竟然没有一个关键时候能托付要事的男人。她不信任他们,他们都在名利的核心圈子里,首先想到的就是确保自己的利益,只要对自己不利,随时都可能出卖别人。最后,她竟然毫不犹豫地给那位素昧平生的出租车司机打了一个电话。他对司机说:"请帮忙买一些东西。"那位司机很痛快,说:"好,一定办好,我十五分钟到你楼下。"

珍妮和司机先后来到,她不知道林小麦要做什么。她看着司机手里提着一个大包出现了。林小麦走过去,打开包,里面是几根火腿和半瓶白酒。她让珍妮和那位司机每人喝了一杯白酒,自己又斟满了,连喝了三杯。林小麦感觉烈火从脚底心慢慢燃起,烧灼着她的四肢和肺腑,她的眼睛、鼻子和嘴唇都在飘动,只有眼泪,岩浆一样在燃烧的肌体上滚滚而下。她借着最后的理智对他们说:"咱们去恺撒酒店316房间。你们就说咱们在一起,我喝醉了。"

一周后,林小麦提拔进入实质性阶段,考察结果还是不错的,有一票弃权,得票数超过半数,考察结果合法有效。组织部张贴了公示,一个月之后如果没有强烈反对意见,林小麦就将走马上任,担任瀛州市开放办副主任。

上任的时候,按照官场惯例,开放办应该有个接风仪式,但是,蒋昆借口出差给免了。办公室主任把她领到自己的办公室,发现屋子的用品基本都是旧的。林小麦从心里冷笑,什么也没有说。对于她来说,这些并不重要,何况她还有可能离开这里,邢文通市长虽然还没有启动她的调动程序,但是,他也没有明确说不行，那么她还有希望。她向上走了一步，在官场上，多了一步和少了一步身份相差就会很多，但是对于她来说，这一步最大的意义是离他身边工作的可能更近了一些。她坐在椅子上，虽然是一把普通的旧椅子，但是，由于它长期承载副主任的身份而显得内蕴无穷，好像每一条木纹、每一道疤痕、每一点污渍都隐藏和诉说着尊严和成功，使坐在它上面的人享受珍贵的体验。林小麦有些明白权力的含义了。这把椅子甚至不如她当科长坐的椅子，但是，权力赋予了它力量和魅力。那么，邢文通呢？他在自己眼中的魅力真如珍妮所说，也是权力赋予的吗？

林小麦第一次有了一个大胆的设想：如果把权力所带来的一切从邢文通身上抽走，他还会剩下什么？这个设想的结果让她有些失望，让她突然开始赤裸裸地面对自己引以为崇高的爱情，实际上也是建立在一种极其功利的基础上。她对自己有些沮丧。如果是这样，那么去追随一个连自己都在怀疑的人，其行为的价值和魅力就打了折扣。他真的值得一个女人毫无所求地追随一生吗？

而且，她已经得到的一切充满了新奇和诱惑。一个新的角色、新的位置带给一个人生命的快感刚刚到来，她还有勇气抛弃吗？

命运有时就是在和一个人的意志不停地较量。林小麦说不清为什么，她竟然第一次认真思考珍妮苦口婆心劝说她的一切，她开始很刻意地衡量和对比，在得与失之间不停地倒换心里的天平。最后，她打开手机，在号码簿中找到邢文通的名字，那三个字里挟着一个女人的爱和梦想扑面而来，所有逝去的庸常岁月都在这个名字的烛照下光彩熠熠，那些寂寞的夜晚和细碎的伤痕，陡然充满了诗意盎然的回味，使通向未来的日子有了光芒、色彩和味道。她再一次想起自己曾经说过的话：没有人想到拿月亮当饭吃，当衣穿，但是，如果人类的夜空没有了月亮，那该多么恐怖啊。邢文通也许什么也没有，什么也不是，就像天上的月亮，到处是一片荒山野岭，但是，人们依然用诗歌和音乐赞美那皎洁的光芒。她终于明白，她不能没有他。

她给邢文通发了一个短信：我明天想去看您，有要事相告相商，请不要拒绝。很久，邢文通才回话：好的。就像长久连阴天突然出现了太阳，林小麦的心一下子被照亮了。她激动地给珍妮打电话，告诉她自己明天去昆山，邢文通答应了，请她帮着买几件衣服。

珍妮很快就过来了，她们一起转遍了瀛州大小服装店，终于买到了一套林小麦觉得合身的衣服。她穿上新衣服出来的时候，珍妮揶揄道："要是邢文通知道你为了他这么费心思，该多感动啊。"林小麦立刻像被霜打过一样，有些蔫。珍妮有些不忍，接着说："放心，他会领情的。只是你这次去要花点钱，破财免灾吧。"林小麦有些愣怔，珍妮说的破财免灾让她有些说不出的恐怖。

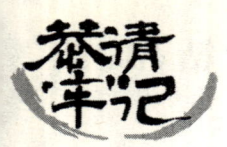

珍妮急忙说："没什么，就是花点钱，买点礼物。让人家好找到一个理由给你办事。不然，人家凭什么给你调动啊？你是人家什么人？记住，市场经济了，别拿自己不当外人。送了礼，他就不好再向你提其他的要求，不然，人家让你陪睡你陪不陪？"林小麦有些尴尬，她期待邢文通，但是，说来难以置信，让她用自己的身体去实现自己的愿望她真不行，即使是和邢文通也不行。她懵懵懂懂地让珍妮陪着找到本市一位著名画家，花6000元钱买了一幅画。然后她们又花1200元买了一条领带，这个过程让林小麦觉得自己和邢文通的距离一下子拉得很远，她突然意识到自己的虚无。原来真情也是有级别的，尤其是当弱势者先动情的时候，你的情义就像你的位置一样变得无足轻重，甚至不可信。她有些难过。

林小麦没有想到他们的见面其实很平静，在一个名叫鱼味斋的饭店里吃了顿饭，席间两个人都在刻意回避一些事情。吃了不到一个小时，邢文通的手机响了，说是一家要投资的外商在宾馆约见他。临走的时候他才说："你明天回去准备有关手续，还是到开放办吧。"

林小麦觉得说什么话都显得做作和多余，心里有多少离情别绪此刻只能哽在喉头，只能说谢谢。然后把礼物给了邢文通，他没有拒绝，让林小麦既避免了难堪又有些茫然。

但是，不管怎么说，她就要到他身边工作了，又可以经常不断地听到他的消息，看到他的身影，她要的不就是这些吗？

九

事情的变故是在林小麦回到瀛州市以后，她给邢文通打电话，告诉他自己已经安全到达，刚要接着说，她从话筒里听到邢文通的手机响了。邢文通接通了电话，对林小麦说："我接个电话，半个小时以后联系。"

林小麦以后总在想，这半个小时是命运在考验她的意志，还是在考验邢文通的人性？这半个小时以前，她还在清点他们之间似有还无的情感片段，为即将开始的生活精心准备和措辞；但是，在半个小时以后，她按时打电话，没有人接；发了一个短信后，他迟迟没有回音。尽管她不知道发生了什么事，但是，林小麦已经感觉到一种沉重的阴影，正在笼罩着她和邢文通的关系，她即将成功的一切面临着威胁和挑战，甚至是灭顶之灾。但是，她不知道危险藏在哪里，不知道把锋芒对准何处，除了期待邢文通坚定的意志外她没有任何其他的办法改变这一切。

这半个小时究竟发生了什么事？谁在和邢文通通电话？这是不是就是那个

钻石时代

王秀云

改变邢文通想法的人，他（她）到底是谁？为什么？他（她）究竟说了些什么？林小麦百思不得其解。渐渐地，她的情绪有了些微的变化，她终于对他开始有些抱怨，长久以来他所表现的倨傲和冷漠让她委屈、伤感，她认为他不该这么对她。且不说以前对她的漠视，只说这件事，不管别人说什么，你作为一个市长，应该有自己判断是非的能力，应该言出必行，怎能朝令夕改、出尔反尔？况且，调动这件事，能调也好，不能调也罢，一晃几个月了，他竟然连一句痛快话也没有。她搞不懂他在做什么，是无视她的感情？还是其他？但是，他明明知道林小麦爱他，过去爱他，现在仍然爱他，那么他所表现的一切就有了复杂的心理背景——他在刁难她！

林小麦很气愤，等到晚上估计他已经吃完饭时，她又给他发了一个短信：资料明天还寄吗？他还是没有回信。林小麦的耐心终于走到了极点，她反复措辞，发了这样一个短信：长久以来，林小麦的心在希望和失望之间沉浮，林小麦不知道您到底怎么想，不知道未来给予林小麦的是什么，这漫长的期待让林小麦难过。您能告诉我，我该怎么办？

邢文通很快回了短信：最近昆山正处在矛盾纠葛中，短期内不会有人事变动，建议你还是不调来为好。

林小麦看到这个短信的时候，眼前一片空白。她没有想到，这么长时间的期盼和运作，即将到来的成功突然变成了这样一个结果。林小麦没有死心，她又回了一个短信：别把林小麦一个人留在瀛州。邢文通再没有回信。

林小麦几乎一夜未眠，天亮以后又发了一个短信。快中午的时候，林小麦的手机终于响了，暗蓝色的屏幕上只有四个字：道理已经。

林小麦起初以为他发错了，或者他还没有写完，就给他回了一个短信，说："唉，小麦愚钝，能告诉我什么意思吗？"里面多少还有点撒娇的意思。等了一会，他没有回。林小麦还没有想到别的意思。林小麦又写了一个短信：手机有问题吗？信息没有发完。等了很久，他仍然没有回，林小麦的一根末梢神经有些醒了，但是，还抱着一线希望，就把电话打了过去。他没有接林小麦的电话，林小麦还不肯死心，又看了一遍他发来的短信："道理已经"。渐渐地，每一个字都像复活的野兽，在无边的雪野上蠢蠢欲动，林小麦看到了它们黑色的眼睛，闻到了它们身上腥咸的味道，它们裹挟着巨大的旋涡，向林小麦扑面而来。林小麦不知道该如何去躲避，赶快给珍妮打电话。但是，这个林小麦已经打了四年、每天要打几遍、很多时候连续通几个小时的电话号码竟然从林小麦头脑里飞走了，林小麦想不起珍妮的手机号！

林小麦圪蹴在床上，闭上眼睛，想平静一下，但是"道理已经"此刻变成了黑色的箭镞，向林小麦的眉心直飞而来。林小麦急忙坐起来，从卧室走到

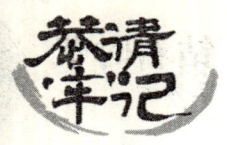

客厅,又从客厅回到卧室。林小麦觉得那几个字像幽灵一样跟在身后,林小麦恐惧、厌恶,却摆脱不掉。林小麦又拿起手机,谢天谢地,珍妮的手机通了,林小麦说:"邢回了一个信息,只有四个字,道理已经,我不知道什么意思?怎么办呢?"

珍妮追问了一句:"就这四个字?"

林小麦说:"是。就这四个字,是不是发错了?"林小麦希望珍妮能给自己肯定的答案。珍妮从小没有父母,她自己一个人闯荡,对人性从无指望。所以,她总是对的。

她沉默了一下,说:"发错了?怎么可能。"

林小麦紧接着又问了一句,"我还有希望吗?"林小麦知道自己在失态,可是,林小麦就像饥饿的鱼看见美味的鱼饵,知道前面的水已经被污染,充满了毒素,看见了潜在的危险,在雪亮的钩子上摇晃,但是,却迟迟不肯离去。

珍妮不耐烦地说:"那是你自己的事,你自己看着办吧。我有些累,先把电话挂了。"林小麦了解珍妮,她这是在告诉林小麦,一切都该结束了。

林小麦又一次打开那个短信,"道理已经",像牙齿一样咬到了林小麦的心脏。道理已经怎么样了呢?道理已经说清,你应该明白,无非就是这个意思。他甚至都没有耐心把话说完!他如此尖刻地省略了该说的话。那些话才是他此刻最想说的。

他省略的是对林小麦的轻蔑!

林小麦看见了自己的血,决绝地放弃了自己的手、脚和身体,急速地汇聚在一起,殷红、黏稠、干涩,从过去的岁月中奔涌而来,夹带着记忆的泥沙,堵塞在林小麦的胸口。林小麦被自己抛弃了,被自己的血液抛弃了,林小麦被扔在一个从没有想象过的地方,冰冷、阴暗,到处闪烁着刺目的白光。

多么难以置信,他,竟然是他,真的是他,在轻蔑我。他知道我爱他,他知道我信仰他,他知道他是我今生唯一真爱的男人,他甚至知道他的一个眼神一抹微笑一声咳嗽一句话一根头发都能长久影响我,他知道他能伤了我会伤了我,他知道他的轻蔑会带来什么结果,但是,所以,他还是轻蔑了我。珍妮说得对,对于林小麦,他什么都没有。

黑暗沉沉压下来,把林小麦的头发和指甲都压碎了。林小麦记得又发了一个短信:"道理已经明白,只是情非得已。衷心感谢您多年的关照,祝您万事顺遂,全家幸福。"林小麦还没有忘了,冠冕堂皇地结束这一切。假,假得让林小麦无奈,假得让林小麦心酸,假得像让林小麦自己剁掉自己的脚,那疼啊,死了都躲不开。

钻石时代
王秀云

揭开谜底是几年以后了，林小麦已经担任瀛州市主管文教卫生的副市长，已到省政协担任政协常委的邢文通来瀛州市调研，林小麦获悉专程到宾馆探望。房间的灯光是那种通常的幽暗，他们似乎都早有准备，很容易地重新提起这个话题，林小麦才知道，当初打电话的人是简晴。简晴对邢文通说，林小麦和蒋昆好上了，还有鼻子有眼地说，她表弟当出租车司机，是他表弟把林小麦送到凯撒酒店，林小麦当时哭了，她表弟就把林小麦拉走了，但是有人说她后来又回去了。没有几天，蒋昆就把她安排到开放办当副主任了。他说到蒋昆的时候，眼睛划过了一种阴暗的光芒。林小麦突然意识到，五年前就是这点暗淡的光芒，带着男人特有的霸气让她当时所有的爱和梦想都破灭了。这一切从本质上和简晴没有关系。

林小麦黯然无语。她看着眼前这个头发全白的男人，在她面前絮絮叨叨的样子，他显然想用自己的真诚弥补一些东西。但是，时过境迁，林小麦已经没有兴趣深究那一切。她甚至有些疑惑，眼前这个男人真的是自己当初爱过的人吗？她当年如果真为他放弃了一切，见到他今天的样子她会后悔吗？而且她刚刚听说，简晴得了乳腺癌，已经做了切除，简晴曾经带给她的一切疼痛如今都消失了，甚至连疤痕都没有留下。她已经不想听那些没有意义的事情了。就在这时，她发现邢文通的手伸了过来，轻轻地覆盖在她的手上，喃喃地说："你经历了这么多，皮肤依然这么细腻。"林小麦没有动，她定定地看着叠在一起的两只手，一只粗大、皱巴、长着浓重汗毛的手掌下露着自己白皙的手指，粉红色的指甲展示着她依然鲜活的生命。她忽然有些想笑。抬起头，她向四周看了看。邢文通不知道她在看什么，也跟着好奇地四处逡巡。林小麦忍住笑说：你看见那双眼睛了吗？邢文通一愣，问了一句："什么？"

林小麦把手抽了回来，她看着邢文通说："邢市长。"她故意叫了他原来的称呼，她无意于唤醒他什么，但是，有些东西她也不想让他忽略。"邢市长，这些年我常常觉得有一双眼睛，总在看着我。我做的一切也都能看见，你能看见那双眼睛吗？"邢文通笑了，说："文人的想象。"林小麦笑笑，终于明白，这个人不是自己要找的那个人。她说时间不早了，邢市长您早点休息吧，我明天要主持一个会，就不送您了。她几乎没有听清邢文通说的话就站了起来，邢文通伸出手，她只是轻飘地一碰就收回了自己的手，走了。到一楼后她转身去了卫生间，洗了洗手，然后对着镜子看着自己。她发现在没有他的这些年，她的生命依然充实通达，她没有因为他曾经对她的放弃而变质变色，爱和幻灭并没有毁灭一切的能力。她还是她。

书记和大鸟 刘 涛

  原市委书记魏山一夜之间被"双规"了。新市委书记郭峰岩是从 K 省调来的。市报的头版上登了新书记的照片，下面登了一只鸟的照片，新闻标题是《不知名的大鸟落入农家，谁认识它?》。结果报社主任遭到批评，为什么呢?

书记和大鸟

刘 涛

一

央视新闻频道播放这条消息是早晨八点钟，他正在吃早饭，一大口嚼烂的馅饼还没来得及下咽，整个人就僵在那里了。

魏山被"双规"了？怎么回事？前天他还以市委书记的身份在央视的一个访谈节目里坐而论道，面对那位戴眼镜的、胖胖的女主持人大谈特谈怎样提升城市的整体形象。怎么今天就……

前天，他中午在家，打开电视，换了几个台，没什么精彩的东西可看，就定住了频道，看了这档访谈节目。毕竟自己生于斯长于斯，魏山又是这座城市的父母官，无论谈什么，总感到三分亲切，更何况魏山说的几个问题他也有同感。比如说大力弘扬正气，绝不能让歪风邪气在社会上大行其道；比如说保护自然环境，不能乱开山，更不能肆无忌惮地乱排污，等等。当时看着节目，他还在心里想，魏书记其实不用多说，只要把上述两条落实好，这座城市的形象就会大大提升。

魏山魏书记这么快就落马了？快得就像突然中了狙击手的一枪，刚才还活蹦乱跳的一个人，顷刻间就仰面朝天倒下了。可这也不容怀疑呀，刚才央视新闻频道的那位全国人民都熟悉的女主持人，神色凝重严肃地说，因为魏山严重违反党的纪律，中央决定撤销他××省省委常委、××市市委书记的职务，接受中央纪委的检查。

他抓起桌子上的手机就拨通了编辑部的电话，是主任接的电话。他问："主任，刚才中央电视台说魏书记完了，你看了吗？"

主任在电话那头沉默了一小会儿，说："马刚，赶快来单位，明天准备上头版头题的稿子要换掉。你手头还有没有别的稿子了？"

"怎么啦？那篇稿子是写全市经济工作会议的，这不是你让我去采访的吗？"

"你来，来了就知道了。"主任说完就挂了电话。

他端起碗，把最后一口小米粥喝下去，拿起电动刮胡刀在脸上转了转，就准备出门上班了。这个时候，他的心里有一种说不出来的滋味，有一种人生无常空空荡荡的感觉。按说这些年来中央加快加重了对贪官污吏的打击力度，别说像魏山这样的副省级干部，就是中央政治局委员、全国人大副主任那样的大官也一样落马，有的还为此丢了性命。这种事本应见怪不怪了，可是他一听到魏山落马，还是感到了不小的震动。就觉得原来的城市就像一块松松弛弛的布，突然被人扯紧了，再用点劲，就会绷裂。仔细想想，也是可以理解，别省

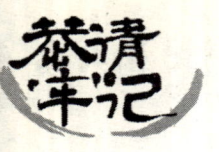

市的官他不熟悉,就是中央级的大官,也只是在电视里见过,倒台与不倒台,基本与他无关疼痒,可是魏山不同,似乎就是身边的人。因为他是报社政法部的记者,平日里跑的就是党政机关,这些年来,他没少跟着党政一把手外出,要么下农村,要么去工厂,有时候吃饭还在一张桌子上呢。

当然,作为一名普通记者,和城市的党政一把手坐在一张宴会桌上几乎不可能,能坐在一张桌子上,都是在下基层吃工作餐时。去年有一次是在港务局,中午吃工作餐时他就和魏书记坐在一张桌子上,那是张圆桌,不大,就围坐了五六个人,其他人都是大小官员,就他一个记者。原本他应该和港务局宣传部的人坐另一张桌上吃饭的,只是市委秘书长认识他,把他叫过来问事,接着就说你坐在这里吧,反正是工作餐,一会儿就吃完了。他推辞不过,就坐下了。他刚坐下,魏书记就在港务局局长的陪同下走进了餐厅,坐在他的对面。一盆萝卜排骨汤上来了,魏书记站了起来,拿起大汤勺环顾四周,可能觉得就是不认识他,便先给坐在对面的他盛了一碗。当时他受宠若惊,慌忙站起身来,双手捧着碗,说:"我应该给魏书记盛汤,真不好意思。"

市委秘书长连忙介绍说他是报社跑党政机关的记者。

他这一站起来,魏书记上下打量了他一眼,问道:"你多高?"

"净量一米八六,穿上鞋差不多就一米九了。"

魏书记笑了,说:"你这个记者不像啊,倒像是搞体育的,外出采访没有敢朝你耍横的吧?"

魏书记这一说,全桌人哄笑起来。

就这么个人,说倒就倒了?他仿佛觉得梦一样荒诞。

俗话说:人不可貌相,海水不可斗量。可是人和人毕竟不一样,普通百姓,城府还是浅啊,是好是坏,大多都写在脸上。由于职业的原因,他在社会上接触的人比较杂,有那么一两次,他参加了"道"上人请的客,来赴宴的人根本不用问是谁,一看那张脸就明白了。那些脸,全都是僵硬的,眼里露着杀气,就是他们朝你笑,也是一种凶巴巴的笑,让人感到不自在。还有一些人,无论男也无论女,相貌堂堂或秀气漂亮,但一开口说话,便露了粗俗,也容易辨认。可就是当官的城府深,让人横竖看不透。比如说魏山,作为市委书记,魏山当然是这座城市最大的新闻人物。他跑党政机关,参加过无数次市委市政府的会议,主席台上,魏山西装革履,言之凿凿,声情并茂。让人觉得他每时每刻都在为这座城市的发展、为城市居民生活水平的提高而殚精竭虑。应该说魏山的理论水平也不低,他常常深入浅出地阐述自己对上级方针政策的理解,有些观点甚至饶有风趣。

可就是这个西装革履、一本正经的魏山魏书记,竟惊动了中央纪委,这说

书记和大鸟
刘 涛

明他的问题够严重了。官当到了魏山这个份上了，还能有什么问题呢？无非就是经济问题。把开会时主席台上侃侃而谈的魏山与贪污受贿心怀鬼胎的魏山合并起来，总让人觉得有点风马牛，他不知这是哪儿出了毛病。

二

进了报社大门，在电梯里，他碰到了文艺部女编辑何清玲。何清玲人长得漂亮，多少还有点妖冶。她写得一手好散文，有几篇发表在国内顶尖级的刊物上，还获过全国文学奖。大凡有才气的女子，都高傲，何清玲三十好几的人了，至今未婚。平日里，他见了何清玲总爱开玩笑，何清玲也喜欢和他斗嘴，两人你来我往，哈哈一笑，挺愉快的。

"何编辑好。"他笑着问候。

何清玲冷冷地瞥了他一眼，问道："知道魏书记出事了？"

"今早上看中央台新闻知道的。"

何清玲又瞥了他一眼，说："男人没一个好东西！"

他蒙了，不知道何清玲什么意思："魏书记出事了与男人是不是好东西有什么关系？这一钩子扯哪里去了？"

电梯到了编辑部那个楼层，何清玲急匆匆走了出去。他也没法再与她对挡了，跟在她身后走出电梯。

来到部里，主任把他叫进了办公室，他看到主任的电脑开着，他的那篇文章被从稿源库里调了出来，而且还把字体放大了。主任已经47岁了，眼花了。

主任递给他一支烟，苦笑着摇了摇头。

"主任，稿子有什么问题？"他问道。

"不是稿子有问题，是魏书记有问题。"

"就为这个？"

主任又苦笑着摇摇头，说："你说这叫什么事？看起来多么为民着想的一个市委书记，一夜之间就成了贪官，不光贪，生活作风还腐化。"

"怎么个腐化法？"他问。

"不说了不说了，研究一下稿子吧。"主任把烟蒂掐了，言归正传，"上面来指示了，全市经济工作会议有关城市建设和发展的一些说法不能提了，因为这些说法都是魏山提出来的。我本想把这篇稿子改改，把魏山的说法删去。可是删来删去，发现整个会议的主题就是他的那些说法，要是都删掉，稿子就没了，所以只能不用，你手头还有别的可以上头版头题的稿子吗？"

他为难地挠挠头，说："倒是有一个市科委选评科技先进人物的题材，稿

子还没写,也不知够不够头版头题的分量。"

主任眼睛一亮,连忙说:"够了,当然够了。就这么定了,你马上写稿子,我去向总编辑汇报。有照片吗?"

"没有。"

"你什么脑子?当时为什么不叫上摄影记者拍照片?"主任有点火,"头题稿子没有照片怎么行?干这么多年了你连这个也不懂?"

他一看主任火了,觉得冤屈,也沉不住气了,说:"科委只是初步选评,往年这种稿子只能上四版,根本不需要照片。到最后开表彰先进大会时才拍照片上头版,我怎么就不懂了?"

"这不是特殊情况嘛,魏山出事了嘛。"主任说。

他也不示弱,说:"早告诉我呀,提前三天告诉我魏山要倒台,我不就有准备了嘛!"

主任嘿嘿笑了,揶揄道:"别拿着自己当骨干好不好?还提前三天告诉你,魏山昨天中午被人从省里带走,中纪委到了晚上才通知市长的,你什么级别?还提前三天告诉你!"

"就是呀,咱级别低,今早上才知道,科委的那个会没拍照片怨我吗?"

"行了行了,赶快想补救办法吧,"主任心平气和了,"你先写稿子,照片我派人去要,咱没拍,人家科委自己肯定拍了留档,要一张没问题,他们巴不得上头版头题呢。"

"哎,主任,全市经济工作会议的那些说法是经过常委扩大会讨论通过的,只不过通过魏山的嘴说出来了,也不能说就是他个人的说法吧?"

"又来了又来了,"主任皱起了眉头,"还有没有政治素质?通过他的嘴说出来就是他的说法,他是市委书记,咱是市委机关报。皮之不存,毛将焉附?市委书记倒了,那些说法还能再提?去去去,写稿去吧!"

三

稿子好写,无非把原本应该写的短消息抻成长消息,反正还是那些套话,年年都是如此。不到一个小时,他就搞定了。果然如主任所说,一个电话,科委主动把照片送来了,还千恩万谢地要改日请主任和他出去"坐坐"。

中午在餐厅里吃饭,他和何清玲坐在一张桌子上。何清玲的餐盘里只有两份素菜,他把一个四喜丸子用筷子一夹两半,把半个丸子拨到何清玲的盘里,说:"何编辑上上营养吧。马刚有问题请你指点迷津。"

"干吗干吗,不知道本小姐正在减肥吗?"何清玲这么说着,却并不拒绝。

书记和大鸟
刘 涛

他禁不住两条目光像蛇芯子一样在何清玲的脸上、胸上扫了几下。这个女子丰腴，却并不胖，是那种增之一分则多，减之一分则少的标准形体，又是名牌大学的硕士生，写了一手好文章，怪不得始终找不到如意郎君呢。

何清玲注意到他的目光了，脸微微一红，白了他一眼，嗔怪道："看什么看？别说你有老婆，就是没有你也是白看。男人没一个好东西！"

"哎，我想请教何编辑的就是这句话。"他收回目光，一本正经地问，"今天上午在电梯上你问我魏书记的事，然后又说男人没一个好东西，什么意思？"

"你去问魏山魏书记呀，要不你就去问中纪委的人，人家肯定掌握魏山的问题。"

"怎么？魏山包二奶了？"他似乎有些明白了，"是谁？本市的还是外地的？"

何清玲又白了他一眼，低声说："是我大学同班同学，在校的时候绝对是校花。"

"谣传吧？"他似信非信。

"怎么是谣传？我同学也被带走了，今早她妈哭哭啼啼给我来电话，什么都说了。"何清玲说到这里，垂下眼帘，若有所思地用筷子拨弄着盘子里那半个丸子。

这回他信了，问道："你同学在本市？"

何清玲点点头。

"她没有丈夫？"

"离婚三年了，"何清玲说到此，怪笑了一下，"怪不得她这两年突然住进了高档社区，还开着一辆宝马轿车。我还问过她，一个区政府的小小公务员，哪来的钱？她说房子是贷款买的，车是借别人的开着玩。哼！"

"可是，你那个同学是怎么认识市委书记的？"

"不知道，"何清玲摇摇头，说，"反正这个人在大学里就很活泛，不和我一样，榆木疙瘩一个。"

他笑了，说："可惜啊，你这么一个美人儿，到现在还没住进高档社区，也没开上宝马，你这不是浪费资源嘛，开不上宝马开个桑塔纳也行啊！"

"你这张臭嘴！"何清玲舀起一勺菜汤就要往他身上泼。

他连忙告饶："别别，我说错了，咱不说这个，吃饭吃饭。"

下午三点，主任召集部里编辑记者开会。主任一脸严肃，声调低沉地说："刚才，总编辑召集报社全体部主任开会，宣布了中纪委的指示。关于魏山的

问题,有三条:一是受贿、巨额财产来源不明;二是生活作风腐化;三是放纵家属和下属违法乱纪。同志们,这就是规律,我们不妨回顾一下,凡是落马的高官,不外乎都栽在这三条上。"

他坐在下面听,当听到主任说到第二条时,心想,这大概就是指何清玲那个大学同学的事了。他屈指算了一下,何清玲那个同学的岁数肯定与何清玲不差上下,三十二三岁,而魏山五十多岁了,两人年龄至少相差了二十岁。俗话说有钱能使鬼推磨,这才到哪儿?这有权还能使神推磨呢。钱多不一定能变成权,可权大一定能变成钱。他没见过何清玲的那个同学,可听何清玲描述,那一定是个美人儿。这么个美人心甘情愿地贴上魏山,图什么恐怕就不用说了吧?魏山他过去采访时经常能见到,如果魏山不是市委书记,如果魏山只是个普通男人,那么,让他来打分,也就是刚刚及格。一米七四五的个头,长脸,小眼睛,身材瘦弱,反正只是看着让人觉得不别扭而已。这样的男人马路上一抓一大把,长相一般般,要不是市委书记,何清玲的那个同学恐怕看都不正经看一眼。

主任说:"我再强调一遍,上面的态度很明确,过去魏山对于城市建设和发展的那些说法,从今天起,一律不准再提!这可是政治问题,谁违犯了谁负责!"

说到这里,主任朝他扫了一眼。他赶紧把头低下,盯着自己的双脚看。咦?今早晨在家临出门时刚擦亮的皮鞋,怎么会沾上一片油腻腻的菜叶?这肯定是中午吃饭时沾上的。他顺手撕了一张报纸,揉成团,弯腰轻轻擦着皮鞋。这双鞋是老婆上个星期在佳世客买的,八百多块钱呢。老婆说,他是跑党政机关的记者,整天和西装革履的官员打交道,一年四季穿休闲服旅游鞋,不太像样子,就买了这双鞋让他配西装穿。当时他还笑着问老婆:"我穿上西装蹬上皮鞋就成官员了?你这不是画饼充饥嘛。"皮鞋是穿了,但他并不听老婆的,还是休闲装牛仔裤,只不过旅游鞋换成了皮鞋。

主任又说:"同志们,中央已经指定了新的市委书记。这位新书记叫郭峰岩,我们可能不熟悉他,因为郭书记是从K省调来的,原来在K省S市担任市长。我们都知道,S市与我们这座城市一样,是副省级的计划单列市。郭书记在K省就是省委常委,来到我们省还是省委常委。郭书记明天到位,下午两点要召开一个市级机关的大会,在这个会上,郭书记有重要讲话。马刚,还是你去,带上相机,拍一张郭书记的正面照片,郭书记初来乍到,怎么也得让市民们认识一下嘛。"

"主任,还是派个摄影记者和我一起去吧,我怕拍不好啊。"

"摄影记者明天有别的事,你就拍吧。"主任话题一转,又说:"这可就奇

278

书记和大鸟
刘 涛

了怪了，以前你们这些跑口记者强烈要求配备相机，这每人都拿到了好几千块钱的相机，又说拍不好了？咱可别领着老婆孩子出去玩就能拍好，一工作了就拍不好啊！"

主任说到这个份上了，他也不好再坚持了。说实在的，平日里采访，他没少拍了照片，质量也凑合。只是这次是新的市委书记走马上任，他有点胆怯，怕拍不好，影响了新书记的形象。跑党政机关的记者都明白，官员圈里很讲究，在行文中，排名谁先谁后、谁应该用"讲话"，谁应该用"重要讲话"，如果摄像或拍照，谁应该是特写、镜头该停几秒钟、照片该拍正面还是侧面等等，这都是有严格规定的，一点也不能含糊。

四

市级机关大楼的会议厅里座无虚席，现在是下午1点50分。他坐在记者席上，记者席排在会议厅的两边，紧靠着主席台左右两端的出口。大厅中间的座位最多，前排是副市级干部的座位，副市后面是局级干部，局级后面才是黑压压一大片处级干部的座位。主席台上空着，估计市长、市委常委们正在某个小会议室里陪着新书记，他们要簇拥着新书记一起进入会场。

主席台下，副市长、局长、处长们正襟危坐，也少了往日开这样的会议之前的嘈杂声。他观察了一下，主席台下的人都挺着脖子看着空空如也的主席台。主席台上空着，他们看什么？他也往主席台上看，看了一会儿，才明白了是怎么回事。原来，主席台是空的，但每一个座位上都摆上了一个姓名牌，牌上自然写着市长、各位副书记、常委的姓名。主席台下的人其实是在看座对号，看看有没有哪位副书记或者常委消失了，如果消失了，那肯定与前任书记魏山有瓜葛。官场上的思维习惯是这样的：一个大官倒了，肯定要拔出萝卜带出泥，不会仅仅是孤立的一个人。他是跑党政机关的记者，市委有几个常委他烂熟于心。他仔细对照了一下主席台上的姓名牌，还好，一个也没少。

10分钟很快就过去了，这时，新书记出现了。新书记后面是市长，市长后面是常委们。主席台上的人进来时，全场鸦雀无声，气氛陡然紧张了起来。他不由自主地摸起了相机，但被旁边电视台的同行给阻止住了。电视台的同行对他说，现在不能拍，要等新书记讲话讲到一半的时候才能上前拍照。他是文字记者，过去开这样的会，他只是坐在那里用笔记。他有相机，但大都拍动态场景，比如：市级哪个领导下到了基层，他跑前跑后拍照，这样的会议他没拍过，所以不摸潮水。"为什么现在不能拍？"他悄悄问电视台的同行。

电视台的同行俯在他耳边说："会议刚开始，领导一个字还没讲，记者就

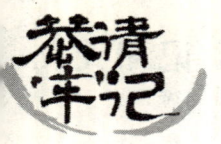

上前拍照,这叫抢戏,会场上的注意力肯定会集中在记者身上,领导不火才怪呢。"

他"噢"了一声,点了点头,表示大彻大悟。

市长主持会议,简短的开场白后,新来的郭书记讲话了。郭书记操一口带有K省方言味道的普通话,语音厚重,他听着,心想这位郭书记如果唱歌,定是一个不错的男中音。他坐在主席台的侧面,看不清郭书记的正面,但刚才郭书记率众常委走上主席台时是正面朝着他这个方向的。他看到郭书记是方脸,大眼睛,觉得郭书记个头比魏山高,体格也魁梧一些,但年龄看不出来。官员到了这一级,就比较注意外在形象了,过去的魏书记是一身笔挺的西装,头发乌黑,现在郭书记也是一身笔挺的西装,头发乌黑。只能说是两人都年过五十了,根本分辨不出谁大谁小。

郭书记首先通报了中纪委对魏山的处理决定,关于魏山的错误,郭书记说了三条,这三条与主任说的一样。之后,郭书记又充分肯定了这座城市过去的建设与发展成绩,并说魏山的错误是他个人的行为,与在座的各级干部没有关系,他相信在座的各级干部会与市委紧密配合的,他也相信这座城市的明天会比今天更好。等等。

半个小时后,电视台的同行示意他可以行动了。他赶紧抓起相机,起身来到主席台下。他个子太高,双腿只好曲一个弯,然后按下快门,又按快门。闪光灯刷刷亮了两下,他心头一紧,怕惊扰了郭书记讲话。还好,郭书记的目光越过了他的头顶,正往会议厅的半空上看。那神态像是台下的记者根本不存在似的。他回到座位上,检查数码相机里拍照效果,不错,是郭书记的正面照,而且可以说是情绪激昂。照片上,郭书记竖起右手的食指,双眼放光,讲兴正浓。他身子的两侧是人大主任和市长,面目也挺清楚。书记的身后是常委们,常委有的能看清模样,比如说市委秘书长和宣传部长,有的只是有颗脑袋露在那里,看不清是谁。行呀,当主要领导在场时,其他领导可以忽略不计,能有颗脑袋露在那里就不错了。

散会后人们鱼贯而出,他注意到,所有人的脸都绷得紧紧的,统统一副若有所思的模样。他突然感到内急,出了会议厅大门直奔卫生间。进了卫生间一看,好家伙,靠墙边一溜十几个小便池跟前一个挨一个站满了人,还有十几个人站在正痛快排泄着的人的后面等候占位。他想,可能人们觉得这个会太重要了,不敢中途出来方便,这才造成散会后卫生间里的拥挤。

幸亏是小解,速度快,他等了三个人后才占着位。正方便着,身边站过来一个人,他一看,是宣传部新闻处的一名副处长。这名副处长平日与他很熟,业余时间常常坐在一张酒桌上。他笑着打招呼:"老兄好!"副处长扭脸朝他

书记和大鸟

刘 涛

点了点头，算是答应了，但脸上的表情冷冷淡淡的。他蒙了，继而不解，心想，这他妈都是些什么事？不就是倒了一个旧书记来了一个新书记嘛，与一个小小的副处长有什么关系？这些人也太拿自己当回事了！他扬起脸，拉上裤链，看都不看副处长就出了卫生间。

回报社的当天下午，他就把稿子写好了。在电脑上，主任看了他拍的数码照片："不错不错，拍得挺好。哎，这个新来的郭书记仪表堂堂啊，比魏山长得好看多了。"

他抬头看看主任，笑着说："魏山不倒台你会这样说吗？"

"这有什么？"主任说，"评价一下人的长相犯什么法？我又没说郭书记的政绩就比魏书记多，当然了，郭书记刚来第一天，也不可能有什么政绩，不知今后会怎么样。"说到这，主任一副忧心忡忡的样子。

看着主任这副样子，他又笑了，说："政策只要不变，谁干市委书记都是一个路子，咱操什么心？再说了主任，你也是奔50岁的人了，弄了个正处级主任知足吧，郭书记干得好与不好，你都提拔不上去了。"

主任笑笑说："我不行了，还有你们这些年轻人嘛，你这小子怎么一点上进心没有？你当年是怎么混进党内的？"

"咱是劳动人民啊主任，咱入党就是为了在你的正确领导下好好工作，多写稿子，没想着要得到提拔。"

"行啦行啦别废话，你这稿子配上照片上明天的头版头题，我还得去开一个会。"主任双手拍了一声巴掌就走了。

五

第二天上班，他打开报纸，他的稿子果然上了头版头题，版式排得很大方，他拍的那张照片居报纸之中，照片上，郭书记眼睛睁得大大的，举起右手，竖起食指，让人一看就觉得书记在慷慨激昂地讲话。这篇消息的标题他原先是这样做的：《市委书记郭峰岩在市级机关大会上作重要讲话》，见报后，标题给改成《市级机关召开大会，省委常委、市委书记郭峰岩作重要讲话》。

哎呀！他抬手用劲拍了拍前额，该死！我怎么就忘了写上"省委常委"了呢？这可是官场大忌啊！这要是不改就见了报，要闯大祸的！这标题肯定是主任给改的，主任到底是主任，高，实在是高！他在心里无比感谢主任。

再往下看，他被另一篇稿子和照片吸引住了。这篇稿子就接在他的稿子下面，照片上是一只大鸟，大鸟生有长而尖的嘴、两条高腿细细的，像是踩着高跷。这只大鸟在一家农户的小院里迈着步，旁边站着农户的主人——一男一女

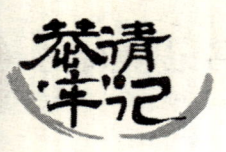

两位中年农民正笑眯眯地看着这只鸟。这篇稿子的标题是《不知名的大鸟落入农家小院,谁认识它?》,是摄影记者采写的。怪不得昨天他要求摄影记者与他一起采访,主任说摄影记者有事呢,原来下乡拍大鸟去了。仔细看看稿子内文,才知道,这只鸟的学名叫鸬鹚,北方很少见,只是因为气候变暖,鸟的生物钟混乱了,才误飞入这座城市的郊区。又因为找不到食物,饿得飞不动了,才落入农户家里。有关人员表示,要把这只鸟送到动物园的鸣禽馆里,来年春天放飞它。

放下报纸,他产生了一丝担忧,心想离春天还远着呢,到了那时再放飞,恐怕这只鸬鹚连飞也不会飞了。他平日里对动物比较感兴趣,也了解动物的一些习性。所有的鸟和兽,不用多,人工喂养超过三个月,它们就会产生惰性,再放到野外连食也不会捕。其实人也是一样,衣来伸手饭来张口的日子过久了,再让他们自食其力很难。

中午去餐厅,比他先来一步的何清玲已经坐下了。何清玲见他来了,便喊他,朝他招了招手。他端着盘子走了过去,坐在何清玲对面。何清玲问他:"晚上没事吧?"他说没事。

"没事出去吃饭,在香香沸腾鱼馆。"

他一脸坏笑地看着何清玲,说:"哟,这太阳明早肯定会从西边出来,咱何编辑也请客了?同事了这么多年,谁见过何编辑掏钱请客?怎么回事?你不说明白了我哪敢去呀,别吃到最后让我结账啊。"

"让我请你?想好事!"何清玲白了他一眼,说:"是一个私营企业的老板请客。他想了解魏山的事儿,也想知道新来的郭书记的事儿,我在文艺部,哪知道这些?你是跑党政机关的记者,知道的比我多,所以我就叫上你了。"

"闹了半天,人家没请我,是你捎带着叫上我的?"

何清玲抄起筷子敲了敲他的手,说:"别瞎摆臭架子,我是叫你去陪我。你以为我和他们有什么话可说?"

他笑了,说:"倒台也罢,不倒台也罢,咱离着两位书记十万八千里,但离着你可就太近了,低头也见,抬头也见。行,我去。别说陪你吃,就是陪你住咱也愿意。"

"想死吧你!臭不要脸!"何清玲突然在桌底下一脚跺在他的脚背上。

"哎哟,你也太狠了吧?这双皮鞋可是新的,八百多块钱呢。"

下午三点,总编室突然通知召开全编辑部大会。

当全体人员都到齐时,分管副总编辑表情凝重地走上主席台,开始讲话:"今天下午1点半,市委宣传部临时召集全市各新闻单位开了一个新闻例会,

书记和大鸟

刘 涛

在这个会上，宣传部领导对我们今天出版的报纸的一版进行了严肃批评！当然，发生了这样的事情，我应该负有领导责任，但是，我们的部门主任干什么去了？一个版面上稿件与稿件怎么搭配，就不动动脑子？"

……

分管副总编一发火，全体人员都蒙了，不知道发生了什么事。他歪头看了看坐在他左侧的主任，但见主任低着头，一脸沮丧。他猜想，莫非是他写的这篇稿子出什么事了？心便惴惴起来。可再往下听听，他又舒了一口气，与他无关，是他稿子下面那篇写鸬鹚的稿子出事了。不，也不是写鸬鹚的那篇稿子出事了，是上下两篇稿子搭配上出事了。

原来，今天一早报纸出来后，宣传部的领导一看，差一点晕过去。头版头题是郭书记在市级机关大会主席台上的照片，紧接着下面是一张细腿大鸟的照片，新闻标题是《不知名的大鸟落入农家小院，谁认识它？》。宣传部领导指出：把这两张照片拼在一起是什么意思？不知名的大鸟指谁说的？新书记刚在媒体上露面，结果又是落下了"不知名的大鸟"，又是"谁认识它"？简直胡闹！在临时召集的新闻例会上，宣传部的领导非常恼火，指示报社要严肃处理当事人。

副总编将新闻例会的意思传达完后，下面泛起一片哄笑。他不敢大笑，只好捂着嘴，低着头哧哧地笑。他一边笑一边寻思：这事怨不得写这两篇稿子的记者，所有错都是主任的，是他搭配的稿件。唉！主任可怜啊，这么一个讲政治讲原则的人，怎么就在这么一个不起眼的事上翻了船。再想想，也得原谅主任，他平日里只注意稿子写得有没有问题，哪会想到稿子与稿子的搭配也能闯大祸。

他蓦地又想起一件事，四年前，魏山刚到这座城市担任市委书记，第一次下基层调研就来到了市郊的一条已经淤塞多年的河边，与区领导商讨怎么样疏通这条河的问题。那天，他和摄影记者跟着去了。那是一个初春的日子，风很大，魏书记抬手指向河的对岸，问河对岸那些密密匝匝的小平房里都住着什么人？这个镜头被摄影记者抓到了，拍了个魏书记的正面照。从照片上看，魏书记意气风发，抬手指向河对岸的姿势也不错。美中不足的一点就是因为风大，吹起了魏书记头上的一小绺头发，就像是扎了一个朝上翘起的小辫。照片见报后，宣传部来了电话，很不愿意，说魏书记第一次下基层，拍张照片居然竖起一小绺头发，影响了魏书记的形象。好在事情不算大，编辑部只是把摄影记者拍这幅照片的稿费给扣掉了。

副总编最后说，希望同志们都瞪起眼来，非常时期就要有非常的态度对待工作。这是党报，任何一点哪怕最细微的疑似过错也不能犯！这件事为我们敲

响了警钟，今后要警钟长鸣！至于当事人怎么处理，报社党委要研究，日后在编辑部公开通报处理结果。

散会后，他进了主任办公室，想对顶头上司施以安慰，还没开口，主任先说了："昨天让摄影记者跟你去就什么事也没有了。唉，人该倒霉了喝口凉水都硌牙！"

"他就是跟我去也没用啊，那只大鸟还得别人去拍嘛。"他说。

"这只大鸟是他发现的线索，别人也不好去。我要是派他昨天跟你去，大鸟今天再让他去拍，明天见报，不就和你那篇稿子拼不到一块去了嘛！"主任有点气急败坏，"我他妈真糊涂，大鸟十天八天的也死不了，我干吗那么着急呢！"

看到主任这个样子，他心里有点难受，也没再多说什么就离开了。

晚上，他和何清玲一起来到了香香沸腾鱼馆，那个老板和他手下的两男两女已经点好菜等着他们了。那天晚上，几杯酒下肚，何清玲说起下午召开的编辑部大会，说起新书记和大鸟的故事，在场的人都笑翻了。

不知为什么，他却一点也笑不出来。

县委书记失踪了 孙建邦

　　县委书记失踪三天了,不知道是被"双规"了,还是被绑架或者带着小蜜逃跑了,人们议论纷纷。正当县长把四大班子的同志召集到一起开会商量办法时,传来了县委书记的消息。县委书记到底怎么啦?

县委书记失踪了

孙建邦

一

咱县可能要出大事！啥大事？你猜猜……再猜猜……估计你再猜也猜不着！老兄，我估摸，这事是真的。但是，眼下绝不能乱说！万一不是这码子事儿，传出去咱们就不得劲儿了！对，说到你这儿，就了结。咱书记——赵一号——没影儿啦！

别瞪眼！没影儿就是没影儿啦，就是很可能失踪了。赵一号的司机付常伟刚才亲口对我说的。小付说，上周末晚下班时，一号跟他说："小付，这两天你歇歇儿，车我开走了。"一号开车技术很高的，还好开快车。小付说跑长途到省城，经常是一号开车他坐车哩。上周末，一号把车开走了。你知道，他家在市区，离咱县一百多公里，以往遇到这事儿，小付星期一清早七点，就赶到县委大院等着。一号一回来，小付就去接车洗车。今儿清早，小付左等右等等不着，心想着一把手忙，不定市里哪个领导找，直接就去市委办事了。到了今儿后晌，小付接到一号夫人电话问："小付，你们这几天忙啥哩，也不往家里打个电话。打他的电话咋打也没人接，后来就关机了。再忙，给家里说一声也顾不上？"你知道，小付那孩子贼精贼精的，一听就知道一号周末到今天不仅没回家，连跟家里打个电话也没有，先就想到一号可能有啥事儿，需要背着家里人。小付随口就说："嫂子，一把手大小事都得他拍板，整天忙得脚都不挨地。我见了书记，跟他说说。"小付挂断电话，就觉得这事有点不对，想来想去，还是悄悄拨了一号的热线电话……这，老兄不懂了吧！

热线电话，就是秘密电话。热线其实不热，亲近之人，有了急事，冷不丁打一回，那边一听就知道是必须要接的电话。这种电话，不可能经常用，就像国家元首之间那种电话一样。明白了吧？小付打过去，还是关机。小付这下心里就慌了。不说你也知道，小付跟一号好些年了，恐怕从一号当乡书记开始，直到现在。现在的领导这样带着司机走的，已经很少，凭你就知道，小付跟一号的关系有多铁！听说小付有一个什么表叔在省委组织部工作，不知是不是真的。要是真的话，你走着瞧，过不了多长时间，小付就会弄点事儿的。要不，我咋说小付这个付常伟，至少抵上副常委呢？像热线电话这事儿，恐怕县长也不知道呢？小付要不是慌了神，他也不会跟我说的。

不过，小付那孩子精是精，办事也是很稳当的，嘴也很严。要不，老一咋能走到哪儿就把他带到哪儿。小付省里有关系是一方面，个人素质也是一方面。给一号服务那是没问题的，平常跟同事们关系搞得也不错。你没听说，管理局开会学习，局长把小付作为榜样，经常跟别的司机讲：给领导开车，就要

像小付那样。正是因为这,小付要是说一号没影儿了,十有八九真是没影儿了呢。你老兄也信了吧?话说到这儿为止,咱也不传这闲话儿。咳,真是无奇不有,一个县委书记,咋说没影儿就没影儿了呢?

二

哎!小李!过来一下,我问你个事儿。你今天看见咱一号了吗?真没有?不是我找他。咱他娘的小老百姓一个,找人家书记干啥!我是风闻了点事儿,想着你老弟在宣传部干事儿,信息灵通。你要真不知道,我只当瞎说说,你可一定不要对别人再说。

赵一号失踪三天了。不信吧!信访局的老钱刚刚才跟我说的,老钱是从赵一号的司机小付那儿知道的。信访局的老钱,就是刚退居二线谢顶很厉害的那个老哥,他不知咋弄的,跟一号的司机小付关系很美。小付本来嘴很严,这些给领导开车的司机都一样,对领导的事情,比组织上掌握得多得多。跟着领导干,肯定会有不少好处。但是,你知道太多了,也不一定是好事;再说啦,现在的领导用车,公事私事分不开,事儿也特别稠。所以,现在的领导大多学会了开车,办了驾照,有些私密事儿,干脆自己开车去办了,既保了密,也落下体谅司机的好名声……你别急嘛!是这样的,小付,就是赵一号的司机,上个礼拜五晚上下班时,把车交给了一号。实际上是一号提出来的,让小付歇两天,他自己就把车开走了。直到今天下午,一号的老婆打电话问县里最近忙啥,说一号两三天连个电话也没往家打一个。他家里人给他打电话,先是没人接听,后来就关了机。小付觉得可能有问题,就拨了一号的热线电话……啥热线电话?其实就是一个秘密号码……还是关机。小付起急了,再急他也不能去跟县长正儿八经地汇报吧,他敢说"县长,书记失踪了"这话?

对!失踪不失踪,事关全县老一,这都是非常严重,而且很严肃的问题!就是他十天半月不露面,作为组织都不敢轻易断定他失踪了。不过,他老是不露面总也是个事儿吧?

现在这世上的事儿吧,真是只有你想不到的,没有不会发生的。我是"文化大革命"站错了队,二十来岁就当了公社革委会主任,后来一抹光,还记入了档案,成了"三种人"。开始那些年心里很气,后来啥也想通了,混到现在,有一份工资也不错了。家里头,你老嫂子出头,开了个饭店,我在后头支应着,也算是小康之家了吧。县里领导们的事,球长毛短的,我是不闻不问。就是这件事太蹊跷了,现在当个领导特别是在咱这县当个一把手,要啥有啥,条件多好哇!咋着能说没影就没影了呢?

县委书记失踪了
孙建邦

小老弟，你是摇笔杆儿的，文笔也不错。好好再干几年，升个一官半职，只要跟对了人，只要不得罪重要人物，你肯定是很有前程的。今儿个老大哥跟你说这些事儿，只当耍耍。你说出去，我也不怕。你想想，那些部长、省长还有更大的官儿，说有事儿就有事儿，说出事儿就出事儿啦，这些个县太爷们的事儿算个鸟哇！只是说出去，对你小老弟不利，领导们会说你听信传言，以讹传讹。到了明儿清早，"砰"，赵老一开车回来了，你说的话传到他耳朵里，到提拔你的时候，他连吭都不用吭，就给你列入另册了。他只要在这里主政，你想提拔连影儿也没了！小老弟，我这些话是为你好，你好自为之吧！

三

您好！周部长。您能不能晚一点走，我有个非常紧急的情况要向您汇报。本来，这件事我不说也可以。可是，想来想去，我不向您汇报更不对。您对我太好了，我的进步全靠您呢！

部长，是这样的。刚才，民政局那个老孙把我叫到一边，说了一会儿话儿。老孙是个老同志了，在民政局也没啥职务，我下去采访民政方面的新闻，线索大多是老孙提供的，采访时大多都是他陪着我。老孙笔头子也很硬，只是年龄大了，不想再费脑子。对对对！我不该拐弯儿太大，那我就直说了。老孙听别人说，赵一号——不不不，就是咱县的赵毅豪书记失踪了，还说是从上礼拜五晚上失踪的，到现在还没见人影儿。你今天见到赵书记了吗？没有见到，那我就把老孙说的话详细汇报，提供给您分析。

老孙，就是民政局又瘦又矮，走路爱勾着头，好像要在地下寻找啥东西那个老同志。对对！他还说他二十多岁就当过领导，好像是公社领导，是啥子"三种人"。部长，公社是哪一级？"三种人"是什么人？啊啊，原来是这样，我年轻，对那一段历史不了解，以后要向部长您多多学习。好好！老孙说，他是听信访局那个退居二线的老钱说的。是是，就是那个谢顶头老钱。老钱呢，跟赵毅豪书记的司机小付关系很美，老钱对老孙说，是小付亲口说的。就是说，是赵书记的司机小付最先知道的消息。

小付究竟跟老钱咋说的，我也不知道。只是听老孙说，上周五下午下班，赵书记把车开走了，只是对小付说叫小付歇两天。赵书记往哪儿去，去干啥，小付也不知道。今天下午，赵书记的爱人打电话，向小付打听县里啥事恁忙，赵书记电话都关机了，电话不通，人不见影儿。小付觉得事情不对，就把这事儿说出来了。还有一点，老孙说，小付给赵书记打了热线电话也没通。开始我也没弄明白，后来听老孙一说，才知道那是一个很少人知道的手机号码。您知

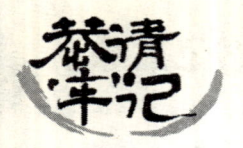

道不知道赵书记这个热线电话?部长,原来您也不知道哇!这怨我多嘴!对对,也不算多嘴。

就这些了。是是,部长,我听您的。我记住了,这事儿,确实事关大局,确实事关全县的稳定。老孙也是再三跟我交代,从我嘴里把这事儿传出去不好。可我跟别人不说,我也不能不向您汇报啊。一定!一定!我保证不会再传给第三人。请部长放心!一定!一定!放心!放心!部长,那我就走了。您忙!

四

什么?失踪?真是扯淡!为了好听,说成失踪。傻B才这样子胡球说!

坐飞机,飞机出事了,掉下来了,掉到森林里去了,掉到大海里了,人捞不上来了,尸首打不着了,那叫失踪;坐轮船,船撞了,船沉了,救上来的人叫生还,救不上来那些人叫失踪;煤矿塌顶了,人捂在里边了,救也救不上来了,只好就那样子了,叫失踪。堂堂一个县委书记,三天没露面,谁敢说是失踪?尽他妈的胡说八道!

对这些县太爷级的干部,几天没照面,他家里人,他身边的人,如果联系不上,该用的法子都用了,还是联系不上,十有八九就是犯事儿了。你想想,在现在的社会里,当个头头脑脑的,哪个不是一屁股屎,不过是多少而已!他们这些人,不是没有事儿,而是事没出,说出事也就是一会儿的事。上海市委书记,多大的官呀,头一天还是新闻头条头版哩,第二天就被弄起来了。就说这县里头吧,哪一项财政投资的工程,哪一块好地皮,跟头头脑脑的没有瓜葛?一把手吃干面,二把手吃汤面,剩下的能分点汤水喝喝就不赖了。当个一把手,你把上边的关系弄不好,叫你出事你就有事。现在不从政治思想上治罪,经济上治罪可是太容易了。你不知听说过没有,咱县那个发电站工程偷工减料被发现了,承包工程的那个老板已经被检察院秘密地弄起来了,据说那个老板就是咱一号的亲戚。县中心医院现在这个工程,说的是公平公正招标,其实一开始就被做了手脚,最后听说中标的还是一号的什么拐弯抹角的亲戚。参加招标的其他老板中,有两个是我的伙计,他们提起这事儿,都是很无奈。头头们这些经济上的问题,不弄便罢,一弄一个准儿。

我说这意思,不是说赵一号已经被"双规"了。"双规",是纪检委的弄法。人把你一叫去,肯定是已经抓住了你的把柄。抓住你把柄,就要叫你交代问题。叫你交代问题,肯定不叫你对外联系。人家能叫你到处打电话透风,毁掉罪证吗?

县委书记失踪了
孙建邦

当然不可能是检察院弄走了赵一号。检察院下手，得按法律程序办。再说检察院办一个县委书记，肯定先要跟市委说一声。要是市委知道了，消息估计已传到社会上了。当然也有可能县委书记是个通天人物。现在这事儿，真是人不可貌相，隔山拜佛的人多的是，县委书记在北京有背景的也大有人在。县级想升市级，至少得省里说话，光靠市里推荐，也是稀松巴凉。人家要是下了你的米，总有办法把你弄到圈子里。要是上面打了招呼，提拔升官的成本就低多了。那些光拼死拼活干工作等待提拔的干部，简直就是肉头一个，傻B一个。憨狗等羊蛋，等吧，等到猴年马月也不中！我说这意思，也就是说，也有可能是赵一号的上线出事了，把他给拽出来了，让他作个证什么的。这也不是没可能。官场上的事儿，道行深啦！有一点是肯定的！赵一号肯定没有失踪，肯定是待在一个什么地方，过几天肯定就有真实消息了。我他妈的对官场早就没有兴趣了，不看他们狗日的笑话，闲着也没球啥事！

五

绑架是不可能的。绝对不可能！你想吧伙计，绑架他是图啥？图钱！这就对了！图钱，就要先把他弄到一个秘密的地方看起来，然后人家就会想办法跟他家联系，逼着他家拿多少钱，再放人。现今社会，绑架一个县委书记，是大傻B才会干的事情。

县委书记可以说是要员啦！现在咱这国家多发达啊，社会虽然这事那事多，一堆一堆的案件，公安管不过来，但是，你要动一个县委书记，你找死吧你！你只从电视上就能看出来，多复杂的案件，只要上级一重视，就没有破不了的。绑架一个县委书记，估计会惊动党中央国务院，那还得了啊！现在的公安，能人多的是，设备也先进得很，你敢打个电话，就给你定位了，就知道你在啥地方！你敢再打电话，人"呼"地一下就围上去了。公安只要下劲儿，你钻到地缝也能把你抠出来，逃到喜马拉雅山也能把你薅回来！

出事故？有可能。当个县委书记，满脑子都是事，自己开着车，免不了也要想这想那的，一不小心撞了车，也是很有可能的。不过你想啊，出了事故，就是人撞死了，车总还在吧，车号总是还在吧，人身上的证件总是还在吧。只要这些东西在，你就是跑到天地南北，你的死讯很快也会传到家里的，这是多简单的道理。

携款带小蜜出境？这不是没有可能。但是查清这事，是再简单不过了。到公安上一查他有没有出国护照，到海港、空港看一下监视录像，一下子就查出来了。有没有小蜜、二奶这事儿，不知道你听说过没有，反正我是没有听说

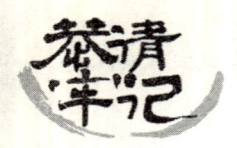

过。表面上看,赵一号虽说长得帅哥一样,听说他还爱唱歌,歌唱得还很不错,县里春晚听说他还露了一鼻子,听说鼓掌鼓了好几分钟哩,还有人吆喝着要一号再来一首哩。光凭这,还不能想得太多。当然,养小蜜、包二奶的事,领导干部做得都很悄密,不像那些大款们,干起这种事招招摇摇地显摆,弄得真成了家里红旗不倒,外头彩旗飘飘。领导干部,总还知道纪律约束,总还知道形象问题。他们这种事,大都是出了其他事捎带出来的。当今,讲究经济发展,生活作风问题真正成了小节。当然,也有些家伙事没做好,把人家玩了,没有把人家的事办利索,惹得一溜儿骚。当年,我在江苏工作时,一个县委书记玩了县招待所一个闺女,后来他调到市里,也把那闺女调到市里。本来,他答应人家跟他媳妇离婚再跟那闺女结婚的,人家也就等着。等了十来年,他没离成婚,把人家的事给耽误了。人家也就死死巴住他,经常到他办公室,还经常吵,最后闹得满城风雨,发展到那女的一到办公室,就有人专门接待劝说。那几个人因保驾有功,自己的事都办成了。那个领导的事,上级都知道,也都够意思,都是睁一只眼闭一只眼。不过,再也没研究推荐提拔他的事。那家伙办事不盖盖儿,要要行了,偏要应承要跟人家结婚,把自己的前程耽误了。你是不知道,那个家伙长得比咱赵一号还要帅,能讲能写,工作上也很有一套,一看就像个大干部的胎儿,正常地干,干到厅级、副省级应该没问题。就因为这事儿,自己彻底傻B了。

咱这一号,在男女关系方面,好像传闻不多。看上去,也像个正派人。不过,人心隔肚皮,人家做事也不会给咱报告,咱也没资格给人家护驾。反正,我觉得就是有这种事,因为这事出事儿也不大可能。

六

大家叫我分析分析?咱就分析分析。按我的分析,赵老一如果真的失踪了,最有可能的,还是与女人有关。咋说?都慢慢听嘛,我对这方面是有研究的!

咱老祖先有句话儿,是真正的真理,什么话?"食,色,性也。"人嘛,第一要吃饱饭,第二呢,就是性。你整天肚子饿得咕噜噜地叫,叫你性,你也性不起来。当然,吃饱饭只不过是个比喻,就是说得有好的条件。条件嘛,就是大家爱说的那句话儿,第一得有贼心,第二得有贼胆,再一个得有贼钱,再一个还得有个贼身体。贼心那是人人都有的,你能说你没有?你说句实话,你有没有?有,肯定人人都有!太监才没哩。贼胆就不是人人都有了。不过,你只要操住那心,就有了。俺村以前就有个男的,还有一个女的,两个人勾搭

县委书记失踪了

孙建邦

上以后，那个女的只要他男人晚上不在家，她就给她家大门的门环上挂一根红布条儿当暗号，她家的后院墙呢，外面挨着墙堆了一大堆砖头瓦块儿，墙里头呢，靠上一架梯子。那个男人呢，从那个女人家门前一走，心里头就清楚了，半夜三更就从后院墙翻到那女人家里。俩人把事儿一做，那男人又从后院梯子翻墙回他家去。常言说，色胆包天，这就叫色胆包天。不过呢，那俩人后来出事了。也不知是别人治他们的，还是咋回事儿。有一天夜里，那个女人的男人在家没出去，他家那大门上还挂着红布条儿。那个男人呢，看见红布条儿，又从后院翻了过去，一推那个女人的屋门，发现从里边锁了，就敲窗户，那个女人的男人大喊一声：是谁？把那个男人吓得屁滚尿流赶紧连骨碌带爬翻墙跑了。那俩人后来可能又换了暗号，勾搭了很多年，直到老了，身体不行了，才算没事儿啦。这贼胆也是练出来的。贼钱，贼身体就用不着多说了吧！

现在这些个当官儿的吧，干这种事机会太多了，条件太好了，恐怕你不想干那事也由不得你哩！关键看你咋着干得没有痕迹。和身边的人干吧，太惹眼；包一个吧，麻烦太多，整出感情来了，打不离，走不脱，后遗症太大。特别像赵老一这样的年轻干部，他还巴着当副市、正市、副省级呢，为这下面的问题，耽误了上面的问题，耽误了政治前程，他就不划算了。咱国家再开放，也开放不到克林顿和莱温斯基那样吧？不弄你的事儿，这种事儿就不算事儿；弄你的事儿，你这就是事儿。

我这一分析，大家知道咋回事了吧？好，那我就继续往下说。现在当官儿的，咋解决这个问题呢？我说了你们可能还不相信，那就是一个字：嫖娼！对对对，是两个字。这俩字听起来不好听，好像是有点贱。其实不然。我听说就咱这儿，都已经有高级妓女了。多高级？人漂亮，那自然是第一啦，这些女人连走路说话待人接物都是专门训练过的。还有重要一条，就是干净！这些人讲卫生。咋讲卫生？这不是你管的事儿，想管你去当老板！当然，价码就比一般卖肉的高多了！你想了，自己开个车，带上钱，事一办就走人，打一炮换一个地方，又新鲜又保险。不过，你们中间谁想走这一门子，我还得教你一招：你得编一个假名字，弄一个假身份证，还要多带点钱，其他真的东西包括手机，你都不要带。这样，你万一让警察抓住，罚款一交就没啥事了！这办法据说是一个派出所长发明的。

你说赵老一看上去正派？那是看上去，这事儿你光看上去不中！你得看下去！你能看下去吗？这都是在心里头做的事儿，暗里头做的事儿，让你一看就看出来，那还叫做事儿吗？但是，你要知道，再牛气的干部，让警察一逮住，身上给你搜得屁蛋净光，也许再甩上你几个嘴巴子，你是一点儿脾气都没有的。身无分文，走投无路，丢人打家伙的事儿，耽误几天不露头，那是很正常

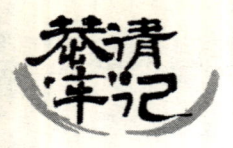

的。哎！哎！咱把话儿得说明白了，我这只是一种分析，你们可别出去乱球传，是我说人家赵老一因为去嫖娼才没影儿了。咱们这不是说着玩的嘛！哥们儿几个可别把我给卖了啊！

七

老同学，这么远叫你过来，就咱俩人，喝点小酒，说说心里话儿，通报通报信息。赵一号的事你听说了没有？你也听说了。现在，县里都传遍了。我是快下班时，县委办那个伙计打电话告诉我的，说是赵一号失踪整三天了。到现在，一号连个影儿也没了。具体一号是啥事儿，我也不知道，打听多了，对咱们都不利。先别急，来，咱先干一杯！老同学，说起来，你我在这乡书记的位置上都快三年了。原来，我想你那个乡经济条件好，手头也会比我宽绰得多。上头来个人，你也好应酬，上头张张口，你也好打发。往上面打点打点，也不用发愁。来来，再干一杯。我这个乡，不用说你也知道，穷得叮叮当当的，多少年了，出名的贫困乡。刚从县里下来时，我攒足劲儿，想在任期内摘掉这贫困乡的帽子，咋着也得见点政绩。没料到，乡里头干部都劝我，在这个乡里当书记，干还不如等。啥意思？意思就是，你自己想干，你自己得去跑钱、借钱、贷款。要是到你快离任时，欠了一屁股债，人家接任的书记就骂你。你要是等，一年上头各级还能拨下来百把万哩！大家都这么说，说得也很实在，我听着也是个理，气也泄了。这两年多，我干的事情，就是把贫困乡的帽子给保住了。嘿嘿！这事儿你说捣蛋不捣蛋？来来来，喝！

你别说，老同学，这还真是一种弄法。乡里头这两年还算稳定。可是，掏心窝子说，哪个妻侄才想这样子待下去！在这里不思进取，可咱总得发展发展呀，发展就得去上面活动。去上面活动没有干货，活动个鸟啊！来来来来，干！你说扶贫款，要说数目也不算小。可是，凭良心说，不动扶贫款，不把扶贫款挪用作活动经费，那是我的底线。说起来，乡机关的哥们儿也真捣蛋，我来了一年多时，大家看我为人还可以，又开始撺掇我，叫我到上面活动活动。我琢磨来琢磨去，才弄明白了，就是：拔个萝卜地皮松。咱活了，那些个哥们儿才能有机会动哩，咱老占着这个位子，就等于压制着人家。就说乡长吧，前两年想当书记，没弄上，心里有气。可那老弟还算不赖，我来了后，跟我搁伙计搁得不赖。我一想，我动不动已经不是单纯个人问题了，还关系到伙计们的前途呢！这才下劲儿，搜腾点干货，咋着也得往上面跑跑……

中中中！干了就干了！老同学你酒量也不小嘛！好像你原来也就是三二两嘛！锻炼出来了吧！你说我咋搜腾钱？靠咱那俩工资能干吗用！开始是想向亲

戚借点，我那亲戚们也没有多能耐的人。你猜，伙计，我估计是乡里哪个出的主意，今年春节，凡是得了扶贫款的村子的支书，都去给我拜年，给我孩子的压岁钱大部分是两千，也有一千的，最低是一千。最后我一算，总数有三四万。害得我大年下饭也吃不香了，还做了噩梦，梦见群众围住办公室骂，梦见审计局人来查，梦见检察院人来抓我，愣把我吓出一身冷汗！这钱我一笔一笔记下来，随时准备退回去……好好好！干！老同学今天喝酒真够意思！没退，没退，后来心也慢慢坦然了。今年五一节，我壮着胆子，包了三万，就去县里……你还能喝呀，来来来来来，一口干！去哪儿啦！去去去了赵老一家啦！你、你猜猜，啥结果……赵一号把我猛日刮了一顿，训得我挂不住脸儿！老一还搬出、搬出党、党、党纪，国、国、国法，叫我滚出去！还叫、叫、叫我想升、升、升官，就好好、好好地干！

怎么、怎么……你你你，你老弟也是这样弄、弄、弄哩？要要、要要、要是这样说，赵老一还算、算、算他妈妈的一个好、好、好人哩！好人哩！干球了这一杯！最最最、最后这一杯、一杯！

八

小付，来坐吧，坐吧！你吸烟不？不吸？那好哇！给，喝矿泉水吧。听机关事务管理局同志讲，你干得很不错！就得这样子。往高一级说，司机、秘书都是领导身边的人，忠诚是最重要的。不该知道的事儿，听到了只当没听到，看见了只当没看见。咱这县一级，没有那么严肃，马马虎虎，说得过去都中了！前些日子，管理局给我汇报车辆管理的事，把你表扬了一通，还说年底要给你再评一次优秀，你连续几次优秀了？两次，好好，再评一次就能晋一级工资。我跟你们局长说，这事你们看着办就行啦，还用跟我当县长的说！我能管过来吗？对于好同志就是要多鼓励，要多让他们得实惠。我说这对不对？小付。

这几天关于毅豪书记，大家传得很凶。毅豪书记是一把手，我们虽说是搭班子的，但是我是绝对听他的意见的，绝对尊重毅豪同志的。当领导的，位置一定要摆正。今天晚上，原定是要开常委会的，可到现在，毅豪书记还没有打照面。小付，你讲毅豪书记那事儿是真的吗？

唔……嗯！这么说，从上个礼拜五下班到现在，毅豪书记就不知去向了，是吗？一点儿信儿都没有？好好，我绝对相信你说的话……

请进！黄局呀，来来，坐坐！这是毅豪书记的司机小付。小付，咱先说到这儿，有啥咱及时联系啊！

　　老黄，毅豪失踪个球啦！叫你来就是跟你说这事儿。信儿是从毅豪司机，就是刚才那个小伙子嘴里说出来的。我听说后，不断与毅豪联系没联系上。你说什么？一号啥事儿，你一点儿都不知道？老弟，你给我装吧你！你们公安那鼻子是啥鼻子啊，还给我来这一套！要我再给你汇报汇报案情？你这家伙！对了吗，拐什么弯子哩！

　　嗯！还是你说得好！这"失踪"两个字，太严肃，也太严重。一旦毅豪"呼哧"回来了，咱还没法跟人家说哩！群众咋说，咱也捂不住人家嘴，但咱们得把话说准确，把词儿用恰当，万一毅豪有点儿啥事儿，咱上上下下也好有个交代。对对！就按你说的，"联系不上"，太好了，太好了！"联系不上"，就是说也可能失踪，也可能没失踪，就是联系不上嘛！老黄，跟你认识几年了，我是第一次见识了你。

　　还有，老黄，咱别兜圈子，你直截了当地说，能不能找找毅豪？不能，为什么？噢噢，对对对，你一动就叫侦查，你一个县公安局长是不能对县委书记动用侦查手段的。弄得惊天动地的，传出去也不是啥好事。老弟，那我再讨教一个问题，你说说，县委书记联系不上了，县长该怎么办呢？我能装着什么都不知道吗？偏偏这两天，市里没有啥重要事儿，也没有县一把手必须参加的会议。老弟，你知道，现在会议稠，半夜三更，一个电话你都得急急火火往市里赶。这事敢多挨几天？到时候，市里再问起来，我再汇报，不是太被动了？而现在我要是主动汇报，也会落下加害毅豪的嫌疑哩！这种事，咋叫我摊上了呢？

　　中中中！就听你老弟的，再等等。今晚原定是要开常委会的。如果今晚毅豪还不露头，我就只好把四大班子领导召集到一块儿，说跟毅豪书记联系不上，让大家议一议。这样，也算是有个集体意见。也只好这样啦，走一步说一步。嘿嘿！"联系不上"，真是太妙了！

　　老弟，谢谢你了！到底是经常弄人事儿的，不一样就是不一样！中中！就这样吧，有事咱联系，你可别叫我跟你也"联系不上"啊！

九

　　哎！现在这干部都是啥成色？一把手在的时候，都一个个点头哈腰孙子一样儿，拍马屁舔沟子啥事都能做得出来。人家爹妈死了，他当孝子都敢。领导有点风吹草动出点啥事儿，"哗啦"全他娘的倒戈了，一个个都是幸灾乐祸的样子。都是些什么玩意儿！啥叫风气不正？这就叫风气不正！

　　什么？你说我这话儿是为赵毅豪评功摆好？他小子又不是我亲戚故人，小

县委书记失踪了

孙建邦

字辈一个，我吹他干啥！我是看不惯这风气！你看那些个小屁蛋儿孩子，也不知当了个啥官儿，就天天开个车，呼地跑这儿，呼地跑那儿，拿着个手机，也不管啥场合，喂喂喂喂不停，烧成啥啦！天天喝酒、打牌、唱歌、洗脚、洗头！咱那时是啥？别说掂着脑袋打仗剿匪，就是我当县长那会儿，县里就那一台吉普车，那还是给书记配的。我是骑个自行车跑来跑去的。到市里开会坐长途客车，轰轰轰，轰轰轰，跟他娘爬似的。那时，咱们谁敢这样子天天公款吃喝。就是在县食堂吃饭，到乡下农家吃饭，都按要求交伙食费，交粮票的。白吃白喝，别人不用说，自己都脸红。咱退下来那几年，呼啦呼啦县委院全成汽车了。那阵子，县企业破产多，工人们没饭吃，各乡的学校都是破破烂烂的，很多老同志对县领导耍阔气有意见，撺掇咱这些老家伙去说道说道。那一回，我算是耍了一回圣蛋，去找那个，那个啥书记小子。把人家说急了，人家几句话把我呛回来了。那小子说：一个时期是一个时期的事儿，一代人是一代人的事儿。竖吹笛子横品箫，各有耍法，杀猪杀屁股，各有整法。老干部该有的，不会少你一分钱，保养好身体，有你福享！俺们咋着干，市委不说，你是急啥哩？你们那时没车坐，是穷，是没钱买。你们是听毛主席话的，讲艰苦奋斗；俺们是听邓小平话的，重快速发展。靠地蹦儿，一天能去几里地，发展啥哩！从那以后，我再也不提意见了，生不动他娘那气！

不说这，不说这。我这人，说话一拐弯儿就刹不住车。听说是赵毅豪失踪了。大家说稀奇不稀奇，县委书记开着车出去就没影儿了。就算是真的出事了，你就赶紧向上级汇报啊，赶紧叫公安局派人去找啊，对不对？正经事儿不干，都在那儿说三道四，好像巴不得县委书记出事才美哩！

不管咋着说，赵毅豪这小子口碑还算不赖。这也是跟前几任比着说的。对咱这老家伙们还是很客气的嘛，还是很尊重的嘛！重要的是，干部嘛，不论职务高低，首先都是同志，都要互相关心、互相爱护嘛！人家说没影儿了，首先是活要见人，死要见尸嘛！他本人如果有个性问题，那要组织上定性。啥都不啥哩，可都传得一塌糊涂了。现在干部队伍里这风气，真是瞎透了！没出事儿，他敢把你当成皇上伺候；出了事儿，你立马就成了臭狗粜一堆，没人给你说一句好话，好像你生下来原本就是大坏蛋一个，这不符合辩证法嘛！真是他娘的没治啦！

十

同志们，现在开会。今天晚上，原定是召开常委会的。可是，到现在跟毅豪书记还联系不上。毅豪书记到不了，常委会只能往后推一推。几个在家的书

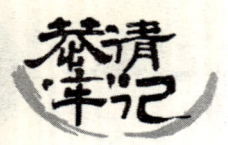

记碰了一下头,决定把四大班子的同志召集到一起,议点儿事情。

大家可能都听说了毅豪书记的事情。我是昨天听到传言后,就不断跟毅豪同志联系了,确实联系不上。在座有哪位同志了解毅豪同志的行踪吗?都不知道,都是真的不知道吗?那好,我接着介绍一点情况。跟毅豪书记联系不上这件事儿,我综合各方面的信息,大致是这样的:上礼拜五下午下班,毅豪同志自己开车出去了。到了昨天下午,毅豪同志的爱人打电话询问,电话是打给毅豪同志的司机小付的,这才知道毅豪同志上周末到现在,家里面人跟他联系不上,以为他在县里忙着;同志们跟他联系不上,以为是他家里或工作方面有重要事情。到现在,头对头,毅豪同志已经四天没有联系了。

这件事,说老实话,我心里有点慌,很不踏实。为这事,我还专门找毅豪同志的司机小付问了一下,还跟公安局黄局长谈了谈。想来想去,咋着都不合适。安排公安局找人吧,全县的警察都去找县委书记,事儿做得再悄密也不行。他们一动,都可以看成是侦查。下那么大劲儿,动那么多人,去侦查县委书记,那像什么话?也有人传,毅豪同志是不是让纪检部门叫去了?那是根本不可能的事儿!就咱们搁伙计这些年来说,毅豪同志还是很正的一个同志。即便有点鸡毛蒜皮儿的事儿,纪委叫他,一般地说,也会跟我打一声招呼吧。还有同志讲,这事儿得跟市委汇报一下。咋汇报啊?咱能跟市委报告,我们的毅豪书记没影儿啦!没根由的话,怎么能说?这边一汇报,那边毅豪"呼哧"回来了,大家闹个大红脸,以后还怎么搁伙计?联系不上就继续联系。这几天,市里头也没啥大事儿,也没啥重要会议,有啥大事儿重要事儿,市里头也会直接跟毅豪联系的。市里头跟他联系不上,就会通知县里的,到那时再说。

同志们还要注意做一下工作,四大班子所属各个部门小范围讲一讲,对毅豪同志的事儿,不要乱传乱说,也不要听信传言,要注意维护县委形象。

对不起,我接个电话。嘿嘿!这两天为了毅豪,我是啥乱七八糟的电话都要接的。这是哪儿的电话?喂,你好!是,是,我是,你是哪儿啊!啊,陕西?陕西Z县?对对对,我是县长,那是我们县委书记!那还能是假?叫赵毅豪,赵钱孙李的赵,陈毅的毅,豪爽的豪!……刚醒过来?没有什么大危险吧?好好好!谢谢您了!这几天把我们都急坏了!这不,俺们四大班子正在这儿开会研究咋着找他呢!俺们马上就过去!麻烦您,他醒来的时候,写几个字,就说俺们马上过去看望他!谢谢啦!真是太感谢啦!

哎呀!同志们哪!毅豪书记真是出事儿啦,还真是一件惊天动地的事儿哩。刚才是陕西Z县公安局的同志打过来的电话,说是上个礼拜五晚上,他们县医院门前发生了一起暴力案件,因警力一时不济,警察遭围攻殴打。从那儿路过的毅豪书记在帮助警察时,被歹徒戳了一刀,伤得比较重,失血也比较

298

县委书记失踪了
孙建邦

多，在医院抢救了几天，刚醒过来，身上插着管子，还不能说话。是毅豪给他们写了我的电话号码，他们才打过来的。

好啦！大家别议论了。肯定是场面比较乱，天热的时候，身上穿得少，证件，手机都在皮包里放着，叫人把包抢了或者捡跑了。他也昏迷了，这才联系不上了。他可能是到医院看病号或者什么的。总之，毅豪见义勇为，当地已经宣传开了。人家今天才知道是咱这县的书记，肯定还要大张旗鼓地宣传哩！咳！两个县，地界搭地界，离得也不远，可就是两个省份，也不咋多联系。我看，咱全体同志立马过去，看望看望毅豪书记。另外派个车去市里把毅豪书记的爱人也接过去看看。

大家都去做一下准备。我给市里汇报一下，对对对，跟市里头新闻单位也联系一下。这事儿恐怕在全国都能树个典型呢！